John Burnside, geboren 1955 in Schottland, gehört zu den bedeutendsten zeitgenössischen Autoren Großbritanniens. Für sein Werk aus Lyrik und Prosa erhielt er zahlreiche Preise, unter anderem den Corine-Belletristikpreis des ZEIT-Verlags, den Petrarca-Preis und den Spycher-Literaturpreis.

Außerdem von John Burnside lieferbar:

Lügen über meinen Vater
Wie allen anderen
Haus der Stummen. Roman
In hellen Sommernächten. Roman
Die Spur des Teufels. Roman
Glister. Roman

Besuchen Sie uns auf www.penguin-verlag.de und Facebook.

John Burnside

Ashland & Vine

Roman

Aus dem Englischen
von Bernhard Robben

PENGUIN VERLAG

Die englische Originalausgabe erschien 2017
unter dem Titel *Ashland & Vine*
bei Jonathan Cape, London.

FSC
www.fsc.org
MIX
Papier aus verantwortungsvollen Quellen
FSC® C014496

Verlagsgruppe Random House FSC® N001967

PENGUIN VERLAG

1. Auflage 2019

Umschlag: bürosüd nach einem Entwurf von Sabine Kwauka
Umschlagmotiv: shutterstock/Venus Kaewyoo, Shebeko,
Baimieng und Chantal de Bruijne
Druck und Bindung: GGP Media GmbH, Pößneck
Printed in Germany
ISBN 978-3-328-10507-7

www.penguin-verlag.de

Dieses Buch ist auch als E-Book erhältlich.

Für Claudia Vidoni

Le mal se fait sans effort, naturellement, par fatalité; le bien est toujours le produit d'un art.

CHARLES BAUDELAIRE

Der Prozess der Veränderung an sich ist weder moralisch noch unmoralisch. Wir können nur das Resultat beurteilen, nicht den Prozess selbst. Ein unmoralisches Agens kann eine moralische Tat ausführen. Das moralische Agens kann eine unmoralische Tat ausführen. Vielleicht muss der Mensch seine Seele verkaufen, um die Macht zu bekommen, Gutes zu tun.

ROBERT PENN WARREN

Und er sprach zu mir: Du Menschenkind, siehst du, was die Ältesten des Hauses Israel tun in der Finsternis, ein jeglicher in seiner Bilderkammer? Denn sie sagen: Der Herr sieht uns nicht, sondern der Herr hat das Land verlassen.

HESEKIEL, 8,12

Aber ja, einerseits stimmt das, es war leicht, in Amerika unterzutauchen.

BILL AYERS

Backe Kuchen, hacke Holz

Der Tag, an dem ich Jean Culver kennenlernte, war auch der Tag, an dem ich mit dem Trinken aufhörte.

Lange wollte ich mir einreden, dass dies eher Zufall war. Sicher, Jean Culver hatte das Experiment vorgeschlagen, aber fast beiläufig und ohne Nachdruck. Ich konnte tun, was ich wollte, so viel war stets klar. Sie verurteilte mich nicht, erwartete nicht, dass ich für immer aufhörte, verlangte auch nicht, dass ich mich einer Selbsthilfegruppe anschloss. Ich sollte einfach nur für eine Weile nüchtern bleiben, zeigen, dass ich es konnte. So hat sie mich zu Anfang getäuscht. Sie ließ mich glauben, dass ich längst aufhören wollte. Und wenn nicht wollte, dann doch sollte. Ehrlich gesagt, ich brauchte eine Pause. Ich brauchte etwas Abstand zu Laurits, musste zurück zu etwas, das nicht so klar definiert, auf jeden Fall aber geheim war und die Kraft zur Veränderung besaß, wie jene Orte, an die man sich in alten Popsongs zurückzieht. Vor allem aber musste ich damit aufhören, das Ende eines jeden Tages in so beliebigem wie flüchtigem Vergessen auszulöschen, musste lernen, mit dem zu leben, was mich erwartete – den Erinnerungen, den Zweifeln, den Wiederholungen derselben alten Fragen. Ich musste aus der schieren Eintönigkeit meines immer gleichen Alltags ausbrechen: sich betrinken, nüchtern werden, paranoid werden, sich wieder betrinken. Vielleicht war das längst schlimmer als alles andere. Dieser Überdruss am eigenen Ich. Nicht der Überdruss an mir, nein, sondern ein Überdruss an der eigenen Persönlichkeit als willkürlicher Last, mir auferlegt dank des wunderlichen Einfalls eines übelwollenden Besuchers aus einem uralten Märchen. Oder aus einer Sage, etwa aus den Wäldern Estlands, wohin, wie Laurits stets behauptete, er eigentlich gehöre.

Wie auch immer, an jenem ersten Morgen habe ich nichts dergleichen gedacht. Eigentlich habe ich überhaupt nichts gedacht und nur das Übliche getan. Als ich das Tor zu ihrem Garten öffnete, ahnte ich nicht mal, dass es Jean Culver gab, und nichts wäre mir lieber gewesen, als nach Hause zu gehen, mich in mein schmales, kreideweißes Schlafzimmer zu legen und auf ein Wunder zu warten. Zu diesem Zeitpunkt hatte ich bereits drei Stunden gearbeitet, falls man denn *Arbeit* nennen will, was ich tat, mich durch die Hitze zu schleppen mit immer denselben elf Fragen für jeden, der an die Tür kam und bereit war, mir einige Minuten seiner Zeit zu opfern. Meist blieben die Türen geschlossen und die Fragen unbeantwortet, was aber nicht weiter ungewöhnlich war, auch nicht in einer eher freundlichen, gutbürgerlichen Gegend wie dieser. Dennoch, nachdem ich meinen Brummschädel über ein Dutzend Auffahrten zu Häusern geschleppt hatte, die leer waren oder doch so aussahen, war ich kurz davor aufzugeben und mir den Rest des Tages freizunehmen. Ich weiß nicht, was mich veranlasste, es ein letztes Mal zu versuchen, ehe ich zu dem zurückkehrte, was als mein Zuhause durchging. Vielleicht dachte ich daran, was Laurits sagen würde, wenn ich wieder einmal, wie so oft, mit leeren Händen zurückkäme; vielleicht war es auch schlicht Neugier: Jean Culvers Haus stand schließlich nicht einmal auf meiner Liste, was seltsam war, da Laurits es mit diesen Dingen sonst sehr genau nahm.

Laurits: Er war der Grund, warum ich mich hier draußen aufhielt; glühend, verschwitzt, verkatert, mit einer Zunge wie Schleifpapier und Krämpfen in den Beinen. Laurits – nichts weiter, kein Vorname, nur Laurits, was, wie er behauptete, Estnisch sei. Mein Freund, mein Mitbewohner und angeblich auch mein Mitarbeiter – nur, wie er dieses Projekt für eine Gemeinschaftsarbeit halten konnte, blieb mir schleierhaft, da ich die Einzige war, die durch die Hitze stolperte, der Türen vor der Nase geschlossen wurden, Zielscheibe für Spott und Mitleid oder auch beides. Ich wusste nicht, was ich tat, oder warum ich es tat, denn als ich ihn bat, es mir zu erklären, antwortete er, ich bräuchte mich nur an die Anweisungen zu halten, die er mir gegeben hatte: Suche dir eine Gegend aus, mehr oder weniger vorstädtisch, wo sich auch tagsüber vielleicht Leute zu Hause aufhalten – alte Leute sind immer die besten Kunden –, und stell die vorbereiteten elf Fragen. Fragen wie: Woran erinnern Sie sich aus Ihrer Kindheit? Was war der glücklichste Augenblick in Ihrem Leben? Wenn Sie in anderer Gestalt wiedergeboren werden könnten, wofür würden Sie sich entscheiden?

»Und was dann?«, fragte ich. »Ich meine, mal angenommen, sie reden mit mir, soll ich sie dann was unterschreiben lassen? Oder kann ich einfach loslegen und mit der Aufnahme beginnen?«

»Keine Aufnahme«, sagte er. »Wir brauchen nur die Geschichten.«

»Also schreibe ich sie auf.«

»Nein. Du machst dir bloß Notizen. Keine wortwörtliche Mitschrift, nichts dergleichen. Nur gerade genug, damit du, wenn du wieder hier bist, dich mehr oder weniger an das erinnern kannst, was sie gesagt haben.«

»Mehr oder weniger?«

»Ja.« Er sah mich aufmerksam an, um herauszufinden, ob ich verstanden hatte, was von mir erwartet wurde. Er hatte mir, mehr als einmal, erzählt, dass er immer sehr präzise wisse, was er wolle, dass es ihm nur schwerfalle, es anderen Leuten zu erklären. »Ich möchte, dass du dir die Geschichten anhörst, dann nach Hause kommst und sie mir mit eigenen Worten nacherzählst. So gut du dich erinnern kannst. Es braucht nicht perfekt zu sein. Nur das, woran du dich erinnerst – und vielleicht, hoffentlich, fügst du noch Eigenes hinzu.«

»Hinzufügen?«

»Ja.« Er lächelte. »Kleine ... Verschönerungen.«

»Und was dann? Filmst du mich, wie ich die Geschichte anderer Leute erzähle?«

»Vielleicht.«

»Und du bestimmst die Fragen.«

»Aber ja.« Sein Lächeln wurde breiter. »Darin besteht mein Teil der Zusammenarbeit.«

Das war so typisch für ihn. Er klagte, dass er es schwierig fände, etwas zu erklären, dann aber hielt er seine Erklärungen absichtlich vage und reicherte sie noch mit einem Hauch Absurdem an. So war Laurits, der – ja, was eigentlich war? Ein Künstler? Ein Filmemacher? Nein – niemand gab sich noch die Mühe, Filme zu machen, jedenfalls nicht laut Laurits. Zumindest nicht, wie man sie früher gemacht hatte. Heutzutage war jeder ein Anthropologe. Und dennoch drehte er Filme, stellte vielmehr Collagen aus gefundenem Filmmaterial her, um von ihm selbst gedrehte Szenen verlängert, die, auch wenn sie keine Geschichte erzählten und meist von woanders Stammendes, aus Kontexten Zusammengesetztes enthielten, doch immer noch Filme waren. Laurits gehörte zum Fachbereich Creative Arts am Scarsville College; er bekam Stipendien und Geld aus dem Forschungsfond zur Förderung seiner Arbeit; er besaß einen Doktor in Filmwissenschaften und gab Seminare über Literatur und Film, aber er sei kein Filmemacher, behauptete er, sondern Anthropologe. Filmemacher erzählten Geschichten, selbst wenn sie das nicht wollten, er aber interessiere sich nicht für Geschichten. Für Laurits war eine Geschichte nur eine Schnur, auf der die wahren Perlen aufgereiht wurden. Stattdessen wollte er Atmosphäre, Textur, Wetter. Wenn Menschen Geschichten erzählen, sagte er, lügen sie, was die Ereignisse betrifft, aber nicht über die anderen Dinge, da lügen sie nicht – zumindest nicht absichtlich.

Laut Laurits war dies das Evangelium der Erzähltheorie. Ich lief durch die Junihitze, zog von Tür zu Tür als Teil einer anthropologischen Studie über die verschiedenen Weisen von Menschen zu lügen, wenn sie sich an die Vergangenheit erinnerten. Wenigstens meinte ich, deshalb hier draußen zu sein. Bei den meisten Projekten tat Laurits selbst gar nichts. Er gab seinen sogenannten Mitarbeitern nur eine ungefähre Anleitung – er hatte mehrere Mitarbeiter, die alle so verwirrt und auf Erklärungen angewiesen waren wie ich – und ließ sie dann die Einzelheiten herausfinden. Der einzige Unterschied zwischen mir und den anderen war, dass ich mit ihm zusammenlebte. Wir teilten uns eine Wohnung. An den meisten Abenden betranken wir uns. Und manchmal liebten wir uns, wobei ich nicht weiß, ob Liebe hier das richtige Wort ist.

Ich lernte Laurits im Sidetrack kennen, einer Bar, die am Scarsville College einem Treffpunkt für künstlerisch angehauchte Studenten noch am nächsten kam. Hinter mir lagen gerade die Anfangswochen meiner zweiten Collegekarriere. Die erste hatte ich aufgegeben, als mein Dad gestorben war; und nachdem ich vergebens darauf gewartet hatte, dass sein Geist mich heimsuchte, bewarb ich mich am Scarsville College um einen Platz, den ich zu meiner Überraschung auch bekam. Das Haus in Stonybrook gab es da schon nicht mehr, und ich hatte kaum noch Geld. Um Miete zu sparen, bezog ich ein billiges Zimmer in der unschönsten Gegend der Stadt und aß nichts weiter als Reis und Obst. Dad war seit Monaten tot, aber ich wachte noch jeden Morgen panisch mit dem Gedanken auf, dass es ihn eigentlich nie gegeben hatte. Dass ich ihn nur geträumt hatte – vielmehr, dass er ein ganz anderer als der gewesen war, den ich gekannt und dass ich ihn mir nur so vorgestellt hatte, wie ich ihn gern gehabt hätte. Ehrlich gesagt, wäre er zurückgekommen und hätte in meinen Kopf sehen können, hätte er sich wohl selbst nicht wiedererkannt. In diesem Teil der Stadt gab es eine andere Art Dämmerung, ein langsames, unverbindliches Licht, das durch die Nebenstraßen sickerte und zwischen den Häusern gelegentlich auf Inseln früherer Zeiten stieß, zerbrochene Blumentöpfe, kaputte Zäune und Höfe, in denen es früher Hunde gab, wo sich heute aber nichts weiter als Glasscherben und ausgelaugte Erde fanden. Alles, nur kein Zuhause. Zu Hause war es so – frisch. Sauber. Sonne auf den Steinplatten, die zu verlegen ich Dad geholfen hatte, ihm zugesehen hatte, wie er mit der Sorgfalt eines Mannes arbeitete, der wusste, dass er, zumindest was Landschaftsgärtnerei betraf, kein Meister seines Faches war. Natürlich brauchte ich, verstört wie ich war, kaum eine Woche, um mich *mit den falschen Leuten* einzulassen, wie das in alten Filmen hieß. Und natürlich dachte ich selbst anders darüber, dachte im Grunde gar nicht darüber nach, ließ mich nur treiben, war erst betrunken, dann nüchtern, dann verbittert, dann rührselig nachts vorm Radio, hörte die Songs, die mein Dad gemocht hatte, und trotz des äußeren Dramas empfand und dachte ich eigentlich gar nichts. An jenem ersten Abend fühlte ich mich nicht mal besonders zu Laurits hingezogen. Wenn überhaupt, hielt ich ihn für einen Irren, für einen gelangweilten Mann, der seine Zeit mit Leuten vergeudete, die er nicht einmal sonderlich mochte. Ich meine, es war schließlich nicht so, als ob sich unsere Blicke über eine Menschenmenge hinweg gefunden hätten – oder irgend so ein Unsinn. Eher schon trafen wir uns durch Zufall, während andere sich treiben ließen und von Platz zu Platz zogen, um zu jenen vorzudringen, die *sie* über eine Menschenmenge hinweg erspäht hatten. Man könnte also behaupten, dass alles ungewollt geschehen ist. Allerdings traf dies für Menschen wie Laurits und mich auf das meiste zu, was in jenen Jahren geschah. Wir gehörten nicht zu denen, die nachts loszogen, weil sie eine *Beziehung* suchten. Für uns lag in diesem Wort eine emotionale Unehrlichkeit, angesichts der uns keine andere Wahl blieb, als zu verzichten – und eine Alternative existierte im Grunde nicht. Alles, was wir in solch einer Situation je fühlen, denken oder sagen konnten, stand bereits irgendwo in einem Drehbuch und war schon im Fernsehen gelaufen. Für uns gab es nichts mehr zu sagen. Uns blieb allein die Qualität unserer Verweigerung.

* * *

Im Seminar zum amerikanischen Film saß eine Studentin aus Minnesota, dunkle Augen, eine schöne Frau. Sie war nicht nur enorm intelligent, sondern auch eine Dichterin. Eine richtige

Dichterin, meine ich. Nachdem wir uns kennengelernt hatten, habe ich in einer Studentenzeitschrift einiges von ihr gelesen, und sie war gut, keine Frage. Das Problem war nur, dass sie auch schön war und beliebt und dass sie alle Welt zu kennen schien, was letzten Endes wohl der Grund dafür gewesen ist, weshalb wir zu dieser Clique älterer Leute stießen, zu der auch Laurits gehörte, eine gemischte Gruppe von vielleicht zehn Postgraduierten sowie Typen aus der freien Theaterszene, im Schnitt Ende zwanzig, die um zwei große Tische hockten, alle halb betrunken, und die Laurits zuhörten, der sich mit jemandem in der Gruppe stritt, jemandem, der nicht richtig dazugehörte – einem Mitläufer, eher toleriert als akzeptiert. Er hieß Eric, wie ich bald herausfand, da Laurits zu den Leuten zählte, die ihre Widersacher ständig mit Namen anredeten, ihn im Streit übertrieben oft und völlig unnötig wiederholten. Eric hatte sich gerade für eine gewisse Art Reichtum ausgesprochen und das Übliche angeführt. Dass die Mega-Reichen gut für die Wirtschaft wären, dass sie für Beschäftigung sorgten und immer wieder Stiftungen gründeten, die Geld an Bedürftige vergaben, nicht zuletzt an die Kunst, vor allem ans Theater und eben auch an Filmemacher wie Laurits, weshalb es, zog man all das in Betracht, sicher besser sei, von ihrem Erfolg zu lernen und ihnen nachzueifern, als sie die ganze Zeit zu verteufeln, als wären sie Verbrecher. Und sei der Grund, weshalb die USA eine so erfolgreiche Nation waren und wir uns von einem Land wie Estland unterschieden (bei dieser Anspielung bekam Erics Stimme einen höhnischen Klang, was ich damals noch nicht verstand), nicht eben unsere Fähigkeit, hart zu arbeiten, zu wachsen und nach etwas zu streben, eine Fähigkeit, die Amerika groß gemacht hatte?

Laurits hörte höflich zu. Es war nicht zu übersehen, dass Eric für ihn bedeutungslos war, dass seine Argumente keine Antwort lohnten. Ebenso unübersehbar aber war, dass er spielen wollte – und dass er gern vor Publikum auftrat. Dass Laurits ein geborener Schauspieler war, lässt sich kaum leugnen, selbst wenn er nur agierte, weil er sich langweilte. Dies war der einzige Grund für all sein Tun, auch wenn ich das damals noch nicht wusste. Er langweilte sich, also drehte er Filme und schrieb Artikel für obskure Gazetten. Er langweilte sich, also stritt er sich mit intellektuell unterlegenen Leuten in Bars oder Pizzerien. Er langweilte sich, also trank er. Heute sage ich mir, dass unser Arrangement anders war, dass es etwas bedeutet hat, aber sicher kann ich mir da nicht sein. Allerdings kann ich auch nicht genau sagen, was mich überhaupt zu ihm hinzog. Er war groß, sah gut aus, war fantasievoll und hochintelligent; er war ein Künstler mit einem Portefeuille, das dies bewies; und noch interessanter machte ihn eine dunkle Seite, die ihn bereits einige Male in Schwierigkeiten gebracht hatte. Ich hielt diese Geschichten für übertrieben, bis ich erlebte, wie er in eine Schlägerei geriet. Sie waren nicht übertrieben. Er hatte eine dunkle Seite, und die war nicht nett. Dennoch, wenn ich heute an ihn denke, dann nicht als an jemanden, den ich geliebt habe. Wie ich schon damals sagte und es heute gern wiederhole, hatten wir ein Arrangement, fast alles unausgesprochen, aber eben doch ein Arrangement. Und allein dieses Wort sagt schon, was über meine Beziehung mit Laurits gesagt werden muss.

»Sicher, Eric«, sagte er. »Du hast völlig Recht. Es ist viel besser, nach Reichtum zu streben, als ihn zu besitzen. Auf den Weg kommt es an, stimmt's? Die Leiter aufsteigen, hart arbeiten, das Beste aus sich herausholen und sein gottgegebenes

Talent nutzen, nicht wahr, Eric? All dieses Geld zu besitzen, ist so ätzend; auf all die Menschen herabzusehen, die man auf dem Weg nach oben beschissen hat, das ist so ätzend, Eric, und es ist ätzend, den Fernseher einzuschalten und diese vielen hungernden Kinder in einem Flüchtlingslager zu sehen, nackt und allein, die Familien vertrieben, der Stamm vom Aussterben bedroht, vom *Aussterben,* Eric – nur damit sich irgendeine Arschgeige in der sogenannten entwickelten Welt eine noch größere Yacht leisten kann. Abertausend Meeresvögel, angespült an irgendeinen fernen Strand, nur weil deine Firma ein bisschen was sparen konnte. Besser auf dem Weg nach oben, als selbst die Arschgeige zu sein, denn sollte sich herausstellen, dass du tatsächlich noch einen Funken Anstand im Leib hast, dass du doch noch nicht so durchgeknallt bist zu glauben, dass die ganze Welt dein Spielball ist, dann wirst du versagen, Eric, und versagen tut weh. Versagen tut weh, selbst wenn es ehrenwert ist. Hollywood behauptet ständig, dass der gute Mensch, der Mensch mit Herz, glücklicher ist als der Milliardär in seiner Villa, allein und ohne jemanden, der ihn liebt, aber das stimmt nicht, Eric. Das stimmt nicht. Es sollte stimmen, aber jeder weiß es, auch in Amerika: Wer kein Geld hat, ist ein Niemand. Und eben das ist das Problem, nicht wahr, Eric? Du würdest gern sagen, überlasse es dem anderen, diesem durchgeknallten Psychopathen, aber wenn man in Amerika nicht selbst dieser Typ sein kann, ist man ein Versager. Und die ganze Zeit weißt du, der Typ ist eine Arschgeige, auch wenn er noch so sehr das Gegenteil zu beweisen versucht; jedermann weiß es, und das ist so ätzend für ihn – fast so ätzend wie für dich, ein Versager zu sein. Es ist so ätzend, keine Yachten, Alte Meister und Schlösser in Schottland mehr sammeln und keine Stiftung mehr in deinem Namen gründen zu können. Das ist echt ätzend, Eric, aber so ist es schon immer gewesen. Denk an John D. Rockefeller. Denk an Henry Clay Frick. Sie alle hatten ihre Stiftungen, ihre guten Gründe, aber die waren letztlich nur ein Deckmantel für das, was wirklich vor sich ging. Ich meine, du hast doch von dem Matewan-Massaker gehört, nicht, Eric? Vom Homestead Act? Oder vom Massaker in Ludlow, Colorado, am 20. April 1914. Allesamt Höhepunkte in der Geschichte amerikanischer Menschenliebe, Eric. Lies ruhig nach.«

Niemand sagte ein Wort. Eric starrte Laurits an, blinzelte hinter der Brille hervor, das angedeutete Lächeln verschwunden. Dann lachten alle und fingen wieder an zu trinken. Jemand in einem ausgebleichten schwarzen Huey-Lewis-T-Shirt, der drei Leute entfernt von Laurits bei einer hübschen, etwas aufgedonnerten Blondine saß, hob sein Glas. »Mann, Laurits«, sagte er. »Hast du das auswendig gelernt? Komm schon. Sag die Wahrheit. Oder hast du dir das alles bloß ausgedacht?«

Laurits schüttelte den Kopf. »Kannst du nachlesen«, sagte er. »Steht in den Geschichtsbüchern.« Er gab sich ernst, doch war ihm anzumerken, dass es sich um eines seiner Lieblingsthemen handelte, eines, von dem er wusste, dass es Huey ärgern würde. »Ihr Amerikaner kennt eure eigene Geschichte nicht …«

Das war sein Steckenpferd: Die vergessene Geschichte Amerikas – und bei den seltenen Gelegenheiten, da ich glaubte, es gäbe einen guten Grund, warum ich durch Straßen lief, in denen ich sonst niemanden sah, dann, weil Laurits glaubte, irgendwer da draußen würde sich an *irgendwas* von diesem Amerika erinnern. An was auch immer. Und sei es noch so wenig. Seit über einer Woche befasste ich mich nun damit, schlich von Tür zu Tür, verkatert, müde, schweißgebadet, dabei hatte ich nicht eine einzige Geschichte mitgebracht. Alle möglichen Leute hatten mich abgewiesen, ob schnippische Hausfrau oder muskelbepackter Koreaner, der in jeder Faust einen Pitbull am Halsband zurückhielt. Ich war zu einem freundlich wirkenden Haus in einer völlig gewöhnlichen Straße gegangen und hatte – was gefühlt? Die seltsame Ahnung einer Gefahr, eines drohenden Albs, die mich daran hinderte zu klingeln oder zu klopfen, wie sehr ich es auch wollte? Oder geriet ich in Panik, weil ich wusste, da drinnen war etwas, hinter der geschlossenen Fliegengittertür, etwas Schreckliches, das im Flur auf mich wartete? Zwei Tage zuvor war ich durch eine grüne Vorstadtgegend gezottelt, ich hörte Coplands *Quiet City* über Kopfhörer – die Live-Aufführung unter Bernstein von 1990, die ich nicht hätte hören sollen, da es eines der Lieblingsstücke meines Vaters gewesen war –, und ich lief wie vor eine Wand, blieb stehen, blödsinnig, hilflos, starrte in eine Weide hinauf und schluchzte wie ein Kind, das Gesicht nass vor Rotz und Tränen, das T-Shirt schweißdurchtränkt. Lange stand ich da, konnte nicht weitergehen, und erst nach mehreren Minuten kam ich wieder zu mir und hatte das Gefühl, beobachtet zu werden. Ich schaute mich um. Niemand. Es war niemand auf der Straße oder in einem der Vorgärten. Vielleicht stand irgendwer hinter einem Fenster und beobachtete mich, aber ich sah ihn nicht. Ich zog die Kopfhörer ab und versuchte, mein Gesicht zu trocknen, aber das war sinnlos. Ich sah fürchterlich aus.

Wie ich nun da vor dem Tor zu einem Haus stand, das nicht in der Liste verzeichnet war, dachte ich womöglich, endlich an den richtigen Ort gekommen zu sein. Nur stand er nicht auf der Liste, und ich war unsicher, ob ich es hier versuchen sollte – nicht, weil ich nicht neugierig gewesen wäre, sondern weil ich nicht wusste, was Laurits dazu sagen würde, wenn er herausfand, dass ich auf ein Haus gestoßen war, das nicht auf der Liste stand. Wenn ich hier jemanden fand, wäre die Geschichte womöglich aus irgendeinem Grund ungültig. Lückenhafte Provenienz, fehlende Unterlagen, so was in der Art. Vielleicht gab es dieses Haus nicht mehr, und wenn ich zur Fortsetzung des Interviews wiederkäme, wäre es nicht mehr da, weil es nicht auf der Liste stand und auch nicht auf der Karte, die er mir gegeben hatte. In meiner jetzigen Verfassung war ich nur zu bereit, an Geister zu glauben.

Nicht, dass es nicht leicht zu verfehlen gewesen wäre, versteckt hinter Bäumen am äußersten Ende der Audubon Road. Fast wäre ich an dem schmalen Eingangstor vorbeigelaufen, hätte mich nicht dieses Geräusch angelockt. Jemand hackte Holz, ein Geräusch, das ich aus einer früheren Welt kannte, einer, in der Dad noch gelebt hatte. Es war ein Geräusch, das ich liebte: ein steter, dunkler, kraftvoller Laut, der lebhafte, schmerzliche Bilder von unserem alten Haus in Stonybrook heraufbeschwor, mein Vater in seinem verwaschenen blauen Hemd, die Axt glitzernd im Sonnenlicht, wie er da schuftete, Scheit um Scheit spaltete mit einem einzigen sauberen Schlag und nur gelegentlich innehielt, um der Stille des Waldes zu lauschen. Als Kind redete ich mir ein, die Bäume um unser Haus stammten noch aus der Zeit, bevor die ersten Siedler gekommen waren; altes Irokesenland mit Blauhähern, Kardinälen und Rudeln von sanftem Rotwild mit weichen Lippen. Als ich ein Kind war, bot der Wald mir mein ureigenes, verwunschenes Reich, erste Ahnung eines Himmels und zugleich

Beleg für die Geschichte, die mein Vater sich zuschrieb, denn stammte er nicht zumindest teilweise von den amerikanischen Ureinwohnern ab, weshalb es ihm erlaubt war, mit anderem Blick als seine Nachbarn zu jenen Bäumen hinüberzusehen? Wie das Haus sind heute auch die Bäume verschwunden und ebenso mein Vater, gestorben an einer Krankheit, die er mir verschwieg, nicht aber seiner Geliebten, seiner Louise, bis es schließlich zu spät war, auch nur Lebewohl zu sagen.

Nach der Beerdigung glaubte ich lange noch, er käme zurück. Nicht lebendig, nicht wie Lazarus, doch als Geist, käme nachts ins Haus aus der Dunkelheit der Wälder, wo er sich den vielen Geistern seines Stammes angeschlossen hatte. Nie zuvor war ich allein gewesen, war nie zuvor in ein solches Vakuum geraten, und ich dachte, es sei das mindeste, was er tun könnte, das mindeste, von dem er *wusste,* dass er es tun sollte – zurückzukommen und mir zu erscheinen. Mein ureigener Spuk, mein ureigener geheimer Geist. Ich bräuchte ihn nicht zu sehen. Er würde sich nicht zeigen müssen wie die Gespenster in alten Filmen. Ich suchte nach keiner nebligen Kontur am frühen Morgen im Hof, erwartete nicht, bei Abendanbruch sein Ebenbild in der Küche vorzufinden. Ich wollte einfach nur spüren, dass er dort war, seine Präsenz, wollte dann und wann seine Stimme hören. Vielleicht nur eine winzige, gar bezweifelbare Abweichung im natürlichen Gewebe der Dinge. Das Gefühl, dass sich jemand in einem der oberen Zimmer aufhielt, während ich in der Küche saß und in den Schnee starrte. Eine Tasse oder ein Glas, Geschirr, das mysteriöserweise zum Spülbecken gefunden hatte, obwohl ich davon *überzeugt* war, es im Flur stehengelassen zu haben. Was Belege anging, verlangte ich nicht viel, brauchte keinen Lebensbeweis, bloß die Ahnung eines Jenseits, wenn er sich umdrehte und zurückblickte, einen Moment lang nur, ehe er weiterging in das, was auch immer danach kommen würde.

* * *

Auf seine typische, halb wirre, halb scherzhafte Art sagte Dad gern, die besten Häuser seien die, von deren Existenz man nichts wisse, sofern man nicht bereits weiß, dass sie da sind. Auf unser altes Haus traf das zu, und es stimmte auch für dieses hier, eine erste Ähnlichkeit, doch was mich zu diesem fremden Haus hinzog – vielmehr zu diesem fremden Garten, da ich das Haus von hier aus noch gar nicht sehen konnte –, was mich anzog, so wie ein Kind im Märchen unwillkürlich von einem Hexenhaus angezogen wird, das war diese nagende Erinnerung, eine, die besagte, ich sei tatsächlich einst glücklich gewesen und könne, darauf aufbauend, auch wieder glücklich werden. Die Bäume waren anders – meist Pappeln, während es früher Birken und Kiefern waren –, alles andere aber verbreitete denselben Charme natürlicher Unordnung, einer Unordnung, die ich bei den übrigen Häusern dieser vorstädtischen Straße mit ihren perfekten Rasenflächen und den Gartenzäunen mit verzierten, ein wenig lächerlichen Pfosten nicht bemerkt hatte. Briefkästen in Form von Vogelhäuschen, und Vogelhäuschen, die wie Briefkästen aussahen. An Miniaturflaggenmästen auf den Veranden flatterte die amerikanische Flagge. Entlang der überraschend langen Auffahrt, die zum Haus führte, wucherten Wildblumen unter Hartriegel und Sommerjasmin, die genügend Halbdunkel und Deckung für die übrigen Lebensformen boten – flinke Schatten, die über nächtlichen Rasen huschten, Müllfresser, Schädlinge, Fabelwesen –, welche die

Gärten der Nachbarn fernzuhalten suchten. Dieses Grundstück aber kannte keinen Gärtner. Hier gab es keine Ordnung oder doch nichts, das aus Büchern oder Landschaftsgärten abgeguckt worden war. Das hier war *wild*, zumindest so wild wie nur möglich – und das erinnerte mich ebenfalls an zu Hause. Während ich der Auffahrt folgte und unter den Bäumen um die sanfte Kurve bog, lockte mich dieses Geräusch an, Holzhacken, der stete Rhythmus, typisch für jemanden, der wusste, was er tat. Wie mein Vater. Vielleicht erwartete ich also, einen Geist mit einer Axt zu sehen, einen wahrnehmbaren, alltäglichen Geist, der in einem verwaschenen blauen Hemd in dieser Nachmittagshitze arbeitete.

Doch der Anblick, der sich mir bot, zeigte keinen Geist. Das verwaschene Hemd war mehr oder weniger identisch, alles andere anders. Ich schätze, ich hatte damit gerechnet, einen Mann vorzufinden, Axt in der Hand, der auf einem breiten, sonnigen Platz zwischen Bäumen und Haus arbeitete; vielleicht hatte ich auch mit jemand Jüngerem gerechnet. Stattdessen sah ich eine Frau, die mir den Rücken zuwandte, Ende fünfzig, Anfang sechzig, soweit sich das sagen ließ. Sie war groß, schlank, nicht gerade spindeldürr, doch so mager, dass man vermuten würde, diese Arbeit wäre zu schwer für jemanden ihres Alters und ihrer Statur; eine ältere Frau in einem alten Hemd, cremefarbenen Jeans und verschrammten, knöchelhohen Stiefeln. Während ich ihr zusah, ihr Bild in mich aufnahm, schien sie völlig in ihrem Tun aufzugehen, und da ich annahm, sie wäre sich meiner Gegenwart nicht bewusst – einer Fremden in ihrem Hof, die sie anstarrte –, wusste ich nicht, was ich als Nächstes tun sollte. Ein langer Augenblick verstrich; und dann, gerade als ich entschied, wieder zu verschwinden, solange ich noch konnte, zurück zur Straße, drehte sie sich um, die Axt in der Hand, als wollte sie mich damit erschlagen, falls ich es wagen sollte, sie zu täuschen.

»Und?«, fragte sie. Sie klang brüsk, wirkte aber nicht feindselig, kam nur gleich zur Sache. Vielleicht war sie auch gar nicht brüsk, sondern verhielt sich nur der Situation angemessen. Sie gab sich förmlich und sprach mit einem leichten Akzent, den ich aber nicht einordnen konnte. »Was führt Sie an meine Tür? Die US-Mail hat hier schon seit geraumer Zeit nichts mehr verloren, und für Besucher habe ich nicht viel übrig.«

Ich wusste nicht, was ich sagen sollte. Die Art, wie sie mich anschaute, die Neugier, die unter ihrer äußerlichen Förmlichkeit durchschimmerte, fand ich verstörend, und ich brachte keinen Ton heraus, fühlte mich idiotisch, ein dummer, unbefugter Eindringling, der ihren perfekt geordneten Tag störte und nichts vorzubringen wusste. Aufgebrochen war ich mit einer gewissen Grundanleitung, doch angesichts dieser Axtfrau wurde mir klar, dass ich die noch nie angemessen gefunden hatte.

»Ich führe eine Umfrage durch«, sagte ich und sagte damit genau das, was ich Laurits zufolge niemals sagen sollte. Ich bot den Leuten eine Gelegenheit an, ihre Geschichte zu erzählen, keine Umfrage. Eine Chance, gehört zu werden, das verborgene Gewebe aus Wahrheit und Lüge, das jeder in seinem Herzen birgt – und worauf man nur anspielt, es höchstens halb offenbart –, ins freundliche Licht der Aufmerksamkeit eines anderen Menschen zu rücken. Nicht alles könne oder solle offenbart werden, hatte er gesagt. Er sei auf Andeutungen aus, auf Hinweise und Stellen, an denen die persönliche Sicht von der offiziellen Version abweiche. Das Narrativ der Seele.

Danach dann, sobald dies enthüllt sei, bleibe es den Umständen überlassen, wie weit man das Ganze noch fortführen wolle. Sah ich erst jetzt, Aug in Aug mit Jean Culver, wie beleidigend das wäre, falls es je dazu käme?

»Eine Umfrage?« Die leiseste Andeutung eines Lächelns huschte über ihr Gesicht, nicht unfreundlich, doch unterlegt mit einem Hauch fast von Verachtung, die allerdings nicht mir galt, was etwas in ihrem Ausdruck verriet, auch wenn ich nicht wusste wie. »Was für eine Art Umfrage?«

Ich schüttelte den Kopf. »Na ja«, sagte ich, »es ist nicht *direkt* eine Umfrage. Eher so etwas wie eine …« Ich suchte nach einer akzeptablen Beschreibung. »Eher eine … also, ich sammle Geschichten. Lebensgeschichten … mündliche Überlieferungen.«

»Verstehe.« Sie wischte sich mit dem Hemdsärmel über die Stirn. »Sie sind darin aber nicht besonders gut, oder?«

»Es ist ein Studienprojekt«, erwiderte ich und fand plötzlich, dass es wichtig war, nicht einfach abgewiesen zu werden. Warum hätte ich nicht sagen können, aber mit einem Mal fühlte ich mich verzweifelt, allein auf der Welt wie ein auf dem Rummel verlorenes Kind, und einen Moment lang fürchtete ich, dass mir die Tränen kamen. Ich versuchte es erneut: »Der Ansatz unterscheidet sich von der üblichen Herangehensweise bei der Aufzeichnung mündlicher Überlieferungen, wo man …«

»Hat es was mit dem Jahrtausendwechsel zu tun?«

Das überraschte mich. Bis dahin waren es nur noch wenige Monate, aber der Jahrtausendwechsel interessierte mich nicht, ein Thema fürs Fernsehen, für Publikumszeitschriften. »Nein«, erwiderte ich. »Es geht um ein narratives Projekt, das …«

Da verzog sie das Gesicht und winkte ab – ich hätte nicht sagen können, was an ihr anders schien, aber plötzlich fiel mir auf, dass sie deutlich älter war, als ich sie eingeschätzt hatte. Eigentlich verriet dies weniger ihr Gesicht als ihre Art, sich zu bewegen. Eine Sparsamkeit, die sie über die Jahre entwickelt hatte, um jeden Kraftaufwand auf ein Minimum zu reduzieren, ohne dabei gebrechlich zu wirken. »Vergessen Sie's«, sagte sie. »Es ist ein heißer Tag, und ich bin müde von all dem Holzhacken, Brennholz, das ich vermutlich nicht mal mehr brauchen werde.« Sie lächelte, als hätte sie gerade einen Witz gemacht, dann schaute sie mich an und brach in ein abruptes, aber keineswegs unangenehmes Lachen aus. »Ich kann einfach nicht anders«, sagte sie. »Muss jeden Tag ein bisschen Holz hacken. Das ist so meine Art, mir die Milzsucht zu vertreiben und den Kreislauf in Schwung zu bringen.« Sie schaute mich an, als wollte sie prüfen, ob ich das Zitat erkannte, dann lachte sie aufs Neue. »Kommen Sie ins Haus«, sagte sie. »Ich mache Ihnen einen Kräutertee.« Sie musterte mich von oben bis unten, dann schüttelte sie den Kopf. »Ich würde Ihnen ja was Stärkeres anbieten, aber ich fürchte, das scheint mir nicht ratsam.« Wieder lächelte sie. »Kommen Sie.« Diesmal klang ihre Stimme freundlich, doch nach einer Freundlichkeit, an die sie sich gerade erst erinnerte und für die sie normalerweise nichts übrighatte.

Ich fühlte die Spitze ihrer Bemerkung, wusste aber nichts dagegen vorzubringen. Mir war nicht danach, ins Haus dieser fremden Frau zu gehen – was seltsam war, offiziell zumindest, denn Einlass in ein Haus zu finden war ja genau der Grund, weshalb ich mich draußen in dieser schwülen Hitze aufhielt –, nur fehlte mir die Energie, etwas anderes zu tun. Die Frau drehte sich um und ging zur Seitenterrasse. Die offene Tür führte in die Stille des Waldes, lenkte den Blick darauf, was dort draußen sein mochte, und erinnerte mich daran, dass Dad es genauso gemacht hatte, dass er im Sommer früh die Tür aufriss und den ganzen Tag offen stehen ließ, wie um jedermann willkommen zu heißen. Sogar im Winter, selbst wenn Schnee auf die blassblaue Fläche zwischen unserem Haus und dem Birkenwald fiel, ließ er die Tür manchmal halb offen, weshalb man die kalte, frische Luft roch, wenn man sich einen Kaffee machte.

Jean Culver blickte nicht zurück, um sich zu vergewissern, ob ich ihr folgte. Ich schätze, ihr war es egal. Sie war müde, es wurde Zeit für eine Pause, und wenn ich kommen wollte, würde ich schon kommen. Also folgte ich ihr ins Haus, vielleicht, weil sich ein Gefühl in mir zu regen begann – eine Ahnung nur, denke ich, da es nichts gab, worauf es fußen konnte –, dass nämlich diese Frau anders als alle Menschen war, die ich je kennengelernt hatte. Sie war jemand, der seinen Frieden mit der Welt geschlossen hatte, zu ihren eigenen Bedingungen, jemand, der sich nicht länger um unbedeutendere Dinge sorgte und sich auf das konzentrierte, worauf es wirklich ankam. Nicht, dass ich eine Vorstellung davon gehabt hätte, was für eine alte Frau, die allein im Wald lebte, wichtig sein könnte. Denn als ich mich den Terrassenstufen näherte und die Stille im Haus spürte, war ich mir sicher, dass sie im Grunde allein auf der Welt war – und dass es ihr so gefiel. Die Terrasse war sauber und ordentlich aufgeräumt, am Rand entlang standen kleine Bäume in Ziertöpfen, und an der Wand lehnten einige Stühle; im Haus führte ein schmaler Flur direkt in die Küche, in der die Frau bereits Wasser in einen altmodischen, nicht elektrischen Kessel füllte.

»Ich habe Kamille, Zimt, Apfel und Minze«, sagte sie mit Blick auf die Arbeitsfläche neben dem Herd. »Was noch? Rooibos, aber für den habe ich mich nie recht begeistern können. Bergtee und Sanddorn, den hat mir jemand geschenkt, aber ich habe ihn noch nicht ausprobiert.« Sie sah zu mir hinüber, ob ich ihr auch zuhörte. »Lapsang Souchong, Orange Pekoe, Darjeeling. Oder hätten Sie lieber eine Tasse Kaffee?« Sie wartete geduldig auf meine Antwort, auch wenn sie mir vermutlich ansah, dass ich mich nicht entscheiden konnte. Ich wollte einfach nur eine Weile sitzen, still sein. Sie lächelte, immer noch. »Versuchen wir's mit Sanddorn«, sagte sie dann. »Wie ich gehört habe, soll er sehr erfrischend sein.«

Ich nickte. Die Küche war ein großer, hoher Raum, schien dank der offenen Fenster aber nicht allein zum Haus zu gehören, sondern enger noch mit dem Garten verbunden zu sein. In der Mitte stand ein wuchtiger, viereckiger, vermutlich aus Pechkiefer gefertigter Tisch, der so alt aussah, dass man sich vorstellen konnte, er sei aus den salzverwaschenen Planken der *Pequod* zusammengesetzt, die Maserung offen, lang, dunkel von Jahren. Zimmerpflanzen zierten Tisch und Stellflächen, auf dem Fensterbrett, das vom Spülbecken in der Ecke bis zur Tür reichte, eine lange Reihe Geranien und Usambaraveilchen. Davon abgesehen wirkte die Küche aufgeräumt, funktional, wenn auch nicht kahl, eher, als hätte sich seit fünfzig Jahren nichts darin geändert. Sie schien frisch und sauber; alles war gut erhalten, was mich aus irgendeinem Grund an ein Gedicht von Marianne Moore denken ließ, an Verse über kannelierte Säulen, die Kalkweiß bescheidener mache.

Das Wasser kochte, und Jean Culver begann in aller Ruhe, den Tee zuzubereiten. Auch wenn ich mir mittlerweile sicher war, dass sie allein in diesem Haus lebte, machte sie doch nicht den Eindruck einer einsamen Alten, die jede Gelegenheit zur Gesellschaft ergriff, die sich ihr bot. Im Gegenteil. Es war offensichtlich, dass sie mit ihrer eigenen Gesellschaft vollauf zufrieden war. Es gab auch keine Anzeichen für Haustiere, keine Katzen, die mit hocherhobenem Schwanz über den sonnenhellen Fußboden schlichen und mich auf Anzeichen von Boshaftigkeit oder Schwäche prüften, kein hechelnder kleiner Hund, der irgendwo im Haus bellte oder an einer Tür kratzte. Ihre Bemerkungen wirkten wohlüberlegt und kein bisschen aufdringlich; ich fand sie weniger neugierig als um eine Freundlichkeit bemüht, die gewisse Erkundungen erforderte, Fragen nach dem Zuhause oder zumindest nach der Herkunft, nach Familie, beruflichem Werdegang und derlei. Mir entging auch nicht, dass sie sich nicht weiter nach meiner angeblichen Umfrage erkundigte. Als der Tee fertig war, deckte sie den Tisch – Tassen und Untertassen, eine schlichtweiße Teekanne aus Porzellan, ein Zierbecher mit schwerem, dunkelgoldenem Honig und ein Teller mit selbstgebackenen Keksen. Wir setzten uns. Es folgte eine lange Stille, in der sie offensichtlich darauf wartete, dass ich das Wort ergriff. Und ich erinnerte mich an meine Umgangsformen und erkundigte mich nach ihrer Familie, was, wie ich gleich begriff, keine Frage war, die sie erwartet oder sich von mir erhofft hatte.

»Nach dem Tod meiner Eltern bin ich bei Verwandten aufgewachsen«, erzählte sie, der Ton sachlich, gar ein wenig barsch. »Bis vor kurzem hatte ich auch einen Bruder.« Sie schaute mir offen ins Gesicht, als wollte sie etwas ergründen. »Er ist letzten Herbst gestorben.«

»Tut mir leid, dass …«

»Muss es nicht«, sagte sie, nun mit etwas schärferer Stimme. »Er war alt. Noch älter als ich, auch wenn ich Ihnen ansehe, wie schwer es Ihnen fällt, das zu glauben.«

»Nein, gar nicht.«

Sie lächelte. »Das Alter hat seine Vorteile«, sagte sie. »Einer ist, dass man weiß, der Tod ist nicht mehr fern. Der eigene Tod, der Tod anderer, egal. Eines Tages klingelt das Telefon. Du bist gerade beim Backen, in der Pfanne gebackene Apfeltaschen, also legst du die Teigrolle hin und nimmst ab … Dann machst du weiter und backst die besten Apfeltaschen, die du je gebacken hast. Sein Lieblingsgebäck, aber das war Zufall, deshalb hatte ich sie nicht gemacht.« Sie lächelte wieder, traurig wie es schien, als hätte sie sich an etwas erinnert, das sie normalerweise zurückhielt. Ein altes Glück, zu mühsam, um es länger im Gedächtnis zu halten. »Dann war es an der Zeit, etwas Schwarzes herauszusuchen und einen Flug zur Beerdigung nach Virginia zu buchen, eine ziemlich kärgliche Veranstaltung, nur ich und zwei Leute, die er von der Arbeit kannte. *Ich* kannte sie nicht, und sie haben hinterher nicht viel geredet. Ein paar Sätze aus dem Buch der Prediger – wir waren beide nie religiös, aber es schien angebracht.« Sie hob leicht den Kopf, als wollte sie einige Zeilen aufsagen, überlegte es sich dann aber anders. »Ist man erst in meinem Alter, sind die meisten Freunde tot. Nur denkt man so nicht an sie. Man erinnert sich an ihre Leben, nicht an die Toten. Für Beerdigungen hatte ich nie viel übrig, aber man tut seine Pflicht. Unterdessen gibt es Kuchen zu backen und Holz zu hacken. Ich finde so ein Leben längst gut genug.« Sie schenkte mir noch Tee nach; er roch grün, sommerlich und ein wenig bitter. »Ich rede nicht von Glück. Höre ich Leute über Glück sprechen, habe ich keine Ahnung, wovon sie da reden, und letztlich ist es auch nichts, worüber man sprechen kann; Glück liegt allein in dem, was man tut. Kuchen backen, Holz hacken. Und ab einem gewissen Alter ist das reine Leben Freude genug.« Sie stieß ein abruptes, kurzes Lachen aus. »Meine Güte, was rede ich nur«, sagte sie – und ihr Akzent, woher auch immer, schien ausgeprägter denn je, Virginia, hatte sie gesagt, aber ich war mir nicht sicher, ob sie wirklich von dort stammte. »Einige von uns brauchen ein Leben lang, um herauszufinden, dass die besten Dinge im Leben die langweiligen, alltäglichen Dinge sind.« Sie nahm sich ein wenig Honig. »Dabei sind sie im Grunde natürlich nicht langweilig. Wenn wir jung sind, fehlt es uns nur an der nötigen Fantasie, um erkennen zu können, was diese tagtäglichen Pflichten und Rituale in Wahrheit sind. Und all die großen Abenteuer«, sie rührte mit dem Löffel in ihrem Tee und lächelte, fast nur vor sich hin, doch fühlte ich mich nicht ausgeschlossen. »Na ja, wenn sie geschehen, sind sie nicht so toll.« Sie musterte mich aufmerksam. »Sie können das noch nicht wissen«, sagte sie. »Aber Ihnen bleibt noch Zeit. Später dann, das verspreche ich Ihnen, werden die Dinge klarer, als Sie es je erwartet haben.«

Ich hatte natürlich keine Ahnung, wovon sie sprach. Ehrlich gesagt, vieles von dem, was sie an diesem Nachmittag sagte, habe ich nicht verstanden. Und doch bekenne ich, dass sie mich faszinierte. Nicht weil das, was sie sagte, für mein Leben besonders zutreffend gewesen wäre – was wusste sie schließlich schon über mein Leben, außer, dass ich einen Kater hatte? Nein: Mich faszinierte, wie sie war, wie sie sich bewegte, diese eigenartige Genügsamkeit, der Eindruck von einem gänzlich in sich ruhenden Menschen, den das nicht die geringste Mühe zu kosten schien. Der Tee war bitter, die Kekse waren ein wenig trocken, aber das scherte mich nicht. Mir war sogar egal, dass ich das Gespräch mit ihr manchmal verwirrend fand, besonders, wenn sie über mein Leben sprach, als würde sie alles darüber wissen. Entscheidend war, dass ich sie beneidete. Ich beneidete sie um ihre Genügsamkeit, um dieses In-sich-Ruhen. Ich wollte sein wie sie, was absurd war, da ich im Verlauf des Nachmittags genügend Muße hatte, ihr Gesicht aus größter Nähe zu betrachten – und da sah ich, dass sie wirklich schon sehr alt war. Auf jeden Fall viel zu alt, um Holz zu hacken. Zu alt sogar, um allein zu wohnen. Ich wollte sie fragen, wann sie zur Welt gekommen war, nur um zu sehen, ob ich mit meiner Einschätzung richtiglag – die Einschätzung von was? Ich wusste es nicht. Ich stellte sie mir vor in diesem Haus, allein, im Winter. Wie sollte das gehen? Kam sie jemand besuchen? Hatte sie ein Auto? Ich begann, Fragen zu formulieren, und wollte sie stellen, aber sie wich mir immer wieder aus, als wäre das ein Spiel oder als wüsste sie, was ich wissen wollte, und wäre nicht bereit, auf indirekte Fragen zu antworten. Sie wollte nicht, dass ich mich langsam vortastete. Sie wollte nicht, dass ich höflich tat. Wenn ich was wissen wollte, sollte ich sie fragen. Direkt. Rundheraus.

Schließlich fand ich eine Lücke im Gesprächsfluss. Sie hatte über Essen geredet, über das Rezept für die Apfeltaschen, das von ihrem Vormund stammte. Sie versprach, sie würde mir irgendwann einmal welche backen – was mir eine Gelegenheit bot. »Und?«, sagte ich. »Ist das typisch für Virginia? Apfeltaschen, die in der Pfanne ausgebacken werden?«

Sie lächelte und gestattete sich ein kurzes Nicken. »Nicht nur Apfeltaschen«, sagte sie. »Man kann sie auch mit Pfirsichen machen. Mit Aprikosen. Bei Äpfeln nehme ich ein wenig mehr Zimt.«

»Da sind Sie also her?«, fragte ich. »Ich höre Ihren Akzent, kann ihn aber nicht ganz …«

»Ich bin aus keiner Gegend, die Sie kennen«, unterbrach sie mich, »habe aber in vielen Gegenden gewohnt, unter anderem in Virginia.« Ihre Augen funkelten. Ja, dieses alte Klischee – aber sie wirkte wacher und lebendiger als die meisten jungen Leute, die ich kannte. »Gehört das zur Umfrage?«

»Nein.«

»Mir egal«, sagte sie.

Ich schüttelte den Kopf, war mir plötzlich aber nicht mehr sicher. Wenn meine Neugier nicht in gewisser Weise Teil der Umfrage war, was dann? »Ich dachte nur«, sagte ich. »Sie haben vorhin erwähnt, dass Ihr Bruder in Virginia wohnte, und ich meine, mich erinnern zu können …«

Sie stieß ihr kurzes Lachen aus und nickte. »Tja«, sagte sie, »demnächst werde ich irgendwohin müssen, aber wenn Sie wollen, erzähle ich Ihnen meine Geschichte. Nicht heute, aber bald. Ich denke, Sie werden sie interessant finden.« Sie beugte sich vor und hielt mich mit ihrem Blick gefangen. »Dafür müssen Sie mir allerdings etwas versprechen.«

Ich war verblüfft, natürlich. »Was soll ich Ihnen denn versprechen?«, fragte ich.

»Sie müssen mir versprechen, fünf Tage lang nicht zu trinken.«

Und genau das war der Moment. Ihre Forderung war absurd, und doch war dies der Augenblick, in dem sich mein Leben änderte. Nicht ihrer Worte wegen, sondern weil ich nicht beleidigt reagierte, nicht die Küche verließ und zurückkehrte in meinen täglichen Kreislauf von Alkohol, benebeltem Sex mit Laurits und der Sehnsucht nach einem Geist, von dem ich wusste, dass er nie erscheinen würde. Ich brachte nicht einmal vor, dass es sie nichts anginge, was ich tue und was nicht. Ich spürte bloß ein seltsam luftiges Gefühl in der Brust, ein Gefühl, das ich nur mit einer Windböe vergleichen kann, die durch ein offenes Fenster weht, die Vorhänge aufbläht und leer zurückfallen lässt. Als ich schließlich etwas sagte, klang meine Stimme dünn, weit fort und so unsicher, dass man auch ein Schuldeingeständnis heraushören könnte. »Wie bitte?«

Sie schüttelte den Kopf und schenkte mir ein Lächeln, das traurig wirken mochte, beinahe, als beginne sie bereits zu bereuen, was sie nun sagen würde. »Wenn Sie bis nächsten Dienstag nüchtern bleiben können, kommen Sie zurück. Vielleicht nehme ich Sie mit ins Sacred Grounds. Wir könnten es als Ausflug verstehen. Kennen Sie es?«

Ich nickte. Das Sacred Grounds war ein Stadtcafé. Ich war nie dort gewesen, hatte aber davon gehört. Vor einem Jahr war irgendeine große Kette in die Stadt gekommen und hatte fünf Häuser weiter ein Café eröffnet, sich dort eingenistet und darauf gewartet, das Sacred Grounds übernehmen zu können. Die übliche Vorgehensweise eben, und normalerweise funktionierte sie. In diesem Fall aber wehrten sich die Leute. Sie organisierten einen Boykott. Sie verteilten Flugblätter. Das Sacred Grounds lief besser als je zuvor. Die Kette zog sich zurück.

»Ist allerdings ein Café«, sagte sie. »Alkohol wird da nicht verkauft.«

»Das weiß ich.«

Sie lachte. »Schon gut«, sagte sie. »Ich nehme Sie doch nur auf den Arm. Daran müssen Sie sich schon gewöhnen, wenn Sie sich mit alten Leuten abgeben.«

Und das war's. Ich brauchte nichts zu sagen und wusste, sie würde auch nicht überprüfen können, ob ich die nächsten fünf Tage nüchtern blieb, doch schien eine Übereinkunft getroffen worden zu sein, und nun, da der Tee ausgetrunken und zwischen uns ein unausgesprochenes Abkommen geschlossen war, verstummte sie, und wir saßen da wie zwei alte Bekannte, die nicht viel zu reden brauchten, in einer Küche, die, wie ich spürte, einst das Herz des Hauses gewesen war, ein schon fast öffentlicher Ort, man kam und ging, Familie, Freunde, vielleicht auch ein, zwei Nachbarn, bevor das Viertel zu einer Abfolge adretter Vorstadtstraßen verkommen war, in dem ein Haus wie das ihre fehl am Platze wirkte. Vielleicht aber war es anfangs nicht so gewesen, damals, als sie ankam. Vielleicht wuchsen Pappeln und wilde Blumen entlang der Straße, Tiere stromerten ungestört durch die Gärten, nachts riefen Eulen. Ich weiß nicht, warum ich das annahm, doch schien mir, es gab hier Geschichten zu erzählen, und als sie mich zurück durch den Flur begleitete – durch eine halboffene Tür erhaschte ich einen Blick auf ein großes Zimmer mit reihenweise Bücherregalen und nahm einen Geruch wahr, den ich nicht zuordnen konnte –, spürte ich, dass ich mehr als nur die Aussicht auf eine Geschichte mit mir davontrug.

Gregory Peck

Als ich zurück in die Wohnung kam, saß Laurits in einen Sessel drapiert und sah fern, auf dem Boden eine Reihe Flaschen seiner bevorzugten Kleinbrauerei. Am Bildschirm starrte Gregory Peck unergründlich in die Ferne, dieser klassische Gregory-Peck-Blick; ich kannte den Film, konnte mich allerdings nicht an den Titel erinnern, was aber nicht weiter von Bedeutung war. Ich hatte keine Lust, über Filme zu reden, und auch wenn ich Jean Culvers abstrusem Nüchternheitspakt nicht zugestimmt hatte, wollte ich keinen Drink, nicht mal ein Bier. Ich wollte duschen und mich dann ins eigene Bett legen. Laurits mietete die Wohnung von einem Freund; offiziell gesehen war ich keine Mieterin, nur eine Freundin, die bei ihm wohnte, doch hatten wir beide unser eigenes Zimmer, und meist schliefen wir allein. Mein Zimmer war klein, schmal, sehr weiß und nahezu perfekt. Die Art Zimmer, in dem eine Nonne wohnen könnte, vielleicht keine christliche Nonne, aber eine eines anderen Glaubens. Sagen wir, eine buddhistische Nonne, falls es die gibt, aber da es buddhistische Mönche gibt, denke ich, wird es auch buddhistische Nonnen geben. Nicht, dass es auf den Glauben ankäme. Ich wollte bloß kein Kreuz im Zimmer haben, keine Bibel oder dergleichen. Nur die weißen Wände und eine tröstliche Enge, als nähme ich exakt gerade so viel Platz ein, wie ich zum Schlafen, Aufwachen und Anziehen brauchte. Laurits hatte das größere Zimmer, das aber dunkler war, aufwendiger eingerichtet, voll mit alten, womöglich antiken, jedenfalls aber bedeutungsschweren Landhausmöbeln, meist aus dem Laden eines Freundes, Blue Barn Antiques, jedes Stück mit Patina, Charakter und von garantiert regionaler Herkunft. Wenn wir Sex hatten, dann in Laurits' Zimmer. Das war eine stillschweigende Übereinkunft, die für mich etwas damit zu tun hatte, dass ich meine kleine Nonnenzelle intakt bewahren wollte, was sie für Laurits bedeutete, wusste ich nicht. Ich glaube, er fand die Atmosphäre bei ihm angemessener. Sein Zimmer hatte etwas *Narratives.* Das war so eines seiner Wörter: narrativ – was nicht bedeutete, dass etwas eine Geschichte hatte, sondern vielmehr, dass diesem Etwas, ob nun einem Ort, einer Person oder einer Situation, die Möglichkeit einer Geschichte anhaftete, die Möglichkeit des Erzählens selbst, und das bedeutete mehr, als dass die Dinge einfach nur geschahen. Laurits hatte jede Menge Theorien über das Narrative. Einer Gruppe SIU-Studenten, die wir in einer Pizzeria in Scarsville kennengelernt hatten, erklärte er einmal lang und breit, die wahre Tragödie des amerikanischen Lebens habe damals, in den sechziger Jahren, nicht darin bestanden, dass der Präsident erschossen worden war, sondern dass man ihn in Dallas, Texas, erschossen hatte, an einem Ort, der für Laurits so gut wie überhaupt keinen narrativen Wert besaß. Wäre das Attentat in Washington passiert oder in New York – oder auch nur St. Louis – wäre alles anders gewesen. Aber *Dallas?* Was war schon Dallas? Ein Grashügel. Ein Aufbewahrungsort für Bücher. Keine Geschichte, keine Tradition, keine – Provenienz. Von so was war Laurits wie besessen. Amerikanische Narrative. Amerikanische Geschichte, die nie ganz das war, was Historiker darunter verstanden, oder so, wie europäische oder japanische Historie Geschichte war. Deshalb verwechselten die Amerikaner auch so leicht ihre Geschichte mit dem, was sie in Filmen sahen, erklärte Laurits, denn die Geschichte, die ihnen blieb, war sehr viel uninteressanter als die Geschichten, die sich eine beliebige Gruppe von Drehbuchschreibern an einem einzigen Nachmittag in ihrem Büro zusammenfabulieren konnten. Laurits behauptete, Leute kennengelernt zu haben, die nicht wussten, dass es das Attentat auf Kennedy wirklich gegeben hatte. Sie dachten, es wäre aus einem Film. Ein Typ hatte ihn sogar gefragt, wer JFK im Film gespielt hatte, nicht im Remake, sondern im Original.

Natürlich war Laurits ein Lügner. Alles an ihm war gelogen. Er behauptete, aus Estland zu stammen – und richtig war, er hatte einen estnischen Namen, doch war er selbst nur ein einziges Mal in Estland gewesen, ein Ausflug über ein verlängertes Wochenende, damals, als er durch Europa reiste; seine Familie lebte in New Jersey. Estnisch war eine Nationalität mit narrativem Gehalt, die er einsetzen konnte, wie es ihm passte, da niemand in Scarsville auch nur eine Ahnung hatte, wo Estland lag. Ja, sicher, der eine oder andere vom Typ Politikwissenschaftler konnte auf einer Landkarte darauf deuten und erklären, Estland sei ein ehemaliger Satellitenstaat der Sowjetunion, aber das war es dann auch schon, und damals, in einer Welt, in der es noch kein Wikipedia gab, war unser mutmaßliches Wissen deutlich begrenzter als heute. Laurits allerdings wusste alles, zumindest glaubten wir das, gab es doch keine Möglichkeit, irgendwelche Fakten zu überprüfen, die er mit offenkundig atemberaubender Präzision über ein Land von sich gab, das er für heilig hielt, ein vor Bedeutung strotzendes Land mit unverwechselbaren Volksliedern, unübertroffen in seiner Schönheit, seiner tragischen

Anmut, ein Land, dessen Wälder noch relativ intakt wirkten, da sie noch nicht abgetreten worden waren an irgendein Holzfällerkonsortium oder eine Bergarbeitergesellschaft mit genügend Geld, die nötigen Schmiergelder zu zahlen. Doch wenn Laurits all dies von seiner vermeintlichen Heimat erzählte, diesem frisch dem Joch der Sowjetunion entronnenen Land, das zu den ältesten, vielfältigsten Kulturen Europas zählte, hörte es sich nie so an, als kritisierte er Amerika. Zumindest nicht das wahre Amerika, von dem er annahm, dass alle darunter das Gleiche verstanden wie er – das *Volk* nämlich, jene, die arbeiteten oder um ihre Arbeit gebracht worden waren, die Armen, die kaum über die Runden kamen, sowie das gute Volk auf dem Land, das sich für seine Mammutbaumwälder einsetzte und ums blaue Prärie-Bartgras kämpfte.

Mir war all das unbekannt. Estland, das Attentat auf Kennedy, das sowjetische Joch – für mich waren das nur Wörter. Was mir an Laurits gefiel, wenn wir zusammen waren – oder nein, was mich in seiner Nähe zur Ruhe kommen ließ, war, dass er grundlos log, er hatte bloß seinen Spaß und flunkerte beim Erzählen drauflos, so wie Dad es gern getan hatte, wenn er auf seine indianischen Wurzeln zu sprechen kam, auf seine Erinnerungen an dieses Land, wie er es als junger Mann noch gekannt hatte. Land, das rasch verschwand, das Indianern gehören sollte und nicht Christen. Land, das nach fünfhundert Jahren im Besitz der Weißen nur noch wenig mehr war als Rauch und Geister. Was ich etwas seltsam fand, da Laurits ansonsten so gar nicht meinem Vater glich. Eigentlich war er in den meisten Dingen sogar das genaue Gegenteil. Während Dad sanft gewesen war, humorvoll, jemand, der um sich herum stets Platz für andere schuf, war Laurits neugierig, spöttisch, provokant, und wenn er seine narrativen Regeln rigoros anwandte, konnte er auch rücksichtslos sein, sogar grausam. Aber das kümmerte mich nicht. Ich habe damals nicht darüber nachgedacht, und auch jetzt ist es eigentlich nicht weiter wichtig, denn der einzige Grund, weshalb ich mit Laurits zusammenlebte, war der, dass er so viel redete. Das und mein weißes Zimmer, für das ich anteilig Miete bezahlte, wenn auch nicht viel, und in manchen Wochen erließ er sie mir auch, wenn er wusste, dass ich kein Geld hatte. Auf das Reden kam es an. War ich mit Laurits zusammen, brauchte ich nicht zu reden. Brauchte niemand zu *sein*. Ich musste nicht einmal zuhören. Ich konnte überall hin und einfach nur trinken und alles über mich hinwegrieseln lassen, das Gerede, die Empörung, das Gelächter. Eine Weile machte es dann nichts, dass Dad nicht da war, gab es doch Momente, spät am Samstagabend oder bei einer der Feierabendpartys, die Laurits in seiner Wohnung veranstaltete, da hörte es sich fast so an, als wäre er da gewesen.

* * *

Dad hat nie viel von seiner Kindheit erzählt, als hätte sein Leben erst begonnen, nachdem er sein Zuhause irgendwo oben im Norden von New England verlassen und sich bis nach Pennsylvania hatte treiben lassen. Nicht weit, aber weit genug. Ich weiß nicht, wie viel Zeit verging, ehe er meine Mutter kennenlernte und er – so seine eigenen Worte – zu jung heiratete. Anfangs müssen sie glücklich gewesen sein, nur weiß ich wiederum nicht, wie lang ihr Glück hielt. Nachdem meine Mutter gegangen war – ich war damals sechs Jahre alt –, sagte er oft, doch ohne spürbare Verbitterung, die Ehe sei zur Jugend das einzige Gegenmittel. Er sagte es über sich, nicht über meine Mutter, mit deren Verschwinden er bereits einige Zeit gerechnet hatte, und nach wenigen Monaten, in denen er neue Abläufe schuf, um mich zur Schule zu bringen und versorgt zu wissen, solange er bei der Arbeit war, sah er die ganze traurige Geschichte seiner Ehe mit fast so etwas wie Humor. Das entsprach einer Seite an ihm, die er bewusst entwickelt hatte, um mit der offiziellen Welt der Arbeit, der Institutionen und all dem Gesellschaftlichen fertigzuwerden – seine Fähigkeit nämlich, alles in Systemen zu denken. Ich wusste nicht, was er tat, wenn er ins Büro ging, wo er als Senior Designer arbeitete, doch verstand ich, als ich älter wurde, dass er seiner Natur nach zwar einen Hang zur Wildnis hatte, zu Wald und Fluss – weshalb er manchmal auch tagelang ins hinterletzte Nirgendwo verschwand –, für sich aber beschlossen hatte, die einzige Möglichkeit, mit der sozialen, der offiziellen Welt umzugehen, bestünde darin, sie für eine Reihe ineinandergreifender Systeme zu halten. Dieses Prinzip galt ausnahmslos, auch für seine Ehe; als meine Mutter verschwand, sah er ihre Abwesenheit allein als ein Systemproblem, das sich leicht überwinden ließ, wenn man ihm mit gesundem Menschenverstand, Geld und Gefasstheit begegnete. Und das Prinzip funktionierte – zumindest dem äußeren Anschein nach.

Dennoch wusste er nicht recht etwas mit sich anzufangen, bis Louise auftauchte, acht Jahre später. Er behauptete gern, nicht genügend Zeit gehabt zu haben, um die Freuden der Einsamkeit kennenlernen zu können. Da meine Mutter fort war, musste er mich allein aufziehen – und er war ein guter Vater, immer da, wenn ich ihn brauchte; er saß an meinem Bett und hielt meine Hand, wenn ich nicht einschlafen konnte, redete mit mir, wenn ich aus einem Albtraum aufschreckte, bis ich das blassgoldene Licht in meinem Zimmer wieder wahrnahm. Er erzählte mir Märchen – ich weiß nicht, woher sie kamen, vielleicht hat er sie sich ausgedacht –, Geschichten, die stets damit endeten, dass ein böser alter König vertrieben wurde aus seinem Palast, den man dann für alle Welt öffnete, ein Palast, in dem Kinder tanzen und singen durften, und das umliegende Gelände wurde zu einem Garten, in dem jeder, selbst die Ärmsten des Königreiches, picknicken oder in den Zirkus gehen durften. Diese Geschichten waren anders als alles, was ich sonst las oder hörte, nie handelten sie von einem echten König, der seinen Thron zurückeroberte oder vom siebten Sohn eines siebten Sohnes, der die Prinzessin für sich gewann. Und immer endeten sie mit dem Sieg des einfachen Volkes. Nach einer Weile begann ich zu verstehen, worauf er hinauswollte, aber ich ließ mir nie etwas anmerken. Es war die einzige Erziehung, die er mir bieten konnte. Ein Gefühl für das, was sich gehörte. Gleichheit und Gerechtigkeit für alle. Ein gutes System.

Ich habe nie erfahren, warum Dad so jung von daheim fortging. Er sprach nur selten über seine Eltern und nie über die Schule oder über Freunde aus der alten Heimat. Er schien für sich allein aufgewachsen zu sein, wild in den Wäldern; zwar hat er nie die Landschaft beschrieben, doch stellte ich mir Birken und Espen vor, im Herbst von dunklem Buttergelb, eisig hart und still im Winter. Nur eines verriet er über seine Herkunft, nämlich dass er mütterlicherseits von den Abenaki abstammte – und das war auch schon alles, was er mir je über seine Eltern erzählte, Vater wie Mutter, weshalb ich nicht gerade viel Material hatte, um mir ihre seltsame und womöglich kontroverse Liebesgeschichte auszumalen. Bat ich ihn aber um weitere Details, schüttelte er nur den Kopf und sagte, er könne sich nicht an viel erinnern, nur dass sie zwei Menschen von völlig verschiedener Herkunft waren, die sich eines Tages in einem Café kennengelernt und ineinander verliebt hatten.

»Wo?«, fragte ich voller Ungeduld, mehr von ihrer Geschichte zu erfahren.

»Wo was?«

»Wo haben sie sich kennengelernt?«

»Habe ich doch gesagt. In einem Café.«

»Wo?«

»Weiß nicht. Irgendwo in Vermont.«

»Und du weißt nicht wo?«

Er schüttelte dann den Kopf und deutete ein eigenartiges Lächeln an. »Sie haben nie viel geredet.«

»Sie haben dir überhaupt nichts erzählt?«

»Nein, nicht viel.«

»Aber Geschichtenerzählen ist doch so wichtig im Leben der Abenaki«, sagte ich. »Ich habe darüber gelesen. Geschichten sind für ihre Kultur von entscheidender Bedeutung – sie halten Geschichten sogar für etwas irgendwie Lebendiges.«

»Tja, *mir* hat jedenfalls niemand Geschichten erzählt.« Dann schüttelte er den Kopf, wie um anzudeuten, dass er mir mehr erzählen würde, wenn es denn mehr zu erzählen gäbe, aber das gab es nicht. »Sie haben wirklich kaum was gesagt. Wenn ich allerdings vermuten müsste, ich denke, dann würde ich auf Franklin County tippen. Wo sie sich kennengelernt haben. Mein alter Herr ist auf der Suche nach Arbeit ziemlich weit herumgekommen.«

Und mehr bekam ich nicht aus ihm heraus. Er hatte keine Fotos, keine Briefe oder Dokumente, also war ich frei, mir vorzustellen, was ich wollte, und ich machte meine Großmutter zu einer hübschen, dunkelhaarigen jungen Frau, die sich, ein skeptisches Lächeln im Gesicht, im Licht des Cafés umdreht und diesem Weißen trauen möchte, den sie gerade kennengelernt hatte. Aber wie? War sie allein? Unwahrscheinlich. Mit Freundinnen, die ruhig zusahen, vielleicht eine Hand vor dem Mund, um ihr nervöses Lachen zu verbergen, vielleicht ein wenig um sie besorgt, wussten sie doch, dass man Weißen nicht trauen konnte. Ich hatte keine Ahnung.

Dieses Bild wurde vor meinem geistigen Auge immer präziser und lebhafter, auch als mir klar wurde, wie sehr es auf reinen Annahmen beruhte. Trotzdem war es zugleich real. Wenn ich genau genug hinsah, konnte ich dic junge Frau im Gesicht meines Vaters erkennen: das Dunkel seiner Augen, das rabenschwarze Haar, etwas Seltsames, fast Abstraktes in seinem Gesichtsausdruck, sobald jemand mit ihm redete, beinahe, als könnte er nicht recht verstehen, was man ihm sagte. Oder nein: Er verstand durchaus, fragte sich aber, ob das alles war, ob da nicht noch etwas kam, das er nicht ganz verstand oder, eher noch, das nicht gesagt wurde. Denn er begriff einfach nicht, wie das alles sein konnte. Er begriff nicht, wie die anderen ihre Leben so fern der Welt um sie herum leben konnten, fern der Wälder, des Vogelgesangs, fern vom Geruch eines Flusses in einer Frühlingsnacht. Es verwirrte ihn, dass seine Nachbarn auf diese Weise lebten, und zugleich plagten ihn Fragen nach der anderen Welt, nach jener Welt, mit der sein eingeborener Anteil – sein indianisches Ich – zwar nicht gerade verbunden war, der sie aber wahrnahm, von einem geheimen, nicht ganz vollständigen Wissen beunruhigt. Er wusste manches, er hatte eine Art, sich im Wald zu bewegen oder draußen, über den Schnee, eine Art, die ihn leichter als andere über die Erde trug, doch gab es nichts, was all dies miteinander verband. Es gab sogar Winkel in seinem Hirn, in denen es noch eine Ahnung von einer früheren Sprache gab, einem Idiom, das verwurzelter war in diesem Land, im Blut, das eigene Worte besaß, um den nach einem Gewitter sich aufhellenden Wald zu beschreiben oder den plötzlichen Drang wider die Schwerkraft, der den Leib durchzuckt, wenn überm Kopf Gänse zu tausenden dahinziehen. Nicht, dass er über derlei direkt gesprochen hätte. Er hat viel geredet, hat Geschichten erzählt und Erinnerungen von Menschen, die er kennengelernt, von Dingen, die er flüchtig gesehen hatte, nur sprach er eben sehr wenig über sein eigenes Leben. Ich hatte Mühe, ihn mir als Kind vorzustellen: frei, womöglich ein bisschen wild, ein Junge voll schwarzer, strahlender Energie, die er nicht recht verstand und mit der er nicht viel anzufangen wusste, jedenfalls nicht in Gesellschaft. Nachdem meine Mutter fort war, sagte er oft, dass seine Frau und er geheiratet hätten, sei das eigentliche Geheimnis seiner Zeit auf dieser guten Erde – aber ich wusste, so leicht konnte er diesen Teil seines Lebens nicht abtun. Denn auch, wenn er sich mit der Einsamkeit abfand, haftete seinen Tagen doch eine Spur Sehnsucht an, die er nicht verbergen konnte. Eine Ruhelosigkeit, meist herzensgut, oft aber auch verwundert, und manchmal hatte es, wie er selbst eingestand, auch Augenblicke wahlloser Grausamkeit gegeben. Eine Neugier auf Schmerz, der er sich als Heranwachsender nicht gänzlich entziehen konnte. Einzelheiten hat er nie genannt, aber einmal erzählte er, die anderen Kinder hätten Angst vor ihm gehabt wegen der Dinge, die er getan hatte. Plötzliche Wutausbrüche, die ihn so verwirrten, wie sie seine Opfer verängstigten, Vorfälle mit Blut, und einmal war da ein Junge mit gebrochener Nase und gebrochenem Handgelenk gewesen, verprügelt aus einem Grund, an den sich Dad hinterher nicht einmal erinnern konnte.

Natürlich wollte ich diese Geschichten nicht hören – er aber hatte seine Gründe, sie mir zu erzählen, so wie er mir seine verdrehten Märchen aus einem bestimmten Grund erzählte. Er wollte nicht, dass ich in die Welt hinausging, ohne zu wissen, was mir vielleicht im Blut lag. Er konnte mir zeigen, was er wusste, nur sollte das nicht das Einzige sein, denn was die Welt wusste, konnte das Leben leichter machen, weniger isoliert, sofern man damit zu Rande kam. Davon war er zutiefst überzeugt. Es war die einzige Gewissheit, die er über diese Welt besaß. Systemdenken. Mir aber setzte die gegenteilige Angst zu. Ich wollte nicht verlieren, was er hatte – und ich wollte es ganz bestimmt nicht gegen das eintauschen, was Schule, Ehe und Arbeitsalltag boten. Ich wollte an einem Winterabend draußen stehen und lauschen, so wie er lauschte – und ich wollte hören, was er hörte. Nur konnte ich das nicht. Ich hörte nichts, jedenfalls nichts Ungewöhnliches. Für ihn war der Wald verzaubert, der Fluss war mehr oder minder ein alter Geist aus einer anderen Zeit, für mich aber waren sie, auch wenn ich sie schön fand, letzten Endes nur Bäume und Wasser. Als Kind konnte ich es manchmal fast glauben. Ich lief durchs Dunkel, überzeugt, ich hätte eine Art sechsten Sinn und könnte die Schwerkraft der Dinge in meinem Weg spüren und sie entsprechend umgehen, und falls es nicht immer klappte, konnte ich mir einreden, dass es diesen sechsten Sinn gab und dass ich ihn früher oder später finden würde. Mit seinem Tod entglitt mir dieses Gespür für die Welt einfach, und gewiss wusste ich nur noch, was ich *nicht* wollte – und das war so ziemlich alles.

* * *

Dads Tod unterbrach mein Studium. Oder, nein – weniger sein Tod als vielmehr die Monate, die darauf folgten, Monate, in denen ich mich nicht damit abfinden konnte, dass er nicht mehr da war. Dass es ihn nicht mehr gab. Er war schon seit einiger Zeit krank gewesen, hatte es mir aber verheimlicht, weshalb ich davon erst erfuhr, als Louise an einem eisigen Dezembermorgen anrief, eine Woche vor Ende des ersten Semesters. Tags zuvor hatte es geschneit. Die Stadt glitzerte weiß im Licht der Wintersonne, die Menschen spazierten in Wintermänteln über die Straßen, glücklich und beschwingt von diesem Wunder, fast wie die unfassbar netten Erwachsenen aus alten Bilderbüchern. Alles schien so stimmig wie aus lang vergangener Zeit, dass ich anfangs gar nicht verstand, was Louise mir sagte. Etwas war passiert. Ich sollte gleich kommen. Mehr hat sie erst nicht gesagt, die Stimme sanft und zögerlich, als hoffte Louise, was sie zu sagen hatte, machte mir keine Angst, wenn sie es nur leise und ruhig genug sagte.

Es war seltsam, sie so reden zu hören, fast als hörte man jemanden einen Vortrag einüben. Eine Geschichte. Worte, die Leute in Büchern und Filmen sagten, nicht aber im wahren Leben – allerdings war Louise immer so zu mir gewesen. Sie war Dads Freundin, das wusste ich, nur nahm ich nicht an, dass sie eine Affäre hatten, zumindest nicht im üblichen Sinne; außerdem wusste ich, Dad würde niemals wieder heiraten. Trotzdem sorgte sich Louise ständig darum, was ich von ihrer

Rolle in Dads Leben hielt, weshalb sie sich in meiner Gegenwart zurückhielt. Manchmal, wenn ich aus der Stadt heimkam und ihren Wagen in der Auffahrt sah, blieb ich vorm Haus stehen und lauschte Louises heller, fröhlicher, aus einem Fenster trällernden Stimme; und es war schon merkwürdig, wie plötzlich sie zum Schatten ihrer selbst wurde, sobald ich das Haus betrat, wie unaufdringlich und zurückhaltend sie dann war, fast wie im Film die zweiten Ehefrauen, die allzu angestrengt versuchten, nicht so zu tun, als wollten sie den Platz der toten Mutter einnehmen. Bloß war meine Mutter nicht tot, sie war nur fort. Was Louise aber nicht wusste. Sie nahm ihre Beziehung zu Dad und mir sehr ernst, beinahe, als ginge sie einer Arbeit nach. Das Problem war, dass das, was sie tat, zu jenen uralten Stammestätigkeiten gehörte, die längst niemand mehr ausübte. Sündenesser etwa. Oder Anstandsdame. Ich wusste, sie zog diese Kinomasche ab, war geduldig, drängte nicht und hoffte, nach und nach mein Vertrauen zu gewinnen. Nur bedeutete sie mir nicht genug, um sie zurückzuweisen, und ebenso wenig lag mir daran mitzuspielen, jedenfalls nicht bis zu der Stelle, wo wir laut Drehbuch zueinanderfanden, uns umarmten und vereint wären in unser beider Liebe zu Dad.

An jenem Tag aber, als sie auf einer schlechten Leitung über tausend Meilen Schnee hinweg mit mir telefonierte, war sie anders. Immer noch zurückhaltend, nur schien sie sich der Regeln nicht mehr so sicher, denen sie folgen sollte. Sie wusste, wie sie sich als respektvolle Freundin zu verhalten hatte, oder als diskrete Geliebte, falls sie das während all jener Jahre denn gewesen war, *hiermit* aber kannte sie sich nicht aus. Sie hielt sich so gut, wie man es unter den Umständen erwarten konnte, nur begriff ich nicht, was sie mir sagte. Zuerst jedenfalls nicht –

und als sie zu mir durchdrang, waren es nicht ihre Worte, sondern irgendwas in ihrer Stimme. Der Ton. Zurückhaltend, ja, aber nicht so sanft wie früher. Fast, als würde sie mich zum ersten Mal nicht als die Freundin meines Vaters, sondern ganz direkt ansprechen. Und da verstand ich.

»Was ist?«, fragte ich. »Was ist passiert?« Das klang auch nach Drehbuch, wie etwas, das man nur in Romanen sagt, es sei denn, man kennt es aus eben diesen Romanen und sagt es, weil einem dämmert, dass es nichts anderes zu sagen gibt. Dann ein langes Schweigen. Ich besaß erst seit kurzem ein Handy – Dad hatte es für mich gekauft, damit wir immer in Verbindung bleiben konnten, obwohl er wusste, dass ich Handys nicht mochte. Mir war nie klar, ob der andere aufgehört hatte zu reden oder ob wir getrennt worden waren. Nicht, dass ich in jenem ersten Jahr an der Uni oft telefoniert hätte.

Es kam mir lang vor, bis Louise wieder redete. Und als sie es dann tat, klang sie, als wäre etwas in ihr zerbrochen, etwas Körperliches – und was ich an ihrer Stimme hart gefunden hatte, so begriff ich jetzt, verriet nur, wie sehr sie ihre Gefühle zu zügeln versuchte, damit es bei diesem Gespräch nicht um *sie* ging – und vielleicht zum ersten Mal verstand ich, wie sehr sie stets darauf geachtet hatte, sich nicht aufzudrängen. »Er ist von uns gegangen, Honey«, sagte sie, und ich fand seltsam, dass sie mich einfach so Honey nannte. Sie hatte Dad in meiner Gegenwart einmal so genannt, was ihr sehr peinlich gewesen war. Andere Leute nannte sie ständig Honey, Darling oder redete sie mit sonst irgendwelchen Kosenamen an, aber *mich* hatte sie noch nie Honey genannt, und jetzt hörte sich das seltsam an, fast, als müssten wir nun in Trauer vereint sein oder so.

»Gegangen?« Einen Moment lang wollte ich mich zurückversetzen, mir einreden, alles sei in Ordnung, Dad sei nur mal wieder verschwunden, wie er es so oft getan hatte, damals, als ich ein Kind war. Er stieg in den Wagen, fuhr davon und tauchte ohne Erklärung erst einige Tage später wieder auf, nur dieser ferne, stille Blick in den Augen. Meine Mutter hatte ihn nie gefragt, wo er gewesen war, jedenfalls nicht, wenn ich dabei war, und doch stellte ich ihr die Frage, nicht ihm, als ich den Mut aufbrachte, eine Erklärung zu verlangen.

»Ich weiß nicht, wohin er geht«, sagte sie. »Er muss nur eine Weile mit sich allein sein.«

»Aber warum?«, hakte ich nach. Ich war sechs Jahre alt, wusste jedoch selbst in dem Alter, dass ich mit meiner Frage eine Art Anschuldigung erhob.

»Nun ja«, sagte sie, »ich glaube, er muss allein sein. Vielleicht hat er Angst vor dem, was er tun könnte, wenn er nicht für eine Weile verschwinden kann.«

Das machte mir Angst. Dieser Halbsatz: *Was er tun könnte.* Ich wusste nicht, was er bedeutete, und nachdem sie ihn ausgesprochen hatte, wollte ich es auch nicht wissen. Sie aber verstand nicht, dachte, ich hätte Angst um sie oder Angst um mich, dabei hätte ich mir meinen Vater gar nicht gewalttätig vorstellen können. Sie lachte – ein Lachen, das gewiss beruhigend klingen sollte, auch wenn es nicht so wirkte. »Keine Sorge«, sagte sie. »*Dir* würde er nie etwas antun. Nur …« Sie schüttelte den Kopf. »Ich weiß nicht«, sagte sie dann rasch, beinahe abschätzig. »So ist er eben. Manchmal muss er allein sein.«

Ich musterte ihr Gesicht. Sie war mir nie sehr nah gewesen, hatte mir nie Geschichten vorgelesen oder Ausflüge mit mir gemacht wie andere Mütter in Büchern und Filmen. Sie war auf distanzierte Weise freundlich zu mir, und manchmal schenkte sie mir etwas, aber sie war nie ganz bei mir in meiner Welt. »Geht er irgendwann für immer?«

Der Gedanke ließ sie zusammenzucken, als hätte sie selbst noch nie daran gedacht. »Nein«, antwortete sie, »natürlich nicht.« Sie zwang sich zu einem Lächeln. »Er würde dich nie verlassen.«

Und das war immerhin die Wahrheit. Nachdem sie einige Monate später verschwunden war, ging er nie wieder allein weg. Manchmal hatte er diesen abwesenden Blick in den Augen, beim Arbeiten oder beim Kochen, doch er blieb bei mir. Er musste sich um ein Kind kümmern. Erst jetzt, als ich fort war, auf sicherem Weg in mein eigenes Leben, verschwand er aufs Neue, diesmal für immer. Es war, als hätte er nur den passenden Moment abgewartet. Louise sagte noch etwas, aber es drang nicht zu mir durch – dann aber, wie aufgeschreckt von einem Echo dessen, was meine Mutter mir vor über einem Jahrzehnt gesagt hatte, kamen ihre Worte bei mir an. »Er ist von uns gegangen«, hatte sie gesagt. »Aber du hast ihn nicht verloren. Irgendwie wird er immer bei dir sein.« Sie schwieg, lauschte, ob ich ihr zuhörte. »Er hat dich mehr als alles auf der Welt geliebt«, sagte sie. »Und er wird immer bei dir sein …«

Mehr habe ich an jenem Tag nicht von ihr gehört. Ehe sie noch etwas sagen konnte, schaltete ich das Handy aus, so dass sie glauben mochte, wir seien getrennt worden. Vielleicht ahnte sie auch, was ich getan hatte, und falls es so war, wusste ich, sie würde mir verzeihen. Mit Verlust kannte sie sich aus, fast, als hätte sie ihr Leben lang dafür geprobt. Manche Leute tun das. Es ist eine Berufung, geradeso wie bei Sündenessern oder Anstandsdamen. Sie wissen, wie man sich verhält, wenn jemand verschwindet oder stirbt. Dadurch hatte Louise meinen

Vater überhaupt erst kennengelernt. Sie hatte etwas in seinen Augen gesehen, hatte verstanden, dass er etwas verloren hatte, auch wenn er immer schon gespürt haben mochte, dass er nicht mit meiner Mutter zusammenbleiben wollte und nicht recht wusste, was er mit sich anfangen sollte. Als ich später nach Hause kam, nach der Beerdigung und nach jenen Tagen und Wochen, die darauf folgten, war Louise stets für mich da, tröstete, verzieh und lebte neben meiner Einsamkeit, wobei sie den Respekt bewies, sie nicht füllen oder mir gar sagen zu wollen, was ich zu tun hatte. Ich schwänzte die Uni und wäre vielleicht ganz abgegangen, hätte ich nicht auch das Haus in Stonybrook verloren. Für Louise war das eine ziemliche Überraschung; aus irgendeinem Grund hatte Dad offenbar eine Hypothek aufgenommen, und kaum waren die finanziellen Verhältnisse geklärt, musste das Haus weit unter Wert verkauft werden. Ich verstand nichts, achtete kaum auf Details. Louise übernahm und kümmerte sich um alles, und als ich nicht wusste, wo ich wohnen sollte, bot sie an, mich aufzunehmen, zumindest bis ich wieder auf eigenen Füßen stehen konnte. Da beschloss ich, zurück an die Uni zu gehen. Nicht, dass ich Louise nicht mochte, ich hatte sie sogar ein wenig lieb, allein schon dafür, wie sie zu Dad gewesen war, aber ich hielt es in ihrem Haus nicht aus, ertrug es nicht, umsorgt und stillschweigend ermutigt zu werden, doch wieder auf eigenen Füßen zu stehen. Folglich wurde ich erneut Studentin, nur konnte ich nicht zu dem zurück, was ich vorher gemacht hatte, weshalb ich Emily Dickinson aufgab und Marianne Moore, Weldon Kees, Hart Crane und John Berryman, all die Dichter, die ich so liebte. Für jemanden in meiner delikaten psychischen Verfassung war Lyrik gewiss viel zu gefährlich. Lieber was Praktisches – und auch Leichtes, also nichts ganz Neues. Ich wollte nichts Neues, also schrieb ich mich für ein Filmstudium ein. Ich war längst kinosüchtig, warum sich also diese Leidenschaft nicht zunutze machen? Warum es nicht leicht angehen lassen, wenigstens bis ich herausfand, was ich wirklich wollte? Kunst oder dergleichen machen zu wollen, dafür fehlte mir der nötige Ehrgeiz. Was gut war, denn hätte ich ihn besessen, hätte er Laurits nie überlebt – und vielleicht war das ein weiterer Grund, warum ich nur einen Monat nach meiner Ankunft in Scarsville zu ihm gezogen bin. Laurits war größer als alle anderen, die ich kannte; er nahm mehr Raum ein. Und als sich in meinem Leben ein dunkler Abgrund auftat, füllte er ihn. Eine Zeitlang war ich ihm zumindest dafür richtig dankbar.

* * *

Vielleicht, weil Louise ständig behauptete, Dad sei noch bei mir, stellte ich ihn mir irgendwann als Wiedergänger vor. Vielleicht waren es auch die letzten Reste Lyrik, die in meinem traurigen Herzen Unfug trieben. Ich weiß es nicht. Ich weiß nur, eine Zeitlang war ich mir sicher, dass er zurückkommen würde, nicht zuletzt, weil ich so wenig von diesem künftigen Geist erwartete. Er brauchte nichts zu sagen, brauchte einfach nur da zu sein. Eine Andeutung, eine Spur – mehr wäre nicht nötig. Aber dann, als nichts geschah, sagte ich mir, auch das sei okay. Mehr sogar, denn Dad – oder der Abenaki in ihm – glaubte, zumindest behauptete er das, dass die Toten, die ein gutes Leben geführt hatten, direkt in die nächste Existenz übergehen. Sie werden in der Gestalt dessen wiedergeboren, das sie am meisten geliebt haben oder dem sie zu Lebzeiten am ähnlichsten waren, und dann sind sie als jene Menschen, die sie waren, aus dieser Welt verschwunden, obwohl sie noch hier sind als jemand oder etwas anderes. Sie kehren nicht wieder, um uns heimzusuchen, weil ihnen das unmöglich ist; zu sehr sind sie von ihrem neuen Leben gefangen; außerdem können sie sich womöglich nicht daran erinnern, was sie zuvor gewesen waren. Die einzigen Gespenster, die ihre alte Welt heimsuchen, sind die Geschädigten, die Böswilligen. Es klang wie eine Mischung aus Buddhismus und alten heidnischen Vorstellungen von Seelenwanderung, angereichert mit einem kräftigen Schuss volkstümlichem Karma, doch daran glaubte er eben, und wenn er darüber redete, konnte er ziemlich überzeugend sein. Louise gestand mir einmal, dass mein Vater sich nicht sicher gewesen sei, ein Halb-Abenaki zu sein, ihm gefiel einfach die Vorstellung. Vielleicht war er es zur Hälfte, vielleicht auch bloß zu einem Achtel, einem Sechzehntel, aber darauf kam es nicht an, denn allein die Überzeugung ermöglichte es seiner Fantasie, sich eine lebbare Welt zu schaffen. Als Louise das sagte, ärgerte ich mich über sie, aber mit ein wenig Abstand zweifelte ich nicht mehr daran, dass sie zumindest teilweise Recht hatte. Ein Abenaki zu sein, gestattete ihm, sich ein moralisches und spirituelles System zu schaffen, das in der Welt fehlte, mit der er es tagtäglich zu tun hatte. Es gestattete ihm, daran zu glauben, dass manche Leute als Reh oder als Fisch wiedergeboren werden, während andere, da sie auf eine Weise verletzt waren, die sich nicht heilen ließ, Geister bleiben müssen, gebunden an ihre alten Leben. Seinem Denksystem zufolge sollte ich daher froh sein, dass er nicht zurückkehrte, und irgendwie bin ich das auch, dann aber muss ich wieder an die alten Geschichten denken, die er erzählte, Geschichten über Onkel oder Großmütter, die für einen Abend zurückkehren, um mit den Lebenden zu reden, ihnen Rat zu erteilen, ihnen Mut zuzusprechen, und ich fragte mich, warum er das nicht für mich tun konnte. Vielleicht fehlte er mir auch nur dermaßen, dass ein Geist – irgendein Geist – besser als nichts gewesen wäre. An einem guten Tag konnte ich mir vorstellen, dass er als Adler oder Habicht wiedergeboren wurde, vielleicht auch als Baum an einem See, auf den Ästen Vögel oder Schnee, je nach Jahreszeit. Das hätte ihm gefallen. Am liebsten aber stellte ich ihn mir als Vogel vor. Ein Zugvogel, eine dieser Seeschwalben, die von Pol zu Pol fliegen, dem Licht der Sonne über glitzerndes Wasser folgen und in den Untiefen nach dem Aufblitzen eines Fisches spähen. Das wäre gut. Zurückzukehren als ein Vogel mit der in seinen hohlen Knochen eingeschlossenen Erinnerung an einen Mann, das Mikrogramm einer zusätzlichen Seele, die ihn durch das nächste Leben führte, und das nächste, bis die Zeit kommt, da wir uns wiedersehen, nicht als jene, die wir waren, doch auf einem subtileren, fast gravitativen Level wiedererkennbar. Hätte ich Laurits irgendwas davon erzählt, hätte er gesagt, habe man solche Gedanken, wisse man, dass man in ernsten Schwierigkeiten stecke – und auch wenn ich nie so blöd war, ihm meine Geister-Fantasien anzuvertrauen, war mir doch dankenswert klar, wie erbarmungslos er mich damit aufgezogen hätte.

Patricia Neal

Die nächsten fünf Tage waren schwer für mich. Nicht so schwer wie für Ray Milland in *Das verlorene Wochenende,* nicht so schwer wie für John Lennon, der in einem Hotelzimmer seinen Cold Turkey rausschrie, aber doch schwer genug. Ich hatte schon einmal mit dem Alkohol aufgehört, noch nie aber nach so vielen Monaten steten Konsums. Ich kannte den Nachtschweiß, das trockene Würgen, die unvermittelt einsetzenden, entsetzlichen Krämpfe, während derer man glaubt, es zerreiße einem die Wadenmuskeln, doch womit ich nicht gerechnet hatte, das war die Schönheit der Albträume. Meist handelten meine Albträume von gewöhnlicher Angst, gewöhnlicher Scham: Nacktsein in der Öffentlichkeit; klauenfingrige Harpyien, die aus dem Dunkeln kommen und mit ihren Nägeln mein Gesicht zerkratzten; langsames, langwieriges Ertrinken im eigenen Bett, bei Bewusstsein und in der Erkenntnis, dass ich, wie ein im Stich gelassener Lazarus, verzweifelt versuchte, mich von der Matratze zu erheben, die langsam im dunklen, fauligen Wasser versank, nur konnte ich mich nicht bewegen, konnte nicht mal schreien. Derartige aus dem Säuferwahn geborene Horror-Klischees eben. In der zweiten Nacht wurde ich wach, weil ich glaubte, so laut geschrien zu haben, dass ich die ganze Nachbarschaft geweckt hatte und die Cops meine Tür aufbrachen, um nachzusehen, wer ermordet wurde. Als ich die Arme schließlich wieder bewegen und mich in eine sitzende Haltung aufrichten konnte, war es im Zimmer still, alles normal. Kein Echo verklang, kein Blaulicht draußen, keine Beamten. Was aber in den nächsten fünf Tagen anders war, in denen ich mir einredete, nicht mit dem Alkohol aufzuhören, nur weil Jean Culver es mir gesagt hatte, was neu war, das war die Landschaft in meinem Kopf, eine Landschaft, in einem Moment unbeschreiblich schön, im nächsten auf stille, perverse Weise beängstigend.

Ich meine unbeschreiblich schön, weil ich beim Aufwachen keine Worte für diese Träume fand, dabei musste ich sie beschreiben, nicht irgendwem, sondern mir selbst, vielmehr *für mich* selbst. Diese Träume waren wie erstaunliche, surreale Filme, wahre Kunstwerke. Hätte ich eine Kamera und das entsprechende Budget gehabt, ich hätte eine Möglichkeit finden wollen, sie aufzunehmen, sie sichtbar zu machen und so in der Zeit zu fixieren. Der Traum, den ich in meiner ersten nüchternen Nacht hatte – heute finde ich es seltsam, ein Wort wie *nüchtern* zu benutzen, klingt es doch, als wäre ich vollwertiges Mitglied einer Anti-Alkoholiker-Gruppe, dennoch, genau das meine ich: nüchtern. Diese AA-Flugblätter verraten mit keinem Wort, wie seltsam die ersten nüchternen Tage sind. Die Träume, die Halluzinationen, auch die Albträume – keiner sagt einem, wie schön sie sind. In jener ersten Nacht sah ich mich an einem langen Strand – er war wirklich unfassbar lang, erstreckte sich meilenweit in alle Richtungen, flach, mit feinem Schlicksand, meist grau, an manchen Stellen aber auch silbrig oder gar fuchsrot, eine weite Ebene also, über der dichter Nebel hing. Und da war ich, in dem Nebel – der auch ich selbst war. Ich meine, ich war drinnen und er war ich, wir waren austauschbar, weshalb alles, was ich sah, ich selbst war, so weit das Auge reichte, was meist nicht sonderlich weit war, dann und wann aber blitzte klamme Helligkeit auf, und der Nebel lichtete sich ein wenig, gerade genug, um einen Schwarm Wattvögel sehen zu können, wie er vom Sand abhob und davonflatterte, lautlos fast, nur ein Flügelflüstern, dann wieder Nebel und Stille. Es war unerträglich schön. Ich wollte diesen Nebel nicht verlassen, nie mehr, und ich wäre auch geblieben – nur, wie wäre das gewesen, in einem Traum zu bleiben? Sich einen Raum zu erwählen und für den Rest des Lebens dort zu bleiben? *Die Seele sucht sich die Gesellschaft selbst – Und – schließt die Tür*. Wie wäre das? Müsste man wahnsinnig sein, um das zu erreichen?

Ich wollte nicht raus aus dem Nebel, konnte aber nicht aufhören, immer weiterzugehen, und anfangs gefiel es mir, mich vorwärtszubewegen, ohne Richtung, ohne Kompass, ohne Karte – dann aber begann sich fast unmerklich etwas zu ändern. Der Nebel lichtete sich, und ich fand mich selbst am Rand einer Halde massiver Felsbrocken am Fuß eines Kliffs wieder. Niemand war zu sehen, trotzdem hatte ich das Gefühl, beobachtet zu werden, und ehe ich es recht merkte, war der Nebel verschwunden. Nicht einfach verschwunden, nein, ausgelöscht, als hätte es ihn nie gegeben. Jetzt stand ich am Fuß dieses Kliffs, und überall um mich herum lagen Felsbrocken, solche, die erst kürzlich herabgefallen waren, und Felsbrocken, die schon immer hier gelegen hatten. Ich schaute mich um. Niemand zu sehen, und doch fühlte ich mich allein und schutzlos an diesem felsigen Strand und wollte woanders sein, irgendwo an einem geschützteren Ort, zurück im Nebel, bloß nicht hier. Ich blickte mich weiter um, und ich wusste, es gab einen Ausweg, ich wusste es, und ich wusste, ich konnte ihn finden, wenn ich mich nur aufmerksam genug umsah – und dann sah ich ihn, den Pfad zu einer Felsspalte, die hinauf ins Licht führte, fort vom Strand, nur ehe ich hingehen konnte, stürmte eine Schar Männer und Jungen auf mich zu, schreiende, brüllende, nackte Männer und Jungen mit grässlichen Verletzungen, fast, als wären sie durch ein Labyrinth von Stahlklingen gerannt. Fast, als hätten sie einen Spießrutenlauf hinter sich, bei dem ihnen Stahlklingen in und durch Fleisch und Glieder gefahren waren, Klingen, die ihnen in die Arme und Beine und Gesichter geschnitten, ihnen im Laufen wieder und wieder die Haut aufgeschlitzt hatten, so dass sie jetzt, als sie aus dieser Maschinerie auftauchten, wo immer die auch sein mochte, zu verletzt, zu zerschlitzt waren, um begreifen zu können, dass sie es hinter sich hatten, vom eigenen Blut zu geblendet, um zu verstehen, dass sie sich zu spät in Sicherheit befanden. Ich blieb reglos stehen, als sie um mich herum kreischten und brüllten, mich streiften, Männer und Jungen ohne Gesichter, Männer und Jungen, die ich nicht kannte, die mir so rasch entgegendrängten, dass ich nun jeden Moment von ihnen fortgespült werden und in einer Woge aus aufgeschnittenem, blutendem Fleisch ertrinken würde. Ich erwachte in dem Moment, als die Gewalt ihres Ansturms mich zu Boden warf, ehe ich völlig unterging, erwachte in meinem eigenen Bett, bei Dämmerlicht, fast gerettet, nur konnte ich mich nicht bewegen, und das Gewicht ihrer Leiber drohte mich zu erdrücken, während ich um jeden Atemzug kämpfte.

* * *

Das Gute an Laurits war, dass er – wenn ich mich in meine winzige weiße Zelle zurückzog – ja, ich dachte an Emily Dickinson, hörte im Hinterkopf ihre Stimme wie den einsamen, allwissenden Chor in einem griechischen Drama –, wenn ich mich von der Welt zurückzog und allein über meinen Büchern saß oder nur stumm hinaus auf den Nachbarhof blickte, der von meinem Fenster aus zu sehen war –, mich nie störte. War ich irgendwo anders, drängte er mich mitzumachen bei dem, was er gerade tat oder tun wollte oder worüber er reden wollte, und meist waren dabei Alkohol im Spiel und irgendwelche Drogen, die er sich kürzlich besorgt hatte. Schloss ich aber die Tür zu meiner Zelle hinter mir, ließ er mich allein. Sicher, unter den üblichen Aspekten war er ein meist umgänglicher Trinkkumpan, und sicher, er animierte mich, mehr zu trinken, als gut für mich war, aber eigentlich kam es darauf nicht an. Natürlich hatte ich daran gedacht, mit dem Trinken aufzuhören, nüchtern zu werden, morgens in der ersten Tageskühle zu joggen, Yoga zu machen, Tai Chi oder was auch immer gerade Mode war, aber die Tatsache, dass ich nichts davon durchhielt, hatte nichts mit Laurits zu tun. Es war allein meine Entscheidung, und auch wenn man sich gewöhnlich darauf verlassen konnte, dass ich die Dinge verpatzte, stimmte ebenso, dass Laurits mich nie zu irgendwas drängte. War ich nicht da, fand er sich damit ab, allein zu trinken. Was er auch tat, bloß wenn er allein trank, wurde er nie richtig betrunken. Er trank einfach und trank und dachte sich die verrücktesten Sachen aus – neue Projekte, neue Theorien, neue Einsichten, Körnchen der Weisheit, aus denen, so brillant sie in der ersten Stunde auch schimmerten, meist nichts erwuchs. Rein gar nichts – bis er im Nachhinein schließlich, weder vom Alkohol noch von Amphetaminen oder sonst irgendwelchen Drogen, die er in den vorangegangenen Tagen genommen haben mochte, sondern von Vergeblichkeit und Erschöpfung inspiriert, etwas Interessantes zu Tage förderte.

Dass er sich diesem Fegefeuer aussetzte, hatte ihm Preise und Stipendien eingebracht. Er behauptete gern, wenn die Förderer wüssten, woher er seine Ideen bezog, würde der Geldstrom bald versiegen. Ich dagegen fand, dass es sich genau umgekehrt verhielt. Die Förderer – Laurits' Sammelbegriff für alle jene, die ihm möglicherweise Geld gaben – wussten vermutlich über seine Methoden Bescheid. Nur brauchten sie Leute mit genügend Biss, die glaubhaft und risikobereit Aufgaben übernahmen. Genügend Biss, aber nicht zu viel; Risikobereitschaft, aber nichts Revolutionäres – was Laurits zu einem perfekten Kandidaten machte, einem künstlerisch veranlagten, anthropologischen Provokateur, der die richtigen Fragen zum vollklimatisierten Albtraum stellte, dem es aber an der nötigen Überzeugung fehlte, auch entsprechende Antworten zu liefern. Seine Arbeit – manche nannten es Kunst, andere dokumentarisch – war wild und gern auf Konfrontation aus, aber sie war auch sicher, da es ihr in letzter Instanz an wahrhaft moralischem Gehalt fehlte. Laurits gab sich damit zufrieden, die Hände zu wringen und zu erklären, wie lächerlich, ja widerwärtig und korrupt die Welt doch sei, nur wollte er nichts daran ändern. Er wollte weder heilen noch behandeln noch trotzig die Stirn bieten – und das machte ihn zu einer sicheren Nummer. Ich glaube, wäre es mit ihm noch eine Weile bergauf gegangen, hätte ihm sein Werk echte Aufmerksamkeit eingebracht, in der alternativen Kunstszene vielleicht eine gewisse Berühmtheit, nur hätte ihm diese Aufmerksamkeit nicht gefallen. Eigentlich hätte er sie sogar gehasst – und dann hätte er einen Film darüber gemacht, wie widerwärtig er es fand, seine nicht vorhandenen Prinzipien gegen kitschige fünfzehn Minuten Ruhm zu versilbern.

Als ich aus meinem Zimmer kam, war mir seltsam kalt, außerdem plagte mich ein schlimmes Fieber an diesem Sonntagmorgen, nachdem ich zwei Tage nichts als Wasser und Obst zu mir genommen hatte. Ich wusste, Laurits würde arbeiten, da er, sei es aus Eigensinn, sei es aus gutem Grund, stets behauptete, sonntags am besten arbeiten zu können, dann, wenn sich das übrige Scarsville einer Art neuzeitlichem Sabbat hingab, Zeitung las und darauf wartete, dass das Mittagessen serviert wurde. Ich wusste, er würde arbeiten, also ließ ich mir viel Zeit bei meinem Ritual im Bad, so dass ich anschließend wieder halbwegs hergestellt war, fast ein normaler Mensch. Dann setzte ich Kaffee auf, machte mir zum Fastenende ein einfaches Frühstück – Müsli, Apfelschnitze, fettarme Milch, eine Scheibe dünn mit Erdnussbutter bestrichenen Toast – und trug es ins Wohnzimmer, in dem Laurits arbeitete. Ich habe nie ganz verstanden, wie er seine Filme machte – manches drehte er selbst, das wusste ich, meist aber nutzte er vorhandenes Material, das er bearbeitete, nicht um grundlegende Mängel, sondern um jene konditionierten Reaktionen der Zuschauer aufzuzeigen, die das Gesehene auslöste, dabei war es egal, ob es um Pornoszenen, Reisedokumentationen oder Sportberichte ging, denn, was er sich an öffentlichem Material nahm, verwandelte er so, dass immer Fragen offen blieben. In einigen Kreisen waren seine Filme hochangesehen, er aber meinte, letztlich seien sie nur Bockmist. Die ursprüngliche Idee sei zwar kein Bockmist gewesen, erklärte er, aber der fertige Film reiche nie an sie heran. Laurits behauptete stets, diese Amateurfilme – seine Wortwahl, nicht meine – erzählten keine Geschichten, da er für Plots nichts übrighabe, Spannung hasste, die darin enthaltene Lüge, diese plumpe Künstlichkeit, doch glaube ich nicht, dass sein Publikum es ebenso sah. Ich denke, wenn es keine offensichtliche Geschichte gibt, macht sich der Zuschauer seine eigene. Laurits meinte, in seinem Leben gehe es nicht um Ereignisse oder um das kontinuierliche Bewusstsein eines Ichs, das der Sozialisationsprozess uns anzudrehen versucht. Komplexe Beziehungen interessieren ihn nicht, sagte er, er suche nur noch nach den flüchtigen Texturen, den Abstufungen von Licht und Schatten, den Nuancen und der Atmosphäre. Ihm ging es ums Gewebe der Welt – oder nein: um jene Orte oder Momente, an denen und in denen das Gewebe der Welt zerschliss oder zerriss.

Er hatte gerade ein neues Projekt begonnen, Arbeitstitel *Corrida.* Das Wohnzimmer, das wir kaum nutzten, war vorübergehend in eine Art Studio verwandelt worden. Zwei Videorekorder, ein brandneuer DVD-Spieler, diverse Aufnahmegeräte und Kameras, das ganze Equipment, das er für seine Arbeit brauchte, lag scheinbar ungeordnet herum, doch wusste Laurits stets, wo zu finden war, was er brauchte. An diesem Sonntagmorgen, an dem die braven Bürger von Scarsville in der Kirche waren oder für Freunde und Familie das Mittagessen vorbereiteten, saß er am Tisch, rechts ein Bildschirm, auf dem ein billiger Porno lief, links einer, der allem Anschein nach Aufnahmen von einem Stierkampf zeigte.

Es war offensichtlich, dass er sich diese Filme wegen ihrer Tristesse ausgesucht hatte. Der Porno war von schlechter Farbqualität, die Aufnahmen vom Stierkampf wirkten amateurhaft, das Bild flackerte. Laurits hatte für Tiere was übrig. Ihn interessierte, was wir ihnen antun. Ein Reiter mit Lanze führte den Stier, um den Pferdebauch hing ein dicker, goldfarbener Schutz, die scharfe Lanzenspitze hielt den Stier auf Abstand, der das Pferd aufzuspießen versuchte, während vier, fünf Männer mit flatternden, purpurroten und goldenen Capes durch sein Blickfeld rannten und ihn fortzulocken versuchten. Als das Tier sich umdrehte und wie verrückt den ersten Mann aufs Korn nahm, lenkte es ein anderer ab, dann kam noch einer und vollführte mit seinem Cape selbstsicher einige Bewegungen, was den Stier dermaßen verwirrte, dass er schließlich die Hörner in den Sand rammte, sich überschlug und auf dem Rücken landete, ehe er wieder aufsprang und wütend seinen Angriff fortsetzte. Nur waren die Capes jetzt verschwunden, die Männer hatten sich an verschiedene Stellen am äußersten Rand der Arena zurückgezogen, weshalb der ratlose Stier nicht wusste, wohin er als Nächstes stürmen sollte – und das war seltsamerweise der ergreifendste Moment im Film. Die Verblüffung des Stiers, seine Verwirrung. Er stand da, versuchte zu verstehen, zumindest sah es so aus, und schien kurz davor, die sinnlose Hatz aufgeben zu wollen, dann aber kam eines der Capes näher, flatterte heftiger, und er stürmte wieder voran, rannte wild gegen etwas an, das er nicht verstand.

Auf dem zweiten Bildschirm standen vier Männer beieinander, nackt bis auf ihre Socken, und starrten eine Frau an. Zweifellos waren es dieselben Männer, die sie ans Bett gefesselt hatten, wenn auch nicht so fest, wie man vermuten könnte, denn das Seil ließ ihr etwas Spiel (bald wurde klar, dass das mit Absicht geschehen war, als die Männer nämlich den Körper der Frau in die diversen Positionen brachten, in denen sie ihn benutzen wollten), doch irritierte mich anfangs vor allem, dass die Frau eine Brille trug. Warum? Warum hatten die Männer ihr nicht die Brille abgenommen, als sie ihr Kleider und Schuhe auszogen, die Handtasche fortnahmen? Ich fand das unheimlich, nur wusste ich nicht warum. Und dann fiel mir noch auf, dass die Frau benommen wirkte, irgendwie groggy. Nicht betrunken, aber vielleicht unter Drogen. In all der Zeit, in der die Männer sie benutzten, schrie sie nicht und wehrte sich auch nicht, obwohl unübersehbar war, dass ihr nicht gefiel, was ihr angetan wurde. Sie wirkte – wie? Nicht bedrückt, auch nicht, als hätte sie sich mit ihrem Los abgefunden. Sie war nur weggetreten, benebelt, fast betäubt – wenn auch, wird mir nun klar, nicht von irgendwelchen Drogen, sondern weil sie unter Schock stand. Ja, das war es, was hier geschah. Jetzt verstand ich. Für die Frau war es ein Schock, irgendwie in diese Lage geraten zu sein. Dass sie es zugelassen hatte, hier zu sein, machtlos und allein. Vielleicht hatte sie einem der Männer vertraut, hatte angenommen, dass das, was geschehen würde, ein intimes Ritual war, durch das sie in ihrer Neugier vereint wurden oder in ihrer – was? Was könnten sie untereinander geteilt haben wollen? Ich merkte, wie ich dieser Frage einen langen Augenblick nachhing, ehe mir die Verbindung zwischen den beiden Filmen auffiel. Die Verbindung, derentwegen Laurits sie ausgesucht hatte, die Verblüffung des Stiers gespiegelt in der Verwirrung der Frau. Beide konnten nicht verstehen, was ihnen angetan wurde, denn was geschah, besaß keinerlei Bedeutung. Es war sinnlos, zumindest für den Stier und die Frau. Für die Männer im Stierkampffilm mit ihren Hüten und grellen Brokatkostümen, aber auch für die Pornotypen mit ihren absurden Socken war die Bedeutung dagegen offensichtlich. Das war ja die Tragödie. Oder die Plattitüde? Für die Täter war die Bedeutung so offenkundig – sie, die wie Priester in einem banalen Ritual agierten –, und für die Opfer war sie so entsetzlich abwesend. Deshalb hatte Laurits die Filme ausgesucht. Eine Zeitlang stand ich da, ließ den Blick zwischen den Bildschirmen hin und her wandern, und als ich ging, fühlte ich mich leicht beschmutzt, so als hätte ich mich auf etwas eingelassen, dem ich mich eigentlich hätte verweigern sollen.

* * *

Ich weiß nicht, warum Laurits wollte, dass ich bei ihm einzog. Vielleicht wegen seiner Faulheit: Er hatte mich gern um sich, doch sagte er sich wohl, dass er vermutlich die Mühe scheuen würde, mich zu suchen, wenn ich nicht in seiner Nähe war. Anfangs hatten wir halbwegs guten Sex, zumindest fühlte es sich gut an, als mir Sex noch wichtig war. Ich fürchte, ich drücke mich falsch aus: Sex ist mir immer noch wichtig, nur kann ich mir zurzeit nicht vorstellen, jemanden zu lieben, was ich aber muss, will ich mich mit jemandem wieder auf etwas Körperliches einlassen. Und auch das ist nicht ganz richtig, da ich mir durchaus vorstellen kann, jemanden zu lieben, nur bleibt dieser Jemand abstrakt, eine in meiner Fantasie geschaffene Gestalt, und ich weiß, ich habe sie geschaffen, damit kein realer Mensch zu mir durchdringt. Dieser imaginäre Lover ist zu – gut. Unvergleichbar. Er hilft mir, meinen Körper rein zu halten. Als ich mit Laurits zusammenlebte, war ich zu offen, zu ungeschützt. Später dachte ich, ich könnte niemanden lieben, also kam es nicht darauf an, wen ich liebte, mit wem ich Sex hatte oder mit wem ich meine Tage vergeudete. Doch das Gegenteil davon stimmte. Ich litt so sehr unter dem Ausbleiben meines ureigenen Spuks, dass unwichtig war, was sonst geschah; es kam nicht darauf an, wen ich liebte, mit wem ich Sex hatte, mit wem ich redete und wen ich meinen Freund nannte. Und ich glaube, Laurits befand sich in einer ähnlichen Lage.

Er war gelangweilt, ich trauerte. Manchmal läuft das auf dasselbe hinaus.

Bedenkt man, wie viel wir getrunken und wie viele Drogen wir genommen hatten, mag dies schwer zu glauben sein, aber der Sex war gut. Zumindest eine Zeitlang. Wir sahen uns gern Filme an, keine Pornos, jedenfalls nicht die üblichen; ich schätze, wir standen eher auf altmodische Erotica, auf klassische Filme wie *Die Geschichte der O*, einer von Laurits' Lieblingsfilmen. Er hatte eine alte Videokassette aufgetrieben, die den Film auf Russisch synchronisiert zeigte, die Worte für uns unverständlich, weshalb wir umso mehr auf die Klangeffekte achteten, auf das Gestöhne, die Peitschenhiebe. Eigentlich lachhaft, zumindest wäre es das gewesen, hätte es damit aufgehört, aber es hörte nie damit auf. Wir saßen, tranken und sahen O zu, wie sie ins Schloss gebracht wurde oder wohin auch immer, und wir wurden immer betrunkener, je intimer und beschämender ihre Erniedrigungen wurden, und dann – nun, ich will nicht sagen, dass wir nachspielten, was wir gerade gesehen hatten, aber das gehörte natürlich dazu. Das war das Ziel. Manchmal ließ er die Zügel schießen, und er tat mir ein wenig weh. Ich meine – er tat mir wirklich so weh, dass Striemen auf der Haut zurückblieben. Er drückte mich nach unten und bedeckte mein Gesicht, band mich fest, und mir gefiel es, meist jedenfalls. Aber ich hatte auch Angst, da ich wusste, wie der Film ausging, wie es für sie alle ausging, und ich wollte nicht glauben, dass Laurits auch daran dachte. Ich wollte nicht glauben, dass er daran dachte – und ich konnte es auch nicht, da ich wusste, irgendein Ende würde es geben, selbst wenn er es noch so sehr wie ein Spiel aussehen ließ oder wie ein Ritual. Eine Zeremonie – so hatte er es einmal genannt. Ich wusste, jenseits des Spiels, jenseits der Zeremonie gab es ein Bild, nicht vom Tod, doch von etwas Ähnlichem, und ich fürchtete und schämte mich, nicht weil ich glaubte, dass Laurits mich benutzte, um dieses Bild zu finden, sondern weil ich ihm dabei half. Vielleicht nicht direkt, nur machte ich mir auch nicht die Mühe, eine Grenze zu ziehen. Ich legte nichts fest, das mir Sicherheit gab. Womit ich nicht behaupten will, dass ich mich von ihm umbringen oder ernsthaft verletzen lassen wollte, allerdings spürte ich irgendwo tief unten in meiner Magengrube, dass ich wohl kaum in der Lage wäre, ihn aufzuhalten, wenn er sich dazu entschließen sollte.

Die Seele sucht sich die Gesellschaft selbst, schrieb Emily. Stimmt, doch ist die Seele auf endlose Weise pervers. Wie ließe sich sonst erklären, dass ich in dieser Wohnung lebte? Wie ließe sich sonst erklären, dass Laurits mit mir zusammen war? Manchmal versuchte ich es zu verstehen, versuchte herauszufinden, was uns zueinander getrieben hatte. Ich ging sämtliche Optionen durch: Schuldgefühle, Selbsthass, echte Perversion, letztlich aber war es wohl weniger dramatisch. Langeweile vielleicht. Oder Geisteskrankheit.

»Könnte sein, dass ich ein bisschen bipolar bin«, verkündete ich eines Tages wie aus heiterem Himmel und merkte erst, als es zu spät war, dass ich offenbar laut geredet hatte. Wir lagen in seinem Bett, rauchten uns mit hervorragendem Gras in den Samstagnachmittag, tranken dazu zwei Flaschen Muskat. Es war Frühling, das Fenster stand offen. Im Hintergrund lief leise Bob van Asperens Einspielung von Girolamo Frescobaldis *Cento partite sopra passacagli.*

»Blödsinn«, knurrte Laurits.

Ich lachte. Für einen Mann, der Harfenmusik aus dem

siebzehnten Jahrhundert liebte, konnte er herrlich unsensibel sein. »Wieso?«

»Man kann nicht ein *bisschen* bipolar sein«, sagte er. »Das ist ein klinischer Zustand. Wie Depression. Ist es nicht klinisch, ist es keine Depression ...«

»Scheiße, Laurits«, sagte ich. »Warum musst du immer so ...?« Ich suchte nach dem passenden Wort, war aber zu bekifft.

Er hielt einen Moment inne, damit ich sehen konnte, dass er etwas Ernstes sagen wollte, denn auf seine verkorkste Weise war ich ihm wichtig, zumindest wichtig genug, um ein Missverständnis zu korrigieren. Als wäre das Leben nur eine komplizierte Verlängerung des Debattierklubs in der Schule: Um irgendwas wieder in Ordnung zu bringen, brauchte man nur ein überzeugendes Argument zu liefern. »Was man üblicherweise Depression nennt, ist ganz natürlich«, erklärte er. »Eine normale Reaktion auf die Welt, in der wir leben müssen. Manchmal hält man es aus, manchmal nicht. Aber das ist Kummer, vielleicht auch Trauer.«

»Trauer?«

»Ja, Trauer.«

»Was weißt du denn schon von Trauer?«

Er sah mich an, als hätten ihn meine Worte verletzt, als hätte ich nicht begriffen, dass er auf diesem Gebiet ein Spezialist war. »Ich weiß *alles* über Trauer«, sagte er. »Einmal hätte ich fast sogar einen Film darüber gedreht. Einen echten Jiminy Cricket, einen waschechten, amerikanischen Film.«

»Das hätte ich zu gern erlebt«, sagte ich.

Er ignorierte mich. »Der Streifen basierte auf einer wahren Geschichte über diese alte Frau ... nein, ich nenne sie eine alte

Dame. Diese alte Dame, nun, sagen wir, sie hieß Frances. Ein guter Name, ich mag Frances. Frances wie in Frances Farmer.«

»An Frances Farmer war nichts Besonderes«, warf ich ein. »Nur weil sie eine Rebellin war.«

»Ich werde mit dir nicht darüber diskutieren«, fuhr er fort. »Sagen wir einfach, die alte Dame hieß Frances. Sie wohnte in Pennsylvania in einem kleinen Haus am Rande der Stadt – na ja, Haus ist übertrieben. Ich bin einmal hingefahren; eigentlich war es kaum mehr als eine Hütte. Frances wohnte da, solange sie verheiratet war; und sie hat ihren Mann geliebt – nennen wir ihn Sam …«

»Warum Sam?«

»Zu Ehren von Sam Shepard, diesem amerikanischen Genie«, antwortete er, und mir fiel wieder ein, dass Sam Shepard in der Verfilmung von Frances Farmers Leben mitgespielt hatte, er und Jessica Lange, sicher fasziniert von der politischen Aussage irgendeines Manuskripts, das wie die meisten Originalmanuskripte in irgendeinem Studio bis zur Unkenntlichkeit umgeschrieben worden war.

»Okay.«

»Der Ärger beginnt, als Sam stirbt. Er und Frances standen sich immer nah, und natürlich haben sie ihr Leben lang in der kleinen Blockhütte im Wald gelebt, inmitten der Natur und im Einklang mit den Jahreszeiten, allein in ihrem Glück. Sie haben Kinder – keine Ahnung, wie viele, aber eines ist eine Tochter, die in die nahegelegene Stadt zog, aber die Hütte im Wald und all das dort erlebte Glück vergessen hat und nun beginnt, sich für die Rolle Kleines Fräulein Durchschnitt zu bewerben.«

»Aber, aber«, sagte ich. »So schlimm kann sie doch nicht gewesen sein.«

»Wer sagt denn, dass sie schlimm war?«

»Ich spüre, dass sie die Böse ist.«

Er lachte. Wir hatten eine weitere halbe Flasche Muskat intus, Bob van Asperen war verstummt. »In dem Film kommen keine Bösen vor«, sagte er. »Nur die Hütte, der Wald und, na ja, Schnee gab's vermutlich auch. Und natürlich den Tod.«

»Natürlich.«

»Frances wohnt also weiter in der kleinen Hütte im Wald, und wer weiß, dann und wann erhascht sie vielleicht einen Blick auf Sam im Schatten, vielleicht, wenn sie durch den Schnee geht, um Holz zu holen, aber das ist in Ordnung, sie ist schließlich nicht verrückt, sie ist nur eine alte Dame, die Jahrzehnte einer Liebe hinter sich hat. Und auf ihre Weise ist sie sogar zufrieden. Sie trauert, klar, nur kennen sich die Behörden mit Trauer nicht aus, und deshalb schicken sie die Cops, als ihre Tochter ihnen sagt …«

»Warte mal«, sagte ich.

»Worauf?«

»Die Tochter«, sagte ich. »Du hast ihr keinen Namen gegeben.«

»Stimmt, aber das ist unwichtig …«

»Nein«, warf ich ein. »Ich spüre doch, dass sie die Böse ist, da muss sie auch einen Namen haben.«

Er schüttelte den Kopf. »Na schön«, sagte er. »Dreh mir noch eine, und ich sag dir ihren Namen.«

»Ich soll dir noch eine drehen?«

»Ich kann gerade nicht, ich erzähle die Geschichte.«

»Na schön.« Ich langte nach Tabak und Papier. »Also – wie heißt sie?«

»Patricia.«

»Wie in Patricia Neal.«

»Ganz genau. Also, die Tochter …«

»Patricia«, unterbrach ich ihn. »Ich finde nicht, dass die Böse so heißen muss, nur weil Patricia Neal in diesem grässlichen Ayn-Rand-Film mitgespielt hat.«

Laurits verzog das Gesicht. In *Der Wildeste unter Tausend* war Patricia Neal großartig gewesen, die Rolle in *Ein Mann wie Sprengstoff* hatte Laurits ihr aber nie ganz verzeihen können. »*Patricia* fürchtet also, dass ihre Mutter depressiv wird. Trauern ist ja in Ordnung, das aber geht zu weit. Sie kommt nicht mehr in die Stadt, um Patricias kleine Jungen zu besuchen, Frankie und Johnny, sie zu verhätscheln und ihnen Hot Dogs oder Bassetts Ice Cream zu kaufen; sie sitzt einfach nur in ihrer Hütte, allein am Samstagabend, und das ist doch nicht gesund, also muss sie …«

»Bipolar sein?«

»Depressiv. Folglich geht Pattie zum Sozialamt, und das schickt jemanden raus zu Frances, aber die sagt, nein, es gehe ihr gut, sie wolle einfach nur allein gelassen werden, den Wald genießen und um ihren Sam trauern, das sei nun mal der Lauf der Natur. Patricia aber ist nicht zufrieden, also übt sie weiter Druck aus, und dann, nach ein paar Wochen, hat sie den Behörden schließlich so zugesetzt, dass die mit dieser netten alten Dame ganz offiziell werden und ihr auch gleich einen Gerichtsbeschluss vorlegen, der sie, zu ihrem eigenen Besten natürlich, zu einer psychologischen Beurteilung in die Stadt bestellt. Nein, wirklich, versucht sie ihnen zu versichern, mir geht es gut, sie wolle nichts weiter als im vertrauten Haus bleiben, Vögel am Fenster, Schnee auf den Holzscheiten, Waschbären, die nachts übers Dach poltern. Natürlich kann sie ihnen nicht erklären, dass sie in ein viel größeres Projekt verwickelt ist – Trauer ist immer ein weit größeres Projekt, als man es sich auch nur vorzustellen vermag –, und sie wartet auf seine … Erfüllung. Das ist nicht das richtige Wort, aber wie immer das auch lauten mag, sie kann es nicht sagen, da sie sich ihr Leben lang auf die Gnade des Ungesagten, die Gnädigkeit von anderen verlassen hat, wenn Ereignisse über sich selbst hinauswuchsen.«

»Und das soll eine Geschichte sein?«

»Ja.« Er schenkte sich den letzten Rest Muskatwein ein, aber ich wusste, es gab noch mehr. Es gab immer noch mehr. »Ja, ja, ja. Es ist eine wahre Geschichte, nicht irgendeine … Sie ist wahr. Eine Geschichte über eine alte Dame, die man mit Gewalt aus ihrem Haus holen will, und da sie sich nicht anders zu helfen weiß, greift sie zum alten Gewehr ihres Mannes und feuert einen Schuss ab – *ohne* auf jemanden zu zielen, verstehst du, nur eine letzte, verzweifelte Botschaft, eine letzte Bitte, doch in Ruhe gelassen zu werden. Woraufhin die Cops das Haus umstellen. Eine Belagerung. Du weißt ja, Cops lieben Belagerungen. Vor allem Cops auf dem Land. All die Überstunden und das Reden mit der Presse. Oder das Nicht-Reden mit der Presse. Dieser Adrenalinkick, wenn man an den Journalisten und Kameras vorbeigeht und *Kein Kommentar* sagt, als würde man so was ständig machen. Sie halten sich an die Vorschriften, riegeln die gefährliche Kriminelle von der Umwelt ab, ziehen einen Sicherheitskordon, und sobald das getan ist, holen sie den Lautsprecherwagen und bringen Barry Manilow zum Einsatz.«

»Wie bitte?«

»Barry Manilow. Für die klassische Belagerung oder Geiselnahme ist das wissenschaftlich bewiesen. Ein paar Tage Barry, und Gesetz und Ordnung sind bald wieder hergestellt.«

»Das ist ein Witz, oder?«

»Na ja, vielleicht nicht nur ein *paar* Tage. In diesem Fall hielt Frances siebenundvierzig Tage durch, ehe sie sich gestellt hat.«

»Mann.«

»Genau.«

»Und dann?«

»Wie?«

»Was ist dann passiert?«

»Woher zum Teufel soll ich das wissen?«

»Aber geht's in der Geschichte nicht eben darum?«

»Nein, nein, nein.« Laurits tat verärgert, aber ich wusste, er spielte mir was vor. »Die Geschichte handelt von dieser Belagerung, von Frances in ihrer Blockhütte, wie sie den Kaffee streckt und versucht, mit dem Wald Kontakt aufzunehmen, dabei aber Tag und Nacht Barry Manilow im Kopf hat. Das ist die Geschichte.«

»Aber damit kannst du nicht aufhören«, warf ich ein. »Ich will wissen, was dann mit ihr passiert ist.«

»Das habe ich dir erzählt. Sie hat die Hütte verlassen. Nur darauf kommt es an.«

»Nein, das ist falsch. Es gibt ein Später.«

Wieder runzelte er die Stirn, aber ich wusste, er tat nur so. »Na gut, sie hat die Hütte verlassen. Ihre Tochter wollte sie zu sich nehmen, doch das hat sie abgelehnt, also kam sie am Ende in ein Pflegeheim, für das ihre Tochter bis zum heutigen Tag aufkommen muss.«

»Stimmt das?«

»Sicher, aber es ist bedeutungslos. Wichtig ist nur, dass sie die Hütte verlassen hat. Was unvermeidlich war bei all dem Barry Manilow. Ehrlich gesagt, ihr eigentliches Leben war nach den ersten drei Takten von ›Copacabana‹ zu Ende.«

»Wie kannst du das sagen? Du weißt doch gar nicht, wie ihr Leben später weiterging.«

»Nein, ich habe es dir doch gesagt, es gab kein Später. Das eigentliche Leben wurde ihr gestohlen. Sie lebte, um zu trauern. Das war ihre Aufgabe.«

»Ihre *Aufgabe?*«

»Ihre Aufgabe war es zu trauern«, sagte er. »Allein zu sein. Den Kontakt zur Natur zu halten. Das war ihre Aufgabe, und das ist ihre Geschichte. Und sie ergäbe einen Film, den ich mir ansehen würde«, erklärte er. »Keine Story, keine Spannung, kein Ende. Nur eine Frau und die Textur ihrer Trauer. Kannst du dir etwas Ehrlicheres vorstellen?«

Darauf erwiderte ich nichts. War es auch meine Aufgabe zu trauern? War ich deshalb hier, in dieser Wohnung? War ich eine Fallstudie? Ich hielt ihm mein Glas hin, um mir nachschenken zu lassen. »Du hast Recht«, sagte ich. »Das wird ein amerikanischer Klassiker. Ich sehe ihn schon vor mir. Dianne Wiest als Frances. Laura Linney als Patricia. Und Barry Manilow spielt sich selbst.«

Er schnaubte verächtlich, aber ich denke, es amüsierte ihn doch, auch wenn man sich bei Laurits da nie sicher sein konnte. Er langte über die Bettkante nach einer weiteren Flasche Muskat. Ich habe nie ganz verstanden, woher das Geld für all dies kam, für den Wein, die Drogen, den ganzen *lifestyle,* auf den er angeblich verzichten wollte. »Ein Scheißdreck ist es«, sagte er.

Sacred Grounds

Ich kann nicht behaupten, es wäre Teil eines Plans gewesen, aber fünf Tage nach unserem ersten Treffen tauchte ich, fast auf die Stunde genau, stocknüchtern vor Jean Culvers Haus auf. Ich hatte Wort gehalten, seit unserem Gespräch keinen Tropfen Alkohol getrunken, und auch wenn ich noch nicht ganz wieder jene Frau war, die ich früher gewesen bin, überraschte mich doch, was für einen Unterschied diese fünf Tage machten. Bis dahin hatte ich gar nicht bemerkt, wie lange ich schon entweder sturzbesoffen oder verkatert gewesen war oder – in den immer kürzer werdenden Zwischenzuständen – angenehm halbblau, ein Ausdruck, der von meinem Vater stammte. Er sei nie völlig betrunken, hatte er mir erklärt, da er einschlafe, sobald er kaum halbblau sei. Jetzt fühlte ich mich geradezu gut. Ganz. Intakt. Seltsam kompakt, falls dies das richtige Wort ist. Im Besitz all meiner Fähigkeiten und noch mehr, so als wären diese Fähigkeiten auf eine elegantere, ökonomischere Weise neu geordnet. Manchmal, als ich die Audubon Road entlangging, fühlte ich mich beschwingt, der Körper straff, leichter, fast, als ob er fliegen könnte – und doch war ich froh, wenn diese Augenblicke vorübergingen. Sie fühlten sich zu gefährlich an. Zu übertrieben. Mir waren die Zeiten dazwischen lieber: die Ruhe, die Schwere, ein Gefühl von Selbstbeherrschung.

Zuerst ist mir das Mädchen nicht aufgefallen. Als ich ankam, musste die Kleine unter den Bäumen gestanden haben, denn als sie mich sah, trat sie wie ein Reh ins Licht, ein wenig argwöhnisch, da sie nicht wusste, welche Gefahr von mir ausgehen mochte. Ich schätzte sie auf zehn Jahre, vielleicht etwas älter, auffallend weiße Haut, strohfarbenes Haar und helle, nahezu himmelblaue Augen, die wie von einer inneren Flamme erleuchtet schienen. Vielleicht auch von einem inneren Fieber, einer andauernden Erregbarkeit, die sie nicht zum Erlöschen bringen konnte. Irgendwas an ihr erinnerte mich an ein Gesicht, das ich auf einem Gemälde von Paul Klee gesehen hatte – dieselben blassen Farben, das durchschimmernde Licht –, nur konnte ich mich nicht erinnern, ob es das Gesicht eines Mädchens oder eines Engels gewesen war.

Es entstand eine kurze Pause, in der das Mädchen mich ansah, taxierte und zu einem Schluss kam. Einen Moment lang schien es, als ob sie etwas sagen wollte, die Lippen bewegten sich leicht, bloß kamen keine Worte heraus, weshalb ich mich einen kurzen Moment lang fragte, ob sie stumm sei. Dann formte sich ihr Mund zu einem vollkommenen O, die Lippen – ein wenig zu rot im weißen Gesicht – spitzten sich obszön; und langsam, perfekt, erschien ein Ei. Wie sie es so reglos festhielt am Ende dieses außergewöhnlich kontrollierten Vorgangs war ein Wunder, doch gerade als das runde, makellos weiße Ding vollständig zu sehen war, wurde es vom Mädchen mit derselben behutsamen Bewegung zurück in den Mund gesogen. Als es komplett wieder verschwunden war, musterte mich die Kleine, als wollte sie sehen, wie ich reagierte – und ich wusste, dass tat sie nicht, weil sie einen Trick vorgeführt hatte oder Applaus erwartete, sondern weil sie gerade versucht hatte, mir etwas anzuvertrauen, nicht, um mich zu beeindrucken oder zu überraschen, sondern um mit mir zu kommunizieren. Nur, als ich das endlich verstanden hatte und begriff, dass ich ihr meinerseits etwas geben sollte, ein Wort, eine Geste, hatte sie sich schon umgedreht und war fortgerannt, fort aus dem Sonnenlicht, zurück in den hellen Schatten unter den Bäumen, so leichten Schritts, so schlank und weiß, dass sie beinahe durchsichtig wirkte. Es dauerte Sekunden, bis sie im Blattwerk verschwand – und mir fiel auf, was ich zuvor nicht wahrgenommen hatte, wie nah nämlich der dichte Wald an Jean Culvers Haus heranreichte. Ob ihr das alles gehörte? Oder gab es da irgendwo eine unsichtbare Grenze, längst überwuchert von Unkraut und Ranken, eine Grenze, die ihr Grundstück von einem anderen, genauso versteckten abtrennte?

Mein erstes Klopfen an Jean Culvers Tür blieb ohne Antwort, also klopfte ich noch einmal, schob dann die Tür auf und trat in den Flur. Im Haus war es still. Ich wusste, irgendwo da draußen war das Mädchen und beobachtete mich aus ihrem Versteck im Laub. Ich fragte mich, ob Jean Culver von dem Mädchen wusste und ob ich nicht diskreter hätte sein und das Mädchen nicht hätte sehen lassen sollen, dass die Haustür unverschlossen war. Was, wenn sie eine Diebin oder Schlimmeres war? Sie könnte harmlos sein, könnte aber auch eine Gefahr für andere bedeuten. Und wenn sie ihre Chance sah, wartete, bis ich gegangen war, um sich dann mit bösen Absichten in Jean Culvers Haus zu schleichen? Ich wusste nicht, was ich tun sollte. Laut rufen? Umdrehen und mich ein Stück zurückziehen, beobachten, was das Mädchen als Nächstes tun würde? Mehrere Möglichkeiten schossen mir durch den Kopf – und dann sah ich Jean Culver in Jeans und karierter Bluse, in einer Hand die Axt, in der anderen eine Tasse. Ich vermutete, sie kam aus der Küche, doch falls dies stimmte, hatte sie es ohne den leisesten Laut geschafft. Hatte sie die Sache mit dem Ei aus dem Küchenfenster beobachtet? Warum hielt sie die Axt in der Hand?

Als sie mich sah, zeigte ihr Gesicht keinerlei Überraschung. Eher schien es sie zu freuen, dass ich gekommen war. »Dann sind Sie also gekommen«, sagte sie. »Ich war mir nicht sicher, ob Sie sich blicken lassen würden.«

»Oh je«, sagte ich, »es tut mir leid, ich hätte …«

Sie winkte ab und lehnte die Axt an die Wand. »Nein, nein«, sagte sie. »Ich freue mich ja, dass Sie gekommen sind. Gehen wir in die Küche, dann bin ich gleich so weit.« Sie wandte sich dem hinteren Teil des Hauses zu, ging hinein ins tiefwarme, schattige Innere, das mir so fremd vorkam und mich zugleich so sehr an Stonybrook erinnerte. Hinter mir stand die Tür noch offen.

»Bereit?«, fragte ich.

Sie drehte sich um und lachte froh wie ein Kind, das sich auf einen Ausflug freut. »Wir gehen ins Sacred Grounds«, sagte sie. »Ich lad Sie ein.«

»Ach ja.« Ich warf einen Blick zurück zur offenen Tür.

»Geht es Ihnen gut? Sie wirken so – abwesend?«

»Da war ein Mädchen in Ihrem Garten«, sagte ich.

»Was für ein Mädchen?«

»Ein fremdes … Mädchen … Sie hat … sie ist sehr weiß …«

»Ach so«, Jean wirkte zufrieden. »Christina. Sie mag Bäume.«

»Christina?«

»Christina Vogel«, sagte Jean. »Sie wohnt … ach, ich weiß nicht. Irgendwo dahinten.« Sie deutete unbestimmt zum besseren Ende der Audubon Road mit den Zäunen, Rasenflächen und Basketballkörben; und ihre Geste machte klar, dass sie nicht viel hielt von der ordentlichen Straße oder von Christinas Familie. »Sie kommt wegen der Bäume. Und der Vögel.« Jean Culver drehte sich um, ging in die Küche, und ich folgte ihr, obwohl ich wusste, dass die Tür immer noch offen stand. »Manchmal sitzt sie die ganze Nacht da draußen und hört auf die Eulen.«

»Die Eulen?«

»Ja.« Jean holte eine große Segeltuchtasche und füllte sie mit Dingen, die wir ihrer Meinung nach auf unserem Ausflug brauchen würden. Eine Brieftasche, eine Kamera, Notizheft und Stift. »Streifenkäuzchen, die mögen es hier.«

»Ist mit ihr … alles in Ordnung?«

Jean lachte. »Ach, die tickt nicht ganz richtig«, sagte sie.

Ich wusste nicht, ob sie das ernst meinte. »Warum ist sie in Ihrem Garten?« fragte ich, fürchtete dann aber, etwas zu aggressiv zu klingen, weshalb ich beschwichtigend nachschob: »Ich meine, weiß ihre Familie, wo sie ist?«

Jean drehte sich um und sah mich an. »Ich glaube nicht, dass sich da jemand kümmert«, antwortete sie. »Und mir macht es nichts aus, sie um mich zu haben. Sie macht keinen Ärger.«

»Aber sollte sie nicht in der Schule sein?«

»Das ist das Problem der Schule, nicht meins.« Sie dachte einen Moment nach. »Ich glaube, ich habe sie gern um mich, weil sie so kindlich ist. Irgendwie ist sie unschuldig. Ein Naturkind.« Prüfend schaute sie sich um, ob sie auch nichts vergessen hatte. Es war, als würde ich jemandem zusehen, der sich für eine Tageswanderung vorbereitete, nicht für einen Spaziergang zum Stadtcafé. »Wir tun gut daran, uns zu erinnern, wie wir als Kinder waren«, sagte sie – und ehe ich es verhindern konnte, schoss mir der Gedanke durch den Kopf, dass ihre Tage als Kind ziemlich weit zurücklagen. Jean nickte, als wäre sie mit etwas einverstanden. »Ich rede nicht von denen, die immer nett taten und sich dem Rest der Klasse angepasst haben«, fuhr sie fort. »Ich spreche von dem Kind, das Sie im Privaten waren … von dem neugierigen Kind. Das kleine Mädchen, das Sie waren, als niemand hinsah.« Sie lächelte immer noch, aber ihre Augen blickten ernst, und obwohl ich nicht wusste, was sie dachte, meinte ich darin eine Spur von Angst wahrnehmen zu können. »Erinnern Sie sich daran?«, fragte Jean Culver.

Ich nickte, sagte aber nichts.

»Wirklich?«, fragte sie, der Blick fest auf mich gerichtet, als glaubte sie, mich bei einer Lüge ertappen zu können.

»Ich erinnere mich an manche Dinge«, erklärte ich. »Ich war oft allein.«

»Wenn niemand hinsah?«

»Ja.«

»Nicht mal aus dem eigenen Kopf?«

Ich wusste nicht, was ich sagen sollte. Zwar verstand ich, was sie meinte, konnte die Frage aber nicht beantworten. Ich fand, ich war ein ziemlich unabhängiges Kind gewesen, doch heute, längst erwachsen und weit fort von daheim, glaubte ich immer noch, jemand beobachte mich. Meine Mutter zum Beispiel, die mich über den Rand einer Kaffeetasse hinweg musterte, als wunderte sie sich, wie es nur möglich war, dass ich in ihrem Haus lebte. Jean sah mich immer noch an, wartete auf meine Antwort. »Ich weiß nicht«, sagte ich, und ich wusste es wirklich nicht.

Sie nickte leicht. »Egal«, sagte sie. »Es braucht lange, die Arschlöcher aus dem Kopf zu vertreiben.« Als mich ihre unerwartete Wortwahl zusammenzucken ließ, lächelte sie. »Ich selbst bin jetzt erst langsam so weit. Man darf nicht aufhören, ihnen ständig zuzusetzen.« Ihr Lächeln wurde breiter. »Na schön. Gehen wir erst mal auf einen Kaffee.«

* * *

Es war wieder ein heißer Tag, aber ich fühlte mich gut damit, gelassen, seltsam anmutig, wie ich mich seit Kindertagen nicht mehr gefühlt hatte. Damals ging ich im Sommer gern in den Wald. Ich blieb den ganzen Tag dort, lange Nachmittage in sengender Hitze, während die Zeit sich fast bis zum Stillstand verlangsamte. Manchmal folgte ich einem Pfad, der tiefer in den Wald hineinführte, bis man dachte, er würde nie mehr enden und auf immer weiterführen, nichts als Bäume, Sonne und Himmel. Natürlich war ich ein Kind, und was mir riesig vorkam, war womöglich nur ein gewöhnlicher Waldstreifen am Stadtrand, und selbst damals wusste ich, dass der Weg ein Ende hatte. Jedes Mal also, wenn ich in den Wald ging, lief ich ein wenig weiter und immer weiter, dabei war es vermutlich nie besonders weit. Mit Gewissheit kann ich es nicht sagen, weil die Bäume abgeholzt wurden und dort nur noch Häuser stehen – Häuser für leitende Angestellte entlang von Straßen, die nach dem benannt sind, was früher dort wuchs –, weit aber kann es wirklich nicht gewesen sein. Ich war kein mutiges Kind, aber ich war neugierig. Eines Tages fand ich tief im Birken- und Espenhain einen einsamen Apfelbaum, der mir wie eine Erscheinung vorkam. Ich hätte mir ja denken können, dass es sich dabei um eine Art Vorzeichen handelte, doch drang ich erst wenige Tage später bis zur anderen Seite vor, als ich vorbei am Apfelbaum zu einer Straße kam, einer schmalen, doch geteerten Landstraße, die sich in beide Richtungen Gott weiß wohin schlängelte. Und da entdeckte ich dann auch das Haus, das Teil meiner Psyche wurde, Teil meiner Fantasie, der Ort, an dem ich in meinen bekifften Wahnvorstellungen oder tiefen Angstträumen von Zimmer zu Zimmer gehe, als würde ich auf etwas lauschen. Auf jemanden. In Wahrheit habe ich das Haus von innen nie gesehen, doch habe ich es in Gedanken immer wieder heraufbeschworen: Im Flur tickte eine Standuhr, alles andere war still, nichts weiter zu hören und niemand dort, zugleich aber dieses Gefühl, irgendwer wartet, hört zu oder blickt von wer weiß wo auf mich herab.

»Wissen Sie, ich sollte mich längst damit abgefunden haben«, sagte Jean plötzlich und unterbrach meine Träumereien, »aber ich kann es immer noch nicht fassen, wie sehr die Stadt sich verändert hat.« Sie warf mir einen Blick zu, da ihr offenbar wieder einfiel, dass ich in dieser Gegend ein Neuling war, nur auf der Durchreise, eine zufällige Studentin, und sie schüttelte den Kopf. »Mich überrascht immer wieder, was die Leute sich alles gefallen lassen«, sagte sie. »Die Reichen, von denen erwartet man ja einen Dreck, aber die Leute, die hier wohnen, die mit alldem leben müssen, von denen sollte man doch annehmen, dass sie sich heftiger wehren. Wütend werden. Irgendwas einreißen.«

Ich nickte. Das war so etwas, was alte Leute sagten. In den alten Tagen war alles anders, alles besser, was im Großen und Ganzen vielleicht auch stimmte. Dad hatte das immer gesagt, wenn wieder mal ein Stück Wald abgeholzt wurde; und ich hörte es mich selbst in einem künftigen Leben sagen, wenn ich mich an diese Tage erinnerte, an heute, und ich hörte mich sagen, dass sie vollkommen gewesen waren. Für Laurits gab es in der Geschichte keinen Platz, aber vielleicht dämpfte ich unsere Zeit auch auf jene Handvoll guter Tage ein, die wir hatten, als wir uns kennenlernten.

Jean lachte, als könnte sie meine Gedanken lesen. »Sie haben Recht«, sagte sie. »Ich bin …« Sie schüttelte den Kopf. »Trotzdem«, fuhr sie fort, »diese alte Hauptstraße, die machte damals wirklich noch was her. In der Luft ein Geruch nach Karamell und Blüten, wenn man am Sommerabend vom Kino nach Hause ging; auf der Straße so ein sanftes Licht und Musik, die von irgendwoher herüberschallte, ein neues Liebeslied im Radio …« Sie sah mich an. »Ich rede hier nicht von Rockmusik, klar?«

Ich lächelte. »Was stört Sie an Rockmusik?«

Sie verzog das Gesicht. »Was mich daran stört? Meine Güte – wo soll ich anfangen?«

Ich lachte. »Ihre Mutter hat sicher diese neuen Liebeslieder gehasst, von denen Sie schwärmen«, sagte ich. »Passiert jeder Generation.« Etwas in ihrem Gesicht änderte sich, keine große Veränderung, nein, sie runzelte nicht die Stirn, wirkte auch nicht gekränkt, nichts dergleichen, nur ein Schwächeln des amüsierten Strahlens in ihren Augen, und erneut fiel mir auf, dass dieses raubeinige Äußere, diese freundschaftlichen Sticheleien nur Tarnung für etwas waren, worüber sie nicht reden wollte.

Sie schüttelte den Kopf und ging weiter, sagte einen Moment lang aber nichts. Nach zehn oder zwölf Schritten blieb sie erneut stehen und sah mich an. »Hören Sie«, sagte sie. »Was hören Sie?« Ich legte den Kopf schief, um so zu tun, als lauschte ich, aber sie beachtete mich gar nicht. »Was riechen Sie? Wie fühlt es sich für Sie an, an einem Sommertag durch ihre Heimatstadt zu gehen? Wie Heimat? Fühlt es sich wie etwas an, das Sie niemals mehr vergessen werden?« Sie studierte mein Gesicht, als wären die Fragen, die sie stellte, mehr als nur rhetorisch gemeint – und einen Moment lang glaubte ich, sie erwarte tatsächlich eine Antwort. Tat sie aber nicht. »Früher ist alle Welt zu Fuß gegangen. Wir gingen in die Stadt, um Freunde zu treffen. Wir liefen durch die Nachbarschaft und blieben auf einen Schwatz bei Leuten stehen, die auf ihrer Veranda saßen. Ich rede hier nicht vom richtigen Wandern, ich rede über die Kunst des Gehens und was es uns Gutes gebracht hat. Wann fing es bloß an, dass wir die Polizei rufen, sobald wir jemanden zu Fuß durch unser Viertel laufen sehen?«

Ich schüttelte den Kopf, da ich mir nicht vorstellen konnte, die Polizei wegen eines verdächtig wirkenden Fußgängers anzurufen. Ehrlich gesagt, ich konnte mir überhaupt nicht vorstellen, die Polizei jemals wegen irgendwas anzurufen.

Jean Culver grinste. »Sie haben also wirklich die Finger vom Alkohol gelassen«, sagte sie. Das war keine Frage; sie kannte die Antwort, trotzdem hätte ich nicht sagen können, ob sie das wirklich überraschte.

»Ja«.

»Warum?«

»Ich weiß nicht«, sagte ich – und ich wusste es tatsächlich nicht, nicht so ganz jedenfalls. Ich wusste, es hatte was mit ihr zu tun, nur wollte ich das nicht in Worte fassen, teils wohl deshalb, weil ich es ihr nicht eingestehen mochte. Ein anderer Teil in mir ahnte vielleicht, dass ich sie mit dem Thema nicht behelligen, ihr keine Last aufbürden sollte. Ich wollte nicht, dass sie glaubte, bei mir etwas bewirkt zu haben, als sie verlangte, die Finger vom Alkohol zu lassen, wie sie sich ausdrückte, nur um sich später dann enttäuscht zu fühlen, wenn ich mit dem Trinken wieder begann. Was ich gewiss tun würde. »Zeit für eine Veränderung«, sagte ich.

»Lang überfällig, möchte ich meinen«, grunzte sie.

»Tja, so weit würde ich nicht gehen.«

Sie blieb stehen. Bis zum Eingang des Cafés waren es nur noch wenige Schritte. »Ich urteile nicht über Sie«, sagte Jean Culver. »Ich kenne Sie nicht, und es steht mir nicht zu, Ihnen auf die eine oder andere Weise zu sagen, wie Sie mit Ihrem Leben oder Ihrem Körper umgehen sollen. Ich treffe nur eine Feststellung, mehr nicht.« Sie studierte mein Gesicht, und zum ersten Mal fragte ich mich, was ihr all dies bedeutete. Sie hatte mich letztens fast vertrieben, und doch stand sie nun da, wartete und fragte sich – ein wenig besorgt, wie ich fand –, ob sie mich verletzt hatte. Nur warum? Was kümmerte es sie, ob dieses Gespräch fortgesetzt wurde? War sie nur eine einsame alte Frau, dankbar für jede Gesellschaft oder ein bisschen Ablenkung, doch zu stolz, es zuzugeben? Ich wandte den Blick ab. Wir standen vor einem Secondhand-Buchladen, im Fenster eine Auswahl von Abenteuerbüchern für Kinder und illustrierte Klassiker. *Der letzte Mohikaner. Der Zauberer von Oz.* Mehrere Bücher von Laura Ingalls Wilder, die mich an meine eigene Kindheit erinnerten, und plötzlich fand ich es seltsam, nicht mehr jenes Mädchen zu sein. Ich hatte so selbstgewiss in ihrer Welt gelebt, in ihrer Haut, und nun, da ihre Welt verschwunden war, schien es nichts zu geben, das ihren Platz einnehmen könnte. Es war, als wäre ich zu einer langen Busreise aufgebrochen und hätte irgendwo unterwegs den Anschluss verpasst.

Einen langen Augenblick wartete Jean Culver darauf, dass ich etwas sagte, irgendwie reagierte, dass ich fortging, laut auflachte, irgendwas. Dann setzte sie sich wieder in Bewegung – und in ihrer Stimme schwang Erleichterung mit, denke ich, weil ich sie nicht verlassen hatte und losgezogen war, die nächste Bar zu suchen. Oder bildete ich mir das nur ein? Damals wusste ich es nicht, meine es aber heute zu wissen. Ich konnte mir nicht sicher sein. Sich sicher zu sein war etwas, dem ich zu misstrauen gelernt hatte. »Na schön«, sagte sie. »Wir können hier nicht den ganzen Tag herumstehen.«

* * *

Nachdem Jean das Sacred Ground so begeistert beschrieben hatte, war das Café auf den ersten Blick eine Enttäuschung. Am Ende eines großen Raumes stand ein Tresen, dahinter nur eine vage Ahnung von Tiefe und Durcheinander, eine echte Küche, nicht so ein steriler Küchenbereich hinter der Theke wie bei den Kaffeehausketten. Im Raum verteilt Tische, an denen einzeln oder in Paaren einige Leute saßen, die sich bei einer Tasse Kaffee unterhielten, Kreuzworträtsel lösten oder nur ins Leere starrten. An einem Tisch saß eine junge Frau etwa in meinem Alter über einen Skizzenblock gebeugt, Zeichenstift in der Hand, den Blick auf nichts Bestimmtes gerichtet, so als wartete sie auf eine Eingebung. An den Wänden aus alten, mit einer Art apfelblütenrosafarbenen Tünche übermalten Ziegeln hing eine Reihe gerahmter Fotos, angeordnet wie in einer Galerie, und jedes Bild war mit einem erklärenden Etikett versehen. An manchen Fotos klebten rote Punkte. Vorwiegend Schneeaufnahmen. Einige sahen aus, als wären sie in Scarsville gemacht worden, andere hätten von überall sein können. Das Bild, das mir am nächsten hing, zeigte ein traditionelles, tiefverschneites Landhaus in Illinois, aufgenommen über ein

Feld hinweg – vielleicht auch von einer Straße aus. Das Haus wirkte zeitlos, robust, zugleich aber auch seltsam fragil, so als könnte es jeden Moment fortgeweht werden oder in einem Blizzard verschwinden.

Jean ging zu einem Tisch am Fenster. Draußen stand ein Mann im Wintermantel mitten auf dem Bürgersteig, redete vor sich hin und starrte auf etwas, das nur er sehen konnte. Solche Leute schien es auf der Straße seit kurzem immer häufiger zu geben. Seit kurzem? Vielleicht fielen sie mir bloß deutlicher auf. Jean Culver setzte sich mit dem Rücken zum Fenster, offenbar ohne den Verrückten auf der anderen Fensterseite auch nur wahrzunehmen. »Dann erzählen Sie mir doch ein bisschen über sich«, sagte sie. »Nicht alles, nur die wichtigsten Fakten.«

»Ich würde lieber etwas von Ihnen hören«, sagte ich.

»Okay«, sagte sie, »aber ich würde zuvor gern wissen, mit wem ich rede.«

»Ich bin nur eine Studentin«, erwiderte ich. »Drehe Filme, sammle Geschichten.«

»Warum?«

»Für ein Projekt, das ich gemeinsam mit …« Einen Moment dachte ich nach. Ich wusste nicht, wie ich Laurits nennen sollte. Meinen Freund? Das war er nicht. Meinen Mitarbeiter? Wohl kaum.

»Ja?«

Ich schüttelte den Kopf, gab aber keine Antwort, da ich den Eindruck hatte, sie wisse längst Bescheid, so als könnte sie in mir lesen wie in einem Buch, aber das war mir egal. Wirklich, das war mir völlig egal. Jedenfalls war es leichter, als ihr zu sagen, was Laurits mir bedeutete, denn dann würde ich darüber nachdenken müssen, und lange Zeit hatte ich mir größte Mühe gegeben, eben dies zu vermeiden.

Sie machte, was sie oft mit ihrem Mund machte. Wollte ich sagen, sie spitzte die Lippen, wäre das nicht ganz richtig. Sie presste sie vielmehr zusammen, so als unternähme sie eine enorme physische oder geistige Anstrengung. »Ich weiß, Sie trauern«, sagte Jean Culver, »aber daran ist nichts auszusetzen.«

Ich schaute sie an. »Du meine Güte«, sagte ich. »Woher wissen Sie das?«

Sie gab keine Antwort, sah mich aber immer noch an, als versuchte sie ein Rätsel zu lösen oder ein Puzzle fertigzustellen, was mir unangenehm hätte sein können, es aus irgendeinem Grund und trotz der plötzlichen Wende in unserem Gespräch aber nicht war. Ihr Blick ruhte noch einen Moment länger auf meinem Gesicht, und ich erwiderte ihn, wartete ab, was als Nächstes kommen würde. Ich begann zu verstehen, dass man unmöglich vorhersehen konnte, was Jean Culver als Nächstes sagen würde, doch spürte ich inzwischen auch, wie sehr mir das gefiel. Sie war real. Jetzt, da Dad fort war, kannte ich nur einen Menschen, den ich real fand, nämlich Laurits, aber der gehörte einer ganz anderen Kategorie von real an als die meisten Menschen.

Eine Weile saßen wir so da, genossen dieses Gefühl einer Pattsituation, bis sie sich umsah, den Raum in sich aufnahm. »Für die Kirche habe ich nie viel übriggehabt«, sagte sie, »aber ein Ort wie dieser, wo den Leuten daran liegt, was sie tun, ist mir gut genug.«

»Es ist nur ein Café«, erwiderte ich. »Hier wird Kaffee verkauft … und Kuchen.«

Jean lachte und schüttelte den Kopf. »Nein«, sagte sie. »Es ist ein Café, das schon, aber es ist nicht *nur* ein Café. Die Besitzerin dieses Etablissements weiß nämlich alles, was es über Kaffee zu wissen gibt. Nicht auf diese smarte oberkluge Art, die meine ich nicht. Sie liebt guten Kaffee, und sie macht fast alle diese Köstlichkeiten. Nicht bloß Kekse, sondern auch Pfannkuchen, Bananenbrot und vegetarisches Frühstück.«

»Sind Sie Vegetarierin?«

»Seit dreißig Jahren«, sagte sie. »Nicht, weil ich gegen das Töten wäre, verstehen Sie mich richtig. Wir töten ständig. Wir töten für unseren Strom. Jede Straße, die wir bauen, ist ein Leichenpfad. Dagegen kann ich nichts tun, aber ich muss den großen industriellen Agrarkonzernen ja auch nicht zuarbeiten. Das habe ich von …« Sie brach ab. »Außerdem eine gutaussehende Frau«, sagte sie nach einem Moment, dann lachte sie über meine Verwirrung. »Die Frau, der das Café gehört«, sagte sie, in den Augen die Andeutung eines Zwinkerns. »Nicht mehr jung, aber schön wie ein Gemälde.«

Ich schaute mich unwillkürlich um, sah zum Tresen hinüber. Dort war niemand, aber irgendwo weiter hinten redete wer, ein Mann, ein junger Mann, es klang, als würde er Inventur machen. »Blue Mountain, Caturra, Harar …« Er verstummte, dann redete jemand anderes. Die Stimme einer Frau, nur konnte ich nicht hören, was sie sagte. Ich sah zurück zu Jean. »Wird man hier am Tisch bedient?« Ich war durstig. Vielleicht nicht so durstig, wie ich es zu Beginn gewesen war, aber ich brauchte einen Schluck, einen Kaffee, ein Glas Wasser, egal. Ist das Getränk nur ein Ersatz, kommt es nicht darauf an. Durst ist Durst, und ist es nur Durst, kann ihn jedes Getränk löschen. Wenn nicht, hilft nichts. Das Bild vom Krug Wasser an meinem Bett huschte mir durch den Sinn. Am Glas herabperlendes Kondenswasser; winzige, vollkommene Luftblasen, die zur Oberfläche aufsteigen.

Jean stand auf. »Nein«, sagte sie, »wir müssen vorgehen, aber das kann ich übernehmen. Sie bleiben sitzen, sammeln Ihre Kräfte, und ich gebe bei Damian unsere Bestellung auf.« Sie schenkte mir ein cartooneskes, neunmalkluges Grinsen, und ich lächelte. Das fühlte sich seltsam an. Ich hatte lange nicht gelächelt. »Was hätten Sie gern?«, fragte sie.

Ich schüttelte den Kopf. »Überraschen Sie mich.«

* * *

»Es hat auch Vorteile, alt zu sein«, sagte sie, nachdem der Kaffee wie bestellt gebracht worden war, zusammen mit zwei Stückchen, die nach Karottenkuchen aussahen. »Einer ist der, dass kein Mensch alte Leute wahrnimmt. Solange man sauber bleibt und nicht allzu exzentrisch wird, ist man unsichtbar. Was ich recht angenehm finde.«

Ich erwiderte nichts. Ich nahm an, sie machte Witze, doch wirkte sie sehr ernst. Nachdenklich. Eigenartig war allerdings, dass sie über ihr hohes Alter sprach, dabei aber nicht alt wirkte. Sie hackte Holz an einem heißen Sommermorgen und ging offenbar überall noch zu Fuß hin. Sie wohnte allein in dem großen alten Haus und kam anscheinend gut zurecht. Sie roch nicht unangenehm, wie alte Menschen häufig riechen. Da ich sie heute davon abgehalten hatte, ihr Holzhackpensum zu erfüllen, war die karierte Bluse noch sauber und frisch gebügelt. Ließ man die äußere Erscheinung beiseite, würde jeder nur erdenkliche Test sie gewiss jünger finden als mich – dabei war dies für mich heute ein guter Tag. Ein sehr guter Tag sogar. Ich war nicht in Schweiß gebadet, hatte keine Kopfschmerzen, fühlte mich munter und hellwach. Eigentlich fühlte ich mich so lebendig wie seit Wochen nicht mehr. Gar seit Monaten.

»Andererseits«, sagte sie, »ist es wichtig, hin und wieder gesehen zu werden. Deshalb komme ich her. Nur um zu verstehen zu geben, dass ich noch nicht gänzlich verschwunden bin.« Sie sah zu mir hinüber, um sich zu vergewissern, ob ich sie ernst nahm oder wenigstens zuhörte.

»Ich glaube nicht, dass das Verschwinden so was Schlimmes ist«, sagte ich zu meiner eigenen Überraschung. Ich hatte das nicht sagen wollen. Ich hatte gar nichts sagen wollen. Doch jetzt, da es gesagt war, hielt ich es für keine negative Bemerkung. Mir gefiel einfach die Idee des Verschwindens, die Helligkeit, die schiere Helligkeit des Raumes, den ich zurücklassen könnte.

»Frauen in Ihrem Alter sollten nicht so reden«, sagte sie. »Auf kurze oder mittlere Sicht ist es nämlich viel wahrscheinlicher, dass ich diejenige bin, die verschwindet.« Sie gestattete sich ein nachsichtiges Lächeln. »Der große Abgang ist meine Show, junge Dame, dass Sie mir das nicht vergessen. Sie haben noch einen weiten Weg vor sich.« Jean Culver ließ den Blick noch einen Moment länger auf meinem Gesicht ruhen, damit ich wusste, dass sie es trotz ihres Lächelns todernst meinte. Dann entspannten sich ihre Züge. »Na schön«, sagte sie. »Zeit für die erste Geschichte. Sind Sie bereit?«

Ich begann, in der Handtasche nach meinem Notizblock zu suchen, sie aber legte ihre Hand fest auf meine und schüttelte den Kopf. »Keine Aufzeichnungen«, sagte sie. »Hören Sie einfach nur zu.«

»Aber ich muss Sie doch …«

Sie schüttelte den Kopf. »Keine Fragen, keine Notizen, keine

Unterbrechungen«, sagte sie. »Ich bin eine alte Frau, und mein Gedächtnis ist nicht mehr, was es mal war. Wenn Sie mich unterbrechen, verliere ich den Faden. Und Sie wollen doch nicht, dass ich den Faden verliere, oder?«

»Nein«, sagte ich. »Aber bei diesem Projekt …«

»Hier geht es nicht ums Projekt«, sagte sie. »Ich erzähle nur eine Geschichte.« Sie lächelte, als verzeihe sie mir eine Schwäche, die mir gar nicht bewusst war. Dann fing sie an.

* * *

»Ich wurde in Alabama geboren, wo ich auch aufwuchs, zumindest eine Zeitlang«, sagte sie. »Und zwar in einer dieser Städte, in der jeder weiß, was der andere tut; ich bin mir sicher, Sie kennen diese Sorte Stadt. Wie sie heißt, ist unwichtig. Wichtig ist, dass sie heute im Grunde nicht mehr existiert. Vielleicht tat sie das nie. Vielleicht war sie von Anfang an Fiktion …«

»Warum sagen Sie das?«

Sie tat meine Unterbrechung mit einer Handbewegung ab, machte mir aber keine Vorhaltungen. Ihre Geste genügte. Ich lehnte mich zurück, und wie erleichtert von einer Bürde, von der ich nicht gewusst hatte, dass sie auf mir lastete, vergaß ich Laurits' Fragebogen.

»Manche Leute behaupten, wir könnten uns nicht daran erinnern, ein Baby gewesen zu sein oder auch nur ein kleines Kind«, sagte sie. »Wir verinnerlichten bloß, woran sich Erwachsene aus jener Zeit erinnerten, Vorfälle, über die sie beim Abendbrot am Küchentisch redeten, all die geschönten Erinnerungen daran, wie die kleine Jessica in den Wald lief und erst bei Einbruch der Nacht gefunden wurde, oder daran, wie Baby James in die Pferdetränke fiel, im Wasser trieb und seelenruhig in den Himmel schaute, bis jemand kam und ihn herauslöffelte. Jahre später hängt die erwachsene Jessica Bettlaken auf oder kocht Fisch zum Abendessen, als sie vor ihrem geistigen Auge die plötzliche Dunkelheit durch den Hartriegel herankriechen sieht, das tanzende Licht der Taschenlampe, als der Junge vom Futterladen endlich auf die Lichtung stolpert, auf der sie reglos wie ein Stein hockt und darauf wartet, gerettet zu werden. Oder James, der sich inzwischen Jimmy nennt und zu Beginn der Sperrstunde in einer Bar sitzt und sich mit der Kellnerin unterhält, für die er was übrighat, obwohl sie seine Tochter sein könnte. Er erzählt es ihr in allen Einzelheiten, sieht es geradezu vor sich, wie er im kühlen, stillen Wasser liegt und durch den Hitzeschleier in ein Blau hinaufblickt, das ihm noch so lebhaft vor Augen ist, als hätte er es gestern gesehen. Manche Leute sagen, so ist das eben, alles nur Geschichten und vermeintliche Eindrücke, andere sagen, dass wir uns an jeden einzelnen Augenblick erinnern, vom undeutlichen Gemurmel im Mutterbauch bis hin zum ersten Atemzug und weiter, Sekunde um Sekunde, Jahr um Jahr, im Gedächtnis eingelagert wie in einer riesigen Kongressbibliothek des eigenen Ichs, jederzeit aktivierbar, sollte es gebraucht werden, alltäglicher Zweckdienlichkeit zuliebe aber für Jahrzehnte im Unbewussten gespeichert.

Ich weiß nicht, wer Recht hat, ich weiß nur, nach sieben Jahrzehnten erinnere ich mich immer noch an meine Geburt, von der mir niemand erzählt hat, denn der Augenblick meiner Geburt war auch der Augenblick, in dem meine Mutter starb. Kein Mensch hat mir deswegen Vorwürfe gemacht, andererseits hat auch niemand beim Abendbrot den Tisch je mit amüsanten Anekdoten über meine frühe Kindheit unterhalten. In all den Jahren, in denen ich aufwuchs, habe ich nicht gewusst, dass meine Mutter bei meiner Geburt gestorben ist – mein Vater hatte behauptet, sie sei gestorben, als ich zwei Jahre alt war, und ich sah keinen Grund, an seinen Worten zu zweifeln, obwohl ich in meinem Gedächtnis kein Bild von ihr fand, nicht die kleinste Erinnerung. Wann immer ich meinen Bruder über sie ausfragte, wurde er wütend und wollte nicht weiter mit mir reden. Später machte mir das zu schaffen, weil ich meinte, *irgendeine* Erinnerung an sie haben zu müssen, wie unbestimmt auch immer. Erst als ich viel älter war, bemühte ich mich dann, der Wahrheit auf den Grund zu gehen, in jenen Jahren, da ich alt genug war, um zu wissen, dass sich erste Erinnerungen, sofern man denn darüber spricht, meist um die Mutter drehen. Seltsam, aber so sind wir nun mal. Als ich selbst im Krankenhaus lag, damals, in der Zeit nach meiner Begegnung mit dem Sensenmann, dachte ich nur an Orte. An Orte und Blumen. Ich dachte daran, wie der stängellose Frauenschuh sich im Wald durch Haufen getrockneter Rinde nach oben reckt, an die Cherokee-Rose, die sich auf den Äckern gleich südlich der Stadt zwanzig Meter weit und mehr an einem alten, halb verfallenen Zaun entlangrankte. Ich schloss die Augen und sah in den Flussuntiefen büschelweise rosarote Spinnenlilien wuchern und über den Rasen verstreute Claytonia wie winzige feuchte Sterne in den ersten Märztagen glimmen. Ich sah die Straße, in der wir wohnten, den Garten, die Bäume, und ich erinnerte mich, wie alles nach Magnolie roch, schwer, satt und süß, rund ums Gericht und die ganze Avenue entlang. Ich dachte nicht an meinen Vater oder meinen Bruder und besaß nicht das kleinste Fitzelchen einer Erinnerung an jene Frau, die mich geboren hatte – was mir plötzlich seltsam vorkam. Wäre ich bei ihrem Tod wirklich zwei Jahre alt gewesen, hätte ich mich doch an *irgendetwas* erinnert. An einen Blick, ein Lächeln, eine Locke, die ihr in die Augen fiel, als sie sich über die Wiege beugte, um mich in den Arm zu nehmen. An den Klang ihrer Stimme, den Duft ihres Parfüms. An leises Lachen im Nebenzimmer, eine Silhouette an der Schlafzimmertür, daran, wie jemand ihren Namen rief – an *irgendwas.*

Aber da war nichts. Ein Hohlraum, eine Lücke, in meinem Gedächtnis ein leeres Regal in der Bibliothek der Augen, Stimmen und persönlichen Farben. In meinem Krankenhausbett hatte ich für meine Suche Zeit genug, förderte aber nichts Neues zutage und begann nach einer Weile, die Puzzlestücke zusammenzusetzen, eine Geschichte zu konstruieren, die ich nicht glauben wollte, aber auch nicht abtun konnte, eine Geschichte aus lauter Andeutungen und Ungesagtem, aus Lücken in der Familiengeschichte, die mir nie jemand erklären musste, da wir, wir alle drei, uns mit solcher Mühe eingeredet hatten, es gäbe sie nicht. Später rief ich meinen Bruder an und stellte ihm die Frage, die mir in all den Wochen durch den Kopf gegangen war, in denen ich mich mit Operation und Reha herumgeschlagen und gezwungen hatte, wieder laufen zu lernen, in der Erinnerung staubige Hitze auf den nackten Beinen und das schläfrige Summen der Bienen, wenn ich hinterm Haus in Haverford durch die Goldruten lief. Ich hatte schon eine Weile nicht mehr mit ihm gesprochen, er war wieder auf Reisen gewesen, konnte aber nie sagen, was er auf diesen Reisen eigentlich trieb oder wie lang er fortbleiben würde, also fragte ich nicht, und manchmal vergingen Monate, in denen wir kein Wort miteinander wechselten. An jenem Tag fragte ich ihn, wie es ihm gehe und was er so getan habe, doch wich er einer Antwort aus, weshalb ich mir dachte, ich könne auch gleich zur Sache kommen. Ich fragte ihn einfach, ganz direkt.

Eine Weile sagte er nichts. Kurz dachte ich, er hätte den Hörer beiseitegelegt und sei fortgegangen, um mit jemandem zu reden – im Hintergrund konnte ich Stimmen hören, weshalb ich wusste, dass Leute bei ihm waren –, doch nach einem Augenblick meldete er sich wieder: ›Warum fragst du gerade jetzt danach? Du solltest dich lieber ganz aufs Gesundwerden konzentrieren.‹

›Mache ich ja‹, antwortete ich. ›Ich fühle mich schon besser. Aber es geht nur langsam voran, und ich habe viel Zeit zum Nachdenken. Schon ewig habe ich …‹

›Sie starb an dem Tag, an dem du geboren wurdest‹, bestätigte er. ›An viel kann ich mich nicht mehr erinnern, aber ich weiß, es war derselbe Tag. Ich glaube, sie hat noch einige Stunden durchgehalten, aber dann kam es zu irgendwelchen Komplikationen – ich fürchte, kein Mensch weiß genau, woran es lag –, und es gab nichts mehr, was man noch für sie tun konnte.‹ Er lauschte einen Moment, versuchte wohl sich vorzustellen, wie ich es aufnahm, aber dann redete er weiter, mit tonloser Stimme, so als wollte er etwas vor mir verbergen – und das tat er auch, natürlich. Das spürte ich sofort. Er verbarg es seit Jahren, an diesem Tag aber konnte er nur noch möglichst sachlich bleiben und hoffen, dass ich schon herausfinden würde, wie wütend er gewesen war. Wütend auf unsere Mutter, wütend auf all die, die nichts mehr für sie tun konnten, auf Dr. Reynolds, nehme ich an, vor allem aber war er wütend auf *mich*. Es war nicht die Wut des erwachsenen Mannes, das wusste ich; es war die Wut eines vierjährigen Jungen, dem man die Mutter genommen und der dafür ein kreischendes Bündel von einer kleinen Schwester bekommen hatte, der man, zu ihrem eigenen Schutz, etwas vorlügen musste, die ganze Zeit, in der sie beide heranwuchsen. Ich wusste das, und ich wusste es auch, nein, ich verstand es, während er redete, verstand es, als hätte ich es schon mein Leben lang gewusst, dass wir uns nämlich eben deshalb als Kinder so nahe gewesen waren. Dieses Geheimnis bewahren zu müssen, hatte ihn zum perfekten älteren Bruder gemacht, zu einem, auf den ich mich immer verlassen konnte, wenn es mal schwierig wurde – und die Wahrung dieses Geheimnisses war zudem der Beginn einer langen Entwicklung gewesen, die ihn zu jenem Mann schmiedete, der er geworden war, einen Mann, den viele für einen Helden hielten, ganz wie Feuer und Druck aus kaltem Eisen ein Schwert oder ein Hufeisen schmieden. ›Das ist lange her‹, sagte er. ›Und es gibt keinen Grund, das alles noch einmal aufzuwärmen.‹

Ich erwiderte nichts, denn kaum hatte er es ausgesprochen, war uns beiden klar, dass es für mich kein *noch einmal* gab. Ich wärmte keine alte Geschichte auf, die besser unerzählt geblieben wäre; ich lernte endlich die Wahrheit kennen. ›Das muss schwer für dich gewesen sein‹, sagte ich schließlich.

›Schwer?‹

›Das Geheimnis zu bewahren.‹

›War es‹, sagte er. ›Eine Zeitlang, aber ich wurde ganz gut darin. Außerdem: Du warst meine kleine Schwester, da war es doch meine Aufgabe, dich vor so etwas zu beschützen.‹

Darüber musste ich gegen meinen Willen lachen. Ich konnte nicht anders, auch wenn es nicht so gemeint war. Zumindest sollte es nicht grausam wirken, nur, als er dann nicht weiterredete, fragte ich mich gleich, ob er es nicht doch so aufgefasst hatte. ›Du hast ein gutes Werk getan‹, sagte ich. ›Und ich habe dich dafür immer geliebt.‹

›Ich habe dich auch lieb‹, sagte er, und seine Stimme wurde ein wenig sanfter. Dann redete jemand im Hintergrund, doch ziemlich nahe am Telefon. Ich wollte noch etwas sagen, aber er wurde abgelenkt von dem, der redete, der ihm, glaube ich, eine Frage stellte, weshalb ich nicht sagte, was ich sagen wollte. Ich bin mir auch gar nicht sicher, ob ich die richtigen Worte gefunden hätte. Wir haben zusammen schon so manchen seltsamen Tag überstanden, aber auch jenen schlimmen, hässlichen Sommer, in dem mein Bruder eines Tages auf der Straße stand und zusah, wie unser Vater am helllichten Tag erschossen wurde. *Davor* hatte er mich nicht beschützen können, weil er zu sehr damit beschäftigt gewesen war, sich selbst zu retten. Ein Mann zu werden. Jemand, den ich früher kannte, hat mir einmal gesagt, ein Mann zu werden – womit er wohl einen guten Mann meinte oder doch zumindest einen anständigen –, das sei gewissermaßen ein Sieg, wenn auch immer ein Pyrrhussieg. Ich weiß nicht. Ich liebte meinen Bruder, aber als er diesen Prozess der Mannwerdung durchlief, geschah irgendwas mit ihm. Er hat etwas verloren. Vielleicht aber hat er auch etwas Hartes – etwas Unbeugsames – in sich gefunden, von dem er nicht ahnte, dass es in ihm steckte. Früher glaubte ich, es käme daher, weil er unseren Vater sterben sah, dabei ist es von Anfang an in ihm gewesen. Ich hatte es wahrgenommen, hatte nur nicht verstanden, wie mächtig es war.

Wir standen uns sehr nah, damals. Na ja, so kann man es jedenfalls auch formulieren. Wir standen uns nah, weil er für mich verantwortlich war, auch schon bevor unser Vater starb. Da Mutter nicht mehr lebte und Vater ständig so beschäftigt war, fiel es Jeremy zu, mich im Auge zu behalten – und er passte auf mich auf, auch wenn es ihm nicht immer gefiel, mich um sich zu haben. Welchem großen Bruder hätte das schon gefallen? Er hatte eigene Freunde und so manches vor, wobei er mich nicht gebrauchen konnte. Nun, er trug es mit Fassung, meist jedenfalls. Ich wusste damals noch nicht, dass er dieses große Geheimnis über den Tod unserer Mutter in sich verwahrte, doch selbst wenn ich es gewusst hätte, wäre ich nie auf den Gedanken gekommen, ich könnte schuld sein. Es war nicht meine Schuld; das wusste er. Und doch, er war schließlich nur ein Junge; es muss Zeiten gegeben haben, in denen er bloß noch wegwollte.

Verstehen Sie mich nicht falsch. Jeremy war ein guter, ein liebenswerter Junge, aber er hatte auch so seine Wutanfälle. Meist würde man das nicht vermuten, aber wenn ihm jemand Unrecht tat, konnte er übel werden. Ich weiß noch, wie sich einmal ein Junge aus unserer Gegend von hinten an ihn heranschlich und ihn von der Mauer schubste. Wir waren gerade alle unten am Bach, Jeremy und sein Freund James. Stets James, niemals Jim oder Jimmy; Mutters Anweisung. Und ich trottete natürlich wie üblich hinterdrein, nie recht gewollt, aber immer am glücklichsten, wenn ich mit den großen Jungs zusammen sein konnte. Jeremy hockte auf einer alten, halb verfallenen Mauer, einer Art Böschungs- oder Sperrmauer am Straßenrand und sah James zu, wie er barfuß in den Fluss stakste, die Hose bis zu den Knien aufgerollt, wie er die Hände überm Wasser schweben ließ und dabei erklärte, wenn man viel Geduld habe und sich nicht bewege, könnte man so einen Fisch fangen, aber Jeremy lachte ihn aus, weshalb er Billy Hardy nicht wahrnahm, der mit zwei Vettern den Weg herunterkam. Diese Hardys hatten in jeder Grafschaft Vettern, einer bösartiger und hässlicher als der andere. Sie waren die reinste Pest, waren wie eine der biblischen Plagen. Ich sah sie kommen, und ich wusste gleich, was Billy vorhatte, aber noch ehe ich meinen Bruder warnen konnte, hatte Billy sich von hinten an Jeremy herangeschlichen und ihm einen kräftigen Schubs verpasst. Normalerweise hätte das nicht geklappt, aber Jeremy war aus dem Gleichgewicht, weil er James zusah und über ihn lachte, und so fiel er direkt von der Mauer und schlug auf dem Boden auf. Hart. Lange blieb er wie tot liegen, weshalb ich annahm, dass Billy ihn verletzt oder vielleicht sogar umgebracht hatte; Billy und seinen Vettern aber war das egal, sie standen einfach nur da, glotzten auf ihn herunter und krümmten sich vor Lachen.

Jeremy brauchte eine Weile, um wieder zu Atem zu kommen. Wie gesagt, er lag lang einfach nur da, keine Regung im Gesicht, so dass ich ihn für bewusstlos hielt. Billy und seine Vettern lachten, dann wandten sie sich zu James und mir um, als wollten sie uns herausfordern, irgendwas zu tun, aber wir konnten nicht. James stand am Bach, die Fische glitten unbehelligt vorüber, und ich stand am Rand der Mauer, sah auf meinen Bruder hinab und hielt ihn für tot, was hieß, dass wir beide ziemlichen Ärger kriegen würden. Er, weil er gestorben war, und ich, weil ich ihn nicht daran gehindert hatte. Nur war er nicht gestorben, doch das, was er als Nächstes tat, war fast genauso schlimm. Billy Hardy hatte vor niemandem Angst, folglich kam er auch nicht auf die Idee, so schnell wie möglich zu verschwinden, solange er noch Gelegenheit dazu hatte, und seine Vettern gehörten der Sorte Jungs an, die in der Gruppe mutig, ansonsten aber zu blöd sind, von allein Angst zu haben. Nicht, dass für sie Gefahr bestanden hätte. Billy war derjenige, der geschubst hatte, und er lachte auch am lautesten, als Jeremy wieder auf die Füße kam, langsam erst, dann ein wenig schneller, Verwirrung im Gesicht, so als wäre er erst halb wieder bei Sinnen, und das dürfte auch der Grund gewesen sein, warum niemand vorhersah, was als Nächstes geschah. Ich jedenfalls tat es nicht. James watete vom Bach herüber, aber er hatte es nicht eilig. Jeremy brauchte ihn ja nicht. Jeremy brauchte niemanden. Mit dem ersten Schlag brachte er Billy ins Wanken. Er schlug nicht mit den Fäusten zu, sondern hämmerte mit dem ganzen Gewicht seiner Unterarme auf den Jungen ein, als wollte er ihn töten – und vielleicht wollte er das auch. Er wirkte wie besessen, und ich mochte ihn hinterher kaum ansehen, so sehr war sein Gesicht von Hass und Kälte verzerrt gewesen, als er Billy zusammenschlug. Erst ließ er Unterarmhiebe auf ihn herabregnen, später Faustschläge, bis der Junge schließlich zu Boden ging. Dann holte er mit den Füßen aus, trat ins weiche Fleisch auf Billys Rippen und in den Bauch, noch ehe Billy sich mit den Händen schützen konnte. Die Vettern wichen zurück, dann drehte sich einer um und rannte davon, gleich darauf folgte ihm der zweite, lautlos, als wollten sie nur noch weg, fort von dem hier. Ich weiß nicht. Ich hatte nie zuvor echte Gewalt erlebt, und ich denke, ihnen erging es nicht anders. Jedenfalls keine Gewalt wie diese. Einen Faustkampf vielleicht, aber nichts so Eiskaltes. Nichts so – Wütendes. James war mit tropfenden Kleidern die Böschung heraufgekommen, Verblüffung im Gesicht, aber ich sah gleich, dass er jetzt auch Angst hatte. Jeremy hörte einfach nicht auf. Er schien endlos weitermachen zu wollen – dann jedoch vernahm ich einen Laut, einen hohen, verzweifelten Schrei, nur wusste ich nicht, dass ich selbst es war, die ihn ausstieß, und dieser Schrei ließ ihn aufhören. Nichts anderes hätte vermutlich genutzt. Einen Moment lang stand er da und blickte auf das blutige Kind zu seinen Füßen, dann wandte er sich ab und sah mich an, als wäre er wegen irgendwas verwirrt. Als wüsste er nicht, warum ich geschrien hatte oder warum ich glaubte, irgendwas stimme nicht. Ich werde diesen Blick nie vergessen. Als er sich später weigerte, über das zu reden, was er in Frankreich getan hatte, in Korea oder an einem der anderen Orte, an denen er im Einsatz gewesen war – dieser alte Euphemismus –, erinnerte ich mich an diesen Blick, und ich fragte mich, was er getan, was er gesehen und ob etwas in ihm Spaß daran gefunden hatte.«

Als Jean Culver verstummte, spürte ich plötzlich, dass hinter mir etwas geschah. Erschrocken, fast ein wenig verängstigt, drehte ich mich um und fürchtete, ihre Geschichte wäre zum Leben erwacht, ihr gewalttätiger Bruder aus dem Grabe auferstanden, um wieder Schaden anzurichten – sah aber nur den Mann, der auf dem Bürgersteig mit sich selbst geredet hatte. Er kam mir eher verängstigt als gefährlich vor; hochgewachsen, große Augen, wirkte er in seinem Wintermantel auf groteske Weise fehl am Platze, als er die Tür hinter sich zuzog, um sich dann im Café umzuschauen, in seinem Gesicht ein Ausdruck, wie man ihn von Tieren kennt, die so ganz und gar in ihrem Körper hausen, der Blick nach außen gerichtet, ein wenig neugierig, aber auch misstrauisch gegenüber all den fremden Körpern. Dies war jemand, der wie ein Tier wusste, dass Menschen auf vielfältige Weise überraschen können; zudem verbreitete er die Aura eines Mannes, der schon vor langer Zeit entschieden hatte, dass es falsch wäre – unhöflich gar –, nicht auf alles vorbereitet zu sein. Jetzt aber schien er unentschlossen und wäre vielleicht noch eine Weile einfach stehengeblieben, wäre der junge Mann hinterm Tresen – den Jean mit Damian angesprochen hatte – nicht vorgekommen und hätte ihn mit geradezu überirdischem Sanftmut und Feingefühl zu einem freien Platz geführt, nur wenige Tische von unserem entfernt.

»Das hier ist Ihr Tisch, Arnold«, sagte er. »Ich habe ihn extra für Sie reserviert.« Der Mann nickte und ging langsam, vorsichtig zu dem ihm zugewiesenen Stuhl. Als er ihn erreicht hatte, nickte Damian, und Arnold setzte sich. *»Café au lait?«*, fragte Damian. Falls diese Frage ernst gemeint war, dann nur aus übertriebener Höflichkeit, eine Weigerung, etwas vorauszusetzen. Arnold nickte, und Damian beglückwünschte ihn mit einem eigenartigen Lächeln, fast als wollte er andeuten, Arnold habe eine kluge Wahl getroffen. »Kommt sofort«, sagte er.

* * *

Nachdem er Arnold bedient hatte, ging Damian zurück zum Tresen, kam aber nur einen Moment später in unsere Richtung, die Kaffeekanne in der Hand. »Darf ich den Damen noch einmal nachschenken?«, fragte er. Mir fiel auf, was für ein attraktiver Mann er war mit seiner schmalen Adlernase und den sehr dunkelblauen Augen, recht dicht beieinander, was, wie ich mich erinnerte, angeblich den neurasthenischen Persönlichkeitstyp verrät.

Jean nickte. »Arbeiten Sie heute allein, Damian?«, fragte sie.

Damian schüttelte den Kopf, während er ihre Tasse auffüllte. »Griffin ist im Hinterzimmer«, sagte er dann. »Kümmert sich um was Elektrisches.« Seiner Stimme war nur der leiseste Hauch eines schleppenden Südstaatler-Tonfalls anzumerken.

»Annette nicht da?«

Damian runzelte die Stirn – und ich verstand, warum jemand wie Arnold ihm so ohne weiteres vertraute. Alles, was er empfand, stand ihm ins Gesicht geschrieben. Er war – oder machte doch diesen Eindruck – zu keinerlei Verstellung fähig. »Ihre Schwester hatte einen Unfall«, sagte er. »Sie ist ins Carbondale, um auszuhelfen.«

»Was für einen Unfall?«

»Ach, weiß nicht, sie hat's mir erzählt, aber ich habe es vergessen«, gestand Damian mit einem verlegenen Lächeln. »Ich glaube, sie hat sich ein Bein gebrochen. Vielleicht auch einen Arm. Ich weiß es wirklich nicht.« Sein Lächeln wurde zum Grinsen. »Wenn es um Details geht, bin ich ein hoffnungsloser Fall«, sagte er, wich dezent zurück und richtete seine Aufmerksamkeit auf einen großgewachsenen, bärtigen Kerl mit rotkariertem Hemd – Griffin, nahm ich an –, der gerade hinterm Tresen aufgetaucht war und irgendein Maschinenteil festhielt. »Lassen Sie es mich wissen, wenn ich noch etwas für Sie tun kann.«

Jean nickte, und während Damian zurück zum Tresen ging und unterwegs noch mal Arnold fragte, ob alles in Ordnung sei, wandte sie sich mir zu. »Tja«, sagte sie, »dann werden Sie Annette heute nicht kennenlernen. Wie schade.« Sie tat, als sei es keine große Sache, aber ich sah ihr an, wie enttäuscht sie war. »Und da erzähle ich Ihnen in der letzten Stunde nur von meinem Bruder, als wären wir hier, um seine Geschichte zu hören.«

»Mich stört das nicht …«

»Nein«, sagte Jean. »Er kommt später dran. Ich muss diese Geschichte in der richtigen Reihenfolge erzählen, sonst ergibt sie keinen Sinn. Nicht, dass irgendwas sinnvoll sein müsste, denke ich. Aber es ist eine beruhigende Illusion, finden Sie nicht?«

Sie wartete einen Moment auf Antwort, aber ich hatte nichts

zu sagen. Ich wusste nicht mehr, ob jemals etwas für mich Sinn ergeben hatte. Dinge geschahen einfach wie Szenen in einem Film. Manche Szenen waren schön, andere tragisch oder so. Manche stimmten einfach nicht, etwa wenn man im Bild den Mikrogalgen sah oder wenn ein Auto vorbeibrauste und den Dialog überblendete. Die Szenen hingen nicht zusammen. Erst war eine Situation, dann eine andere.

Als hätte sie gerade meine Gedanken gelesen, warf Jean mir einen fragenden Blick zu, dann fuhr sie fort. »Dieser Teil der Geschichte handelt von meinem Vater. Nein, nicht von *ihm*, sondern davon, wie er gestorben ist. Er selbst kommt eigentlich gar nicht darin vor; er ist nur das Opfer. Das Opfer ist eigentlich nie Teil der Geschichte, oder? Es interessiert nicht, was er im Leben war, was er zum Frühstück aß, wie gern er über die Cartoons auf den Witzseiten gelacht hat oder warum er jahrelang um seine erste, verlorene, schöne Liebe trauerte, und das nicht, weil er nicht gewusst hätte, dass im Meer noch reichlich andere Fische schwimmen, sondern aus einer dumpfen Perversität heraus, aus Stolz oder was auch immer uns die wirklich blöden Dinge im Leben tun lässt.« Sie lachte. »Jetzt hör sich einer mich an«, sagte sie. »Findet diese Narretei denn nie ein Ende?« Sie sah auf ihre Kaffeetasse, als wäre sie ihr gerade erst aufgefallen. »Tja«, sagte sie. »Wo waren wir?« Sie dachte einen Moment nach. »Mein Vater«, begann sie dann. »In vielerlei Hinsicht ein guter Mensch. Ein ehrlicher Mensch, jedenfalls bis zu einem gewissen Grad, und mehr kann man auch vom Besten nicht erwarten, sofern er sich nicht von allem distanziert und die Welt auf eigene Faust zum Teufel gehen lässt.« Sie nickte leicht, als zöge sie Bilanz, und forschte nach, ob sie irgendwas ausgelassen hatte.

»Wir haben nicht Dad zu ihm gesagt«, fuhr sie fort. »Auch nicht Vater. Wir nannten ihn beim Vornamen, also Thomas. Damals habe ich mich nicht darüber gewundert. Später schon. Bei der Beerdigung fragte ich mich, wann es anfing, aber eigentlich hatten wir ihn immer schon bei seinem Namen genannt. Und so habe ich auch stets an ihn gedacht, wie an einen Freund, auch wenn er kein Freund war, sondern mein Vater, ein alleinerziehender Vater, so gut wie unter diesen Umständen nur möglich. Er konnte auf stille Weise komisch sein. Als ich noch klein war, las er mir manchmal aus den Witzseiten vor. Er war freundlich, größtenteils, selbst wenn wir diese Freundlichkeit nicht erwiderten, aber wenn die Umstände es verlangten, konnte er auch streng sein. Mit Jeremy war er manchmal sogar ziemlich streng. Mit mir nicht, jedenfalls nicht ganz so streng. Damals wusste ich es nicht, aber ich fürchte, nach meiner Geburt hat er die Zügel schleifen lassen. Weil ich meine Mutter umgebracht habe. Seine Frau. Er ging vorsichtig mit mir um, vielleicht, weil er es sich nicht leisten konnte, ein Risiko einzugehen. Er wollte nicht, dass ich erfuhr, was geschehen war, und fürchtete, wenn er wütend auf mich würde, kämen vielleicht alte Erinnerungen hoch. Ich weiß es nicht. Denke ich heute an ihn, denke ich an einen gerechten, ernsten und manchmal zugegebenermaßen auch sehr verschlossenen Mann. Ihm gingen viele Dinge durch den Kopf. Geschäfte, Politik. Er war in irgendetwas verwickelt, worüber wir aber nichts wussten. Ich schätze, er hat sich gedacht, so wäre es für uns am besten.

Bei den meisten Bewohnern der Stadt war er gut angesehen, und nur wenige hassten ihn. Er leistete sich da keine Illusionen, aber es machte ihm auch nichts aus. Sollte er sich mit dem, was er für richtig gehalten hatte, Feinde gemacht haben, war das kein Grund zur Sorge, allerdings auch kein Anlass für Stolz. Er war kein hartgesottener Moralist, sondern durchaus zu Kompromissen bereit, falls sich eine Situation dadurch bereinigen ließ. Sein Gerechtigkeitsgefühl konnte er deshalb trotzdem nicht aufgeben. Und ich schätze, das hat ihn letztlich umgebracht. Ist man als jemand bekannt, der nicht nachgibt, finden die Leute schon eine Möglichkeit, einem aus dem Weg zu gehen. Sie verachten dich, weil du ihnen das Leben schwer machst, doch finden sie sich damit ab, dass du nun mal so bist, und hören auf, dich als Mensch zu sehen, sondern nur noch als lästiges Hindernis. Ist man aber dafür bekannt, gewöhnlich nachzugeben, und schaltet dann aus Gründen, die dein Gegenüber nicht nachvollziehen kann, plötzlich auf stur und gibt in einer wichtigen Angelegenheit – also wenn es für Reiche um viel Geld geht – nicht nach, dann kann alles Mögliche geschehen. Das zu vergessen, darf niemand riskieren, vor allem nicht im Süden. Ist die Welt klein, kann sich der große Fisch so ziemlich alles leisten. Und wenn jemand dafür zahlen muss, dann garantiert nicht diese Leute.«

Sie verstummte mit einem Mal, und ein Anflug von Verärgerung huschte über ihr Gesicht. »Ich erzähle das nicht richtig«, sagte sie. »Ich hätte mit dem Anfang beginnen sollen.« Sie schloss die Augen und holte tief Luft. »Na gut«, sagte sie. »Jetzt also von Anfang an.«

»Thomas Culver, mein Vater, war Anwalt, und er nahm das Gesetz sehr ernst. Nicht so ernst, dass er gänzlich unbeugsam gewesen wäre, doch lebte er durchaus nach dem Geist der Gesetze. Über manches konnte er hinwegsehen, aber es gab auch Prinzipien, die es zu verteidigen galt. Die Details habe ich nie erfahren, doch als ich fast zwölf Jahre alt war, Jeremy fünfzehn, wurde mein Vater in einen Landkauf verwickelt, der platzte, was einige wichtige Leute eine nicht unbeträchtliche Menge Geld kostete. Dabei war Geld gar nicht das größte Problem. Wie gesagt, Thomas Culver war Kompromissen nicht abgeneigt, und ich weiß heute, dass er bei dem, was er Unregelmäßigkeiten genannt hätte, schon mal ein Auge zudrücken konnte, nur gehörte er nicht zu denen, die tatenlos zusahen, wenn Leute übers Ohr gehauen wurden – und offenbar ging es bei diesem Geschäft genau darum. Wie gesagt, ich kenne keine Einzelheiten; Jeremy und ich lebten damals in seliger Unkenntnis dessen, was da vor sich ging. Meinem Vater merkte man jedenfalls nicht an, dass er sich Sorgen machte oder dass er unzufrieden gewesen wäre, und falls er wirklich mal länger als üblich im Büro blieb oder gelegentlich zerstreut wirkte, dann ging uns das nichts an. Wir waren Kinder. Und ich glaube, ich wäre glücklich gewesen, für immer ein Kind bleiben zu können.

Ganz deutlich erinnere ich mich nur an einen bestimmten Moment. Es war ein warmer Tag zu Beginn des Sommers, und ich war so krank, dass ich zu Hause im Bett lag und nicht in die Schule musste. Ich hatte erhöhte Temperatur, wenn ich mich recht erinnere, aber es dürfte kaum was Schlimmes gewesen sein, da Dr. Reynolds nicht gerufen worden war. Mein Vater hat stets sorgsam darauf geachtet, uns gleich beim ersten Anzeichen von etwas Ernsthaftem gründlich untersuchen zu lassen. Dass er keinen Arzt rief, könnte natürlich auch ein Indiz dafür sein, dass ihm zu viel durch den Kopf ging. Möglich, aber ich glaube nicht dran. Bevor er an jenem Morgen aus dem Haus ging, kam er zu mir ins Zimmer, um sich zu verabschieden, und das ist folglich mein letztes Bild von ihm: Der Mann, den ich mein Leben lang gekannt hatte, stand mit Schlips und Brille im Licht, ein Mann, der ziemlich sicher wusste, dass ihn Ärger erwartete, auch wenn ich mir kaum vorstellen kann, dass er ahnte, welche Ausmaße dieser Ärger annehmen sollte. Er wollte uns jedenfalls nicht mit seinen Sorgen belasten, lächelte, scherzte, wollte herausfinden, wie krank ich wirklich war, und für den Augenblick schien er sich damit zufriedenzugeben, dass es nicht allzu schlimm sein konnte. Damals habe ich ihn zum letzten Mal gesehen, und ich sehe ihn immer noch vor mir. Ich sehe ihn vor meinem inneren Auge und höre ihn meinen Namen sagen, als er die Laken glatt strich und mir zum Abschied einen Kuss gab. Ich hatte keinen Grund anzunehmen, dass irgendwas Schlimmes passieren könnte, doch weiß ich noch, dass ich dachte, wie sehr ich ihn lieb hatte, und heute bin ich froh über diesen Gedanken, denn er spiegelte sich in meinem Gesicht, als ich ›Auf Wiedersehen‹ sagte – er zeigte sich in meinem Gesicht, und Thomas wusste Bescheid. Ich habe nichts gesagt, aber er wusste es.

Was später geschah, habe ich nicht gesehen. Anders dagegen mein Bruder, der nicht hätte da sein sollen. Ich war keine Zeugin – und niemand hat mir hinterher mehr als die bloßen Fakten erzählt. Daher weiß ich nicht, wieso ich den Schusswechsel so deutlich vor mir sehe. Ich kann ihn sehen, obwohl das unmöglich ist. Manchmal glaube ich, ich habe ihn aus einem Buch oder einem Film. Ich habe mir ein Szenario geschaffen, mir eine Story ausgedacht, und jetzt sehe ich alles, sehe es so vor mir, wie es gewesen sein muss. Nur habe ich es nicht gesehen. Jeremy schon. Das hätte nicht sein sollen – es war eines dieser zufälligen Ereignisse, die normalerweise nicht viel bedeuten. Jeremy hätte vielleicht Ärger gekriegt, weil er die Schule schwänzte, das wäre aber auch schon alles gewesen. Niemand weiß, warum er an jenem Tag seine Pläne änderte, weil niemand auf den Gedanken kam, ihn danach zu fragen. Er hätte in der Schule sein sollen, stattdessen lief er in die Stadt, und als er unseren Vater aus dem Büro kommen sah und zu Fuß die Vine Street hinuntergehen, muss er es sich in den Kopf gesetzt haben, ihm zu folgen. Jeremy hatte schon immer etwas von einem Spion, und er dürfte neugierig geworden sein, als er meinen Vater mitten am Vormittag ohne Aktentasche auf der Straße sah – das war ungewöhnlich, und es musste dafür eine vernünftige Erklärung geben. Also beschloss mein Bruder, der nichts Besseres vorhatte, ein wenig Detektiv zu spielen.

Erst viel später sollte er mir erzählen, was er an jenem Tag gesehen hatte. Wie unser Vater aus dem Büro kam, so als wollte er nur einen Spaziergang machen, wie er nach Süden abbog, weg von allen Orten, an die ihn seine Geschäfte führen könnten, hin zu einem Haus Ecke Ashland und Vine. Das war an sich keine schlechte Gegend, aber auch keine, in der die Leute viel mit schnieken Anwälten zu schaffen hatten, weshalb Jeremy überrascht war, als die Tür des Hauses aufging – Vater brauchte nicht einmal anzuklopfen; es war, als hätte, wer immer auch im Haus war, nach ihm Ausschau gehalten – und er rasch eintrat. Jeremy konnte nicht sehen, wer ihn einließ, aber irgendwas an dem Haus, der Situation, der Tageszeit – *irgendwas* – hielt ihn dort, und er wartete und beobachtete, bis unser Vater wieder herauskam. Anfangs stand Jeremy einfach an der Straßenecke, wo ihn jeder sehen konnte, der vorüberkam – nur kam niemand vorüber, den er kannte. Dann aber, als ihm klar wurde, dass er wohl länger warten musste, ging er über die Straße, um sich einen weniger auffälligen Platz im Schatten einer französischen Eiche zu suchen.

Und vielleicht war das ein Fehler. Hätte Jeremy sich auffälliger benommen, hätte der Mann, der unseren Vater erschoss, ihn womöglich gesehen, und hätte er ihn gesehen, hätte er seinen Truck wohl nicht wenige Schritte vor der Kreuzung geparkt, wäre nicht ausgestiegen und auch nicht rasch zum Haus an der Ecke Ashland und Vine gegangen, als wüsste er genau, wann mein Vater herauskommen würde. Dieser Mann hieß Arthur Brigstock. Er war der größte Einfaltspinsel der Stadt, doch hat ihm niemand zugetraut, mehr als nur gemein sein zu können. Ach, Arthur Brigstock, sagten die Leute, der redet viel, ist aber nichts dahinter. Bloß Gerede. Niemand nahm an, dass er gefährlich werden könnte. Niemand konnte sich auch nur ansatzweise vorstellen, dass er fähig war, einen Mann aus kürzester Entfernung niederzuschießen, ihm ins Gesicht zu blicken und beim Sterben zuzusehen. Niemand, bis er genau das an einem strahlenden Sommertag tat, an der Ecke Ashland und Vine. Ashland und Vine, Ashland und Vine, Ashland und Vine. Unablässig höre ich im Kopf den Singsang dieser Worte. Wie ein Fluch.

Natürlich gingen alle davon aus, dass er zu der Tat angestiftet worden war, doch sagte niemand ein Wort. Die führenden Männer der Stadt hatten ihn beauftragt, und er hatte sich so sehr darüber gefreut, von ihnen erwählt worden zu sein, dass er nicht einmal ahnte, es könnte mehr dahinterstecken. Er war zu blöde. Thomas kannte ihn, er wusste, was für ein Mann Brigstock war, und ich denke, Thomas wusste, dass er verloren war, wusste es in jenem Bruchteil einer Sekunde, in dem er sah, dass Brigstock ihm den Weg versperrte, wusste es sogar, noch ehe er die Waffe bemerkte. Thomas pflegte immer zu sagen, entscheidend sei das Reden – brachte man einen Mann zum Reden, war es sehr viel unwahrscheinlicher, dass er etwas Dummes anstellte, nur war Brigstock niemand, mit dem man reden konnte. An dem Tag muss er davon überzeugt gewesen sein, ein paar ziemlich mächtige Freunde zu haben, und er dürfte sich selbst auch für recht mächtig gehalten haben, da er ausführte, was sie ihm aufgetragen hatten. Er kam ihnen nahe, verstehen Sie? Ein Mann wie er, der wünscht sich in seinem Leben nichts mehr, als der Macht nahezukommen. Ein wohlwollender Blick seiner Herren und sei es nur für einen Moment. Später, nachdem er die ihm zugewiesene Rolle gespielt hatte, ließen ihn diese mächtigen Freunde fallen.

Es geschah alles so schnell, sagte Jeremy, so schnell, dass er es kaum glauben konnte. Es war, als wäre ein Fehler passiert, als wäre die Welt aus der Bahn geraten, nur für den einen Augenblick; und lief sie erst wieder in der Spur, würden die Geschehnisse rückwärts laufen, bis es wieder so war, wie es stets hätte sein sollen. Von dort, wo Jeremy stand, konnte er natürlich alles sehen: Brigstock, wie er aus dem Truck stieg, wie er die Hände auf seltsame, linkische Manier herabhängen ließ, und Vater, wie er genau in diesem Moment aus dem Haus kam – während Jeremy sich noch fragte, was er dort zu suchen hatte und was Brigstock damit zu schaffen haben könnte. Was unmöglich schien, denn für Vater gab es keinen Grund, mit solch einer Person etwas zu tun zu haben. Die Frau war also das eigentliche Rätsel. Eine großgewachsene, dunkelhaarige Frau, die aus dem Hausflur Vater nachsah. Die Art, wie sie dort stand, wie sie ihm mit ihrem Blick folgte, das alles war eigenartig. Es wirkte seltsam. Gar nicht – geschäftsmäßig war das Wort, das Jeremy gebrauchte, womit er wahrscheinlich meinte, dass es so gar nicht angemessen schien, da unser Vater keinen Grund hatte, sich dort aufzuhalten, mitten an einem gewöhnlichen Arbeitstag, und Geschäftliches hatte er mit dieser Frau nun ganz gewiss nicht zu erledigen. Das ging Jeremy durch den Kopf, als er Brigstock etwas sagen hörte – vielleicht hat er auch gar nicht geredet, zumindest keine Worte, doch gab er einen Laut von sich, weshalb Vater sich zu ihm umdrehte, und Jeremy meinte, er habe gelächelt, dabei würde unser Vater diesen Mann doch nie anlächeln. Er kannte nämlich wirklich jeden in der Stadt. Thomas Culver wusste, wer sie waren und woher sie kamen; er kannte ihre Schwächen, wusste, wer wem Geld schuldete, wer wen um Land oder Besitz betrogen hatte, und er musste auch geglaubt haben, alles über Arthur Brigstock zu wissen, was es zu wissen gab. Im selben Augenblick, in dem Brigstock etwas sagte oder zumindest diesen Laut von sich gab, hob er auch die linke Hand, so dass unser Vater die Waffe gesehen haben musste. Andererseits: Alles geschah so verschwommen. Was eine Reihe von Augenblicken hätte sein sollen, jeder mit seiner eigenen Logik, wurde ein einziger langer Moment, währenddessen man unmöglich das eine vom anderen trennen konnte – das Lächeln im Gesicht unseres Vaters, als er sich von der Frau abwandte, die Erkenntnis in seinem Blick, als ihm aufging, was Brigstock tat, die Waffe, die losgeht, die Stille, dann eine Stimme – nein, mehr als eine, nur konnte mein Bruder nicht zwischen dem unterscheiden, was seine Stimme war und was die Stimme der Frau. Brigstock sagte nichts. Er handelte jetzt rasch, denn ich vermute, selbst er war so clever, dass er wusste, er musste jetzt tun, was man ihm aufgetragen hatte, das nämlich, was in all den alten Büchern gern *erledigen* genannt wird. Ein grausames Wort. Nachdem er abgedrückt hatte – zwei Schüsse, schnell hintereinander, aber gezielt und aus kürzester Entfernung, der erste in Vaters Brust, der zweite, wenige Sekunden später, in den Kopf – nachdem er also getan hatte, was ihm aufgetragen worden war, wandte dieser dumme, wertlose Mensch sich ab, eilte zurück zu seinem Truck und fuhr davon. Die Waffe wurde nie gefunden, aber das war nicht weiter wichtig. Es gab ja zwei Zeugen, und sie genügten, auch wenn sie nur eine Frau und ein Junge waren. Natürlich erfuhren wir erst viel später, wer die Frau war. Also wussten wir auch lange nichts über den Skandal. Monatelang wusste ich nichts davon und hätte es vielleicht nie erfahren, hätte Jeremy meinem Drängen nicht nachgegeben und mir die ganze Wahrheit erzählt, die lautete, dass für die braven Bürger unserer kleinen Stadt einzig *der Skandal* zählte. Ein kaltblütiger Mord war begangen worden, aber alle redeten nur über Ashland und Vine. Was hatte ein Mann wie Thomas Culver in dieser Gegend der Stadt zu suchen? Ihn führten keinerlei geschäftliche Angelegenheiten dorthin. Andererseits hatte er dort durchaus Geschäfte zu erledigen, murmelten sie, wenn sie sich trafen. O ja, ganz recht, er hatte dort Geschäfte zu erledigen, einige sehr delikate Geschäfte sogar, Geschäfte mit einer gewissen Miss Catherine Bassett.«

Jean verstummte und ließ den Blick durchs Café wandern. Ich fürchtete, sie würde zusammenbrechen, von Gefühlen überwältigt, aber ihr Gesicht blieb reglos und nur von der Nachdenklichkeit gezeichnet, die aufkommt, nachdem man eine Art Tatsachenbericht abgeliefert hat, eine Zeugenaussage, und das Gesagte überdenkt, um sicherzugehen, dass nichts

Wichtiges vergessen worden war. Endlich ergriff sie wieder das Wort. »Klischee Nummer eins: Nicht alles ist, was es zu sein scheint. Erst glaubten wir, unser Vater könnte nichts falsch machen. Dann fingen die Leute an, ihn einen heuchlerischen Schürzenjäger zu nennen – und damit meine ich die freundlichen Leute. Er war jedoch keines von beiden. Er war nur ein Mann. Noch ein Klischee, denn auch den gibt es so nicht. Falls doch, dann war Brigstock auch nur ein Mann, genauso wie die Männer, die ihn an jenem Tag losgeschickt hatten, nur Männer waren.«

»Was ist danach passiert?«, fragte ich, wusste aber gar nicht so recht, wonach ich eigentlich fragte oder über wen ich mehr wissen wollte.

Sie schaute mich an und schüttelte den Kopf. »Was passiert ist?«

»Mit Ihnen. Mit …«

»Wir sind weggezogen. Man hat unser Haus verkauft, alle Besitztümer meines Vaters, und das Geld wurde auf ein Treuhandkonto überwiesen; danach sind wir nach Virginia gezogen.« Sie überlegte kurz. »Jeremy musste für seine Zeugenaussage noch einmal zurückkommen; und Brigstock kam für eine Weile ins Gefängnis, aber man hat ihm einen anständigen Anwalt besorgt, der den *Skandal* nutzte, um ihn etwas besser dastehen zu lassen. Angeblich war er irgendwie mit Miss Bassett verwandt, und er hatte Thomas erschossen, um ihren guten Ruf zu schützen. So oder so ähnlich. Niemand sonst hätte die Finger im Spiel gehabt, behauptete Brigstock, es sei allein seine Idee gewesen. Was Miss Bassett angeht, so hat sie sich in ihr Haus Ecke Ashland und Vine zurückgezogen und wurde von da an kaum mehr gesehen. Warf jemand einen Stein durch eines ihrer Fenster, ließ sie das Fenster reparieren.« Zum ersten Mal, seit sie ihre Geschichte erzählte, schaute Jean Culver mich direkt an. »Danach«, fuhr sie fort, »war ich kein Kind mehr. Nicht, weil mein Vater umgebracht worden war, sondern wegen des Geredes. Wie die Leute gelogen haben, um zu erklären, was mein Vater an jenem Tag Ecke Vine und Ashland zu suchen hatte. Ich verstehe ja, dass es nicht um die übliche Sorte Lügen ging, aber Lügen waren es dennoch. Stimmt, er war hingegangen, um Miss Bassett zu sehen, nur war es nicht so gewesen wie in der Geschichte, die sie erzählten – und ich weiß heute, dass meine Kindheit einige Monate später mit diesen Lügen endgültig zu Ende ging, als Jeremy meinem Drängen nachgab und mir die ganze Geschichte erzählte, vom Schusswechsel bis hin zu dem, was die Leute vor Gericht ausgesagt hatten, alles, jedes Detail, denn er war so lang wütend gewesen, verletzt, und ich …«

Sie blickte mich an, doch sah ich in ihren Augen nichts, was ich als Verbitterung, als Wut oder Verrat deutete. Trotzdem wusste ich, was sie sagen wollte. Jeremy hatte ihr alles erzählt, weil er die Last allein nicht länger tragen konnte, und jetzt, da sie beide weit fort von daheim waren, allein in einem fremden Haus, war seine Schwester die Einzige, die er mit dieser Geschichte so sehr verletzen konnte, dass sie sich real anfühlte. Er erzählte ihr die Einzelheiten nicht, weil er das wollte, sondern weil er gar nicht anders gekonnt hätte; und er erklärte auch all jene hässlichen harten Fakten, die seine kleine Schwester nicht verstand. Ihm blieb keine andere Wahl. »Das tut mir leid«, sagte ich, obwohl ich wusste, wie hohl das klang, und zugleich ahnte, sie könnte verstehen, was ich gesagt haben würde, könnte man es aussprechen.

Sie nickte. »Ich glaube, deshalb weiß ich Christina gern in meiner Nähe. Sie erinnert mich an etwas. Nicht an eine jüngere Version meiner selbst – ich war nie wie sie – aber … ihr Alter. Das Kindsein. Ein Mädchen sein. Wie viele Räume eines Mädchenlebens habe ich nie betreten? Ich weiß nicht, wie sie aussehen. Ich weiß nur, sie haben mir gefehlt.« Jean Culver streckte einen Arm aus und strich mir sanft über den Handrücken. Trotz des warmen Tages waren ihre Finger kalt. »Jeder muss trauern«, sagte sie, »nur kommt es darauf an, damit nicht auch gleich alles andere fortzuwerfen.« Sie ließ meine Hand los und stand langsam auf. »Begleiten Sie mich noch ein Stück zurück?«, fragte sie. »Ich könnte ein wenig Gesellschaft gebrauchen.« Arnold war gegangen und Damian wieder irgendwo hinten, wo er mit jemandem redete. Jean nickte. »Klischee Nummer zwei«, sagte sie, dachte kurz nach und lächelte. »Tja«, sagte sie, »Klischee Nummer zwei sparen wir uns fürs nächste Mal auf.«

Erste und zweite Liebe

Als ich zurück in die Wohnung kam, lag auf dem Esszimmertisch eine Notiz in Laurits gewohntem Gekritzel, kaum lesbar, doch konnte ich immerhin entziffern, dass er mehrere Tage fort sein würde. Natürlich schrieb er nicht, wohin er ging oder warum, doch das störte mich nicht. Mittlerweile hatte ich mich daran gewöhnt, dass er immer wieder einfach plötzlich verschwand; außerdem gab seine Abwesenheit mir Raum, meinen eigenen Gedanken nachzuhängen – vielmehr, mich daran zu erinnern, dass ich eigene Ideen und Projekte hatte, Themen, die ich verfolgen wollte, wozu ich ansonsten nie kam, nicht etwa, weil Laurits Druck ausgeübt oder mich überredet hätte, lieber für ihn zu arbeiten, sondern weil ich eine derartige Angst vorm Scheitern hatte, dass ich gar nicht erst anfing. Schon damals vermutete ich, sein Geschichtenprojekt, das mich zufällig in Kontakt mit Jean Culver gebracht hatte, sei kaum mehr als eines seiner Spielchen – später sollte sich dieser Verdacht bestätigen, wenn auch nicht so, wie ich es vermutet hatte. Ich schätze, wenn ich Gelegenheit hatte, darüber nachzudenken, war ich ihm dankbar dafür, dass er mich in den Vororten von Haustür zu Haustür schickte, obwohl ich wusste, dass ich seinen Motiven nicht trauen konnte. Vielleicht wollte er nur, dass ich mich irgendwie beschäftigte. Vielleicht wollte er, dass ich jemand anderem zuhörte, nicht immer nur dumm der Stimme in meinem Kopf, die endlos eine alte Geschichte durchkaute, die ich längst hinter mich gelassen haben sollte. Vielleicht benutzte er mich auch als eines seiner Versuchskaninchen.

Wenn ich jedoch allein war, dachte ich über meine eigenen Ideen nach. Über die Geschichten, die ich erzählen, die Filme, die ich drehen wollte. Ich war keineswegs so naiv, nicht zu wissen, dass einer der Gründe, weshalb ich mit Laurits zusammenwohnte, der war, dass er verwirklichte, was ich auch wollte, zumindest etwas Ähnliches, und ich nehme an, ich dachte oder stellte mir doch zumindest vor, dass etwas von seiner Energie – etwas von seinem Mysterium – durch eine Art Osmose auf mich überging. Ich hatte nicht vor, ihn zu imitieren, und ich war auch nicht sein Protegé – er hätte die Rolle des Lehrers so wenig übernommen, wie ich bereit gewesen wäre, seine oder irgendjemandes Schülerin zu sein. Ich wollte einfach nur, dass was passierte. Natürlich machte ich für die Uni Projekte und bekam anständige Noten, aber diese Projekte waren nur eine Art Arbeit, mittels derer auf abstrakte Weise geprüft wurde, was wir in technischer Hinsicht gelernt hatten. Das Studienprogramm, an dem ich teilnahm, galt als recht innovativ und war auf seine Art sogar einzigartig, aber irgendwie bekam ich nicht viel davon mit. Ich wollte richtige Filme machen, keine Projekte und war, unabhängig von dem, was meine Noten sagten, davon überzeugt, nichts wirklich Nützliches zu lernen.

Ich erinnere mich an Laurits' ersten Film. Damals habe ich ihm nicht gesagt, dass ich ihn gesehen hatte. Wir hatten uns gerade erst kennengelernt, und ich fürchtete, er könnte mir unterstellen, ich studierte sein Werk, was dann aussähe, als würde ich ihm nachspionieren. Diese erste Arbeit war ziemlich simpel gehalten, nur wirkte fast alles, was Laurits tat, eher simpel, zumindest oberflächlich. Er hatte sechs Kurzfilme über Dinge oder Menschen in Bewegung gedreht – eine aus einem vorüberfahrenden Zug gefilmte Landschaft, zwei Mädchen, die in makellosem Weiß auf einem Sandplatz Tennis spielen, ein Vogelschwarm, der über einen alten Pier kreist, eine junge Frau, die in einer alten europäischen Stadt eine verzierte Wendeltreppe hinaufgeht, ein Zug, möglicherweise derselbe wie in der ersten Sequenz, der durch eine offenbar identische Landschaft fährt. Dazu alternierend zeigte er sechs Filme über fünf Menschen – und einen Hund –, die an verschiedenen Orten schliefen. So erzählt klingt es noch simpler, als es war – auf jeden Fall klingt es weder faszinierend noch inspirierend oder auch nur interessant. Mich aber faszinierte, was er mit den einzelnen Sequenzen angestellt hatte, denn der Film *war* faszinierend. Warum, das kann ich nicht sagen, ich kann nur beschreiben, was er auslöste – und vielleicht kann ich eben deshalb nichts von ihm lernen. Sehe ich mir seine Filme an, bin ich nur Publikum, er aber suchte in mir, in all seinen Zuschauern, einen potentiellen Mitarbeiter. Vielleicht auch einen Mitverschwörer. Ich könnte behaupten, dass etwas in der Art und Weise, wie er einen Film drehte, die Wirkung auf den Zuschauer intensivierte, nur hätte ich damit nicht gerade viel ausgesagt. Ich könnte hinzufügen, dass die vom Zug aus wahrgenommene Landschaft nur durch Lücken in einem schadhaften Zaun oder Absperrgitter zu sehen ist, weshalb sich das Auge permanent anstrengen muss, wenn es etwas erkennen will, und wer immer diesen Film sieht, weiß ständig darum, dass ihm etwas entgeht, Einzelheiten, die unbeachtet vorüberhuschen, während er versucht, etwas anderes zu erkennen. Oder ich könnte sagen, dass der Film, in dem die junge Frau, die eine

Wendeltreppe hinaufgegangen war und die nun in einem Sessel schlief, zugleich berührend und erotisch war, nur könnte ich nicht erklären, warum die verschiedenen Vorgehensweisen für die einzelnen Filme einen solchen Unterschied machten. Ich weiß bloß, ich wäre nie auf die Idee gekommen, irgendwas so zu tun, wie er es getan hat. Ich hätte alles stärker ausgeschmückt, hätte zu angestrengt etwas versucht. Die Kurzfilme, die ich für die Uni gedreht hatte, genauso wie die drei unabhängigen Arbeiten, die ich anfing und wieder aufgab, hatten dieselbe Qualität und waren damit das genaue Gegenteil von dem, was in Laurits' Kurzfilmen passierte. Ich forderte meine Zuschauer auf, genau hinzusehen, ich versuchte, sie zu etwas zu überreden. Laurits sicherte sich ihre Aufmerksamkeit, indem er sich nicht um sie scherte. Er drehte seine Filme aus einem anderen Grund als dem, die Leute zum Zuschauen zu bewegen. Vielleicht drehte er sie nur, weil er von der Welt außerhalb seiner eigenen Fantasie so gelangweilt war, dass er irgendwas tun musste, um sich zu beschäftigen.

* * *

Es war noch warm, doch als ich mich mit Jean Culver vor der Tür zum Sacred Grounds traf, um mir von Klischee Nummer zwei erzählen zu lassen, zogen Wolken auf, und es begann zu regnen, ein heftiger, schneller, überraschender Regen, der nach den langen trockenen Tagen süß roch und nach Gras. Jean trug über ihren Arbeitssachen einen dünnen Regenmantel, und ich kam mir ein wenig blöd vor, weil ich nur in Bluse und Jeans aus dem Haus gegangen war.

Als ich ins Innere huschte, Wassertropfen auf dem Haar, die Ärmelränder feucht, fiel mir auf, dass die Ausstellung gewechselt hatte. Wo zuvor verschneite Stadtlandschaften gehangen hatten, reihten sich jetzt abstrakte, knallbunte Fotoarbeiten aneinander und schufen eine karnevaleske Atmosphäre an diesem Ort, der vor einer Woche noch so cool und klassisch wie eine winzige Winterinsel in der Sommerhitze gewirkt hatte. Während sich Jean zum Tisch am Fenster vorarbeitete, ihrem Stammplatz allem Anschein nach, blieb ich stehen, um mir ein Bild genauer anzusehen, das meine Aufmerksamkeit geweckt hatte, eine extreme Nahaufnahme von einem Graffitoausschnitt, kühne Sprühfarbe in Himmelblau, die ein Gesicht suggerierte, nur wo die Augen sein sollten, prangten zwei schwarze Löcher, aus denen ein Paar trauriger Cartoon-Augen herausschaute, als wäre etwas oder jemand in der Mauer gefangen, etwas Lebendiges, etwas Leidensfähiges, auf immer eingeschlossen im Beton. Ich betrachtete das nächste Bild. Oberflächlich gesehen eine ganz andere Stimmung – sanfte Orange- und Terrakotta-Töne, statt Blau und Grau, wie im ersten –, doch war das Thema, wenn auch nicht dasselbe, so doch sehr ähnlich. Gezeigt wurde eine weitere Wand, diesmal aber aus größerer Entfernung aufgenommen, vermutlich mit einem Teleobjektiv. Die Mauer war alt, unscharf, und hier und da zeigten sich tiefe, rostfarbene Löcher. In der exakten Bildmitte sah man ein hohes, schmales Fenster mit gusseisernem Zierbalkon, hinter dem, wie auf einem Schild, das Wort BEAUTÉ in schwarzen, gestochen scharfen Buchstaben auf elfenbeinweißem Grund stand. Es war eine etwas plumpe Arbeit, ein bisschen zu offensichtlich – Laurits hätte ihren bemühten Ernst sicher amüsant gefunden –, doch ging davon auch etwas Anrührendes aus, von diesem zu bloßer Typografie reduzierten Wort im Eisenkäfig, das die Idee der Schönheit an sich infrage stellte.

Jean sah mir zu, wartete. Ich setzte mich auf den Stuhl ihr gegenüber, genau wie beim letzten Mal, nur stand diesmal niemand auf der Straße. »Wie finden Sie's?«

»Hm?«

»Die Ausstellung«, sagte sie. »Was halten Sie davon?«

»Sie ist … interessant«.

»Aha, interessant.«

»Ich habe sie noch nicht ganz gesehen«, sagte ich und ärgerte mich, weil ich gleich in die Defensive ging. »Ich meine … mir gefallen die Bilder, die ich gesehen habe. Sie sind vielleicht ein bisschen naiv, aber sie haben auch etwas … Gespenstisches.« Ich merkte, dass sie mich aufmerksam beobachtete, dass es sie wirklich interessierte, was ich darüber dachte. Nur warum? Wieso war es ihr wichtig? Ich warf einen Blick auf das uns am nächsten hängende Bild, eine Explosion von Rot- und Grüntönen, Graffiti wie im Tiefflug über eine weiß getünchte Wand gesprüht, doch konnte ich keine Einzelheiten erkennen. »Warum fragen Sie?«

Einen Moment lang sagte sie nichts, und ich fragte mich, ob ich sie mit meinen Worten irgendwie verletzt haben könnte, dann aber sah sie zum rot-grünen Foto auf. »Die hat Annette gemacht«, sagte sie schlicht.

»Annette?«

»Ich habe Ihnen von ihr erzählt«, sagte sie. »Von der Frau, der dieses Café gehört.«

»Ach ja.« Ich wandte mich um und sah zurück zum himmelblauen Gesicht. »Ich muss sie mir genauer ansehen«, erklärte ich. »Das da gefällt mir.« Ich zeigte darauf.

Jean nickte. »Sehen Sie sich nur um«, sagte sie. »Ich bestelle uns Kaffee.«

Während der nächsten Viertelstunde schaute ich mir die Ausstellung an, achtzehn Fotografien insgesamt, und jede zeigte eine Mauer oder ein Stück Mauer – den Ausschnitt eines Graffitos, den leeren Blick eines Fensters in der Wand eines verlassenen Hauses oder auch nur einen Riss, der quer über das gesamte Foto verlief, rätselhaft und zugleich seltsam schön mit seiner Andeutung von Verfall. Technisch gesehen war keine dieser Aufnahmen mehr als nur kompetent fotografiert, doch aus Gründen, die ich nicht erklären konnte, erregten sie meine Neugier. Sie deuteten an, hinterfragten. Warum sind Ruinen schön? Was meinen wir, wenn wir über Schönheit reden? Bedeutet eine Mauer Schutz oder Eingesperrtsein? Das mag hochtrabend klingen – Laurits hätte das gedacht –, aber dies waren nun mal meine Gedanken, als ich durch den Raum ging, ein wenig befangen wegen der übrigen Gäste, aber auch wegen Jean, die sich am Tresen mit einer Frau unterhielt, unsere Getränke und offenbar Kuchen bestellte. Ein Bild erkannte ich auf Anhieb: Es zeigte eine Mauer in dem alten Schlachthof, in dem Laurits Teile seines neuen Films drehte. Annettes Bild konzentrierte sich auf einen einfachen, eisenfarbenen Fleck auf blassgrüner Fläche, ein Fleck, der wie Blut aussah, ebenso aber auch Rost sein konnte. Genau das hatte ich im Schlachthof gedacht. Wusste man nichts über die Geschichte eines Ortes, konnte alles alles bedeuten, kannte man sie aber, deutete man, zog vorschnelle Schlüsse, von denen manche wahr sein mochten, manche falsch. Man konnte es unmöglich wissen. Aber war es Annette darauf angekommen, als sie diese Fotos machte? Oder zwängte ich ihren Bildern bloß Laurits Weltsicht auf? Wie sollte ich das wissen? Ich konnte sie nicht fragen; es war meine Aufgabe, den Sinn hinter alldem hier zu entdecken. Ich konnte schließlich nicht erwarten, dass sie mir ihre Bilder erklärte.

Als Jean sich wieder setzte, kehrte ich ebenfalls an unseren Tisch zurück. Einen Moment später kam die Frau, mit der Jean sich unterhalten hatte. Sie sagte kein Wort, während sie die Tassen sowie zwei Teller mit identisch aussehenden Stückchen eines schwarzen, üppigen Kuchens abstellte. Jean ließ sie zu Ende decken, ehe sie mich vorstellte: »Annette, das hier ist Kate.« Sie klang übertrieben höflich. »Kate hat gerade deine Bilder bewundert.«

Annette lächelte, und mir fiel auf, dass Jean ihr nicht gerecht geworden war, als sie ihre Freundin gutaussehend genannt hatte. Diese Frau war schön. Es gibt diverse Arten von Schönheit, und es gibt Graubereiche zwischen schön und attraktiv, hübsch oder sexy, in diesem Fall aber gab es keinen Zweifel. Annette erinnerte mich ein wenig an die junge Ava Gardner, etwa an die Ava Gardner aus *Der Windhund und die Lady,* noch ehe die Studios, die nicht ahnten, was sie an ihr hatten, anfingen, ihre natürliche Schönheit unter bloßem Glamour zu begraben. Sie war mittelgroß, hatte volles schwarzes, zu einem lockeren Pferdeschwanz zurückgebundenes Haar und recht blasse Haut. Sie trug kein Make-up. Am Ärmelaufschlag ihrer Bluse sah ich einen dunklen Fleck, die schwarze Jeans war verblichen und leicht mit etwas bestäubt, das ich für Mehl hielt. Sie gehörte zu den Frauen, die keine Ahnung haben, wie schön sie sind – wohl auch, weil sie niemand ernsthaft darauf hingewiesen hatte. Vielleicht irgendwer auf einer Party, blind vor abstraktem Verlangen und angetrunkenem Mut, jemand, den man leicht ignorieren konnte, alle anderen aber dürften von ihrer Schönheit zu eingeschüchtert gewesen sein und hätten es vermutlich ungehörig gefunden, sie – wie eine Narbe oder ein Muttermal – auch nur zu erwähnen. »Mit der Kamera habe ich gerade erst angefangen«, sagte sie. »Früher habe ich gemalt.«

»Kate ist auch Künstlerin«, sagte Jean mit einem Augenblinzeln. Sie hatten ihren Spaß, was ebenso unfair – da wir uns ja kaum kannten – wie schmeichelhaft schien, da ich mich nach ihrer Erzählung über die Ermordung ihres Vaters irgendwie in ihre Welt aufgenommen fühlte.

»Ach ja?« Annette war nicht länger nur höflich, sie schaute mich jetzt interessiert an.

Ich schüttelte den Kopf. »Eigentlich nicht«, erwiderte ich. »Ich studiere am College und lerne, eigene Filme zu drehen. Sie wissen ja, wie das ist.« Mir entging ebenso wenig wie Jean und vermutlich auch Annette, wie bescheuert ich mich anhörte.

»Wow, Filme«, sagte Annette – was die Situation ein wenig rettete. Vielleicht sollten wir uns auf einen Wettstreit darüber einlassen, wer den einfallslosesten Beitrag zum Smalltalk lieferte. »Damit wollte ich immer schon mal anfangen.« Sie lächelte und nickte. Obwohl es unsere erste Begegnung war, wusste ich, dass dieses Kopfnicken eine ihrer Verlegenheitsgesten war, nicht bewusst, nicht aufgesetzt und daher unendlich bezaubernd. »Tja«, sagte sie, »dann überlasse ich euch mal eurem Kuchen.« Sie wandte sich an Jean. »Ich habe das Rezept leicht geändert.« Sie wirkte jetzt selbstsicher, war zurück auf vertrautem, praktischem Terrain. »Bin gespannt, wie es dir schmeckt.« Sie warf mir einen Blick zu. »Hat mich gefreut, Sie kennenzulernen, Kate.«

»Ganz meinerseits«, sagte ich.

Wir ließen uns Zeit, genossen den Kaffee, die Stille und

das Geräusch der Regentropfen am Fenster. Jetzt verstand ich, warum sie stets hier am Fenster saß. Es war nicht die Straße, die sie interessierte, sondern das Wetter. Endlich brach sie das Schweigen. »Ich wollte Ihnen heute von Klischee Nummer zwei erzählen«, sagte sie, sah mich fragend an, und ich nickte, um ihr zu zeigen, dass ich mich erinnerte. Mir war es, als taste sie sich sehr behutsam vor, fast als wollte sie sich nicht allzu viel von unserem letzten Gespräch in Erinnerung rufen. »Es geht um die Liebe«, sagte sie. »Ich weiß, ich weiß, es existieren so viele Klischees über die Liebe, dass es schwerfällt, eines auszuwählen, aber dieses ist ein wenig subtiler als die meisten.« Sie lächelte, glücklich wie ich fand, wie jemand, der sich über die Gelegenheit freut, eines seiner Lieblingsspiele spielen zu können. »Möchten Sie erraten, welches ich meine?«

Ich schüttelte den Kopf. »Hmm… Tja, ich fürchte, *love makes the world go round* ist zu offensichtlich.«

»Für die Erdrotation ist wohl eher die Schwerkraft verantwortlich«.

»Wie wäre es mit *Liebe heißt, niemals um Verzeihung bitten zu müssen.*«

»Das ist Unsinn.«

Ich dachte einen Moment nach, weil ich etwas Gutes finden wollte, etwas, das sie überraschte. »Na schön«, sagte ich dann. »Wie ist es damit: ›Darin besteht die Liebe: Dass sich zwei Einsame beschützen und berühren und miteinander reden.‹«

»Meine Güte«, sagte sie. »Wer hat das denn gesagt?«

»Rainer Maria Rilke.«

»Okay«, sagte sie. »Das ist gut, und ich muss darüber nachdenken, aber es ist nicht Klischee Nummer zwei. Vielleicht ist es sogar überhaupt kein Klischee.«

»Und wie lautet nun Klischee Nummer zwei?«

»Ein wenig anders, aber gut.« Sie dachte kurz nach. »Ein französischer Schriftsteller sagte einmal: *Ce n'est pas le premier amour qui compte, ni le second, ni le dernier. C'est celui qui a mêlé deux destinées dans la vie commune*«. Sie lächelte. »In mancher Hinsicht ist das womöglich gar kein echtes Klischee, aber für jemanden wie mich …«

»Ich verstehe kein Französisch«, unterbrach ich sie. Ich hatte gerade ein Stück von Annettes selbstgebackenem Kuchen probiert. Er war ziemlich gut, und ich fragte mich, was sie wohl am Rezept geändert hatte. Ich meinte immer noch, mich darüber ärgern zu sollen, wie Jean mich vorgeführt hatte, auch wenn ich wusste, dass sie es nicht getan hatte, um mich in Verlegenheit zu bringen, sondern um Anette erröten zu sehen, wenn ich ihre Arbeiten lobte. Was ich nicht getan hatte, höchstens indirekt. Und sie war tatsächlich auch ein wenig rot geworden. War Ava Gardener je rot angelaufen? Vielleicht zu Anfang, später nicht mehr. *Femmes fatales* erröten nicht.

Jean tat überrascht. »Na, außer Rilke scheint man Ihnen auf Ihrem College ja nicht allzu viel beizubringen, oder?«

»Nein, nicht viel.«

»Aber gut, Rilke entschädigt für vieles.« Sie schwieg einen Moment, suchte nach der besten Übersetzung. »Nicht die erste Liebe zählt, auch nicht die zweite oder die letzte. Allein jene, die zwei Schicksale zusammenbringt im – wie übersetzt man *la vie commune?* Man kann nicht einfach *geteilten Leben* sagen, auch nicht *alltäglichen Leben* oder *Alltag* …«

»Im gemeinsamen Leben?«, schlug ich vor, fand es aber zugleich fast zu einfach.

Sie nickte. »Ja, *im gemeinsamen Leben* muss es heißen. Der

Teil des Lebens, den wir mit anderen teilen, im Gegensatz zum Leben in …«

»Unseren Bilderkammern«, ergänzte ich.

Sie blickte überrascht auf. »Aha«, sagte sie. »Rilke *und* Hesekiel.«

Ich verriet ihr nicht, dass ich dieses Bibelzitat von Laurits kannte, da ich nie mit ihr über ihn redete. Laurits und sie, das waren verschiedene Welten.

»Unsere Bilderkammern«, sagte sie zustimmend. »Und – *la vie commune.* Sie scheinen so selten im Gleichgewicht zu sein, finden Sie nicht?«

»Ja, stimmt schon«, sagte ich. Was das anging, brauchte sie mich nicht zu überzeugen. »Nur was hat das alles mit Liebe zu tun?«

»Nun, um diese Frage zu beantworten, bin ich nicht die Richtige«, antwortete sie. »Als es noch darauf ankam, hat es für Leute meines Schlags in *la vie commune* nie einen Platz gegeben.« Sie lächelte, doch sah ich keine Trauer in ihrem Gesicht. In beschämender Anmaßung schloss ich daraus, dass all das für sie längst Geschichte war. »Allerdings habe ich oft darüber nachgedacht, wie leidenschaftlich ich an die erste Liebe glaubte. Dass nichts sie ersetzen könne. Was auch stimmt, nur geht es gar nicht ums Ersetzen, oder?« Sie schaute mich an. Ich zuckte die Achseln. Ich hätte ihr damals ehrlich erwidern können, dass ich keine Ahnung hatte, wovon sie da redete. »Ich war so eine Puristin«, sagte sie. »Einmal verliebt, immer verliebt. Wie hätte es sonst auch je die wahre Liebe sein können?« Sie lachte, und mir war bewusst, dass sie über sich selbst lachte. Vielleicht, dachte ich, redete sie ja mit sich selbst. »Heute weiß ich, dass es nicht darauf ankommt, wie oft man sich verliebt, da man sich immer in denselben Menschen verliebt. Die erste, zweite, letzte Liebe, sie sind alle verschieden und dennoch gleich.« Sie sah mich an, als wollte sie sich vergewissern, dass ich sie verstand. »Wir sollten uns weiterhin verlieben, immer wieder, bis zum letzten Tag, wie hoffnungslos es auch sein mag. Oder wie hoffnungslos es in meinem Alter auch tatsächlich *ist.* Allerdings braucht die Liebe in meinem Alter nicht mehr erwidert zu werden. Einzig die Tatsache, dass man sich verliebt, gleicht – wie sagt man bei einer Geiselnahme noch?«

»Einer Geiselnahme?«

»Ja, bei einer Geiselnahme. Wenn die Kidnapper beweisen wollen, dass die entführte Person noch …«

»Lebenszeichen?«

»Genau – es gleicht einem Lebenszeichen.« Sie nickte sichtlich zufrieden, nur hätte ich nicht sagen können, ob es daran lag, dass sie das richtige Wort gefunden hatte, oder an etwas ganz anderem. Ich teilte mit der Gabel noch ein winziges Stück von Annettes Kuchen ab. Einen Moment lang schien mir Jean Culver weit fort zu sein, und mir fiel wieder ein, dass sie eine alte Frau war.

»Sie ist sehr schön, finden Sie nicht?«, fragte sie unvermittelt.

»Wie bitte?«

»Annette. Sie ist sehr – schön.«

Ich zwang mich, den Bissen Kuchen herunterzuschlucken, und konnte nicht glauben, wie blöd ich bis zu ebendiesem Augenblick gewesen war. »Kann nicht behaupten, dass mir das aufgefallen wäre.«

Jean wusste, dass ich log, aber das war ihr egal. »Ich komme hierher, weil der Kaffee so ausgezeichnet ist. Vor allem aber komme ich, um Annette zu sehen.« Jean nippte an ihrem

Kaffee und lehnte sich zurück. »Ich könnte behaupten, dass sie mich an jemanden erinnert, aber darum geht es eigentlich gar nicht …«

Ich nickte und meinte zu verstehen. Erste und zweite Liebe. Die letzte, hoffnungslose Liebe. Am Ende zählte allein die Liebe. »Und an wen erinnert Sie Annette?«

Sie kam von irgendwoher zu mir zurück. Einen Moment lang war sie fort gewesen. »Ich denke, es wird Zeit für das nächste Kapitel meiner Geschichte«, sagte sie. »Aber lassen Sie uns erst noch etwas von diesem köstlichen Kuchen bestellen.«

* * *

Sie stand lang am Tresen und unterhielt sich mit Annette sowie einem großgewachsenen, jungen Mann mit sandfarbenem Haar, der gerade aus dem Regen ins Café gekommen war. Der Junge, vielleicht siebzehn, achtzehn Jahre alt, sah aus wie ein Basketballspieler, langgliedrig und schlank, aber keineswegs schlaksig, wie es großgewachsene Kerle in seinem Alter oft sind. Er hatte sogar etwas überraschend Anmutiges in seiner Haltung, selbstsicher und ruhig, im Boden verankert, die Hände beim Reden ständig ganz unbefangen in Bewegung. Ich sah, dass er Jean kennen musste, nur konnte er kaum verhehlen, dass sich jedes seiner Worte – und er wusste offensichtlich gut zu unterhalten – an Annette richtete. Natürlich. Wie Jean war er in sie verknallt, und er kam hierher, nass vom Regen, was er aber ignorierte, weil er ihr nicht fernbleiben konnte. Es war richtig anrührend, die beiden zu beobachten, die alte Frau und den College-Athleten – falls er denn schon aufs College ging –, zusammengeführt von ihrer Schwärmerei für eine Frau, die wohl nicht einmal ahnte, was hier vorging. Oder? Ich musterte

Annettes Gesicht, konnte darin aber nichts weiter als ein Interesse für Leute erkennen, die sie flüchtig kannte und mochte, die ihr aber nichts weiter bedeuteten.

Als Jean schließlich an unseren Tisch zurückkam, lächelte sie. »Das ist Alan Swann«, sagte sie. »Hier im Ort so etwas wie eine Berühmtheit.«

»Basketball?«

Jean nickte. »Ja«, sagte sie. »Sie kennen ihn?«

Ich lachte. »Nein. Es ist nur … na ja, ziemlich offensichtlich.«

Sie schaute zurück zu Alan Swann, der auf seinen Kaffee zu warten schien, Kaffee zum Mitnehmen. »Ich glaube, Sie haben Recht«, sagte sie. »Allerdings könnte er auch ein hervorragender Altphilologe sein. Oder ein Dichter. Man sollte nicht immer nach dem Äußeren urteilen.«

Ich lachte. »Das finde ich nicht. Außerdem wird man durch so was in keinem Vorort berühmt. Das geht nur mit Sport – oder man verdient viel Geld.«

Die letzte Bemerkung klang zynischer oder verbitterter als beabsichtigt, und einen Moment lang schwiegen wir. Ein junger Mann, nicht Damian, brachte uns ein zweites Stück Kuchen – Annette unterhielt sich noch mit dem Basketballer – und Jean teilte mit der Gabel ein großes Stück ab, schob es sich behutsam in den Mund und schien über das neue Rezept nachzudenken. Ich wartete auf ihre Geschichte, doch verriet Jean mit keinerlei Anzeichen, dass sie beginnen wollte. Natürlich war es durchaus möglich, dass sie im Laufe unserer Unterhaltung ganz vergessen hatte, ihre Geschichte zu erzählen, aber das glaubte ich nicht. Mir wurde allmählich klar, dass Jean Culver nach einer anderen Uhr als jener lebte, die meinen Alltag bestimmte. Ihre Uhr ging langsamer, war nicht so ungeduldig, nachsichtiger. Ich fragte mich, was sie wohl dachte, während sie da saß und mit den Fingern gelegentlich ein Stückchen von Annettes Kuchen abbrach. »Sie haben viel gelesen«, sagte ich.

Sie sah verwundert zu mir herüber, als fragte sie sich, wie ich nur so dumm sein konnte, eine derart perfekte Stille zu stören, dann aber warf sie mir ein ehrlich betrübtes Lächeln zu. »Ich lebe ja auch schon ziemlich lang.«

»Mag sein, aber …«

»Ich hatte Glück. Ich habe früh gelernt, dass man aus dem, was einem gegeben ist, das Beste machen muss. In meinem Fall waren das eine ziemlich ungewöhnliche Bibliothek und Gewächshäuser.«

»Gewächshäuser?«

Ihr schien wieder einzufallen, warum wir gekommen waren. Die Geschichte. Die Erklärung für das zweite Klischee. Sie richtete sich auf, nahm einen Schluck Kaffee, verzog das Gesicht und begann.

»Nachdem mein Vater ermordet worden war, zogen wir zu Tante Charlotte und ihrem Mann Avery«, sagte sie. »Averys Familie baute bereits seit drei Generationen Äpfel, Birnen und Kernobst an, als Avery ins Blumengeschäft einstieg.« Plötzlich strahlte sie. »Frangipane-Creme.«

»Wie bitte?«

»Die neue Zutat«, sagte sie. »Frangipane. Nur ein Löffel voll.« Sie sah mir zu, wie ich noch einmal probierte. Ich bemerkte nichts Ungewöhnliches, war mir aber auch nicht sicher, wie Frangipane eigentlich schmeckte. Damit sie nicht verstummte, nickte ich nur, und sie fuhr fort. »Jeremy erzählte mir später, es sei nie passiert, trotzdem erinnere ich mich, noch

Tage nach der Beerdigung allein in unserem Haus gewesen zu sein. Jeremy sagte, Tante Charlotte hätte eine Woche lang bei uns gewohnt, ehe wir zu ihr und Onkel Avery nach Virginia gezogen sind, doch sehe ich uns allein im Haus, wie wir uns etwas zu essen machen, abends wach im Bett liegen und versuchen zu schlafen, während draußen am Fluss Eulen jagen. Ich erinnere mich an die Stille jener Nächte und an das traurige Durcheinander der Tage, an denen wir uns oft stundenlang aus dem Weg gingen und nicht im selben Zimmer sein wollten – nun, ich kann nicht für Jeremy reden, aber wenn ich allein blieb, nur lang genug allein blieb, dann vergaß ich, dass Thomas tot war. Ich stand im Flur oder oben auf dem Treppenabsatz, wenn er gewöhnlich nach Hause kam, und wartete darauf, dass er durch die stillen, widerhallenden Zimmer meinen Namen rief. Ich lag auf dem Bett, starrte die Decke an, und mir war, als würde gleich die Zeit stillstehen, als würde niemals wieder etwas geschehen. Tante Charlotte kam und zog für eine Woche ins alte Zimmer meiner Mutter. Nach der Beerdigung brachte sie uns dann für immer fort.

Sie war nicht unsere richtige Tante, sondern eine Kusine meines Vaters, jemand, von dessen Existenz ich nicht einmal etwas geahnt hatte, bis sie vor unserer Tür auftauchte, herbestellt von Joel Crane, dem Anwaltspartner meines Vaters. Offenbar stand in Thomas' Testament, dass wir – falls ihm etwas zustieß, ehe wir alt genug waren, für uns selbst sorgen zu können – zu Tante Charlotte ziehen sollten. Ich weiß noch, dass ich es seltsam fand, wie eine Figur in einem alten Roman einen Vormund zu haben. Dabei hatte mein Vater es durchaus mit ähnlichen Fällen zu tun gehabt – so etwas kam gar nicht selten vor –, nur hatte ich nie geglaubt, es könne etwas sein, das in meiner Welt geschah. Ein Vormund. Alles, was ich eines Tages erben würde, von Leuten verwaltet, die ich nicht mal kannte. So etwas hatte ich mir nie vorgestellt – und ich schätze, weder Tante Charlotte noch Onkel Avery, geschweige denn ihre vier Kinder, hatten je ernsthaft daran gedacht.

Ich mache ihnen heute so wenig wie damals einen Vorwurf, wenn ich sage, dass sie für uns keine richtige Familie waren. Sie waren gute Menschen, nur waren sie eben nicht *unsere* Familie. Und wir gehörten nicht zu ihrer. Durch Zufall kamen wir in ihre Welt, und sie wirkten nicht im Mindesten darauf vorbereitet. Irgendwer sagte einmal, Zuhause sei der Ort, wo man aufgenommen werden müsse, wenn man hinkomme. Keine besonders anheimelnde Vorstellung, oder? Jemandem Zuflucht zu gewähren, sollte doch keine Verpflichtung sein.« Die leiseste Andeutung einer Bitte um Nachsicht huschte über ihr Gesicht. Sie dachte, ich würde schon wissen, dass das Zitat von Robert Frost stammte, nur war sie sich eben nicht sicher. Hesekiel konnte ein Glückstreffer gewesen sein. »Aber uns blieb keine Wahl«, fuhr sie fort. »Wer hat schon eine Wahl? Charlotte musste uns aufnehmen, und wir mussten das Beste daraus machen. Sie alle taten ihr Bestes, genau wie wir. Wir feierten Weihnachten, Geburtstage, Erntedank genau wie alle anderen Familien. Und wie in den meisten Familien gab es Dinge, über die nicht gesprochen wurde. Natürlich erwähnten wir auch nie, was an einem schönen Sommertag Ecke Ashland und Vine passiert war, und manchmal gelang es uns fast, den Vorfall in einen Winkel unseres Hinterkopfes zu verbannen – sogar Jeremy, der sich mit einem Mal in jemanden verwandelt hatte, den ich kaum wiedererkannte, einen stillen, sanften, sehr belesenen jungen Mann, ein wenig unnahbar, zu mir aber stets freundlich und rücksichtsvoll. Die größte Überraschung war für mich jedoch, dass er so lernbegierig geworden war. Er verbrachte sein halbes Leben über Bücher gebeugt, blieb in Sachen Wissenschaft stets auf dem Laufenden und brachte sich selbst erst Französisch, dann Deutsch bei. Er wurde ein richtiger Gelehrter.

Was mich anging – nun, ich habe auch viel gelesen, wenn auch nie besonders systematisch. Und zu manchem habe ich anfangs bloß gegriffen, weil Jeremy es gelesen hatte. Weniger die wissenschaftlichen Bücher, aber ich habe Französisch gelernt und mit einer der Frauen geübt, die für Avery und Charlotte gearbeitet hat. Im Grunde bin ich jedoch eher praktisch veranlagt und – na ja, meinen Vormündern, die mich bei sich aufnehmen mussten, dankbar, weil sie mir meinen Beruf nahebrachten. Zumindest haben sie mir den richtigen Weg gewiesen. Bevor ich nach Virginia zog, hatte ich nicht die geringste Ahnung, was ich mit meinem Leben anfangen sollte. Eigentlich gab es auch keinerlei Veranlassung, darüber nachzudenken, doch schärft nichts den Verstand so sehr, wie eine Waise zu sein.

Nun, gut möglich, dass ich damals ein ziemlicher Wildfang war, aber Blumen habe ich schon immer geliebt. Und jetzt sah ich eine Möglichkeit, mir mit etwas, dessen ich niemals überdrüssig werden würde, meinen Lebensunterhalt zu verdienen. Also fing ich an, einfach alles über Floristik zu lernen, nicht bloß von Tante Charlotte, sondern auch von ihren Mitarbeiterinnen in den Gewächshäusern. Es gab drei feste Angestellte, Eliza aber mochte ich am liebsten, da sie einfach alles zu wissen schien, was es über Anzucht und Floristik zu wissen gab. Sie war eine korpulente Frau, bedächtig und schwerfällig in ihren Bewegungen, und ich vermute, irgendwas hat mit ihr nicht gestimmt. Sie hatte es wohl mit dem Herzen, vielleicht auch mit der Lunge, jedenfalls gab es Tage, an denen ihr sogar das Atmen schwerfiel. Manchmal blieb sie fort, und Charlotte erklärte dann, Eliza sei zu krank, um zur Arbeit zu kommen, doch hat meine Tante nicht einmal im Traum daran gedacht, sie deshalb zu entlassen. Eliza brachte mir sämtliche Finessen ihres Gewerbes bei, wie man ein welkes Bouquet wieder aufpeppt, wie es gelingt, dass eine Knopflochblume ein bisschen länger hält, eben all die kleinen ›Tricks und Kniffe‹, wie sie dazu sagte. Oft setzte sie sich stundenlang zu mir und erzählte, welche Blume was bedeutete. Denn jede Blume, jede Farbe, jede Kombination hat eine Bedeutung, und selbst wenn die meisten Leute sie nicht kennen, ist es gut, einem Kunden mit ein paar Hinweisen helfen zu können, wenn eine Party oder eine Hochzeit ansteht. Es ist nur eine Geschichte, vielmehr macht man daraus eine Geschichte, aber damit kommt man den Leuten näher. Jede Blume hat ihre eigene Symbolik, jeder Staat hat seine Pflanze – Virginias ist der Hartriegel, mit dem zu arbeiten übrigens höchst interessant ist –, sogar zu jedem Monat gehört eine Blume wie zu jedem Sternkreiszeichen ein Geburtsstein. Eliza kannte alle Zusammenhänge, jede glück- oder unglückbringende Kombination. So zucke ich noch heute zusammen, wenn ich jemanden mit einem weiß-roten Strauß im Krankenhaus sehe. In England nennt man ein derartiges Gebinde ›Blut und Bandagen‹, und wenn ich mich nicht ganz irre, gibt es heute noch Krankenschwestern, die Besucher abweisen, wenn sie mit einem rot-weißen Strauß auf ihre Station wollen. Nur einen Monat vor ihrer letzten Krankheit erzählte Eliza mir von diesem Aberglauben. Einige Wochen später besuchte ich sie im Krankenhaus, in der Hand einige Stängel Schafgarbe – für Genesung und Gesundheit –, und ich bilde mir ein, sie hat die Blumen in meiner Hand gesehen, auch wenn sie mich wohl nicht mehr erkannte. Sie starb noch in derselben Nacht. Das war das Ende meiner ersten echten Freundschaft, und ich habe Eliza noch lange Zeit schmerzlich vermisst. Wenige Monate danach wurde ich einundzwanzig und erhielt Zugriff auf mein Geld und somit auf mein eigenes Leben. Ich pflückte mir einen großen Strauß Gartenwicke, sagte Charlotte und Avery Lebwohl – Jeremy diente damals schon in der Armee – und machte mich auf, meinen eigenen Weg in die Welt zu gehen. Allerdings wusste ich, dass ich keine gute Geschäftsfrau war, also brauchte ich Unterstützung. Ich musste jemanden finden, der sich um die finanzielle und administrative Seite meiner künftigen Tätigkeit kümmerte, während ich mich der praktischen Seite annahm, und so habe ich dann Lee kennengelernt.« Sie dachte einen Moment nach, fischte schließlich ein Männerportemonnaie aus ihrer Segeltuchtasche und zeigte mir ein kleines, ziemlich grobkörniges Foto, auf dem ich unter dem abgegriffenen Plastikschutz kaum etwas erkennen konnte. »Lee war der schönste Mensch, dem ich je begegnet bin – und abgesehen von Mitgliedern meiner Familie auch der einzige Mensch, den ich je wirklich geliebt habe.«

Ich sah mir das Bild genauer an. Eine Frau mit schwerem Mantel und karierter Bluse, in der rechten Hand eine Mistgabel. Sie hatte nicht die geringste Ähnlichkeit mit Ava Gardner – auch nicht mit Annette –, und doch war deutlich, dass Jean offenbar einen bestimmten Typ Frau liebte. Dunkles Haar, dunkle Augen, um den Mund eine gewisse Vieldeutigkeit. Das Foto verriet mir nicht, wie groß Lee war, doch sah sie schlank und trotz ihrer Arbeitssachen recht elegant aus. Dennoch hätte ich sie nicht schön genannt, nicht in konventionellem Sinne jedenfalls – und nicht aufgrund dieses Fotos. Was mich daran erinnerte, dass sich die Beschreibungen vieler berühmter Schönheiten der Vergangenheit oft nicht mit den Fotos decken, die in mir stets den Eindruck hinterließen, als würde darauf etwas fehlen. Ein Hauch Vitalität, ein wundersamer *élan vital,* von dem Zeitgenossen berichten, der auf den Fotos aber nicht zu sehen ist. Jene June, die Henry Miller und vielleicht auch Anäis Nin in Versuchung führte, ist auf den diversen Porträts, die ich von ihr kenne, nur eine Frau unter vielen, und auch von Zelda Fitzgeralds angeblich großer Schönheit ist auf den vielen Bildern, die zu ihrer Glanzzeit von ihr gemacht wurden, fast nichts zu bemerken. Ich gab Jean das Portemonnaie zurück. »Sie ist sehr schön«, sagte ich.

Jean steckte die Aufnahme rasch wieder fort. »Ach, das Bild wird ihr nicht gerecht«, meinte sie, »aber das gilt wohl für die meisten Fotos, nicht?« Sie musterte mich mit seltsam neugierigem Blick, und wieder hatte ich den Eindruck, sie könnte meine Gedanken lesen. »Offenbar fangen sie doch nicht die Seele ein. Und dieses Bild führt außerdem ein wenig in die Irre, aber es hat als einziges überdauert. In Wahrheit hatte Lee nur wenig mit dem Gärtnerischen zu tun, auch wenn der Betrieb ohne sie nie so hätte florieren können. Sie war es, die unseren Kundenstamm aufbaute. Diese Seite unseres Geschäftes blieb mir ein Rätsel, aber Lee schien einfach alles zu können. So hatte ich zum Beispiel nur einen Lieferwagen, als sie 1945 ins Geschäft einstieg, und das war nicht mal ein richtiger Transporter, sondern bloß der Rücksitz meines 62er Coupés. Drei Jahre später waren vier Lieferwagen für uns unterwegs und fuhren nicht nur

Blumen und Pflanzen aus, sondern auch sonst noch allerhand. Es war ihre Idee, die Sache mit dem *American Garden* auszubauen. So haben wir uns damals genannt. Der *American Garden*. Wir boten die sofortige Umgestaltung von Grundstücken an, egal wie kahl oder scheinbar aussichtslos. Wir schufen grüne Zwei-Tages-Oasen für Gartenpartys oder fertige Traumgärten für Leute, die in irgendeinem Vorort gerade ihr neues Haus bezogen. Heute kann das jeder Gartenbetrieb, aber damals war es was Neues. Und sehr bald waren wir, was alle sein möchten, nämlich eine Erfolgsgeschichte. Dabei handelte es sich bei uns letztlich nur um einen Betrieb hart arbeitender Frauen, die sich an ihr Drehbuch hielten. Lee und ich zahlten unseren Beschäftigten höhere Löhne als üblich, und wir achteten darauf, nur Frauen einzustellen, auch wenn wir das nicht hinausposaunten. Weibliche Fahrer bauen weniger Unfälle. Gärtnerinnen arbeiten härter, weil sie längst verinnerlicht haben, dass sie besser als Männer sein müssen, wenn sie Erfolg haben wollen.

Alles verlief nach Plan, und ich zweifelte nicht daran, dass dies die rechte Art war, ein gutes Leben zu führen. Der Krieg hatte jedermann viel abverlangt, aber er hatte auch Geschäftsmöglichkeiten geschaffen und für ein Heer fähiger Arbeiterinnen gesorgt. Kaum war er vorbei, breitete sich ein Verlangen nach Wohlstand und Hausverschönerungen aus, das wir in bare Münze umsetzten. Wir verfügten über einen breiten Kundenstamm. Ich kann eigentlich nicht behaupten, dass ich verstehe, was damit gemeint ist, aber Lee wusste es. Selbst wenn ich mich nicht in sie verliebt hätte, wäre sie der eine entscheidende Mensch in meinem Leben gewesen, die Geschäftspartnerin, die mir fürs Expandieren das nötige Selbstvertrauen gab.

Nun, wie schon gesagt, man hat mich stets für einen Wildfang gehalten, einen richtigen Jungen. Was für eine Zehnjährige in Ordnung sein mag, aber nicht mehr, wenn man auf die Zwanzig zugeht und weit und breit kein Freund in Sicht ist. Dabei habe ich mich früher nie für anders gehalten, man hat mich einfach immer nur so genannt, und ich selbst habe mir nichts weiter dabei gedacht. Jedenfalls nicht, bis ich begriff, dass dies ein Euphemismus war.« Sie lächelte traurig. »Was ja zutraf, schon früh, auch wenn ich erst nicht kapierte, was die Leute außerdem damit meinten. Und als es mir dann aufging – nun, da wurde mir das Wort zuwider. Wildfang – selbst heute noch ist mir die Etymologie unklar. Damals aber lautete die eigentliche Frage, was das für mich bedeutete. Hatte mich geprägt, wie die Leute mich sahen? Wie sie mich nannten? Oder hatten sie eine gewisse Eigenheit gespürt, die schon immer da gewesen war, jetzt aber an die Oberfläche gelangte? Denn ehrlich gesagt, bis ich Lee kennenlernte, hatte ich keine Ahnung gehabt, dass ich anders war. Ich fühlte mich nur nicht zu Männern hingezogen, kannte aber auch keine Männer, die ich sonderlich attraktiv fand, weshalb ich glaubte, mehr hätte es damit nicht auf sich. Eines Tages würde ich sicher den Richtigen treffen und dann die Erwartungen erfüllen, die andere in mich setzten. Was wohl ein bisschen übertrieben war, da niemand irgendwelche Erwartungen in mich setzte. Ich wollte einfach nur mein Leben führen und in Ruhe gelassen werden, um allein dahinterzukommen. Nachdem ich Lee kennengelernt hatte, kam ich allerdings ziemlich rasch dahinter. Sie leider nicht. Sie begriff es nicht, bis die Lage irgendwann eher schwierig wurde, und selbst dann war es für sie längst nicht klar. Sie fand Männer anziehend und sehnte sich nach dem Üblichen – vor allem eine Familie –, und als dann John Cameron auftauchte, frisch aus der Armee entlassen, voller Saft und Kraft, wie man damals gern sagte, da dachte sie, sie hätte eine passable Ausgabe ihres Traummannes gefunden. Und mein Gott, was hatte der Kerl für eine hohe Meinung von sich. Leider nicht nur er selbst, sondern alle anderen auch.

Er lernte Lee auf der Party eines Kunden kennen – Lee war natürlich auch diejenige, die den meisten gesellschaftlichen Verpflichtungen nachkam. Einige unserer Kunden waren recht wohlhabend, was seinen Reiz hatte, wenn man dafür empfänglich war. Ich war es nicht. Damals ging es uns bereits ziemlich gut, doch fuhr ich immer noch dasselbe alte Auto und trug, was ich im Grunde immer getragen hatte und auch heute noch trage. Ehrlich gesagt, mit Geld konnte ich nicht viel anfangen. Ich wollte nur in Ruhe gelassen werden, um das Geschäft weiter auszubauen. Und um zu lesen. Bücher waren für mich eine Flucht aus der Welt, auch wenn ich gern behaupte, dass sie mir mehr als nur eine Fluchtmöglichkeit bedeuteten. All das gehörte für mich zusammen – Bücher, die Gärten, Spaziergänge am Seeufer. Es gab da einen Ort, an den Lee und ich manchmal fuhren, ein schmaler Meeresarm, den niemand sonst kannte – nun, eine Zeitlang schien es uns zumindest so –, und wir kamen zum Picknicken und verbrachten ganze Tage dort. Über dem Wasser brach der Abend an, und wir saßen da, lauschten der einströmenden Flut und sahen den Wasservögeln bei der Rastplatzsuche zu. Nie war ich so glücklich wie in diesen Momenten, zwei Freundinnen, die still beieinander saßen und der Welt lauschten. Was mich betraf, so hatten wir, was wir brauchten. Dann tauchte John Cameron auf, und alles wurde anders.

Ich muss gestehen, anfangs habe ich ihn gar nicht ernst genommen. Er wirkte so aufgeblasen, dass ich dachte, Lee würde ihn auf Anhieb durchschauen. Er war Unternehmer, doch was er genau machte, habe ich nie ganz verstanden, irgendwas mit Transport; ihm gehörte eine Firma, die er von seinem Vater geerbt hatte. Wie wir war er seit Kriegsende ziemlich erfolgreich gewesen, gesellschaftlich aber unterschied er sich von uns. Er besaß Stil, das muss ich ihm lassen. Er hatte Geschmack. Er fing an, Lee zu großen gesellschaftlichen Ereignissen mitzunehmen, und ihr gefiel es, sich in diesen Kreisen zu bewegen. Wie es mit dem Sex stand, weiß ich nicht, auch nicht, ob sie überhaupt welchen hatten. Als Cameron auf der Bildfläche erschien, war Lee achtundzwanzig, sehr schön – und rätselhafterweise unverheiratet. Sie besaß ihren eigenen Betrieb, was John Cameron aber nur zu amüsieren schien. Er fand sie clever, weil sie all das managte, einzig meine Existenz verwirrte ihn, weshalb er mich behandelte, als sei ich eine der Gärtnerinnen, doch glaube ich nicht, dass er uns je für … ja, für was eigentlich gehalten hat? Ich schätze, ich habe damit ein wenig hinter dem Berg gehalten, wenn auch kaum aus dramaturgischen Gründen. Tatsache ist, ich wünschte, es gäbe in dieser Hinsicht mehr zu erzählen. Vor Cameron sind wir gelegentlich – sehr gelegentlich – ein Liebespaar gewesen, einige Monate lang, doch waren wir, was das betraf, beide ziemlich verkrampft und vielleicht auch ein wenig schüchtern. Was nicht weiter wichtig gewesen wäre, hätten wir zusammenbleiben und die Dinge langsam angehen können, hätten herausfinden können, wer wir waren und was wir wollten. Das eigentliche Problem aber bestand darin, dass Lee Angst vor einer Zukunft hatte, die ihr nicht all das bot, was sie sich erhoffte. Und sie wollte Kinder. Sie wollte Mutter sein, nicht bloß irgendjemandes Tante.

Aus irgendeinem Grund blieb das für mich absolut unverständlich. Ich fürchte, alles Mütterliche war mir damals vollkommen fremd. Später mag sich das geändert haben – oder nicht? Jeremys Kinder habe ich jedenfalls geliebt. Und mindestens einmal war ich bereit, für Jennifer sogar ins Gefängnis zu gehen, aber muss solche Liebe immer gleich Mutterliebe sein? Ist es nicht vielleicht einfach nur Liebe? In Simon und Jennifer floss immerhin mein Blut, ebenso wie in Jeremy. Aber ach, ich greife voraus.« Sie sah mich an. Ich habe keine Ahnung, was sie in meinem Gesicht sah, aber Jean musste plötzlich lachen. »Alles in Ordnung«, sagte sie. »Schauen Sie nicht so tragisch drein. Das Tragische kommt doch erst noch.«

Ich war mir nicht sicher, was ich tun sollte. Sie wirkte anders, fast, als versuchte sie verzweifelt, ihre wahren Gefühle hinter vorgetäuschtem Amüsement zu verbergen. »Es wird also tragisch?«

Sie lächelte. »Wir reden über die Liebe«, sagte sie. »Da ist immer Tragik im Spiel.« Dann stand sie mit einem Mal auf. Sie wirkte besorgt, aber vielleicht war ihr auch nur etwas eingefallen, woran sie sich nicht erinnern wollte. Ich wurde nicht klug aus ihr. »Ich brauche frische Luft«, sagte sie. »Haben Sie nicht Lust auf einen Spaziergang?«

»Na schön – nur eines noch«. Ich wusste damals nicht, warum es mir wichtig war, aber ich wollte, dass sie das Zitat vom gemeinsamen Leben wiederholte. Nein – ich wollte wissen, von wem es stammte. Ich wollte es wissen, damit ich es nachschlagen konnte, da es in mir etwas in Bewegung gesetzt hatte, auch wenn ich nicht wusste, was genau. »Dieser französische Schriftsteller«, sagte ich. »Wie hieß der?«

»Ach«, erwiderte sie. »Er ist nicht sehr bekannt, heute nicht mehr. Er hieß – Frangipane!«

Einen Moment lang war ich verwirrt, dann aber sah ich Annette, die während unserer Unterhaltung an unseren Tisch gekommen sein musste, vielleicht, weil sie herausfinden wollte, was Jean von ihrem neuen Rezept hielt, vielleicht aber auch aus einem ganz anderen Grund. Jetzt strahlte sie Jean glücklich an, zufrieden, weil ihr Kuchen offenbar gut angekommen war. »Du hast Recht«, sagte sie. »Prima – nur wie viel?«

Jean grinste und schlüpfte in ihren Regenmantel. »Keine Ahnung«, sagte sie. »Gib mir einen Tipp«, dabei warf sie mir einen verschwörerischen Blick zu, als ob ich eine Rolle bei diesem Wortwechsel spielte, und einen Moment lang hatte ich das Gefühl, es wäre so. »Ich probiere es zu Hause aus.«

»Keine Tipps«, sagte Annette. Sie waren wie Kinder, die ein Spiel spielten, an dem sie beide ihren Spaß hatten, obwohl sie wussten, dass es eigentlich nur ein albernes Spiel war. »Du wirst es selbst herausfinden müssen.«

Jean nickte. »Na schön. Mach ich.«

* * *

Als wir nach draußen kamen, hatte es aufgehört zu regnen. Nach dem eigentlich heiteren Gespräch mit Annette hatte Jean plötzlich ruhelos gewirkt, wollte weg, sich bewegen, und als sie vor mir her zum alten Amtsgericht stiefelte, verblüffte mich aufs Neue ihre schiere Energie. Sie wirkte nicht unglücklich, nur schien sie in Gedanken zu sein, so als wäre die Vergangenheit zu rasch oder zu heftig in ihr aufgestiegen, weshalb sie den Bann brechen, nach draußen gehen und durch die feuchte, schwere Luft laufen musste, um den Kopf freizubekommen und den tragischen Teil ihrer Geschichte eine Zeitlang wieder zu vergessen. Ich hatte keine Ahnung, worum es sich bei dem tragischen Teil handeln mochte, doch schien mir offensichtlich zu sein, dass sie nun, da sie ihre Geschichte etwa zur Hälfte erzählt hatte, einen Punkt erreichte, über den sie vorläufig nicht hinauskam, jedenfalls nicht einfach so. Sie lief mit raschem Schritt und ohne sich noch einmal umzusehen. Einen Moment lang zögerte ich und fragte mich, ob sie nicht lieber eine Weile allein gelassen werden wollte, ehe ich mich dann entschloss, ihr auf der hellen, leeren Straße zu folgen, vorbei an den Gerichtsgebäuden, hinter denen sie nach rechts in die Ridgeview abbog, entlang der brachen Grundstücke und anonymen Industriegebäude, weiter in Richtung Shelleyville, einer Arbeitersiedlung, die in den 1890er Jahren von einem Industriellen und Sozialvisionär gegründet worden war. Schließlich blieb sie an einer Kreuzung direkt am Bordstein stehen und blickte dorthin, wo früher einmal der Stadtrand gewesen war, eine inzwischen längst zersiedelte Vorstadtgegend.

»Hierher kommen Leute zum Heiraten«, sagte sie. »Sie lassen die alte Zeit wiederaufleben, als könnte die Zeremonie sie in eine bessere Epoche zurückversetzen und sie dort halten, fern von alldem hier. Ich vermute, wenn sie sich schon dieser Fantasie überlassen, denken sie, gleich alles auf eine Karte setzen zu müssen – in guten wie in schlechten Tagen, jetzt und für immerdar, glücklich bis an ihr Lebensende, welche Idee vom Altüberlieferten auch immer. Ich begreife nicht, warum sie sich so unbedingt etwas vormachen wollen, nur bin ich vermutlich die Letzte, die das beurteilen kann, nicht wahr? In meinem ganzen Leben war ich auf drei Hochzeiten, und ich kann mir nicht helfen, für mich ist die Ehe ein absurder Versuch gegenseitiger – nein, gemeinsamer, kommunaler – Selbsttäuschung. Mir kommt sie wie ein Kostümpferd vor: zwei in unmöglicher Stellung vereinte Menschen, die sich als ein Wesen ausgeben, und alle Welt tut, als sei dieses Theater ein voller Erfolg. *Das* bedeutet *la vie commune* für mich – ein großes Drama des ›als ob‹, in dem jeder seine Rolle spielt. Alle, nur ich nicht. Für meine Sorte Wildfang gab es im *vie commune* keinen Platz, damals, als ich meine erste zögerliche, unbeholfene Liebe erlebte, und ich kann mir unmöglich einreden, es sei nicht so gewesen, vor allem nicht nachdem, was mit Lee geschah. Ich habe Leute behaupten hören, es gäbe glücklich Verheiratete, die fünfzig Jahre lang zusammen sind und ein erfülltes Leben haben, doch die einzigen Ehen, die ich selbst kennengelernt habe, glichen düsteren, verschwiegenen Elendszellen, aus denen dann und wann die Insassen auftauchen und mit tapferer Miene so tun, als sei alles in Ordnung. Mein Bruder zum Beispiel mit seiner hübschen, zierlichen Frau, die nur Monate nach der extravaganten, märchenhaften Feier, die alle Welt so wunderschön, so perfekt fand, zu einem kalten Gespenst geworden war. Nun, sie mag seine erste Liebe gewesen sein, ich weiß es nicht, aber ich weiß, sie war nicht seine letzte – nur, welche Chance hatten seine Affären, wenn er dem Spukhaus nicht entkommen konnte? Ach was – er hätte entkommen können, nur weigerte er sich in schlechtem Glauben und aus falsch verstandener Treue.«

Sie stand noch am Bordstein und betrachtete ein Haus auf der anderen Seite der Kreuzung, ein mittelgroßes, zweistöckiges, verziertes Gebäude mit spitzem Ziegeldach und hohen Fenstern, auffälliger und raffinierter als die Nachbarhäuser, doch ließ sich kaum sagen, ob es so gebaut oder erst in letzter Zeit verschönt worden war. Die Veranda mit ihren zwei schlichten, doch überraschend stattlichen Säulen umlief ein ordentlich weiß und grau gestrichenes Geländer, der Rasen war feucht und leicht ungepflegt, die dunklen, niedrigen, früher sorgsam beschnittenen Büsche sahen ein wenig struppig aus, so als wäre der Besitzer erkrankt oder schon seit geraumer Weile fort, weshalb er sich nicht wie gewohnt um den Garten kümmern konnte. Ich wartete. Es war mir peinlich, mitten auf der Straße zu stehen, Jean aber schien es nichts auszumachen. Sie war alt und glaubte vielleicht, das mache sie unsichtbar – was womöglich auch stimmte, doch einen Moment lang war mir, als würden wir beobachtet, und ich schaute mich suchend nach neugierigen Blicken um. Allem Anschein nach aber waren wir allein. Wer hier wohnte, war auf der Arbeit, in der Schule oder im Einkaufszentrum.

Jean warf einen letzten Blick auf das Haus, dann wandte sie sich ab und bog nach links, so dass wir auf einer breiten, leeren Straße, an der alle Häuser gleich aussahen, in jene Richtung zurückgingen, aus der wir gekommen waren. Es kostete mich einige Mühe, zu ihr aufzuschließen und dann mit ihr Schritt zu halten. Schweigend liefen wir nebeneinander her, sie hing ihren Gedanken nach und ich ihren so plötzlichen wie weitschweifigen Auslassungen über Ehe und Liebe. Ich wollte stehenbleiben, wollte sie nach Lee fragen – ich vermutete nicht nur, sondern war mir ziemlich sicher, dass der tragische Teil, auf den Jean zuvor so leichthin angespielt hatte, mit Lee zusammenhing, und auch wenn Lee und John Cameron für mich nur Namen waren, machte ich mir doch zunehmend Sorgen um die beiden. Bloß warum? Was immer geschehen war, lag weit zurück in der Vergangenheit und konnte nicht mehr ungeschehen gemacht werden, auch wenn ich mich noch so sehr auf Jeans Geschichte einließ. War das aber nicht Teil dessen, wie Geschichten funktionierten? Wäre es anders, wenn das Erzählte jetzt geschähe, so dass ich die Illusion hegen könnte, ich oder sonst wer vermöchte den Lauf der Dinge noch zu ändern? Mir schoss der Gedanke durch den Kopf, dass ich wohl schon zu lange mit Laurits zusammenlebte, und plötzlich sah ich vor meinem inneren Auge ein Bild: Laurits ein Stück vor uns auf der Straße, die Kamera auf uns gerichtet, während wir weitergingen und es erneut zu regnen begann, erst dicke, dunkle Tropfen, dann ein steter Schauer. Einen Moment später war das Bild verschwunden, und ich konnte nur noch Jeans Gesicht sehen. Sie lachte. »Was zum Teufel tun wir hier?«, sagte sie. »Wir werden pitschnass.« Dann hörte sie auf zu lachen, aber ihre Augen strahlten, und obwohl Haar und Gesicht nass vom Regen waren, kehrte ihre alte Munterkeit zurück. »Gehen wir nach Hause und ziehen uns trockene Sachen an«, sagte sie. »Nächstes Mal erzähle ich Ihnen alles, was ich über den Bund der Ehe weiß.«

Der gute Krieg

Laurits kehrte an jenem Tag spät nach Hause zurück. Ich wurde wach, als er in die Wohnung kam und schaute nach, wie spät es war. Zwei Uhr. Ich war früh zu Bett gegangen, gereinigt und entspannt vom heißen Bad, das ich mir nach dem Regen eingelassen hatte; danach dann hatte ich es mir in dem weißen Pyjama, den ich selten trug, gemütlich gemacht, Kräutertee getrunken und in einer Sammlung von James Agees Filmessays gelesen. Gegen zehn Uhr musste ich eingeschlafen sein, wann genau, daran konnte ich mich nicht erinnern. Wie Laurits herumschlich, verriet mir, dass er mich nicht zu stören versuchte, nur war er im Schleichen noch nie besonders gut gewesen – was mich überraschte. Ich hätte anderes vermutet. Das ist dumm, ich weiß, nur hatte ich gedacht, so ausweichend, wie er sich stets gab, wäre er gewiss auch ein guter Leisetreter, aber nichts hätte der Wahrheit ferner sein können. Je leiser er zu sein versuchte, desto lauter wurde er. Was eigentlich seltsam war, da er unter normalen Umständen – etwa wenn er arbeitete oder nur am Fenster saß und gelegentlich den Kopf hob, um hinunter auf die Straße zu sehen – beinahe absolut still sein konnte.

Ich dachte daran aufzustehen und einen Kaffee mit ihm zu trinken, entschied mich aber dagegen. Ich wusste, jetzt, da ich wach war, würde ich nicht so bald wieder einschlafen können, doch machte es mir nichts aus, mit leerem Kopf in meinem weißen Bett zu liegen und zu hören, wie Laurits sich durch die Wohnung bewegte; dazu die wenigen Geräusche von draußen – weit weg in einer Gegend, die mich nicht gereizt hatte, sie genauer zu erkunden, fuhren in der Nacht noch Güterzüge, deren durchs Dunkle hallende Pfiffe zu den wenigen Lauten zählten, von denen ich wusste, dass man sie wahrhaft klagend nennen konnte. Ich mochte Klagendes, es war besser als die Lautlosigkeit dessen, was ich durchmachte und was sowohl Laurits wie auch Jean trotz ihrer ansonsten unüberbrückbaren Unterschiede beharrlich Trauer nannten. Allein ich hielt es nicht dafür, hielt es für etwas Kleineres, etwas, das irgendwann von selbst wieder verschwand wie Schwermut oder ein mit schlechtem Gewissen gepaarter Kater – und ich muss zugeben, die größte Wohltat damals, nach der anfänglichen Umstellung, war das Ausbleiben des morgendlichen Katers und damit überraschenderweise auch einer bestimmten Niedergeschlagenheit sowie der üblichen Paranoia – dieser vertraute Horror des Aufwachens, wenn man nicht wusste, was man in den letzten fünf, zehn oder vierundzwanzig Stunden getan hatte. Das Gefühl, vollständig nackt gewesen zu sein, vollends sichtbar, bis hinab auf das schändliche, blutende Rückgrat der – was? Betrübnis? Selbsterniedrigung? Vielleicht war es ja doch Trauer, die all dies zusammenführte, und der Grund, warum ich es nicht zugeben konnte, war der, dass dann für mich kein Ende in Sicht gewesen wäre. Ich verstand nicht, dass ein Ende bereits ein Anfang war. Da ich mich besser fühlte, glaubte ich, ich bräuchte nur mit dem Trinken aufzuhören, mich eine Weile zu verkriechen und könnte dann in eine Welt zurückkehren, die nicht nur eine Geschichte war – vorgetragen von einer alten Frau, deren Motive, diese Geschichten zu erzählen und dies ausgerechnet mir, ich kein bisschen besser verstand als zu Beginn. Wenn sie mich wirklich heilen wollte, begriff ich nicht warum. Wer war ich für sie? Wer war ich für irgendwen? Oder ging es genau darum? Ich war ein Niemand, also die perfekte Wahl. Jean Culver konnte mir ihre Geschichten erzählen und musste nicht das Gefühl haben, nur mit sich selbst zu reden. Dann wiederum glaubte ich, was, wie ich heute weiß, nicht oder doch nur teilweise stimmte, dass sie sich vorgenommen hatte, mich zu kurieren, weil sie mir dafür, dass ich mir ihre Geschichten anhörte, etwas geben wollte. Wie Scheherazade, die nicht nur ihren Tod hinausschob, sondern den König durch ihre Erzählungen zudem menschlicher machte. Das war ein annehmbarer Gedanke, und auch wenn er mich bekümmerte, schuf er doch einen akzeptablen Kummer, der jene Trauer ersetzte, die ich in meinen versoffenen Monaten so gepflegt hatte.

Am nächsten Morgen hätte ich sicher noch lang geschlafen, aber Laurits war früh wach, polterte durch die Wohnung, suchte seine Ausrüstung zusammen und packte sie in diverse Beutel und Rucksäcke. Laurits wollte sich kein Fahrzeug anschaffen, kein Auto, keinen Lieferwagen, nicht einmal ein Motorrad. Wenn er zu Fuß gehen oder den Bus nehmen konnte, dann tat er das. Wenn nicht, bestellte er sich einen Mietwagen. Heute hörte es sich an, als bereite er sich auf einen Dreh vor, was hieß, dass er einen Wagen gemietet hatte, der draußen am Bürgersteig warten würde, blitzblank und ganz neu, was mir immer noch einen Schauder verlegenen Vergnügens über den Rücken laufen ließ. Ich liebte neue Autos; sie erinnerten mich an Dad, der eigentlich gar nicht materialistisch eingestellt gewesen war, sich aus alter Gewohnheit aber alle zwei Jahre ein neues Auto zugelegt hatte.

Eine Zeitlang versuchte ich wieder einzuschlafen. Laurits würde bestimmt nicht lang brauchen, und dann wäre ich wieder allein, aber es war hoffnungslos. Ich sah auf den Wecker. Sechs Uhr dreißig. Er hatte höchstens ein paar Stunden geschlafen. Ich stand auf, zog meinen Morgenmantel an und ging ins Esszimmer, da ich wider besseres Wissen neugierig darauf war, wohin er fuhr. »Guten Morgen«, sagte ich und versuchte dabei, möglichst neutral zu klingen. Ich wollte nicht, dass er aus meinen Worten eine versteckte Kritik heraushörte: Als ich einmal erwähnt hatte, wie laut er war, wenn er nicht schlafen konnte, war er ziemlich geknickt gewesen. Nicht verärgert, nicht abwehrend, auch nicht verletzt, aber geknickt. Wie ein Kind, das sich größte Mühe gegeben hatte, eine einfache Aufgabe zu erfüllen, und daran gescheitert war.

»Ich habe dich doch nicht geweckt, oder?«

Ich schüttelte den Kopf. »Nein, ich habe nachgedacht.«

Er stopfte ein letztes Etwas in die größte der vielen Taschen und zog den Reißverschluss zu. »Tja«, sagte er, »ist aber gut, dass du wach bist. Vielleicht hast du ja Lust mitzukommen.«

»Mit wohin?«

»Zum Schlachthof.« Ein leichter Frageton klang in seinen Worten an, womit er mir verriet, dass er noch wusste, wie verstört – sein Wort natürlich, nicht meines – ich nach unserer letzten Fahrt zur alten Abdeckerei von Scarsville gewesen war. Dort drehte er einen Teil seines neuen Films, aber geheimniskrämerisch, wie er war, wusste ich nicht, wovon der Film handelte und welche Rolle der Schlachthof darin spielte. Ein Teil von mir wollte natürlich lieber nicht mitfahren. Die Abdeckerei war längst stillgelegt, doch hingen in allen Räumen noch die Utensilien des Tötens und der Fleischverarbeitung, was ich nicht nur beunruhigend, sondern auch beängstigend gefunden hatte. Doch ein anderer Teil in mir wollte wissen, was Laurits in diesen klammen, kalten Gebäuden suchte. Vielleicht würde mir die bloße Anwesenheit bei seiner Arbeit ja eine besondere Einsicht in seine Methoden gewähren, die mir half, meine eigenen Filme besser zu verstehen. Was natürlich nicht besonders wahrscheinlich war, und ein Schlachthof als Drehort, das hatte ich bei unserem ersten Besuch ziemlich klischeehaft gefunden, aber wenn jemand ein Klischee retten konnte, dann Laurits. Schließlich war das seine Spezialität – bloß kam ich nicht dahinter, wie er das anstellte, und ich wollte diesen Trick unbedingt verstehen. »Na schön«, sagte ich.

»Prima. Aber beeil dich, okay?« Er hob zwei große Taschen an. »Ich will das Licht nicht vergeuden.«

* * *

Ich habe keinen besonderen Grund, an Gespenster zu glauben, aber seit unserem ersten Nachmittag wusste ich, dass es im alten Schlachthof von Scarsville spukte. Warum das so war, hätte ich nicht sagen können, doch spürte ich es erneut, als Laurits die Seitentür aufschloss – keine Ahnung, woher er den Schlüssel hatte – und wir den ersten jener großen Räume betraten, die ich mich zu vergessen bemüht hatte.

Es war schrecklich – Jahre voller Blut und Panik, in die Wände eingesickert, kalte Phantome, heraufbeschworen von den Flecken am Boden – dunkel und alt wie sie waren, hätten sie allerdings auch von Öl oder irgendwelchen Chemikalien stammen können. Trotzdem verstand ich sofort, was Laurits mit dem Licht meinte. Es war wieder sonnig, nur wirkte die Luft frisch und transparent; selbst als wir im Gebäude waren, kam mir das durch die Fenster strömende Licht rein und wundersam vor, ein deutlicher Kontrast zur stillgelegten Maschinerie und diesen dem Tod geweihten Schlachträumen. Laurits blieb von seiner Umgebung natürlich gänzlich unberührt, in mir aber regte sich bereits eine wachsende Ahnung von Furcht, die sich wie ein Test oder ein Initiationsritus anfühlte. Es war seltsam: Manchmal war mir, als sei da etwas, weniger hinter uns als vielmehr um uns herum, ein Gewusel von Leibern gleich außerhalb unseres Blicks, doch drehte ich mich um, war da nichts, nur leerer Raum, trostlos trotz des hoch oben durchs offene Dach gelegentlich flackernden Sonnenlichts, weshalb ich es eher für ein bloßes Hirngespinst als für etwas Substanzielles hielt. Im selben Moment wurde dies hier für mich zu einem Ort der Trauer – nicht menschlicher, sondern animalischer Trauer, ein verzweifeltes Mitleid für andere ihresgleichen ebenso wie für sie selbst, nachdem ihnen der Geruch von Angst und Blut verdeutlicht hatte, was wenige Schritte weiter im Schlachtraum geschah. Um die wuchtige Wirkung dieses Zaubers zu mindern – aus irgendeinem Grund wollte ich mich ihm nicht völlig entziehen, noch nicht jedenfalls –, ging ich von Raum zu Raum, las die Schilder, die längst keine Bedeutung mehr hatten, starrte in Kammern, die mir so unheimlich wie unschuldig erschienen, Orte, an denen Tiere womöglich blutig krepiert und zerlegt worden waren, bei denen es sich vielleicht aber auch nur um Lagerräume gehandelt hatte. Von der Decke hingen Haken, an den Wänden baumelten Ketten. Hinter dicken Plastikvorhängen lagen in schmalen Räumen Kabelschienen und alte Schlauchstücke über den Boden verstreut, auf dem Beton dunkle, rostrote Streifen, die zu eingelassenen Abflussrinnen führten. In einem

Raum stand eine Reihe ramponierter Metalltrichter, jeder mit eigenem Warnschild – KATEGORIE 2 NICHT FÜR MENSCHLICHEN VERZEHR GEEIGNET –, in eine Ecke geschoben, wo sie vor sich hin rosteten. Es war trostlos, einsam, zugleich aber reine Askese – zumindest konnte es von einem leidenschaftslosen Betrachter wie Laurits so gesehen werden.

Noch während ich über ihn nachdachte, merkte ich plötzlich, dass er nicht mehr da war. Er hatte im größten Raum Equipment aufgebaut, einer Halle so lang, dass von einem Ende aus gesehen die gegenüberliegende Seite im Dunkeln lag, wie hell draußen der Tag auch immer sein mochte. Einen Moment lang packte mich eine Art Panik – nicht, weil er mich allein gelassen hatte, sondern weil ich fürchtete, er könnte sich verstecken, könnte sich unsichtbar machen, weil er mir zusehen, mich beobachten wollte, vielleicht mit einer Handkamera, um mich zu filmen, wenn ich etwas tat, was er interessant fand. Manchmal machte er das – in seinem allerersten Film war es seine frühere Freundin, die er im Schlaf aufgenommen hatte, und einmal gestand er mir, sie hätte sich darüber aufgeregt, weil sie vorher nicht um Erlaubnis gefragt worden war. Was er mir erzählte, als sollte ich mich mit ihm darüber wundern, dass sie was dagegen gehabt hatte, eine Rolle in einem seiner Filme zu übernehmen. Mit mir hatte er etwas Ähnliches noch nicht versucht – vielleicht war ich ihm nicht glamourös genug –, aber das hatte nichts zu sagen.

Ich stand reglos da und lauschte. Erst hörte ich nichts – schon beim letzten Mal war mir aufgefallen, dass hier nicht einmal Vögel im offenen Gebälk zwitscherten oder im wild wuchernden Gebüsch, das sich auf dem leeren Parkplatz ausbreitete. Was mir gleich eingeleuchtet hatte. Ich erinnerte mich, in einem Geschichtsbuch gelesen zu haben, dass auf den Schlachtfeldern der alten schottischen Clans noch immer Stille herrschte, kein Vogelgesang, keine Tiere in der Nähe, und dies obwohl das Morden und die Massenhinrichtungen schon hunderte von Jahren vorüber waren. Einer der Autoren schrieb, er hätte einen Hasen in gerader Linie über ein Feld rennen sehen, doch habe das Tier plötzlich einen scharfen Haken geschlagen, als es sich jener Senke unweit der Burg Finlarig näherte, in der die Campbells ihre Feinde zu köpfen pflegten. Das nenne ich eine verfluchte Gegend – die toten Seelen im Boden und in der Luft verstören die Sinne der Lebenden, wer immer ihnen nahekommt. Für derlei Phänomene braucht es keine schottische Burg, es kann sie ebenso in einer alten Abdeckerei geben, in der sich die kollektive Trauer und Angst von Abermillionen Tieren angesammelt hat. Mir fiel ein, dass Jean Culver Vegetarierin war, und ich fragte mich, warum sie diese Entscheidung getroffen hatte – mit dem Töten habe das nichts zu tun, hatte sie gesagt, da wir töten müssen, um leben zu können, nur wenn nicht deshalb, warum dann?

Ich lauschte schon eine Weile – bestimmt dreißig, vierzig Sekunden –, als ich die Stimmen hörte. Sie waren nicht nahe genug, um verstehen zu können, was gesagt wurde, aber so nahe, um ihren Standort auszumachen, weshalb ich durch das Gebäudeinnere zu jener schmalen Kammer an der Rückseite ging, wo die Tür, die Laurits zuvor geöffnet hatte, immer noch offen stand. Spontan wollte ich nach draußen gehen und nachsehen, wer dort war, doch als ich im Näherkommen den Ton der Person vernahm, die mit Laurits sprach – nicht wütend, aber doch verärgert –, blieb ich stehen und trat etwas zur Seite, damit ich auch dann nicht zu sehen sein würde, wenn einer der beiden Richtung Tür kam. Ich näherte mich der offenen Tür so weit wie ich konnte und lauschte mit dem Rücken zur Wand. Worte waren nicht zu verstehen, aber der Ton des anderen Mannes, den ich immer noch nicht sehen konnte, beruhigte sich allmählich, wurde nicht gerade freundlich, war aber auch nicht länger feindselig, nicht mehr so gereizt. Er schien mit Laurits zu argumentieren, legte vielleicht aber auch nur irgendwelche Bedingungen fest, die Stimme sanfter, widerstrebend, bereit, gleich wieder wütend zu werden, sollte er auf Widerstand stoßen. Wenn Laurits antwortete, dann im selben Ton, beinahe zumindest. Beschwichtigend, aber auch ein wenig unwillig, so als würde seine Ehrlichkeit oder Vertrauenswürdigkeit infrage gestellt. Dann erklang wieder die Stimme des anderen Mannes, und ich verstand die Worte »Ich kann nur hoffen, dass Sie Recht haben« und dann etwas wie »Schatten mit dem Geld«, was nicht stimmen konnte. Einen Moment später ging der Andere fort – ich hörte die Schritte auf dem Kies –, und Laurits war allein und sah ihm offenbar nach, da er nicht gleich wieder ins Gebäude kam.

Rasch ging ich ein Stück den Weg zurück, den ich gekommen war und schaute aus dem ersten Fenster nach draußen. Nur ein kurzer Blick von der Seite, der mir den Wagen des Mannes zeigte, nicht aber den Mann selbst. Ein roter Silverado, und er sah neu aus. Wer immer der Kerl war, er hatte Geld. Ich drehte mich vom Fenster weg und lief wieder zum hinteren Teil des Gebäudes. Laurits kam gerade durch die Tür, einen seltsamen Ausdruck im Gesicht, so als hätte er gerade eine Wette gewonnen.

»Wer war der Typ in dem Truck?«, fragte ich, ohne dabei allzu neugierig zu wirken.

Laurits warf mir einen Blick zu, dann ging er zu einer der Taschen, die er auf dem Boden stehengelassen hatte. »Was für ein Typ?«

»Der in dem roten Truck.«

»Ach«, sagte er, ohne mich anzusehen. »Ein Freund.«

»Ehrlich?« Ich schwieg einen Moment, ließ ihn meinen Ton merken, doch fiel er nicht darauf rein. »Hab ihn nie zuvor gesehen«, fuhr ich fort.

»Er ist niemand. Nur ein Freund.«

»Klang aber nicht wie ein Freund.«

»Was – hast du uns belauscht?«

Ich begriff, dass ich mich besser zurückhalten sollte, jetzt, da er diese Frage stellte, wollte dies hier aber durchziehen, wie auch immer. »Ich habe das eine oder andere gehört«, erwiderte ich. »Hauptsächlich den Ton eurer Stimmen.« Ich starrte ihn nun an, aber er ließ sich in seinem Tun nicht stören. »Und er klang nicht gerade wie ein Freund.«

Er gestattete sich einen Moment leichter Verärgerung. »Und? Das soll heißen?«, fragte er.

»Es soll heißen, ich glaube nicht, dass er ein Freund von dir ist und …« Ich suchte nach dem entscheidenden Argument, hielt mich jetzt aber tatsächlich zurück, und was ich sagte, klang nur halbherzig. »Und er gefällt mir nicht.«

»Er gefällt dir nicht?« Das fand er amüsant.

»Nein, überhaupt nicht.«

Laurits blickte auf und lächelte, nur einen Anflug von Sarkasmus im Gesicht. »Tja«, sagte er. »Uns können schließlich nicht alle Leute gefallen, oder? Wo bliebe sonst der Spaß?«

* * *

Irgendetwas war in der Grundschule passiert. Was, weiß ich nicht mehr, darauf kommt es auch nicht mehr an, denke ich. Es dürfte einer jener Vorfälle gewesen sein, die man unwillkürlich tragisch und unerträglich findet, wenn man neun Jahre alt ist und jemand, den man für nett hielt, sich gemein benimmt oder wenn man was verloren hat – einen Stift, ein Tagebuch mit goldenem Schloss und Schlüssel, etwas, das sich jederzeit ersetzen ließe, nur nicht ersetzt werden kann, da es für einen selbst etwas Besonderes war. Ich weiß nicht, ob man mich früh nach Hause geschickt hatte. Vielleicht hatte man mich mitten am Tag nach Hause gebracht, weil man mich für krank hielt, denn aus irgendeinem Grund hielten einen die Lehrer in der Schule immer für krank, selbst wenn man nur traurig war oder verletzt im Herzen, in der Seele oder wo auch immer sich ein Kind verletzt fühlt, Schmerz, der in der Brust flatterte wie ein Vogel und nicht zu lindern war. Ich weiß es nicht. Ich erinnere mich nur, wie mein Vater mit mir aus dem Haus und zum Waldrand ging – es hatte geregnet, wenn ich mich nicht irre, und alles war noch feucht, als das Licht der spätnachmittäglichen Sonne durchs Geäst brach. Er hob mich hoch bis über seinen Kopf und sagte: »Horch mal!«

Erst wollte ich die Ohren nicht aufsperren, tat es dann aber doch, nur wusste ich nicht, auf was ich hören sollte. Da war nichts Besonderes, kein Geräusch, das man draußen am Waldrand nicht jederzeit nach einem kurzen Sommerschauer hören konnte. Wasser tropfte von Blättern und Zweigen, Vögel sangen, in unbestimmter Ferne bellte ein Hund, und ich wusste nicht, was ich hören sollte, bis ich es hörte. Mein Vater wollte genau dies, wollte, dass ich der Welt lauschte, wie ich sie jederzeit hören konnte, der Welt, die hörbar war, auf die ich aber nie achtgab, ihr Hintergrund, der Klang verstreichender Zeit, der Unterschied zwischen einem gewöhnlichen Laut und dem nächsten, der ihm ähnlich schien, bis ich genauer hinhörte und mir all die winzigen Unterschiede auffielen, diese Musik der Welt, die weiterspielte, während ich mir nur selbst leidtat. Ich hätte es damals nicht in Worte fassen können, aber es funktionierte, und an jenem Abend gab es mein Lieblingsessen – Spiegeleier kurz gewendet und Pfannkuchen mit Honig –, und ich vergaß, was es war, das ich verloren hatte, vergaß es bis heute, da mir scheint, dass nichts wahrhaft verloren sein kann, nichts, nur er in seinem blauen Hemd mit Streifenschlips, mein Vater, der früh von der Arbeit nach Hause gekommen war, damit ich nicht allein war in meinem Kummer um nichts.

Heute weiß ich, dass man in seinem Leben nur ein, zwei Dinge verliert, vielleicht sogar bloß eines, alles Übrige ist nichts weiter als ein Echo dieses ersten Verlustes. Spüre ich heute den Drang, vor die Tür nach draußen zu treten und meinen ganzen Besitz fortzugeben, um von vorn anzufangen, dann gebe ich ihm nicht nach, und ich bilde mir nicht ein, Ordnung sei real oder auch nur möglich, bloß weil ich alle Rechnungen bezahlt und meine Notizen für die Schule zerrissen habe, so wie damals, als ich mit dem College aufhörte und aus dem Fenster in Stonybrook starrte, bis sie kamen und mir sagten, selbst das würde man mir nehmen. Längst kenne ich den Unterschied zwischen Ordnung und Nichts, aber das macht keinen Unterschied, denn Wissen ist nicht genug. Derlei zu wissen ist wie Faktenwissen, die Bevölkerungszahl von Estland, die Länge der Chinesischen Mauer. Das einzige, worüber das Nachdenken lohnt, ist das Übernatürliche – das, wie Emily Dickinson schrieb, das ›entdeckte Natürliche‹ sei. Tausende Male könnte ich nach einem

Regenschauer nach draußen gehen, unter einem Baum stehen und würde doch nichts hören, denn heute lausche ich auf das, was nicht mehr ist. Klingelt das Telefon irgendwo im Haus, zu weit fort, um rechtzeitig abheben zu können, oder ich öffne die Hintertür, und frischer Schnee dämpft das Licht, so dass alles in seinen eigenen Halbschatten gehüllt ist, zerbricht etwas Leichtes in mir, und ich sehe einen Mann, den ich nur einen Bruchteil seines Lebens gekannt habe, wie er vom Weihnachtsmarkt nach Hause kommt mit einem in Sackleinen gewickelten Baum und einem Strauß Stechginsterzweige. Manchmal, wenn ich nach draußen gehe, um der Nacht zu lauschen, weiß ich, dass irgendwo jenseits des Regens und des Verkehrslärms, irgendwo am Rande meiner Welt, auch wenn *er* aus seiner Perspektive mittendrin steckt, ein Mann in seinem Garten steht oder unter einer Straßenlaterne, um den Fledermäusen zuzusehen, die ein fahles, bronzefarbenes Licht umsegeln. Er ist nicht mein Vater, das weiß ich. Es ist jemand anderes, jemand, den ich nicht kenne, doch ist er ein Mann, der alles nur erdenklich Wissenswerte über Fledermäuse weiß – und er steht draußen im Wintermantel im Regen, nur damit er die eine, einsame Kreatur in scheinbar zufälligen Kreisen um eine Laterne fliegen sehen kann. Er weiß, dass es keineswegs zufällige Kreise sind, sondern dass sie einer komplexen, sich stetig verändernden Karte der Intelligenz und des Verlangens folgen. Er ist da draußen, irgendwo, mit seinen Instrumenten und Notizbüchern im Regen, im Schnee, im grünlichen Glimmer einer warmen Sommernacht. Ich könnte ihn jederzeit suchen. Ich könnte ihn finden, wann immer ich wollte. Er wäre ein guter Mann, den zu kennen sich lohnte, und vielleicht würde er mir etwas über Fledermäuse erzählen, etwas, das ich nie zuvor gehört habe, doch wäre er nicht der Mensch, um dessentwillen ich lausche, und wie sehr es auch schmerzt – wenn auch nicht mehr oder weniger als in der dritten Klasse, damals, als Stift oder Tagebuch verloren gingen –, gäbe ich mich doch mit nichts zufrieden, das man für einen Ersatz halten könnte.

* * *

Früh am nächsten Morgen ging ich zu Jeans Haus. Beim Abschied hatte sie mir nicht gesagt, wann ich wiederkommen sollte, und ich kannte auch ihre Telefonnummer nicht, also ging ich zu ihrem Haus und erwartete, sie im Hof beim Holzhacken anzutreffen, vielleicht auch in ihrem verwilderten Garten. Ich war irrsinnig stolz darauf, dass ich mich so gut fühlte, stolz darauf, dass sich mein Körper ein bisschen leichter anfühlte, dass ich nicht auf halber Strecke in Schweiß ausbrach. Mir fiel ein, dass ich mich als Neun- oder Zehnjährige tagelang draußen im Wald oder an der Teale Road herumgetrieben und in ihren Autos vorüberfahrenden Leuten nachgesehen hatte, und wenn ich die Gesichter der gelangweilten Kinder entdeckte, die zu mir herüberstarrten, fühlte ich mich frei und glücklich wie eine Landstreicherin oder eine Squaw der Mohikaner aus meinen Abenteuerbüchern. Ich wusste nicht, wie mir dieses Mädchen verloren gegangen war; es schien in eine andere Welt verschwunden zu sein, vielleicht auch in ein anderes Medium, wie in den alten Schwarzweißfilmen, die all die verlorenen, vollkommenen Dinge aufzubewahren scheinen. Ich habe diese alten Filme schon immer geliebt. *Der Glanz des Hauses Amberson, Im Schatten des Zweifels, Rebecca.* Als Teenager glaubte ich, meine erste echte Liebe würde in Schwarzweiß stattfinden, was hieße, dass ein Teil von ihr ewig währen würde. Das Lichtspieltheater und das TV-Spätprogramm waren die einzige Kirche, die ich je gekannt hatte: Lief ein alter Film, studierte ich sämtliche Varianten des Monochromen: Schnee auf einer Straße in den 1920er Jahren, Lichttupfer in der Wiener Kanalisation, die diversen weißglühenden Tode von Jimmy Cagney. Ich hätte alles gegeben, nur eine Stunde an jenem Ort verbringen zu können.

Jean war nicht im Garten, und als ich herausfand, dass der Seiteneingang verschlossen war, begann ich, mir Sorgen zu machen. Sie hatte so seltsam gewirkt, als wir im Regen spazieren gingen, so seltsam wie der alte Mensch, der sie sein sollte, aber nicht war. Ich bekam Angst, dass etwas in ihr zerbrochen war und sie die Illusion der Abgeklärtheit nicht länger aufrechterhalten konnte, die sie sich zu eigen gemacht hatte. Ich klopfte an die Tür, aber niemand machte auf. Ich sah hinauf zu den Fenstern im ersten Stock, wusste aber natürlich nicht, in welchem Zimmer sie schlief, da ich nie über Flur und Küche hinausgekommen war. Also klopfte ich erneut. Immer noch keine Reaktion. Ich wollte schon aufgeben und wieder gehen – wohin, das wusste ich nicht, ganz sicher nicht zurück in die Wohnung –, als die Tür geöffnet wurde. Überrascht stellte ich fest, dass Jean ein Kleid trug – ein altes, leicht verblichenes blaues Baumwollkleid, doch immerhin ein Kleid. Ich schaute auf ihre Füße und rechnete halb damit, die vertrauten Arbeitsschuhe zu sehen, aber sie trug ein leicht verschrammtes, taubenblaues Paar Lederschuhe mit halbzollhohen Absätzen, Schuhe, die sie wohl schon seit Jahren nicht mehr getragen hatte und die in den 1950er Jahren in Mode gewesen sein mochten. Offenbar hatte sie mein Klopfen nicht gehört, denn als sie mich sah, warf sie mir einen gespielt finsteren Blick zu, als hätte ich sie bei einer Lüge ertappt oder bei einem billigen Zaubertrick.

»Guten Morgen«, sagte sie. »Mit Ihnen hatte ich nicht gerechnet.«

»Ich dachte, ich komme mal vorbei«, sagte ich. »Sehe nach, wie es Ihnen geht.«

Sie nickte. »Danke, mir geht es ausgezeichnet. Und *Ihnen?*«

»Auch gut, ja, doch.«

»Prima. Dann können Sie ja mit mir kommen«, sagte sie. »Falls ich umfangreichere Einkäufe mache, können Sie mir tragen helfen.«

»Einkäufe?«

Ihre Miene wurde sanfter, und zum ersten Mal schaute sie mich direkt an. »Wir gehen zu einem Hofverkauf«, sagte sie. »Jemand, den ich gut kenne. Sie wohnt beim alten Feuerwehrhaus auf der Lafarge. Immerhin ein angenehmer Spaziergang.«

* * *

Bis zum Haus auf der Lafarge dauerte es keine zwanzig Minuten – wie Jean bereits angedeutet hatte, sah es dort aus, als wäre der gesamte Hausrat ihrer alten Freundin in Reihen und unordentlichen Haufen im Vorgarten ausgebreitet worden –, und mehr war nicht nötig, um alles ein wenig dunkler werden zu lassen, die Sonne verschwand hinter einer Wolke, plötzlich hing Kühle in der Luft. Als ich mich auf den Weg gemacht hatte, war es warm gewesen; jetzt kippte das Wetter, und es wurde einer jener Tage, an denen der Sommer viel zu früh zu enden scheint, ein Vorgeschmack von Herbst in dem Perückenstrauch am Zaun, klammes Licht, das an den ordentlich auf einem Klapptisch ausgestellten Porzellanpuppen und Glasgeschirr klebte, ein eigenartiger, silberner Film auf den Horngriffen alten Bestecks, ein Satz Messer noch in der Schachtel, in der sie gekauft worden waren, heimgetragen aus einem Kaufhaus, das es längst nicht mehr gab, oder per Post geliefert an einem Tag wie heute, an dem der neue, frische Geruch und das Blitzen des Stahls auf Samt zu einem Moment im Leben der alten Dame wurde, an den sie sich noch lang erinnerte, ebenso wie an die vielen anderen Gelegenheiten, die sie mit all den Sachen auf diesen Tischen verband: Gedenkteller, polierte Kupfergefäße und Schmuckkästchen, die man in diesem Licht für antik halten konnte.

Jean blieb am Gartentor stehen und schaute sich um. »Es gibt nichts, was ich nicht von jemandem kaufen würde, der sein Leben in den Vorgarten schleppt und es vor aller Welt ausbreitet«, sagte sie. »Selbst, wenn sie nicht meine Freundin wäre.« Ihr Blick blieb an einer Frau mittleren Alters hängen, die an einem kleineren Tisch neben der Eingangstür saß. Sie sprach mit einer anderen, etwa gleichaltrigen Bekannten; neben einer großen, ramponierten Geldkassette lag auf dem Tisch ein Buch falsch herum dort aufgeschlagen, wo sie ihre Lektüre unterbrochen hatte, um sich zu unterhalten. Sonst war niemand zu sehen. »Das ist Kathleen«, sagte Jean. »Marys älteste Tochter.« Sie seufzte. »Ich gehe lieber rüber und sag hallo.« Jean legte eine Hand auf meinen Arm. »Sie brauchen nicht mitzukommen«, sagte sie. »Als ich Kathleen das letzte Mal traf, ging es ihr nicht besonders.« Sie zeigte auf den nächsten, mit Büchern vollgestapelten Tisch. »Vielleicht finden Sie ja etwas Interessantes. Ich bleib nicht lang.«

* * *

Sie hielt Wort. Weitere Besucher kamen, meist Frauen in Kathleens Alter, weshalb es Jean leichtfiel, guten Tag zu sagen und sich dann gleich unter die Leute zu mischen, ohne dass die Begrüßung allzu kurz wirkte. Sie kaufte mehrere Sachen – die sie ganz offensichtlich nicht brauchte –, ehe sie mich in der immer größer werdenden Menge von Freunden und neugierigen Passanten wiederfand. Ich hatte mir die Bücher angesehen, meist Tierbücher, aber auch veraltete Atlanten, Karten, einige klassische Romane, ein Sammelsurium, wie es sich über die Jahre wohl in den meisten Haushalten einfindet. Volksmärchen für Kinder, Kochbücher, Reisebücher und Bücher über europäische Kunst oder Briefmarken. Einige schmale Gedichtbände, darunter auch welche mit moderner Lyrik, überraschten mich. Als Jean kam, hatte ich drei davon ausgesucht.

»Und?«, fragte sie.

»Ich denke, ich kaufe die hier.«

Jean warf einen Blick auf die Bücher. »Schön«, sagte sie und gab mir einen schweren Wintermantel, den ich für sie halten sollte, während sie nach ihrem Portemonnaie griff. »Betrachten Sie sie als Geschenk«, sagte Jean, nahm einen Zehn-Dollar-Schein und gab ihn mir. »Würde es Ihnen was ausmachen zu zahlen?«, sagte sie. »Ich fürchte, eine weitere Begegnung mit Kathleen verkrafte ich nicht.«

»Wo ist denn Ihre Freundin?«

Sie lächelte traurig. »Mary ist nicht hier. Sie musste ins Krankenhaus. Dieser Verkauf soll helfen, genügend Geld zu sammeln, damit sie vor ihrem Tod noch einmal nach Mexiko reisen kann – allerdings bin ich mir nicht sicher, ob sie das schaffen wird.«

Ich war verwirrt. »Sie ist Mexikanerin? Ihre Tochter …«

»Nein, nein, sie ist keine Mexikanerin. Sie war Ornithologin, spezialisiert auf Troglodytidae, und das sind, wie Sie sicher wissen …«

»Zaunkönige.« Ich hatte in der Schule ein Projekt über Zaunkönige gemacht, und es fühlte sich gut an, ausnahmsweise einmal genauso viel über ein Thema zu wissen wie sie.

Jean lächelte, mit einem Mal wieder glücklich. »Richtig«, sagte sie. »Oder, um es ganz genau zu nehmen: echte Zaunkönige. Mary war Expertin für echte Zaunkönige, insbesondere für *Pheugopedius felix*, den Buntwangen-Zaunkönig, auch bekannt als …«

»Der glückliche Zaunkönig«, ergänzte ich. Bei der Arbeit am Schulprojekt hatte mich fasziniert, was für eine herrlich absurde wissenschaftliche Bezeichnung dies war, und ich hatte nach anderen Tieren gesucht, deren Name verhieß, dass sie gleichfalls dauerhaft glücklich oder doch vom Glück begünstigt waren. Da gab es natürlich die Katzen, aber auch einen Schmetterling, den *Pararge felix* und eine Sorte Köcherfliegen, die *Diplectrona felix*, aber kein Name war so komisch wie der des Stinkerschwamms *Ircina felix*.

»Ganz recht«, sagte sie. »Es gibt über achtzig Arten des echten Zaunkönigs. Mary hat ihr Leben mit ihrem Studium zugebracht, ihr Liebling aber war der glückliche Zaunkönig. Deshalb möchte sie noch einmal nach Mexiko, weil sie selbst da am glücklichsten gewesen ist.«

* * *

Als wir zu ihrem Haus kamen, war ich erschöpft. Anfangs hatte es mir nichts ausgemacht, den schweren Mantel zu tragen, doch da es wieder wärmer wurde und ich nur mühsam mit Jean Schritt hielt – die ihre Last, diverses Geschirr und einige Haushaltsgegenstände, nicht im Mindesten zu spüren schien –, hatte ich doch damit zu kämpfen, was Jean natürlich keineswegs entging, auch wenn sie kein Wort darüber verlor und auch nicht langsamer wurde. Kaum waren wir endlich in ihrer Küche, legte sie ihre Einkäufe auf den Tisch, und da meinte ich dann doch wahrzunehmen, dass selbst sie eine gewisse Müdigkeit in den Knochen spürte. Jedenfalls schien sie froh zu sein, ihre Sachen abstellen zu können, und nachdem sie Tee aufgesetzt und einen Teller mit Gebäck und Keksen vor mich platziert hatte, setzte sie sich mit zufriedener Miene, der unverkennbar auch Erleichterung anzumerken war.

»Ach«, sagte sie, »wie schön, wieder zu Hause zu sein. Bloß schade, dass ich Mary verpasst habe.« Sie schenkte Tee ein, ein helles, leicht grünliches Getränk, über das ich lieber nicht weiter nachdenken wollte. »Ich werde sie morgen besuchen.« Sie reichte mir meine Tasse. »Honig?«

Ich nickte, war mir aber unsicher, ob ich nicht lieber etwas anderes als Honig haben wollte. Der Tee hatte exakt die gleiche Farbe wie der Frosch, den ich in der Schule einmal sezieren musste.

Jean reichte mir den Honigtopf. »Wenn ich mich richtig erinnere, sind wir mit unserer Geschichte beim letzten Mal nicht fertig geworden. Wenn Sie so weit sind, mache ich einfach da weiter, wo ich aufgehört habe.«

Ich nahm mir einen Keks und nickte.

»Vielleicht sparen wir uns allerdings ein wenig Zeit, wenn ich zwei Geschichten zugleich erzähle. Zwei Geschichten über die Ehe, wenn Sie so wollen. Heute sind sie mir beide ein Rätsel, und ich fürchte, das wird sich auch nicht ändern. Schaden und Verlust bleiben immer rätselhaft. Dennoch, blickt man zurück, Monate, Jahre oder gar Jahrzehnte später, ist es ein Leichtes zu erkennen, dass die ganze Sache schlecht ausgehen musste.

Manchmal versuche ich mir vorzustellen, was wohl geschah, als Jeremy und Gloria sich begegneten; was es gewesen sein mochte, dass er sich in jemanden wie sie verliebte. Allerdings weiß ich kaum mehr als die bloßen Fakten. Sie lernten sich kennen, und etwas hat sich für sie verändert. Sie haben geheiratet, doch was immer dieses Etwas auch war, es welkte schneller dahin als der Brautstrauß. Und was mich selbst angeht …« Sie dachte einen Moment lang nach. »Als ich Ihnen letztes Mal von Lee erzählte, habe ich über etwas geredet, das mir längst wie ein Traum vorkommt. Ich erinnere mich an Details – ich erinnere mich sehr genau an Einzelheiten, nur kann ich sie nicht zusammensetzen. Ich meine, ich kann sie nicht zu einer Geschichte zusammenfügen. Mit einiger Sicherheit weiß ich nur, wie es begann. Seltsam nicht, wie leicht es fällt, sich an die erste Zeit zu erinnern? Vielleicht, weil wir damals am glücklichsten waren. Vielleicht, weil wir so unschuldig schienen, einfach zwei Menschen, die sich verliebten. Im Nachhinein glaube ich, dass wir uns schon früher verliebt hatten, bloß haben wir vergessen, es zu erwähnen. Was ich damals aber nicht wusste. Überhaupt, ich habe nicht gerade viel gewusst. Es gab Zeiten, in denen wir beide allein waren und ich es halb erriet, weil da was in ihren Augen war, in ihrer Art, mich anzusehen, mit Sicherheit gewusst aber habe ich es nicht; außerdem, so etwas wäre doch auch zu schön gewesen, um wahr zu sein. Zumindest sah ich es damals so. Ich dachte, Gutes geschieht nicht einfach so. Doch das tut es – und genau dann droht Ärger.

Es begann an einem Tag wie jeder andere. Ich hatte in der Gärtnerei gearbeitet und mit dem Ärmel meiner Bluse Lilienpollen gestreift. Gewöhnlich trug ich eine Schürze, war aber achtlos, und überhaupt, Kleider bedeuteten mir nicht viel.

Oder nein, es war mehr als das. In Bezug auf mein Aussehen gab ich mich bewusst nachlässig. Ich wollte nicht, dass irgendwer glaubte, ich legte Wert darauf. Vor allem Lee nicht. Ein erwachsener Wildfang zu sein mit Flecken auf der Jeans, das war eine Art Schutz, zugleich aber auch ein Signal an all jene, die sich in diese Richtung vielleicht Gedanken machten, ein Signal, dass ich keinen Mann suchte, der auf einem Schimmel angeritten kam und mich in seine Arme nahm. Ich wusste kaum, was ich wollte, aber dass es *das* nicht war, das wusste ich. Vielleicht *wollte* ich ja gar nichts. Jedenfalls war ich davon überzeugt, dass ich kein Recht hatte, Lee um irgendetwas zu bitten. Das schien mir ein unerfüllbarer Traum zu sein, fast wie die Szene in einem Film, und vielleicht gefiel es mir ja so.

Lilienpollen gehen nicht nur schwer raus, sondern eigentlich gar nicht. Berührt man sie, war's das. Vielleicht hätte es noch eine Chance gegeben, das meiste davon loszuwerden, hätte ich die Bluse gleich ausgezogen und kräftig ausgeschüttelt, so aber legte ich nur die Schürze ab und ging ins Büro, wo Lee vor einem Stapel Papierkram am Schreibtisch saß. Allein bei dem Gedanken, in einem Büro arbeiten zu müssen, läuft mir noch heute ein Schauder über den Rücken. Ich meine, ich könnte das, so schwierig ist es ja nicht, nur – so eintönig. Ich hätte mit American Garden nie einen derartigen Erfolg gehabt, hätte ich jeden Tag Papierkram erledigen müssen. Lieber wäre ich nach Idaho ausgebüxt und hätte mir eine Arbeit auf einer Kartoffelfarm besorgt. Keine Ahnung, was genau ich da hätte tun müssen, aber es wäre mir allemal lieber gewesen als Buchhaltung.

Ich bin mir nicht sicher, ob es Lee nicht genauso ging, doch vom ersten Tag an kümmerte sie sich fast um die gesamte Verwaltungsarbeit. Wenn wir einen Garten neu anlegten, machte ich die Bestellungen, das war aber auch alles. Heute tut es mir leid, dass ich nie darüber nachgedacht habe, dabei hätte ich eigentlich sehen müssen, dass sie mir ähnlicher war, als sie vorgab. Wahrscheinlich fand sie die vielen Rechnungen und Belege genauso langweilig wie ich, nur habe ich sie nie danach gefragt. An jenem Tag war sie schon den ganzen Morgen im Büro gewesen, weshalb der Pollenfleck womöglich nur ein Vorwand für eine Pause war, da sie bestimmt wusste, dass mir ein Fleck nichts ausmachte. Trotzdem stand sie auf und fing an, um mich herumzuwuseln, sobald ich hereinkam. Sie holte Klebeband, wickelte es sich um die Finger und redete ununterbrochen davon, wie denn nur Pollen auf meine schönste Bluse kommen konnten und dass ich mich sofort darum kümmern müsse, da der Fleck sonst nie wieder rausginge. Natürlich kannte ich den Trick mit dem Klebeband – ich wusste auch, dass er nicht funktionierte –, doch rührte ich mich nicht, während sie sorgsam das erste Stück Klebeband auflegte, es fortwarf und dann mit dem nächsten anfing.

Ich war ein wenig überrascht. Sie wusste, dass mir die Bluse nichts weiter bedeutete, auch wenn ich mich später erinnerte, ihretwegen ein Kompliment erhalten zu haben, hatte Lee doch einmal gesagt, ihr gefalle die Farbe – ein schlichtes Blau, soweit ich noch weiß –, nur hatte ich mir damals nichts dabei gedacht. Sie wusste, ich legte keinen besonderen Wert auf mein Aussehen, und sie wusste auch, dass der Trick mit dem Klebeband kaum half. Lilienpollen auf Stoff führen zu dauerhaften Flecken. Also nahm ich an, sie mache so ein Aufhebens, weil sie eine Pause vom ewigen Einerlei der Büroarbeit brauchte, und ich stand da und ließ sie gewähren, bestimmt mit einem blöden Lächeln im Gesicht. Glücklich, verlegen, darauf wartend, dass sie aufhörte, und hoffend, es würde niemals enden. Und in ebendem Moment blickte sie auf und – na ja, ich weiß gar nicht genau, was dann geschah, sie hob den Arm und strich mir über die Wange, nicht mit der Klebebandhand, wie ich gleich hinzusetzen will. Dann küsste sie mich. Oder ich küsste sie. Ich weiß nicht. Ich glaube, sie war's, sicher bin ich mir aber nicht.«

Jean schaute mich an, um zu sehen, welche Wirkung ihre Geschichte auf mich hatte. Ich denke, sie glaubte, es sei mir peinlich, sie über Frauen reden zu hören, die sie attraktiv fand, was ihr dennoch sichtlich Vergnügen bereitete, doch ehrlich gesagt, mir war das nicht im Geringsten peinlich. In Augenblicken, in denen sie in meinem Gesicht nach Reaktionen suchte, die ihre Geschichte zwei Generationen zuvor ausgelöst haben mochten, tat Jean mir leid. Sie hatte so lange in ihrem großen Haus unter Pappeln gewohnt, doch auch wenn sie häufig genug in die Welt hinausging, hatte sich ein Teil dieser Welt doch von ihr entfernt.

»Ich nehme an, dass Jeremy und Gloria etwas Ähnliches erlebten, die gleiche gegenseitige Anziehung, ein vergleichbares Zögern und dann – die gleiche Gewissheit. Denn genau das habe ich damals empfunden. Gewissheit. Alles andere war nicht so wichtig. Die einzig unbezweifelbare Tatsache war die, dass Lee und ich zusammengehörten …«

Sie stand auf, nahm die Teekanne und füllte Wasser nach, was nicht nötig gewesen wäre. Sie musste sich bloß bewegen, brauchte eine Pause, einen Moment der Stille. Als sie mit der Kanne zurück an den Tisch kam, wirkte sie verhalten, distanziert, als erzählte sie ihre Geschichte nicht in erster Linie mir, sondern übte sie nur ein, probte sie aus irgendeinem Grund. Bloß warum? Genauigkeit? Unvollständigkeit? Gab es da einen winzigen Makel in ihrer Erzählung, den sie vielleicht entdeckt hatte, einen losen Faden, an dem sie zupfen könnte, um das ganze Gewebe aufzudröseln?

»Jeremy musste diese Gewissheit auch gefühlt haben, denn er verlor keine Zeit und umwarb Gloria – vielmehr ihre Familie, ihre Freunde – und heiratete sie, sobald es die Umstände erlaubten. Ich weiß nicht mehr, wie lange das dauerte, aber es ging schnell, denn ich hörte von der bevorstehenden Hochzeit erst, als er mich aus Virginia anrief. Eine offizielle Einladung würde folgen, erklärte er, doch wolle er sichergehen, dass ich mir den Tag freihielte – als hätte ich je daran gedacht, die Hochzeit zu verpassen. Allerdings hatten wir uns lange nicht gesehen, fast zwei Jahre nicht mehr. Damals wusste ich noch nicht, wie sehr er sich verändert hatte, doch musste er sich gesagt haben, wenn er sich verändert hatte, könnte ich mich ja auch verändert haben.«

»Sie haben schon mal behauptet, er hätte sich verändert«, sagte ich. »Bloß wie, das weiß ich nicht.«

»Nun, es versteht sich von selbst, dass er Schreckliches durchgemacht hat. Immerhin dürfte es nicht allzu viele Menschen geben, die mitansehen mussten, wie ihr eigener Vater auf offener Straße erschossen wurde. Das sollte ihn für den Rest seines Lebens prägen. Wirklich verändert aber hat ihn, was in Frankreich geschah.« Sie zögerte, und mir war, als wollte sie die Geschichte eigentlich nicht erzählen, doch fuhr sie einen Moment später fort. »Sie wissen bereits, dass Jeremy kaum über den Krieg geredet hat. Eigentlich hat er überhaupt nicht viel geredet. Später, als er seine Arbeit fand und tat, was immer er zu tun hatte, redete er gar nicht mehr. Er verschwand mysteriöserweise und kehrte ebenso mysteriöserweise wieder zurück.

Niemand wusste, wo er gewesen war. Sie können sich also denken, dass er mir auch nicht erzählte, wie es ihn nach Frankreich verschlagen hat, 1944, und dazu noch hinter die feindlichen Linien. Vielleicht wurde er gefangengenommen und konnte fliehen, vielleicht war er ein Spion – bedenkt man, dass er Französisch und Deutsch sprach, scheint mir wahrscheinlich, dass man ihn in dieser Eigenschaft eingesetzt hat. Doch wie auch immer er hingekommen war, die Zeit dort löste eine mental wie moralisch tiefgreifende Krise aus, von der er sich meines Wissens nie mehr vollständig erholt hat, und dies trotz der ›Lebensphilosophie‹, die er sich später zulegte.«

Das faszinierte mich. Ich wusste, ich sollte sie nicht unterbrechen, konnte mir aber nicht helfen. »Lebensphilosophie?«

»Vielleicht haben Sie schon davon gehört«, sagte Jean. »Die ›*Als ob*‹-Philosophie. Sie stammt von einem Mann namens Hans Vaihinger. Eine Zeitlang war sie ziemlich populär. Ihr zugrunde liegt die Annahme, dass das Leben hoffnungslos irrational und unberechenbar ist, da es für das, was geschieht, keine Erklärungen gibt; und da die Welt zufallsbedingt ist, müssen wir uns selbst unsere eigenen Ideen und Vorstellungen von Ordnung schaffen – Vaihinger nennt sie Fiktionen –, um friedlich mitten im Chaos leben zu können. Dafür finden wir uns damit ab, dass diese fiktionalen Vorstellungen von Ordnung und Bedeutung als solche nicht der Wahrheit entsprechen, doch wenn wir es schaffen, so zu tun, ›als ob‹ sie wahr wären, können wir so etwas Ähnliches wie ein bedeutungsvolles Leben führen.«

»Wie – durch Schein zum Sein?«, fragte ich.

Sie hob nur eine Augenbraue, gab aber keine Antwort. »Rational mögen wir uns ziemlich sicher sein, dass es keinen

Gott gibt und dass unsere Moral – basierend auf der Kultur, in der wir aufwuchsen – kaum einen Bezug zu dieser Welt hat, ihrem Wirrwarr von Widersprüchen, Illusionen und zufälligem Geräusch, doch wenn wir uns entscheiden, wenn wir eine geordnete Welt *wollen,* und sei sie auch bloß Fiktion, ist das allemal besser als jenes Chaos, das uns ansonsten erwarten würde. Bis zu einem gewissen Grad macht das sowieso jeder. Vaihinger hat die Fiktion nur so ausgeweitet, dass sie alles einschloss. Wir tun folglich, ›als ob‹ es einen Gott gäbe und ›als ob‹ Amerika *immer* das Land der Freien und Tapferen gewesen wäre. Wir halten es für selbstredend, dass die vom General erlassenen Befehle, auch wenn sie uns unsinnig vorkommen, *immer* dem übergeordneten Wohl dienen, genauso wie die politischen Entscheidungen der Regierung. Wir müssen dies glauben, denn die Alternative hieße, alles infrage zu stellen, und falls wir *das* tun, sind wir am Ende in diesem allem Anschein nach dauerhaften Zustand vermeintlicher Ungewissheit handlungsunfähig.« Sie griff nach einem der Gedichtbände, die ich beim Hereinkommen auf den Tisch gelegt hatte, und betrachtete den Einband. »Eine solche Philosophie muss den Herren an der Macht wie ein Himmelsgeschenk vorkommen, aber sie spricht auch jene an, die verzweifelt nach einem Sinn im Leben suchen. Und niemanden verlangte es so dringend nach Sinn wie Jeremy. Er hatte gesehen, wie sein Vater ermordet wurde, hatte erlebt, wie das System bei der Suche nach den wahren Mördern scheiterte, dabei wären sie mit ein wenig investigativem Aufwand durchaus zu finden gewesen. Und dann, in Frankreich, irgendwann an einem Tag im Sommer 1944, wurde Jeremy von der Résistance zum Ort eines Massakers gebracht, bei dem dreihundert Menschen getötet worden waren. Die Opfer waren zumeist Frauen und Kinder, mit äußerster Brutalität gefoltert und abgeschlachtet. Seine französischen Freunde wollten, dass er sich ansah, was offenbar das Werk einer Reihe von Leuten der Waffen-SS gewesen war; sie bräuchten ihn als unabhängigen Zeugen. Später erzählte er mir, das Massaker habe wohl einen Tag vor der Ankunft der Widerstandskämpfer im Dorf stattgefunden. Nichts war verändert worden, sie lagen alle noch so, wie sie gestorben waren. Halbnackte Frauen mit aufgeschlitzten Bäuchen. Jungen im Schulalter mit dem Gesicht im eigenen Blut. Jemand hatte sogar versucht, ein kleines Kind zu kreuzigen. Er habe in diesem Krieg schreckliche Dinge gesehen, sagte Jeremy, aber nichts war so schlimm wie dies; und ich kann verstehen, dass der letzte Funke naiver Hoffnung, der ihm bis dahin noch Kraft gegeben haben mochte, an diesem Tag endgültig erlosch. Nach der Rückkehr zu seiner Einheit lieferte er einen offiziellen Bericht ab, erzählte aber sonst niemandem, was er gesehen hatte. Auch mit mir hat er erst darüber geredet, als er es allein nicht länger ertragen konnte. Hätte ich es damals schon gewusst, hätte ich viele Dinge sicher besser verstanden. Etwa, warum er Gloria geheiratet hat. Warum er sich so grundlegend verändert hatte. Warum er zu dem wurde, der er war. Er wollte einen Sinn in Ereignissen finden, in denen kein Sinn zu finden war. Also entschied er sich für die Fiktion.

Dennoch, selbst wenn ich gewusst hätte, was er gesehen hatte, hätte mich gewundert, dass er sich für Gloria entschied, um sie in die Mitte seiner gewählten Fiktion zu platzieren. In dem Moment, in dem ich sie sah, wusste ich, dass er einen Fehler beging. In seinem Brief hatte er geschrieben, sie sei schön, und das *war* sie, auf ihre Weise. Nur hätte ich sie vermutlich eher attraktiv genannt. Als ich noch jung war, hat man das immer gesagt. *Attraktiv.* Sagt man das heute noch? Ich glaube schon, wenn auch nicht im selben Ton wie früher. Attraktiv galt damals als etwas Besonderes, dabei war ich mir nicht mal völlig sicher, was es genau bedeutete. Unterschied es sich wie ›hübsch‹ von ›schön‹? Meinte *attraktiv* eine Art Show? Einen Auftritt? Gloria mag attraktiv gewesen sein, doch hatte man sie ihr Leben lang auch darauf abgerichtet, anziehend zu wirken. Nichts sonst, verstehen Sie? Sie war eine Maschine, die die Blicke der Männer auf sich lenkte, eine Maschine, um ihre Aufmerksamkeit zu gewinnen, sie zu gewinnen und zu halten. Selbst ihr Name klang attraktiv. Es war, als wäre all dies am Tag ihrer Geburt von einer guten Fee entschieden worden. Gloria würde attraktiv sein. Gloria würde beliebt sein. Gloria würde jeden Mann bekommen, den sie haben wollte. Warum also fand ich sie grotesk? So grotesk wie die Kreatur einer gänzlich anderen Spezies, elegant, unnahbar und – ja, und was? Ich glaube, ich fand sie nicht ganz real. Ehrlich gesagt, als ich sie das erste Mal sah, erinnerte sie mich an den ersten künstlichen Weihnachtsbaum, den ich gesehen habe – Sie kennen diese alten, bürstenborstigen Bäume, die es früher gab? Lächerlich, ich weiß, aber was soll ich sagen? Sie war ganz genauso, fast als wäre sie bloß für eine zeitweilige Funktion zum Leben erweckt worden. Sie brauchte nur attraktiv zu sein. Ansonsten war sie leer. Sie war wie für rauschende Feste oder Offiziersbälle geschaffen, und ausgerechnet dort haben sie sich kennengelernt, auf einem Offiziersball.

Es war, wie gesagt, eine stürmische Romanze. Ich lebte weit

entfernt und hörte erst davon, als Jeremy mich anrief, um mir zu sagen, dass sie verlobt seien; da trocknete bereits die Tinte auf den Hochzeitskarten. Und ich dachte: Das ist ein Fehler. Nicht Glorias Fehler, für *irgendwen* war sie die Richtige, daran hegte ich keinen Zweifel, nur fehlte es meinem Bruder an den nötigen Ressourcen, um mit einer Person wie sie verheiratet sein zu können. Dieses müßige Leben, in dem man eine Rolle spielt, sich stets neue Komplimente und Höflichkeiten ausdenkt, das war nichts für ihn. Es war ihm unmöglich, gar nichts ernst zu nehmen, aber genau das war in jenen Kreisen *de rigueur.* Ich hielt ihn für einen Romantiker alter Schule, zumindest war er das als Heranwachsender gewesen. In dieser Hinsicht glich er mir – bestens geeignet für eine Liebe aus der Ferne. Ich fuhr nach Virginia, um meine künftige Schwägerin kennenzulernen, traf aber nur Zuckerguss und Pfeffernuss und alles, was gut schmecken muss, eine Frau, die jeden Augenblick kurz davor zu sein schien, von der Last der eigenen Attraktivität erdrückt zu werden. Das war einfach nicht richtig, und mich schockierte, dass Jeremy das nicht sehen konnte. Trotzdem habe ich nichts gesagt. Wie denn auch? Er war gerade aus einem Krieg zurückgekehrt. Er glaubte, das Glück seines Lebens gefunden zu haben. Nicht bloß eine Frau, sondern auch eine Familie, einen Freundeskreis, all das, was er verloren hatte, als unser Vater getötet worden war. Hätte ich ihn da auf die Seite ziehen und fragen sollen, warum er diese – Kreatur heiratete?

Holprig nahm die ganze Affäre also ihren Lauf, und aus Gründen, die ich beim besten Willen nicht mehr nachvollziehen kann, erklärte ich mich einverstanden, mich eigenhändig um die Blumen für die beiden Hochzeiten in jenem Jahr zu kümmern, für die meines Bruders sowie für die jener Frau, die nun, da sie sich von mir entfernte, plötzlich meine ›beste Freundin‹ war – *ihre* Worte, sooft sie mich Geschäftsfreunden oder Mitgliedern der Familie von John Cameron vorstellte. Ich fühlte mich jedes Mal schlecht, wenn sie mich so nannte. Zwei Hochzeiten in nicht mal einem Monat: Das war eine Menge zusätzliche Arbeit zum alltäglichen Geschäft. In beiden Fällen kam ich meinen Aufgaben mit beträchtlichem Widerwillen nach und übertraf mich in beiden Fällen doch selbst. Trotzdem finde ich es eigenartig, wie sich die Ereignisse überschnitten: Kaum ein Jahr nach jenem Augenblick im Büro, in dem mir klar wurde, dass Lee und ich zusammengehörten, lernte Lee John Cameron kennen; und einige Monate später, im Juni 1947, hat sie ihn geheiratet. Zwei Wochen später fuhr ich nach Virginia zu der etwas ausgefalleneren Vermählung meines Bruders. Familie Barnes wusste, wie man eine Hochzeit ausrichtete, das muss ich ihr lassen. Mutter Barnes war mit meiner Rolle bei den Vorbereitungen allerdings kein bisschen einverstanden, weshalb sie mir pausenlos mit Vorschlägen, Fragen oder sogar mit meinen Beruf betreffenden Beleidigungen das Leben schwer machte, so dass ich nur mühsam an mich halten konnte, erst recht, da ich kurz zuvor mitansehen musste, wie die Liebe meines Lebens in einem flotten Sportwagen mit einem Mann davonfuhr, den sie eigentlich nicht liebte. Natürlich aber hatte sich die Wildfangschwester des Bräutigams nicht mit der Brautmutter zu streiten, sei es wegen der Blumenarrangements oder darüber, was zum Brautkleid passte und was nicht.«

Es folgte eine lange Pause, und einen Moment lang fürchtete ich, sie würde in Tränen ausbrechen. Dann aber schaute sie mir direkt ins Gesicht und lächelte. »*Als ob*«, sagte sie. »Mein armer Bruder.«

Ich schüttelte den Kopf. »Vielleicht hat es ihm geholfen, einen Sinn in den Dingen zu finden.«

»Dinge ergeben keinen Sinn«, sagte sie. »Zumindest nicht zu unseren Bedingungen. Damit müssen wir uns einfach abfinden.«

»Vielleicht fällt dies manchen Menschen ja zu schwer.«

»Ist das Leichteste überhaupt«, erwiderte sie. »Sie brauchen sich nur einmal umzuschauen.«

»Was soll da denn schon sein?«, fragte ich und merkte, wie ich plötzlich wütend wurde.

»Eine ganze Welt«, sagte sie. »Und die *ist* geordnet. Oft verhält sie sich zwar nicht so, wie wir es wollen, und manchmal tut sie uns auch schrecklich weh, dafür ist sie auf vielfältigste Weise aber auch sehr schön.«

Darauf wusste ich nichts zu antworten. Es klang allzu simpel, fast, als könnte sich jeder einfach besinnen und so stoisch werden wie sie. Doch war sie wirklich so selbstbestimmt? War sie so stark, wie sie nach außen wirkte? Zum ersten Mal wurde ich skeptisch. Zum ersten Mal meldete sich leiser Zweifel. »Und?«, fragte ich. »Was geschah dann? Sie haben doch gesagt, Sie wollen mir zwei Geschichten erzählen.«

»Ja, das habe ich.«

»Sie haben die erste nicht zu Ende erzählt. Sie haben mir nicht gesagt, was mit Lee geschah.«

»Nein, das habe ich nicht.«

»Also, was ist dann passiert?«

»Sie fuhr weg.«

»In die Flitterwochen?«

»Ja.«

»Und danach?«

Jean musterte jetzt mein Gesicht. Dass ich plötzlich urteilte, drang – zumindest teilweise – zu ihr durch; und sie wirkte zugleich so interessiert wie amüsiert. »Ich sah sie nie wieder.«

»Wieso?«

»Sie war weg.«

»Müssen ja lange Flitterwochen gewesen sein.«

Sie lachte. »Ich kann mir nicht vorstellen, dass die Flitterwochen lange gedauert haben, aber Lee habe ich trotzdem nie wiedergesehen.«

»Warum nicht?«

Sie lächelte traurig und verströmte zugleich eine unerträgliche Ruhe. »Jenes Haus, auf das wir im Regen zuliefen«, sagte sie, »ich hatte es für uns gekauft. Naiv wie ich war, glaubte ich, sie und ich, das könnte klappen, wir könnten so tun *als ob.* Aber sie hat John Cameron geheiratet, und das war's.« Sie stand vom Tisch auf und ging in den Flur. Eine halbe Sekunde lang glaubte ich, sie wäre zu guter Letzt doch noch von ihren Gefühlen überwältigt worden, aber sie kam gleich wieder zurück, ein Blatt Papier in der Hand. »John Cameron hat mir einen Brief geschickt«, sagte sie. »Ich habe ihn noch immer. Er schrieb, Lee hätte beschlossen, ihre Stelle als Co-Direktorin von American Garden aufzugeben, um anderen Interessen nachgehen zu können. Er schrieb weiter, die Entscheidung sei ihr nicht leichtgefallen, weshalb sie nicht darüber reden wolle. Er hoffte, ich würde das verstehen, und ließ mich wissen, dass ein Anwalt Kontakt aufnehmen würde, um sich mit mir über das Geschäftliche zu einigen. Er setzte noch hinzu, Lee und er hätten sich darauf verständigt, den Anwalt anzuweisen, dass er für mich vorteilhafte Bedingungen aushandle.« Sie blickte auf den Brief, als wollte sie sichergehen, nichts vergessen zu haben. Hatte sie natürlich nicht. Sie kannte den Brief auswendig, Wort für Wort. »So habe ich mein Vermögen gemacht«, fuhr sie fort. »Für weniger als ein Viertel seines Werts habe ich Lees Anteil an American Garden aufgekauft. Und ich habe sie nie wiedergesehen.«

»Das tut mir leid.«

»Muss es nicht«, sagte sie. »Ist schon lange her.«

»Sagen Sie das nicht.«

»Aber so ist es.« Sie lächelte. »Wissen Sie, woran ich mich am besten erinnere? Die Hochzeitszeremonie war gerade vorbei, als sie und John Cameron aufstanden, um zu tanzen. Lee war eine schöne Braut, und ich muss gestehen, in seinem Hochzeitsanzug hat John Cameron auch eine ziemlich gute Figur gemacht. Irgendwer redete mit mir, sagte was über die Blumen, aber ich habe nicht zugehört. Ich dachte nur, was, wenn ich jetzt hingehe und ihn abklatsche, einfach so? Wenn ich hingehe und ihm auf die Schulter tippe. Was dann?«

Sie sah mich fragend an, als wäre es wichtig, was ich dachte.

»Tja«, sagte ich, »vielleicht hätten Sie das tun sollen.«

»Hätte ich«, sagte sie, »habe ich aber nicht. Lee und ich, wir haben nie zusammen getanzt. Wenige Stunden später kam sie zu mir und hat sich verabschiedet, John Cameron an ihrer Seite, unübersehbar und unverrückbar an ihrer Seite. Den ganzen Tag ging sie mir aus dem Weg, aber da war sie auch nicht mehr sie selbst. Sie war jetzt Ehefrau. Einen Moment lang nahm sie meine Hand, sagte dann *Auf Wiedersehen* und lächelte mir tapfer zu. Ich meinte, Tränen in ihren Augen zu sehen, war mir aber nicht sicher. Sie nahm meine Hand, sagte *Auf Wiedersehen* und ging. John Cameron dankte mir für das schöne Blumenarrangement. Dann fuhren sie weg, und ich sah Lee nie wieder. Sie hat mir nicht einmal geschrieben, was ich eigentlich ziemlich schlimm fand, aber alles, woran ich denken konnte, war, dass wir nie miteinander getanzt hatten und dass ich alles gegeben hätte, um mit ihr zu tanzen, bevor sie ging, wenigstens ein einziges Mal.«

Korea träumen

Als ich am nächsten Morgen aufwachte, hörte ich Stimmen. Gut möglich, dass sie mich geweckt hatten, aber das glaubte ich nicht. Ich hatte geträumt, ich sei zurück in meiner Heimatstadt, nur lebte da niemand, den ich kannte. Dad war fort, Louises Haus leer, ein wenig heruntergekommen, ein Fenster zugenagelt, und vor dem Haus stand ein Zu-Verkaufen-Schild. Im Traum war es Winter, aber die Menschen auf der Straße trugen Sommersachen, Männer T-Shirts und Jeans, die Frauen dünne Baumwollkleider. Was sie anhatten, wirkte altmodisch und ein wenig abgetragen, wie in einem Secondhand-Laden oder beim Trödel gekauft. Alle waren arm. Ich warf einen Blick auf die Uhr. Es war neun Uhr siebenunddreißig.

Während ich mich duschte und anzog, hörte ich noch immer die Stimmen. Die von Laurits konnte ich erkennen – er sprach am häufigsten; allerdings verstand ich nicht, was er sagte –, aber da waren noch mehr Stimmen, mindestens zwei, und beides Frauenstimmen. Sie klangen jung. Eine sprach mit europäischem Akzent, vielleicht Holländisch oder Deutsch, und vom Ton ihrer Stimmen her und der Art, wie sie lachten, meist im Gleichklang, schienen sie mir Freundinnen zu sein. Ein Gefühl sagte mir, dass Laurits sie nicht besonders gut kannte. Womöglich hatte er sie gerade erst kennengelernt. Wie lange waren sie schon hier? Als ich am Abend zuvor eingeschlafen war, war Laurits außer Haus gewesen, und ich hatte ihn nicht zurückkommen hören, doch wäre ich sicher wach geworden, wenn er die Frauen hierher in die Wohnung gebracht hätte und sie die ganze Nacht geblieben wären. Ich schaute aus meinem buddhistischen Nonnenfenster auf den winzigen Himmelsausschnitt, den ich gerade noch sehen konnte, wenn ich den Kopf in den Nacken legte. Draußen war es wolkig, aber nicht völlig grau, ein Tag, der noch schöner werden oder auch als Regentag enden könnte. Ich zog meine Jeans an, dazu einen grünen Rollkragenpullover und ging ins Esszimmer. Bei meinem Abschied von Jean tags zuvor hatte sie vorgeschlagen, uns um elf wieder zu treffen und zu den großen Erdhügeln bei Cahokia zu fahren. Sie würde den Wagen aus der Garage holen, sagte sie; und wir könnten zusammen hin, es sei nicht weit. Als sie merkte, dass mir Cahokia nichts sagte, erzählte sie ein wenig von dem Ort, und ich war fasziniert, weshalb ich mich jetzt darauf freute, so rasch wie möglich aus der Wohnung zu kommen.

Die erste Überraschung war die, dass Laurits und seine neuen Freundinnen am Esstisch frühstückten. Das taten wir nie. Wir hielten keine regulären Mahlzeiten ein, und es gab, zumindest habe ich das bislang gedacht, zwischen uns beiden ein stillschweigendes Abkommen, den Tisch nie für etwas anderes als Arbeit zu benutzen. Wir aßen meist außerhalb, und wenn nicht, dann vor dem Fernseher oder einem Computerbildschirm. Waren wir bekifft, aßen wir manchmal auch in Laurits' Bett. Üblicherweise bestand mein Frühstück aus einer Schale Müsli, reichlich Milch, dazu Ahornsirup, falls vorhanden, und Apfelschnitze oder eine Handvoll getrockneter Früchte, die ich auf meinem Zimmer aß, oder, falls ich es eilig hatte, an dem winzigen Tresen in der Küche. Ich hatte Laurits noch nie vor so etwas wie einem richtigen Frühstück gesehen –

weshalb mich dieser Anblick ziemlich überraschte; ein üppiges Frühstück mit Brötchen, Traubenmarmelade und Butter in einer richtigen Butterschale, die ich im Schrank gefunden, aber nie benutzt hatte. Kaffee, Milch, Sahne, Erdnussbutter. Es gab sogar Croissants.

Als ich in der Tür stand, blickte Laurits mich amüsiert an. »Hey!«, sagte er. »Du bist ja wach.«

Die beiden Frauen warfen mir einen deutlich abschätzigeren Blick zu. Sie gehörten zu den Leuten, die andere spontan nach ihrem Aussehen beurteilten und diese Einschätzung dann beibehielten. Ich wusste nie, worauf ich achten sollte, weshalb ich nur mitbekam, dass sie in ihren offenbar aufeinander abgestimmten, mitternachtsblauen Ballkleidern für ein Frühstück ein wenig zu übertrieben angezogen waren – zumindest in dieser Wohnung. Und mir entging auch nicht, dass sie auf eine eher gewöhnliche Weise hübsch waren, die größere dunkel mit tiefbraunen Augen und einem Gesicht, das ein wenig zu gleichmäßig war, um als schön gelten zu können; die andere blasshäutig und zart, das schwere, rötlich braune Haar mit Bändern durchflochten wie bei einer Vergnügungsparkprinzessin. Ich schätzte sie beide auf etwa fünfundzwanzig, und man merkte ihnen an, dass ihr Aufenthalt hier in unserer Wohnung für sie etwas Neues war. Als sie Laurits trafen, wird er ihnen gesagt haben, dass er Filmemacher war; und sie dürften fasziniert gewesen sein, da sie davon ausgingen, er verstünde darunter das Gleiche wie sie. Gerade aber hingen sie einfach nur mit ihm ab.

Laurits stand auf und zog für mich einen Stuhl heran. Ich musterte sein Gesicht und fragte mich, auf was für einer Droge er war. »Das hier ist Lauren«, sagte er und deutete mit unbestimmter Geste auf den Rotschopf mit den Bändern im Haar. »*Und das hier ist Barbara aus Stuttgart*«, fügte er auf Deutsch hinzu und verbeugte sich, was mir nur halb gespielt vorkam, vor der Dunkelhaarigen.

Barbara schaute ihn an, wandte sich dann mit einem aufgesetzten Lächeln zu Lauren um und schließlich, fast feierlich, zu mir. »Ich hoffe, wir haben Sie nicht geweckt«, sagte sie mit einer ausdruckslosen Stimme, so wie Menschen, die eine fremde Sprache sprechen, manchmal eben klingen.

»Keine Sorge«, sagte ich. »Ich schnapp mir nur einen Kaffee und …« Jetzt war ich diejenige, die ein gezwungenes Lächeln aufsetzte. »Ich mache heute einen Ausflug«, fügte ich noch hinzu. »Mit einer alten Freundin.«

Laurits blickte auf. Er hatte die Reste seines Croissants in buttrige Flocken zerrupft. »Ach ja?«, sagte er und wirkte überrascht. »Wo geht's hin?«

»Nach Cahokia.«

»Was soll das sein?«

»Eine alte indianische Kultstätte«, erwiderte ich. »Die Menschen, die früher dort lebten, haben riesige Erdhügel errichtet, manche davon gut dreißig Meter hoch.« Ich redete wie ein schlechter Reiseführer. »Der ganze Süden von Illinois war mit solchen Erdhügeln übersät, aber inzwischen sind die meisten verschwunden.« Die Frauen starrten mich jetzt an, als hielten sie mich für verrückt. »Meine Freundin ist Expertin für untergegangene Indianerstämme«, setzte ich noch hinzu.

Laurits grinste. »Jetzt aber raus mit dir«, sagte er, ohne seine Skepsis zu verhehlen. Vielleicht hielt er dies für den Beginn einer Art Spiel. Er dachte kurz nach und sah dann Barbara an. »Vielleicht sollten wir ja mitkommen«, sagte er. »Barbara würde bestimmt gern mehr über die Ureinwohner unseres Landes erfahren.« Er grinste. »Was meinst du, Barbara?«

Sie gab keine Antwort. Stattdessen sprach Lauren, und um Laurits nicht ansehen zu müssen, blickte sie zu mir herüber. Bestimmt hatten sie am Abend zuvor, wo immer sie sich auch kennengelernt haben mochten, über die Ähnlichkeit ihrer Namen gewitzelt, und Laurits dürfte seine estnische Karte ausgespielt haben. Vielleicht hatten sie miteinander geflirtet. Jetzt aber, da seine Aufmerksamkeit unübersehbar allein Barbara galt, begann Lauren, leicht gereizt zu reagieren. »Nimm's mir nicht übel, Kate«, sagte sie, »aber ich würde lieber bei Gewitter in Ballettschuhen und Tanzröckchen den Gateway Arch in St. Louis raufklettern.«

Darüber musste ich unwillkürlich lachen. »Tja, ich glaube nicht, dass Sie das schaffen würden, aber sollten Sie es je versuchen, gäben Sie bestimmt ein tolles Bild ab.«

* * *

Als ich zu Jeans Haus kam, traf ich sie in der Küche an. Sie trug Regenmantel und Stiefel und sagte, sie hätte ihre Meinung geändert. Sie wollte nun doch nicht mit dem Auto fahren, wollte aber trotzdem raus. Sie schien sogar auf der Stelle an die frische Luft zu wollen – nur verstand ich nicht, wieso wir dann nicht wie geplant nach Cahokia fuhren. Wie auch immer, sie hatte sich entschieden. Wir könnten ein anderes Mal fahren. An einem warmen, sonnigen Tag. »Machen wir erstmal«, sagte sie, »einen schönen langen Spaziergang.«

Ich wusste nicht, was ich sagen sollte. Sie hatte mir zu verstehen gegeben, wie wichtig sie die Kultstätte in Cahokia fand, wie bedeutsam sie für unsere Geschichte sei, auch wenn wir wenig über die Menschen wüssten, die dort einmal gelebt hatten. Wir brauchen in unserer nationalen Vorgeschichte auch Geheimnisse, hatte sie gesagt. Wir brauchen das Unbekannte, einen nahezu leeren Bildschirm, auf den wir unsere Mythen und Legenden projizieren können. All das schien sie jetzt vergessen zu haben. »Nun, was den *langen* Spaziergang angeht, da wäre ich mir nicht so sicher«, sagte ich. »Ich fürchte, es sieht nach Regen aus.«

»Ein Sommerregen«, erwiderte sie. »Da macht es nichts, wenn wir nass werden.« Einen Moment lang dachte sie nach. »Aber vielleicht haben Sie ja Recht«, fuhr sie dann fort. »Vielleicht sollten wir wirklich einfach zu Hause und im Trocknen bleiben.« Sie zog den Regenmantel aus. »Wissen Sie was«, sagte sie, »wir machen es uns hier gemütlich und erzählen uns *beide* Geschichten. Wie finden Sie das?«

Mir war, als schlösse sich eine Falle um mich. Hatte sie dieses ganze Theater aus einem bestimmten Grund inszeniert? »Was denn für Geschichten?«

»Tja«, sagte sie, »Sie könnten mir etwas über Ihre Mutter erzählen.«

»Da gibt's nichts zu erzählen.«

»Nichts?«

»Sie hat uns verlassen, als ich sechs Jahre alt war.«

»Dann haben Sie ja noch Erinnerungen an sie.«

»Nein. Mein Dad hat mich allein aufgezogen.«

»Ach so.« Sie musterte mein Gesicht. »Erzählen Sie mir von ihm.«

»Da gibt es auch nicht viel zu erzählen. Allerdings hat er mir Geschichten erzählt.«

»Was für Geschichten?«

»Erfundene Geschichten. Ich meine – er hat sie sich selbst ausgedacht.«

»Sieh an!«

»Er war so etwas wie ein Künstler«, sagte ich. »Hat als Designer gearbeitet.« Ich versuchte, mich an etwas Konkretes zu erinnern, das mein Vater designt hatte, aber mir fiel nichts ein. »Er hat … Textilien designt … So was eben.«

»Und wann ist er gestorben?«

Ich blinzelte angestrengt. »Vor achtzehn Monaten.« Ich verstand nicht, worauf sie hinauswollte oder warum, und einen Moment lang unterstellte ich ihr sogar eine gewisse absichtliche Grausamkeit. Als spielte sie eine Art Spiel, eines, wie Laurits sie mochte.

»Das muss schwer sein«, sagte sie. »Beide Eltern tot.«

»Ja, ich vermisse ihn.«

»Ich denke, Sie vermissen sie beide, oder?«

Ich schüttelte den Kopf. »Früher einmal vielleicht«, sagte ich.

Sie lächelte und machte sich daran, einen ihrer exotischen Tees zu brauen. Ihre Ruhelosigkeit war verschwunden; jetzt wirkte sie, wenn nicht gerade entspannt, so doch deutlich gelassener. »Vielleicht«, wiederholte sie.

* * *

Sie griff ihre Geschichte vom Vortag erst wieder auf, als der Tee fertig war, eine dünne rote Flüssigkeit, die leicht nach Blumen roch. »Vor nicht allzu langer Zeit habe ich Ihnen gestanden, dass ich in meinem Leben nur einen einzigen Menschen geliebt habe«, sagte sie. »Und das ist wahr, so wie eine Geschichte wahr sein kann oder auch nicht. Ebenso aber ist wahr, dass ich nachts lange wach lag und mir wünschte, dass jemand –

irgendjemand – an meiner Seite liege. Ein Körper, eine Stimme, ein Verstand, mit dem ich mich auseinandersetzen, dem ich antworten könnte, ein Körper und Verstand, der mir antwortete. Es mag wie ein Widerspruch klingen, wenn ich behaupte, dass ich immer gern allein gelebt habe, aber es stimmt. Ich ziehe die Einsamkeit allen anderen verfügbaren Optionen vor, nur hat mich das nie daran gehindert, etwas zu wollen, was ich nicht haben konnte. Es hinderte mich nicht daran, das Unmögliche zu wollen.

Ich weiß noch, es war ein Sonntag im März, als Lee mir sagte, dass sie John Cameron heiraten würde. Sie hatte vorgeschlagen, an diesem Tag der Ruhe hinaus an den See zu fahren – wir gingen gern sonntags aus, während die übrige Welt Hymnen sang und ihrem Gott, welchem auch immer, Gebete schickte. Natürlich war es zu früh. Die Sonne kroch zwar immer wieder hinter den Wolken hervor, verschwand aber auch gleich darauf wieder. Es blühte noch nichts, kaum knospten die ersten Blätter. Ich glaube, ich wusste, was sie sagen würde, ehe sie den Mund aufmachte, und zum ersten Mal begriff ich, dass es auf die eine oder andere Weise unvermeidlich sein würde. Sie hatte stets jenes andere Leben gewollt, sich nach einem Kind gesehnt. Was ich verstand. Ich verstand nur nicht, warum es John Camerons Kind sein sollte. Gerade Lee konnte jeden haben, den sie haben wollte, zumindest war ich davon überzeugt, selbst wenn ein Teil von mir wusste, dass dies nicht stimmte. Sie war schön, selbstsicher, und sie war erfolgreich, aber sie war auch schon älter und viel zu sturköpfig und unabhängig für die meisten Männer, die den Krieg mitgemacht hatten und jetzt bloß noch nach Hause kommen, sich umsorgt wissen und das eigene Leben wieder in den Griff bekommen wollten. Nur ein Mann mit der Arroganz eines John Cameron konnte glauben, er könnte diese Art Leben mit Lee führen. Andere Männer hätten sie attraktiv gefunden, wären aber weitergezogen. Lee war ihnen einfach zu viel, und das erkannten die meisten.

Sie erzählte es mir, als wir im kalten Wind standen und hinaus auf den See starrten – und ich war im Grunde kaum überrascht. Dennoch gibt es Fragen, die man stellen muss, auch wenn man sie eigentlich nicht stellen kann, ohne dabei … unvernünftig zu wirken. Nicht das richtige Wort, natürlich nicht, und ich weiß nicht mal, warum ich mir die Mühe gab, vernünftig wirken zu wollen. Weil ich kein Recht auf sie hatte? Weil ich mich nicht an sie klammern durfte, da ich doch wusste, dass sie das eine, was sie sich unbedingt wünschte, mit mir nicht haben konnte? ›Liebst du ihn?‹, habe ich sie gefragt.

Sie hat gelächelt, mich dabei aber nicht angesehen, sondern hinaus aufs Wasser geblickt. Immer noch lächelnd schüttelte sie dann den Kopf. ›Er ist interessant. Ich weiß, du siehst das nicht, aber an ihm ist mehr, als man vielleicht meint, etwas hinter der … äußeren Fassade.‹ Vor den letzten Worten schwieg sie kurz, was mir nicht entging, und ich merkte, wie sehr sie sich fürchtete. Sie ging ein Risiko ein, und das wusste sie.

›Äußere Fassade?‹ Zu mehr, als ihren leisen Zweifel, ihre nur angedeutete Furcht zu wiederholen, war ich nicht in der Lage. Dabei wusste ich, hätte ich mich neutraler verhalten und John Cameron nicht gleich von Anfang an so offensichtlich verachtet, wäre ich jetzt in einer stärkeren Position gewesen.

Sie lachte. Und im selben Moment dachte ich, dass ich der einzige Mensch war, der dieses Lachen durchschaute, dass nur ich allein spürte, wie sehr sie ihre Trauer verbarg, die sie meines Wissens nie wirklich hinter sich ließ. Ich glaube das noch immer – zumindest will ich es glauben. Viel mehr ist mir ja auch nicht geblieben. ›Du hast ihn nie gemocht‹, sagte sie dann. ›Aber wie hätte ich das auch erwarten können?‹ Sie wandte sich zu mir um und griff nach meiner Hand. ›Versuche trotzdem, mich zu verstehen‹, bat sie mich. ›Versuche glücklich zu sein, mir zuliebe, damit ich auch glücklich sein kann.‹

Ich hätte da großzügiger sein, hätte mich innerlich stählen, mich wie eine Freundin verhalten können, nur wusste ich eben, dass sie einen schrecklichen Fehler beging. Einen Fehler, der nicht nur sie, sondern uns beide betraf.«

Jean schaute mich neugierig an. Vielleicht wartete sie auf mein Urteil. Ich begriff immer noch nicht, warum sie mir diesen Teil ihrer Geschichte – oder überhaupt etwas – erzählte. Tat sie das wirklich bloß, damit ich nüchtern blieb?

»Wie auch immer, den Rest kennen Sie, aber was ich eigentlich sagen will: Sollten Sie in Ihrem Leben nur einen einzigen Menschen lieben, sollten Sie sich nicht einmal vorstellen können, dass jemand anderes je seinen Platz einnimmt, wird es trotzdem andere Gefühle geben, die sich nicht ausmerzen lassen. Es gibt andere … Bedürfnisse. Und niemand sollte sich für das schämen, was er braucht. Einen Vater, eine Mutter, einen Liebhaber. Eine Berührung, ein Wort, ein Körper. Lange Zeit lag ich wach und wünschte mir jemanden an meine Seite. Jemanden zum Berühren. Falls ich in den Jahren, seit Lee fortgegangen ist, etwas gelernt habe, dann nur, wie wichtig es ist, jemanden an seiner Seite zu haben, den man berühren kann. Jemanden, der einen berührt. Übrigens wusste ich da nicht, dass jemand meinem Bruder ein halbes Land weit weg, in einem protzigen Haus, in dem er immer seltener wohnte, dieselbe Lektion erteilte.«

Darauf fiel mir keine Erwiderung ein. Und plötzlich kam mir der Gedanke, dass meine Mutter überall sein könnte, und ich würde es nie erfahren. Sie könnte sogar tot sein. Vielleicht gab es da draußen jemanden in der Welt, der mir schrieb, um mir mitzuteilen, dass sie gestorben war, dass sie nicht gelitten hatte, was man eben so schreibt, was man so sagt. Kam mir dieser Gedanke damals zum ersten Mal? Ich schaute in Jeans Garten – und in ebendiesem Moment fielen die ersten, großen, tintendunklen Tropfen. Ich fragte mich, wo Christina Vogel gerade war.

Ich spürte, dass Jeans Blicke auf mir ruhten, doch ging sie ihrer Anspielung, der zufolge ich eine Mutter bräuchte, nicht weiter nach. »Ich glaube, Jeremy hat Gloria wirklich geliebt, wenigstens zu Anfang. Allerdings glaube ich auch, dass er sie vor allem geheiratet hat, weil er, wie Lee, Kinder wollte. Hätte er Gloria nicht kennengelernt, hätte er eine andere gefunden. Ich vermute, dass er nicht ganz so zielstrebig und zynisch vorging, wie es jetzt vielleicht klingen mag, doch weiß ich, er zog es vor, im Einklang mit seiner vermeintlichen Philosophie anzunehmen, dass Gloria war, was sie zu sein vorgab, und dass er dazu auserkoren war, mit ebendieser Frau Kinder zu haben und zusammenzuleben, wenn auch nicht unbedingt glücklich bis ans Lebensende, dann doch durchaus zufrieden. Sie würden eine Familie bilden, und diese Familie würde nach gewissen Wertvorstellungen leben. Wertvorstellungen, die seiner Meinung nach zu dem Besten gehörten, wofür in seinen Augen unsere Gesellschaft – die amerikanische Gesellschaft – einstand. Er hatte in Europa Barbarei in einem fast unerträglichen Ausmaß erlebt, und er wusste, falls Amerika eine Aufgabe in der Welt hatte, dann die, sich gegen die Barbarei zu stellen. Doch wie sollte das gehen in einer Gesellschaft, in der ein Mann wie mein Vater an einer Straßenecke starb, ohne dass die wahren Täter verfolgt wurden? Dieser Tag muss eine dauerhafte Belastungsprobe für seine Philosophie gewesen sein. Das Problem war nur, eine andere hatte er nicht.

Die wahre Belastungsprobe seiner ›*Als ob*‹-Philosophie dürfte ihn allerdings überrascht haben, denn ob nun ›als ob‹ oder nicht, er hat Gloria wirklich geliebt. Ich glaube, anfangs hat er sie sogar ein wenig angehimmelt – und lange Zeit haben ihre Familien, die Nachbarn oder auch gänzlich Fremde, zufällige Passanten, sie für ein ideales Paar gehalten. Niemand schien sich daran zu stören, dass Jeremys Leben immer mehr zu einem undurchdringlichen Geheimnis wurde. Niemandem schien es etwas auszumachen, dass er nie über seine Arbeit sprach. Irgendwann hatte er unter mysteriösen Umständen die Armee verlassen und angefangen, für eine ans Militär angeschlossene Agentur zu arbeiten. Doch wohl kaum jemand ahnte, welche Rolle er seit Kriegsende wirklich spielte. Wir wussten nur, er hatte irgendetwas mit der Regierung zu tun, was man in jenen Tagen aber für etwas Gutes hielt. Etwas Patriotisches. Womöglich Tapferes. Niemand stellte Fragen. Mit einiger Gewissheit wussten wir alle nur, dass er viel reisen musste, und man bewunderte Gloria dafür, wie gut sie damit fertigwurde, dass er so oft unterwegs war. Sie ahnten nicht, was hinter der Fassade geschah, denn diese beiden Menschen – er vermutlich Spion, sie die Ballkönigin – waren auf je eigene Weise Experten im Bewahren von Geheimnissen. Ich schien die Einzige zu sein, die ahnte, dass irgendwas mit ihnen nicht stimmte – worum es dabei wirklich ging, sollte ich allerdings erst viel später erfahren. Lange nach der Hochzeit. Lange nachdem die Kinder geboren waren. Und selbst dann hätte ich noch nicht alles erfahren, hätte Jeremy mich nicht besucht und wäre er nicht ein paar Tage geblieben. Er kam unangemeldet, aus heiterem Himmel: Ich machte die Tür auf, und er stand im Garten, Koffer in der Hand. An diesem ersten wie an den folgenden Tagen kam er mir seltsam abwesend vor, und ich wusste, er hatte etwas auf dem Herzen, worüber er reden wollte, nur war er noch nicht so weit. Am nächsten Abend bereitete ich ihm ein leckeres Essen zu, holte mehrere Flaschen Wein, setzte mich und sah zu, wie er Glas um Glas in sich hineinkippte, bis er fast, aber nicht vollends, betrunken war. Ich hatte diese Seite an ihm nie zuvor erlebt, und er war ja auch nicht richtig betrunken – wobei ich glaube, dass er niemals richtig betrunken gewesen ist. Das hätte einen viel zu großen Kontrollverlust bedeutet. Der Wein half ihm aber, sich zu entspannen, und im Verlauf von gut zwei Stunden erzählte Jeremy mir an jenem Abend von der beschämenden, peinlichen Last, unter der er seit Jahren litt, tat er doch vor aller Welt stets so, als sei alles wunderbar. Natürlich war ich nicht gerade die ideale Person, um sein Geheimnis loszuwerden, aber er hatte ja niemanden sonst.«

Ich nickte, als würde ich verstehen, wovon sie redete, und wartete darauf, dass sie fortsetzte, was ich für die eigentliche Geschichte hielt. Als sie dann nichts weiter sagte, stellte ich die Frage, von der ich annahm, dass sie darauf wartete. Oder nahm sie an, ich käme von allein darauf, ohne dass sie es mir erzählte? »Und?«, fragte ich, »was hatte er für ein Geheimnis?«

Sie stieß ein leises, bekümmertes Lachen aus. »Na ja, er hat mir in jener Nacht eine ziemlich konfuse Geschichte erzählt, die dadurch auch nicht einfacher wurde, dass er, ob betrunken oder nicht, sich in einem ziemlich verwirrten Zustand befand. Die kurze Antwort auf Ihre Frage aber läuft auf eine der ältesten und traurigsten Tatsachen hinaus, die es nur gibt, ist es doch das Verderbnis so mancher Ehe, dass Mann und Frau nur selten gleichgestellt sind. In diesem Fall … Nun, sagen wir, Gloria war nie ein sonderlich warmherziger Mensch, und ich vermute mal, dass die beiden ein ziemlich mieses Sexleben hatten.« Sie musterte mich mit einem seltsam gouvernantenhaften Lächeln. »Das ist Ihnen doch nicht peinlich, oder?«

Ich erwiderte ihr Lächeln. »Nein, das ist mir nicht peinlich.«

»Gut«, erwiderte sie, ein wenig zu heiter, doch verblasste ihr Lächeln im Fortgang der Geschichte. »Nun, mein Bruder, Romantiker durch und durch, blieb seiner Philosophie treu und entschied, wenn er nur weiterhin so tat, als sei alles in Ordnung, würde es bald auch wieder besser werden. Etwas in ihm fragte sich allerdings, was er falsch gemacht hatte, und er unterzog sich mancher Selbstprüfung, um herauszufinden, wie er ein besserer Ehemann werden könnte. Er liebte seine Frau, und als die Kinder geboren wurden – es tut mir weh, mir vorzustellen, wie sie zustandekamen –, liebte er sie mehr als alles auf der Welt. Egal, was er tun müsse, sagte er, er würde alles tun, was immer nötig wäre, wenn es dann nur wieder so wäre wie zu Beginn. Das überraschte mich, offenbar hatte es also einen Beginn gegeben, an dem alles in Ordnung gewesen ist. Dieser Beginn währte zwar nicht mal so lang wie die Flitterwochen, aber es hat ihn gegeben, zumindest in seinem Kopf, und darauf allein kam es an. Seine Frau hatte ihn einmal geliebt, und wenn er sich richtig verhielt, würde sie ihn folglich auch wieder lieben können. Er war sich sicher, dass es keinen anderen Mann gab, und ich denke, hätte es für Gloria einen anderen gegeben, hätte er das herausgefunden, immerhin war er ein Spion. Als er aber schließlich die Wahrheit erfuhr, geschah das eher zufällig.«

»Zufällig?«

»Ja, reines Glück. Das hat er mir erzählt. Deshalb muss er sich ziemlich blöd gefühlt haben, als er die Briefe fand.«

»Aha«, sagte ich. »Briefe also.«

»Ja, aber nicht solche, an die Sie jetzt vielleicht denken. Indirekt haben ihn diese Briefe zur Wahrheit geführt, die er doch eigentlich gar nicht gesucht hatte. Er fand die Briefe eines Tages zufällig, als er nach etwas anderem suchte – und na ja, ich weiß gar nicht, warum es ihn derart erstaunte, aber es hatte da vor ihm bereits jemanden gegeben. Einen attraktiven jungen Mann. Vielleicht war es ein wenig unglücklich, dass Gloria im Laufe ihrer stürmischen Romanze nie jene sommerlange Liebesaffäre erwähnt hatte, die sie im Jahr zuvor in Atem gehalten hatte, als Jeremy sich noch in Frankreich hinter den feindlichen Linien befand. Doch warum auch? Brave Mädchen reden über so etwas nicht; außerdem war *Liebesaffäre* wohl kaum das richtige Wort für das, was sie in jenem Sommer erlebt hatte. Wenn ich mich nicht irre, hieß der junge Mann Matthew, wobei ich mich allerdings nicht erinnere, wieso ich das weiß. Sicher hat Jeremy es beiläufig einmal erwähnt, als er sich durch seinen Bericht darüber quälte, wie seine attraktive Frau plötzlich erstarrte und – ja, was eigentlich wurde? Ehrlich gesagt, ich weiß es nicht. Dafür gibt es kein Wort, oder? Damals hätte der Euphemismus wohl *Eisprinzessin* gelautet, aber auch das stimmte nicht recht, ganz unabhängig davon, welche Probleme sie und Jeremy im Schlafzimmer auch immer hatten. Denn was sie auch gewesen sein mochte, eine Eisprinzessin war Gloria jedenfalls nicht. Eigentlich war sie sogar ein recht warmherziger Mensch, eine liebevolle Mutter für ihre Kinder und stets sorgsam – überaus sorgsam – um Jeremys körperliches Wohl bedacht. Und so nahm man sie auch wahr. Niemand ahnte etwas von der heimlichen Bestürzung, den unbeantworteten Fragen. Ein glückliches Paar, zwei hübsche Kinder, ein schönes Zuhause, treue Freunde und eine Frau, die einfach alles für das Glück ihres Mannes tat. Niemand wusste, dass dies nur Theater war, niemand wusste, dass Gloria, außer im Akt der Zeugung – und ich benutze den geradezu biblischen Ausdruck hier aus gutem Grund –, außer beim Akt der Zeugung ihrer Kinder also … nun, Jeremy wusste nicht, wie er es nennen sollte … kalt war? Körperlich abweisend? Emotional distanziert? Jedenfalls galt das nicht nur für den Sex. Nach einer Weile konnte er Gloria nicht einmal mehr anfassen. Wenn er es tat, verschloss sich irgendwas in ihr, so wie Seeanemonen sich schließen, sobald man ihre Tentakel berührt. So hat er es jedenfalls mir gegenüber beschrieben, und ich sehe keinen Anlass, daran zu zweifeln.

Natürlich versuchte er, mit ihr darüber zu reden, aber sie ließ es an sich abprallen und erklärte, das sei doch normal, was in ihm die Befürchtung weckte, sich vielleicht zu irren, denn … nun ja, es gab, wie er sich ausdrückte, leider nichts, womit er sein Leben hätte vergleichen können. Vielleicht lief das in normalen Ehen ja tatsächlich so. Ehrlich gesagt, ich musste lächeln, als er damit kam. Ich fragte ihn, ob er Hilfe gesucht habe, sich etwa diskret mit einem Mediziner über dieses Problem unterhalten habe, aber schon die bloße Vorstellung schien er entsetzlich zu finden. Es beschämte ihn, dass er offenbar so – abstoßend – auf sie wirkte, weshalb es wohl nicht weiter überrascht, dass er anfing, die Schuld bei sich selbst zu suchen.

Er hatte sicher etwas getan, hatte … nun, er hatte vor Gloria andere Frauen gekannt, Frauen, die, wie man damals sagte, für eine Heirat nicht infrage kamen; und er nahm an, er sei zu …« Sie lachte. »Heutzutage kann man sich das kaum mehr vorstellen, nicht? Ich fürchte, er hat geglaubt, eine Seite von sich gezeigt zu haben, die sie widerlich fand.

Eines Tages dann fand er die Briefe. Dieser Fund war es auch, der ihn drängte, mich so unerwartet zu besuchen. Ich sehe ihn vor mir, wie er etwas suchte, als Gloria außer Haus war, wie er alte Papiere und Belege durchging, Zertifikate, Urkunden oder auch Briefe, die er ihr während seiner Abwesenheit geschickt hatte – und wie er dann auf Matthews rührselige, verletzt klingende Schreiben stieß, die meisten kaum mehr als Notizen. Der arme Matthew. Er war jung gewesen, sehr verliebt, aber Glorias Verhalten irritierte ihn, weil sie in einem Augenblick so liebevoll, im nächsten so kalt sein konnte, sich um ihn zu sorgen schien, aber auf einmal … Ich denke, Sie können sich vorstellen, worauf ich hinauswill. Einerseits fühlte Jeremy sich durch diese Briefe gerechtfertigt, zumindest vor sich selbst, zugleich aber verdammten sie ihn zu einem Leben voller Zweifel. Hatte Gloria ihn *je* geliebt? Wie konnte er das wissen? Hatte sie ihm in jenen ersten Monaten bloß was vorgespielt, um das einzige Ziel zu erreichen, das zu erreichen man ihr beigebracht hatte? Hatte sie es ernst gemeint, wenn sie ihn geküsst hatte? Wenn sie sich geliebt hatten …

Ich weiß nicht, was geschah, nachdem er sich zwei Tage später von mir verabschiedete. Er würde nie wieder darüber reden, und ich habe nicht mehr nachgefragt, denn es war unübersehbar, dass sich nichts geändert hatte. Ich glaube, er hat sie noch lange geliebt, zumindest wollte er sie lieben, auch dann noch, als die Affären anfingen. Und obwohl es stets eine Tarngeschichte gab, bin ich mir doch sicher, dass Gloria über diese Affären Bescheid wusste. Trotzdem hat sie anscheinend nie etwas dazu gesagt. Nicht ein Wort. Bald war die Glücklich-bis-ans-Lebensende-Illusion nur noch hauchdünn und ihr Haus ein Ort unausgesprochener Verletzungen und Ängste, mit denen die Kinder aufwuchsen. Nicht mit unverblümten Lügen, Ehekrächen und Kämpfen, alles verlief sehr zivilisiert, und doch wussten die Kinder, dass irgendwas nicht stimmte. Ich war so wütend auf Jeremy und seine blöde Philosophie, wütend, weil er das nicht kapierte. Er dachte einfach, wenn sie die höfliche Fassade wahrten, wäre schon alles gut. Aber Kindern kann man nichts vormachen. Sie können vielleicht nicht in Worte fassen, was sie spüren, aber man kann nichts vor ihnen verbergen, und letzten Endes verweigerten Jeremy und Gloria ihnen eine Erklärung – in all der Zeit fühlte es sich an, als würde jeden Moment eine grässliche Sünde offenbar oder, schlimmer noch, gebeichtet. So hat es sich jedenfalls für mich angefühlt. Wie es für die Kinder war, kann ich nicht sagen. Ich weiß nur, dass sie sich in ihre eigenen, obskuren Welten zurückzogen.« Sie schüttelte den Kopf. »Einmal, als ich dort war, fällt mir ein, entdeckte ich Jennifer im Garten mit einem toten Vogel, den sie unter einem Baum gefunden hatte, ein Küken, das aus seinem Nest gefallen sein musste. Sie setzte es in eine Kiste und redete mit dem Vogel, sang ihm Lieder vor, erzählte ihm Geschichten – ich sah ihr lange zu, aber sie hat mich nicht einmal bemerkt.«

Jean war weit fort. Es war nicht einmal ihre Geschichte, aber sie hatte sich tief darin verstrickt, und ich wollte sie zurückholen. »Und? Was hat er gesagt?«, wollte ich wissen.

Sie sah mich an. Eine Zeitlang hatte sie vergessen, dass es mich gab, jetzt kam sie zurück, und ich begriff wie mit einem Schock, dass es diese Aufmerksamkeit gewesen war – eine Aufmerksamkeit, die sich auf mich richtete wie das Licht einer Taschenlampe, das im Dunkeln Verlorenes erhellte –, die mich überhaupt erst an diesen Ort gelockt hatte. Für diesen aufmerksamen Blick hatte ich mich gezwungen, nüchtern zu werden, hatte wach im Bett gelegen, während sich um mich herum die Nacht drehte, Schweiß auf meiner Haut trocknete und die Muskeln sich verkrampften, bis ich fürchtete, mir würden die Beine brechen. »Er hat vom Krieg erzählt«, sagte sie. »Nicht nötig, näher darauf einzugehen; wir wissen, was damals passiert ist, schließlich hat man aus dem Krieg wie aus fast allem eine Industrie gemacht. Was ihn aber am intensivsten beschäftigte, worauf er immer wieder zurückkam, das war die Sinnlosigkeit von alledem. Er war mit der festen Überzeugung in den Krieg gezogen, jegliche Gewalt oder Grausamkeit letztlich verstehen zu können, denn es war ein gerechter Krieg, woran auch niemand zweifelte. Mithilfe seiner Philosophie hatte er sich sogar den Tod unseres Vaters erklärt. Es war das einzige Mal, dass er darüber redete, was Ashland Ecke Vine passiert ist; und ich schätze, es hat mich verletzt, dass er diese Last so lange ohne mich getragen hatte. Nicht nur, mit eigenen Augen gesehen zu haben, was passierte, sondern es sich hinterher irgendwie zurechtzulegen, sich verständlich zu machen. Unser Vater hatte Feinde, also war es in gewisser Weise nachvollziehbar, dass ihm jemand ein Leid zufügen wollte. Die massakrierten Frauen und Kinder aber, die er sich ansehen musste – das verstand er nicht. Ihr Dorf lag bei seiner Ankunft in Schutt und Asche, doch trotz seines Entsetzens hatte er unmittelbar begriffen: Was hier geschehen war, war in voller Absicht geschehen. Unmenschlich, aber konsequent. Äußerst brutal und äußerst effizient. Das hier war nicht die Tat eines bewaffneten Verrückten, der seine Oberen beeindrucken wollte, und es waren auch keine Männer im Krieg gewesen, die etwas taten, was sie hinterher verzweifelt und auf jede nur erdenkliche Weise bereuten. Er war Zeuge schrecklicher Gewalttaten geworden, von Dingen, die in der Hitze des Gefechts geschahen, das hier aber war kaltblütige, langwährende Folter gewesen, an helllichtem Tag ausgeführter Mord, und er verstand es nicht.« Sie verzog das Gesicht zu einem seltsamen, leicht schmerzlichen Lächeln, als sei sie die Zeugin dieser unvorstellbaren Ereignisse gewesen. »Keine Philosophie konnte ihm helfen, damit fertigzuwerden.«

Jean schaute mich an, aber ich wusste nichts zu sagen. Ich war die Letzte, mit der man über die Wirksamkeit von Lebensphilosophien reden konnte. »Eines allerdings hätte für jedermann offensichtlich sein müssen«, fuhr sie fort, »denn es war eigentlich kaum zu übersehen, dass sich mein Bruder und dessen attraktive Frau davor fürchteten, unterschiedlicher Meinung zu sein. Immer ein schlechtes Zeichen, finden Sie nicht? Sie widersprachen sich nie und stritten sich nie, da sie nicht wussten, wie das ausgehen würde. Letztlich waren sie beide ihre Ehe leid. Ich bin mir sicher, dass Jeremy seine Ehe am liebsten hinter sich gelassen hätte, und vielleicht wollte Gloria das auch. Nur konnte er nicht mehr gehen, weil das bedeutet hätte, die Kinder zu verlassen. Also blieb er – und ich bilde mir ein, dass er mit seiner Philosophie einfach versuchte, jene schöne junge Frau auf dem Offiziersball im Blick zu behalten, die ihn quer durch den Saal hinweg angelächelt hatte. Die Affären waren für ihn ohne Bedeutung; er brauchte nur jemanden, den er anfassen konnte. Bestimmt hat er sich seine Partnerinnen immer sorgsam ausgesucht – Frauen in ähnlichen Umständen wie er selbst, Frauen, die nicht mehr von ihm verlangten, als er zu bieten hatte. Wärme, Berührung, ein Abend voller Zärtlichkeit.«

Dann verstummte sie. Die folgende Stille wog leicht und war, auch wenn womöglich mit Trauer durchsetzt, keineswegs unangenehm. Draußen schlierte Regen über die Fenster, platschte durch das Laub. Die Tür zum Garten am Ende des Flurs stand noch weit offen. »Sagen Sie«, fuhr ich fort, nachdem wir, wie ich fand, der Stille lang genug gelauscht hatten. »Wie waren die Kinder? Damals, als sie noch klein waren?«

Sie lächelte. »Wunderbar«, sagte sie, froh, das Thema wechseln zu können. »Simon war ein ernstes Kind, gut erzogen, ein Kind, das sich nie beklagte. Seinen Vater hat der Junge bewundert, aber er regte sich schrecklich auf, wenn Jeremy verreisen musste. Und als Simon sieben, acht Jahre alt war, musste Jeremy natürlich oft verreisen.«

»Das dürfte für die beiden nicht einfach gewesen sein.«

Jean nickte, sagte aber nichts. Irgendwas ging ihr durch den Kopf, über das sie nachdachte, sie fragte sich vielleicht, ob sie immer noch daran glaubte oder mittlerweile daran zweifelte.

»Was hat er getan?«, fragte ich. »Wie wurde er damit fertig, dass sein Vater so oft verreiste?«

Jean schüttelte leicht den Kopf, nur wusste ich nicht, ob sie damit ihre Enttäuschung über meine Frage zum Ausdruck brachte oder ob es da eine Erinnerung gab, über die sie nicht weiter nachdenken wollte. »Ich weiß noch, einmal, als Jeremy in Korea war, bin ich zu Gloria gefahren, um sie zu besuchen«, erzählte Jean. »Sie schien mir glücklich zu sein und wirkte sehr ungezwungen – wenn Jeremy fort war, kam ich sie nicht oft besuchen, schließlich war er mein Bruder und offiziell derjenige, den ich besuchte. Falls ich aber zu Gloria fuhr, wenn sie allein war, kam sie mir meist – entspannter vor. Ich habe mich oft gefragt, warum ihre Freunde das nicht bemerkten, aber vielleicht hat sie sich vor denen größere Mühe gegeben. Bei mir hatte sie wohl den Eindruck, sich nicht großartig anstrengen zu müssen. Vielleicht wusste sie, dass ich ihr Theater durchschaute. Ich weiß es nicht. Jedenfalls saßen wir eines Tages im Wintergarten – ja, sie hatten einen Wintergarten. Und eine Bibliothek. Was das Äußere angeht, führten sie ein ziemlich angenehmes Leben. Und Gloria liebte ihren Garten. Wann immer ich kam, quetschte sie mich aus und wollte alles über neue Trends und Ideen wissen. Darüber unterhielten wir uns auch gerade, als Simon hereinkam und sich auf einen Stuhl am Fenster setzte. Die Sonne schien ihm ins Gesicht, und er hielt die Augen geschlossen. Es war eigenartig, wie still er da auf seinem Stuhl saß, mit dem Gesicht in der Sonne. Und nur aus Spaß fragte ich ihn in einer Gesprächspause, was er gerade denke.

Einen Moment lang rührte er sich nicht, dann riss er die Augen weit auf, sah mich an und sagte: ›Ich träume Korea.‹

Ich schaute Gloria an, die aber wandte den Kopf ab. Nach einer Pause, die ich nur angemessen nennen kann, stand sie auf und sagte mit aufgesetztem Lächeln. ›Nun.‹ Simon beobachtete sie wie eine Katze, die mehr von ihrem Frauchen will. ›Ich sehe lieber mal in der Küche nach dem Rechten. Möchtest du vielleicht ein Glas Eistee, Jean?‹

Nur mühsam löste ich meinen Blick von Simon, der immer noch seine Mutter anstarrte. ›Ja, gern.‹

Gloria nickte. ›Möchtest du vielleicht auch etwas trinken, junger Mann?‹

Simon gab keine Antwort – es war nicht zu übersehen, dass er sie spüren lassen wollte, wie sehr er sie ignorierte –, stand auf, genau wie sie, und ging zielstrebig und ohne ein Wort hinaus in den Garten.«

Jean schüttelte den Kopf mit einer Miene, die ich als traurige Verblüffung interpretierte. »Ich denke, für heute sollten wir es dabei belassen«, sagte sie, »aber wenn Sie mögen, können wir morgen weitermachen.« Verschmitzt sah sie zu mir herüber. »Vielleicht haben Sie ja dann auch eine Geschichte für mich.«

Ich wusste nicht, was ich sagen sollte, da ich ahnte, dass sie nicht bloß irgendeine Geschichte, sondern etwas ganz Bestimmtes von mir hören wollte. Bloß wusste ich nicht, was das sein könnte. »Vielleicht«, erwiderte ich.

Sie lachte. »Am Vormittag habe ich einen Termin«, sagte sie. »Warum kommen Sie also nicht am Nachmittag so gegen drei; dann erzähle ich Ihnen von Jennifer. Ich denke, das wird Sie überraschen.«

John Banister

Als ich nach Hause kam, sah Laurits sich einen Film mit stummgeschaltetem Ton an. Vom extravaganten Frühstück war keine Spur mehr zu sehen; sogar das Geschirr war abgewaschen und weggeräumt. Er sah auf. »He«, rief er. »Ein Bier?«

Ich warf mich auf die Couch und studierte den Film. »Später.«

Laurits warf mir einen neugierigen, möglicherweise besorgten Blick zu. »Hungrig?«

»Noch nicht.«

»Okay.« Er sah wieder zum Bildschirm. In einem amerikanischen Hotelzimmer küsste eine Frau einen Mann, Tränen rollten ihr über die Wangen. »Wie war Cahokia?«

»Sind nicht gefahren«, erwiderte ich. »Zu nass.«

»Aha.« Er sah dem Liebespaar zu, das lange stumm miteinander rang. Und als sich der Hauptdarsteller – ich kannte ihn nicht, doch stand für mich außer Frage, dass er der Hauptdarsteller war – von der Frau löste, lächelte er zufrieden. »Ist doch seltsam«, sagte Laurits. »Wie unsexy die Hauptdarsteller früher waren. Wie … sicher.« Er warf mir einen Blick zu, suchte meine Zustimmung, aber ich war nicht interessiert. Was ihn nicht weiter kümmerte. Im Moment unterhielt er sich ebenso mit sich selbst wie mit mir. »Gregory Peck, John Wayne, Charlton Heston …« Er schwieg, dachte über den nächsten Kandidaten auf seiner Liste nach.

»Cary Grant«, sagte ich.

Er lächelte und schüttelte den Kopf. »Armer alter Cary. Er hatte schon seine Momente. In *Verdacht* vielleicht. Das Ende ist allerdings völlig misslungen.«

»Welcher ist noch mal *Verdacht?*«

»Joan Fontaine heiratet Cary, dann stellt sich raus, dass er wohl ein ziemlich schmieriger Typ ist, der sie wegen ihrer Versicherung umbringen will, nur stimmt das gar nicht …« Ich fand es immer wieder verblüffend, dass er sich an die Handlung der Filme erinnerte, die ihm beim Ansehen doch gar nicht wichtig war. Für ihn ging es in Filmen nicht um Liebe, Verrat oder Mord; für ihn waren sie eine Abfolge einzelner Szenen, die Schnee zeigen, Hotelzimmer oder Wüstenlandschaften. Er kannte jeden Schauspieler, jeden Regisseur, jeden Drehbuchschreiber, aber ihn interessierten einzig der Hintergrund und die Kinematografie. Die Stimmung. Die Textur. Die Atmosphäre. »Du weißt schon. Sie hat dafür einen Oskar gewonnen.«

»Wer jetzt?«

»Joan Fontaine. Sag, alles in Ordnung? Du siehst nicht so gut aus.«

»Alles bestens«, erwiderte ich, doch da hatte sich am Bildschirm etwas geändert, ein Stimmungsumschwung, und Laurits hörte nicht mehr richtig hin. »Und wer ist jetzt *dieser* Typ da?«, fragte ich.

Er schnaubte. »Den kennst du nicht?«

»Nein, sonst hätte ich ja nicht gefragt.«

»Franchot Tone.«

»Bist du sicher? Er sieht viel zu alt aus.«

»Ich bin mir sicher.«

»Wie heißt der Film?«

»*Jigsaw.*«

»Aus welchem Jahr?«

»1949.«

»Regisseur?«

»Fletcher Markle.«

»Fletcher wer?«, fragte ich. »Nie von ihm gehört.«

»Kanadier.«

»Ach so.« Ich wollte dieses Spiel nicht spielen, denn es ging immer gleich aus. Die Frage selbst, welche auch immer, war letztlich unwichtig, es kam allein darauf an, das letzte Wort zu behalten. Nein – wichtig war, dass die lächerlichste, die unhaltbarste Ansicht gewann. So waren wir, wenn wir uns nicht betranken oder miteinander vögelten. Wir suchten Zuflucht im Unhaltbaren, Trost im Trivialen. Es war unser Sport, jedes Gespräch auf die äußerste Spitze der Absurdität zu treiben. Eigentlich hatte ich nie Lust auf dieses Spiel – und spielte es dann doch. Unter diesen Umständen gab es nichts weiter zu tun. »Ich wage mich jetzt ziemlich weit vor«, sagte ich, »aber ich sage mal Clark Gable.«

Er lächelte, wog die Chancen gegeneinander ab. »Gable?« Er dachte einen Moment darüber nach. »Das könnte sogar gehen«, sagte er. »Ich schätze, die Probe aufs Exempel lautet: Ein nettes Mädchen wie Anne Baxter nimmt den Typen mit nach Hause zu ihrer Mutter, und wenn Mom glaubt, er sei nicht gut genug, um ihr liebes Töchterchen zu heiraten, dann ist er vermutlich ganz interessant.«

»*Niemand* war je gut genug für Anne Baxter«, warf ich ein und wartete darauf, dass er etwas zu den Ereignissen am Vormittag sagte, obwohl ich wusste, dass er es von sich aus nicht tun würde. »Und? Wo sind deine Freundinnen?«

»Weg.«

»Gut zu wissen.«

Er blickte auf. »Du bist ja nass.«

»Es regnet.«

»Ehrlich?«

»Ich gönne mir jetzt eine lange heiße Dusche und gehe dann wahrscheinlich früh ins Bett.«

»Möchtest du einen Drink?«

»Nö.«

»Bist du sauer?«

»Weshalb?«

»Wegen Barbara und ...« Den Namen der Rothaarigen hatte er bereits vergessen.

»Lauren«, sagte ich. »Aber nein, ich bin nicht sauer. Na ja, ein bisschen.«

»Es war nur ein Gedanke«, sagte er. »Und nicht, was du vielleicht denkst. Ich hatte nur einen Gedanken.«

»Einen Gedanken?«

»Ein Film«, sagte er. »Einen abendfüllenden Spielfilm. Total Mainstream.«

»Und?«

»Die Grundzüge der Geschichte hatte ich schon im Kopf.«

»Erzähl.«

Er zögerte. »Zwillinge«, sagte er dann.

»Was? Die beiden? Zwillinge?«

»Ja.«

Ich lachte. »Die sehen doch kein bisschen wie Zwillinge aus. Eine eindrucksvolle deutsche Brünette und ... nun ja, Prinzessin Lauren aus dem La La Land mit Bändern im Haar.« Wieder musste ich lachen, glaubte ihm aber. Ich hatte nie angenommen, dass zwischen ihm und den beiden Frauen was lief, und mir ging auf, dass ich mich nur ärgerte, weil sie den Tisch für ihr Frühstück benutzt hatten. »Warum willst du einen Spielfilm drehen?«

»Ich brauche Geld.«

»Wieso?« Ich verstand ihn nicht; er schien immer genug Geld zu haben.

»Ist eine lange Geschichte.«

»Erzähl.«

»Unwichtig, am frühen Nachmittag hatte ich die Idee schon wieder aufgegeben.«

»Mich erstaunt, dass du ihr überhaupt so lange nachgegangen bist«, sagte ich. »Und warum brauchst du Geld?«

»Ist egal«, sagte er. »Es war sowieso eine blöde Idee. Zwillinge, die sich kein bisschen ähnlich sehen.«

»Stimmt, das ist eine blöde Idee. Und? Warum brauchst du nun Geld?«

»Ist eine lange Geschichte, habe ich dir doch gesagt.«

Er schaute zum Fernseher und blieb einen Moment stumm. Als er dann wieder sprach, schnitt er ein ganz anderes Thema an. »Lass mich dir eine Frage stellen«, sagte er. »Sie lautet: Was würdest du tun, wenn du nur noch zwei Stunden zu leben hättest? Du würdest dir *Falstaff – Glocken um Mitternacht* ansehen, stimmt's?«

»Fick dich«, sagte ich, »ich dusche mich jetzt« und wollte ins Bad gehen.

»Das war ein Test«, sagte er plötzlich. »Und du hast ihn mit fliegenden Fahnen bestanden.«

»Ich mache keine Tests.«

»Jeder andere hätte …«

»Ich mache keine Tests«, wiederholte ich, blieb dann aber stehen, drehte mich um und fragte: »Was machst du in den letzten fünf Minuten?«

»Wie bitte?«

»*Glocken um Mitternacht* dauert hundertfünfzehn Minuten«, sagte ich. »Was also machst du in den letzten fünf Minuten?«

Er musterte mich ehrfürchtig und erstaunt, sagte aber nichts. Barbara hätte niemals die exakte Länge eines klassischen Films gewusst. Die von *Glocken um Mitternacht* schon gar nicht. Ich hatte keine Ahnung, wieso ich sie eigentlich wusste.

»Bleib ruhig sitzen«, sagte ich. »Vielleicht fällt dir ja noch eine interessante Antwort ein.«

* * *

»Sie haben vermutlich schon erraten, dass Jennifer ein recht seltsames Kind war.«

Jean war gerade dabei, für ein kleines Festmahl mit Kuchen und Keksen zu decken, als ich um Punkt drei Uhr zu ihr kam. Vergebens versuchte ich mich an etwas zu erinnern, das mich überhaupt irgendetwas über Jennifer hätte vermuten lassen können.

»Sie hatte nichts von dem, was von Mädchen in jener Welt erwartet wurde, in der sie aufwuchs. Sie war nicht attraktiv, wollte mit anderen Leuten nicht viel zu tun haben und hatte eine Reihe von sorgsam ausgewählten Schulfreundinnen, die sie fallenließ, sobald sie ihren geheimen Makel entdeckte …«

»Ihren geheimen Makel?«

Jean lächelte. »Sie waren nicht vollkommen.«

»Jemand hätte sich mit ihr *Manche mögen's heiß* ansehen sollen«, sagte ich.

Jean lachte. »Sie hätte den Witz nicht verstanden«. Sie hob den Deckel der Teekanne an und sog den Duft ein. »Interessanter Geruch.«

»Wonach?« Ich hatte sie nach ihrer Sammlung seltsamer Tees fragen wollen, da ich annahm, dass sie etwas mit Annette zu tun hatten.

»Anis, Lindenblüte und Ingwer.« Es klang grauenhaft. »Er muss noch eine Weile ziehen.«

»Vielleicht sollten wir ihn einfach stehenlassen.«

Sie runzelte die Stirn. »Der Tee ist gut für den Hals.«

»Meinem Hals geht es ausgezeichnet.«

»Prima«, erwiderte sie. »Dann wird er durch den Tee perfekt.«

* * *

Am Ende dann war der Tee doch ziemlich gut, was in meinem Fall auch an den beiden gehäuften Löffeln Honig liegen mochte, die ich dazugegeben hatte. Kaum war alles so weit, stürzte Jean sich in die Geschichte. »Als Jennifer noch ein kleines Mädchen war, saß sie oft allein auf ihrem Zimmer und sang stundenlang vor sich hin«, erzählte Jean. »Wenn man sie fragte, was sie da mache, antwortete Jennifer, sie denke nach. Auch später verbreitete sie immer den Eindruck, als ob das, was die Erwachsenen von ihr wollten, für sie nur eine Ablenkung von der realen Welt bedeutete, von der Welt, in der *sie* lebte. Von Anfang an war sie eine Rebellin. Sie konnte sich über Sachen aufregen, von denen sie eigentlich gar nichts wissen durfte, über im Radio Gehörtes, über die schrecklichen Gräueltaten der Geschichte. Eine Zeitlang – damals muss sie um die sieben Jahre alt gewesen sein – brachte sie eine Serie kraftvoller, sehr frei gezeichneter Figuren zu Papier – nein, nicht mal Figuren. Menschen oder Alltägliches wiederzugeben reizte sie nicht. Ihre Figuren waren eher abstrakt, elementar. Gloria fragte sich immer mal wieder, woher das kam, als wäre ihr entgangen, wie viel Wut in Jennifer steckte. Und es tat weh, eine solche Wut in einem so kleinen Mädchen zu sehen – das Problem war nur, dass alles, worüber sie sich aufregte, real war. Sachen, die sie in den Nachrichten gehört, in einem Buch gelesen hatte. Der tagtägliche Rassismus, den die Weißen meist wie selbstverständlich hinnahmen. Sie liebte ihren Vater Jeremy, aber sie war wütend auf ihn, weil er so oft auf Reisen war. Sie verstand nicht, wieso er nicht bei ihr sein konnte.

Simon war in fast jeder Hinsicht wie sein Vater. Schon früh übernahm er seine Lebenseinstellung, den Glauben an Ordnung, an ein Zuhause und Apfelkuchen, nur fehlte ihm Jeremys Philosophie dahinter, um zu wissen, dass all dies nur eine notwendige Fiktion war. Simon hat sie einfach absorbiert. Jennifer dagegen – nun, sie untersuchte alles, und war es ungenügend, sprach sie es an. Sie stritt sich mit ihren Lehrern. Sie war gerade erst zwölf, als sie sich weigerte, weiter zur Kirche zu gehen. Ich nehme nicht an, dass Gloria gläubig war, und von Jeremy wusste ich, dass er nur hinging, weil es zu seiner Fiktion gehörte. Trotzdem bestanden ihre Eltern unnachgiebig darauf, dass Jennifer sie am Sonntagmorgen zur Messe begleitete. Damals gingen alle in die Kirche. Jede Messe war ein Familientreffen. Jennifer aber gab nicht nach – und konnte sich am Ende durchsetzen.

Doch obwohl sie so verschieden wirkten, war seltsam, dass das Leben, das sie führten, die Entscheidungen, die sie trafen, selbst die Art, wie sie über Dinge redeten, dass einfach alles an diesen beiden Kindern wie eine Reaktion auf ihren Vater wirkte. Auf je unterschiedliche Weise versuchten sie, ihn zurückzugewinnen. In den Jahren, in denen sie noch zu jung gewesen waren, um dies zu verstehen, spürten sie, wie er ihnen entglitt, nur wussten sie nicht warum. Er hätte behauptet, nur seine Pflicht zu tun, hätte behauptet, die Welt, in der sie aufwuchsen, ein wenig sicherer zu machen, doch *wussten* sie, er hatte eine Wahl. Er hätte öfter daheimbleiben können, hätte um einen Schreibtischjob bitten oder eine andere Stelle annehmen können. Der naheliegende Schluss lautete also, dass er woanders und nicht zu Hause sein *wollte.* Anfangs glaubten sie, es läge daran, dass er aufgehört hatte, Gloria zu lieben. Wie gesagt, Kinder wissen es, wenn etwas nicht stimmt. Später denke ich, sie nahmen an, er hätte aufgehört *sie* zu lieben.

Die Geschichte, die Jennifers Charakter vielleicht am besten beschreibt, ist die über John Banister.« Jean warf mir einen fragenden Blick zu, doch hatte ich keine Ahnung, wer John Banister war. Sie lächelte. »Kein Problem«, sagte sie. »Ich hatte vorher auch noch nie von ihm gehört. Niemand hatte das.« Sie schenkte uns Tee nach. »Jennifer war eine ausgezeichnete Schülerin, und die Lehrer, die sie mit ihren hitzigen Politstreitigkeiten nicht gegen sich aufgebracht hatte, sagten ihr eine steile Karriere voraus. Aber auch jene, die sie nicht besonders mochten, mussten zugeben, dass sie eine brillante Schülerin war. Folglich warteten wir alle gespannt darauf, was sie nach ihrem Highschool-Abschluss machen würde. Jura oder Politikwissenschaften schienen die naheliegenden Fächer für sie zu sein. Dabei war sie auch eine herausragende Wissenschaftlerin und ihren Mitschülern in Biologie oder Chemie weit voraus. Wie es schien, warteten einfach alle darauf, wofür sie sich entscheiden würde. Und wofür sie sich dann entschied, sagt viel darüber aus, was für ein Teenager sie war.

›Ich interessiere mich bloß für hoffnungslose Fälle‹, erzählte sie mir, als ich in jenem Sommer nach Virginia fuhr.

›Verstehe. Nur was hat das zu bedeuten?‹

›Sie wollen nicht, dass ich Wissenschaftsgeschichte studiere. Mutter will, dass ich mich für Jura entscheide.‹

›Und was will dein Vater?‹

Sie verzog das Gesicht. ›Ach‹, sagte sie. ›Du kennst ihn ja. Was immer sie sagt, sagt er auch. Das reinste Echo.‹

Ich musste lächeln. ›Und was hast du jetzt vor?‹

›Ich fang mit Geschichte an‹, sagte sie. ›Und dann spezialisiere ich mich auf Wissenschaftsgeschichte.‹

Nun, ich hatte keinen Moment daran gezweifelt, dass sie genau das verwirklichen würde, was sie sich vorgenommen hatte. Ich weiß noch, wie sie mit – keine Ahnung, war sie fünfzehn? – einen Zeitungsartikel über Bunny Girls gelesen hatte. Partyhäschen – ist Ihnen dieses gesellschaftliche Phänomen ein Begriff? Für unsereins war es nur dummes Zeug, eine Story für Zeitungen, Jennifer aber griff es auf und machte es zu ihrem neusten Fall. Für die Schule schrieb sie einen Essay darüber und erklärte jedermann, warum die Bunny Girls so falsch waren. Da der Feminismus in Glorias Kreisen nie angekommen war – ich fürchte, auch später nicht –, war ihre intensive Reaktion für uns alle ein Rätsel. Manche behaupteten, das Ganze sei doch nur ein unschuldiger Spaß, vielleicht gefiel es den Frauen ja, sich zu verkleiden. Jennifer aber sagte, wenn die Frauen sich unbedingt als Tiere verkleiden wollten, sollte man sie wählen lassen, welches Tier sie unbedingt sein wollten. Und dann fertigte sie eine ganze Reihe beispielhafter Tiermasken an.«

»Tiermasken?«

»Sie waren wunderschön. Jennifer hat gern an Masken gearbeitet, diesmal aber bedeuteten sie auch etwas, denn als Alternative zum Club der Partyhäschen trugen die Frauen Masken, die das Tier darstellten, das sie an diesem Abend sein wollten. Nur Häschen gab es nicht. Keine süßen kleinen Pelztierchen – und keine erniedrigenden Kleider. Die Frauen in Jennifers Club trugen schlichte dunkle Kostüme, aber sie konnten Löwinnen sein, Jaguare, Bären, Füchse oder Hyänen. Sie verstehen schon.

Der eigentliche Grund, warum sie Wissenschaftsgeschichte studieren wollte, war, wie sich schließlich herausstellte, ein kaum bekannter englischer Geistlicher des siebzehnten Jahrhunderts namens John Banister, der bei einem Jagdunfall ums Leben gekommen war, ehe er das erste Buch über die Flora Virginias beenden konnte. Banister hatte nur wenig Geld; um sich etwas hinzuzuverdienen, verdingte er sich als Führer für Jagdgesellschaften und versuchte, diese Tätigkeit mit seiner Berufung möglichst in Einklang zu bringen. Es hätte so simpel sein können – er brachte die Jäger in den Wald, in dem es reichlich Wild gab, und während sie jagten, konnte er botanisieren, neue Spezies finden, Samen suchen, die Sammlung für sein Herbarium vervollständigen. Viel blieb von seinem Werk nicht erhalten, doch steht außer Frage, dass er ein hervorragender Wissenschaftler war. Ein Botaniker, der sich auch für Insekten interessierte. Das Problem war nur, dass nicht alle Jäger, die Banister auf diese Ausflüge mitnahm, in ihrem Handwerk so gut waren wie er in seinem – und eines Tages hat ihn irgendein Trottel erschossen.

Nach seinem Tod wurde sein Herbarium nebst allen übrigen Spezimen nach London geschickt, wo man die Sammlung aufteilte und diversen englischen Botanikern überließ. Nur wenig ist geblieben, das sich eindeutig als das Werk von John Banister identifizieren lässt – und nur wenige der Wissenschaftler, die seine Feldbeschreibungen und Spezimen erhielten, haben seinen Anteil an ihrer Arbeit vermerkt. Jennifer wollte nun die Archive in Virginia und England durchkämmen und irgendwie wieder heraussuchen, was Banister gestohlen worden war. Mit diesen Funden wollten sie dann jenes Buch über die Flora Virginias schreiben, das eigentlich Banister verfassen wollte. Natürlich wusste sie, dass sie damit nichts anderes vorhatte, als nicht nur in einem, sondern gleich in mehreren Heuhaufen nach einer Nadel zu suchen, ein gänzlich hoffnungsloser Fall, aber genau das machte dieses Projekt für sie ja so reizvoll. Später gab sie das Banister-Projekt auf – allerdings nicht, weil es zu schwierig gewesen wäre oder weil Gloria wollte, dass sie Jura studierte. Nein. Nachdem sie sich mit einem ihrer Professoren über Seneca unterhalten hatte, war in ihr ein neuer Plan gereift. Aufgrund dieses eher beiläufigen Gesprächs über etwas, was sie nicht einmal studierte, wechselte sie zur Philosophie. Sie wollte wissen, was ein gutes Leben ausmacht. Nicht so ein passives, alle Regeln einhaltendes Leben, in dem man sich schlicht an die geltenden Gesetze hält – tat man das, erklärte man sich zum Beispiel ja auch mit Rassentrennung einverstanden, mit Krieg und Sexismus. Nein, ihr ging ein Satz von Seneca durch den Kopf, den sie sich gemerkt hatte: *Quam angusta innocentia est, ad legem bonum esse.* Sehen Sie, ich kann ihn nach all den Jahren noch auswendig.«

Um ihr anzuzeigen, dass ich nicht verstand, schüttelte ich den Kopf, allerdings nur teilweise ihr zuliebe. »Und was heißt das?«

Sie lachte. »Das wissen Sie nicht? Und ich habe Sie für eine Gelehrte gehalten.« Rasch stand sie auf und trat zum Bücherregal am Fenster. »Hier irgendwo muss es stehen«, sagte sie. »Jennifer hat es mir zum Lesen gegeben …« Sie langte zum obersten Regalbrett, griff, ohne zu zögern, nach dem gesuchten Band und schlug ihn gleich auf der richtigen Seite auf. »Dies ist ein Buch über Wut«, sagte sie. »Über Pflicht und Wut. Es geht darum, das Rechte in der rechten Geistesverfassung zu machen. Ohne Wut, ohne unangemessene Emotionen. Jennifer hat damals immer gesagt, es seien zu viele Gefühle im Spiel, was jeder verständlich fand, der wusste, was wirklich vor sich ging. Das aber sei die Probe, sagte sie. Man müsse begreifen, was geschehe, und dann zugunsten des größtmöglichen allgemeinen Wohls handeln – ein solches Handeln habe mit klarem Kopf zu geschehen. Seneca schrieb, jeder von uns habe die Pflicht, sich für die einzusetzen, die bedroht werden, und jene zu rächen, denen Unrecht getan wurde, doch muss hierbei mit innerer Gelassenheit gehandelt werden, ohne Wut.

Wie aber weiß man, was das größtmögliche allgemeine Wohl ist? Das Gesetz verrät es uns nicht – Gesetze werden für die Reichen gemacht, um ihren Besitz zu schützen und das System zu erhalten. Das System, so nannte man es damals – heute fällt das Wort nicht mehr oft, in der Zeit aber stand es für alles: die Reichen, die Regierung, das Militär oder das Gesetz. Dem Gesetz geht es nicht darum, dass Gutes getan wird.« Sie kam zurück an den Tisch, setzte sich und begann zu lesen. Vielleicht las sie auch gar nicht, vielleicht tat sie nur so. Denke ich heute daran zurück, frage ich mich, ob sie nicht das ganze Buch auswendig kannte. »Welcher Mensch kann von sich behaupten, im Sinne eines jeden Gesetzes unschuldig zu sein?

Einmal angenommen, dies wäre der Fall, wie beschränkt ist doch die Unschuld jenes Menschen, dessen Tugendverständnis durch das Gesetz vorgegeben wird! Wie umfassender ist das Prinzip der Pflicht verglichen mit dem des Gesetzes! Wie zahlreich sind die Forderungen, die uns das Gefühl von Pflicht, Menschlichkeit, Großmut, Gerechtigkeit und Integrität auferlegen – und sie alle liegen außerhalb der Gesetzbücher!« Sie blickte zu mir auf und schlug dabei das Buch zu. »Darum ging es Jennifer. Sie wollte im Einklang mit diesem Pflichtgefühl leben. Gutes tun. Aktiv Gutes tun. Sich einsetzen und rächen. Die meisten von uns gäben sich gewiss damit zufrieden, mehr oder minder unschuldig zu sein. Vor allem heute. Wörter wie Pflicht und Tugend sind längst aus der Mode, und das schon ziemlich lange, finden Sie nicht?«

Ich schüttelte den Kopf, um ihr zu bedeuten, dass ich nicht wusste, *was* ich sagen sollte. Damals schien mir, und das gilt für mich auch heute noch, dass man allein nichts Gutes tun kann, egal, wie gut man selbst ist. Sogar der Versuch wäre schon sinnlos – aber das sagte ich ihr nicht. Ich schüttelte nur den Kopf und bemühte mich, ihrem Blick standzuhalten, während ich unwillkürlich dachte, dass sie in gewisser Weise über mich urteilte, so wie ihre Nichte es vermutlich getan hätte.

»In dieser Welt, in diesem System, sagte Jennifer, kann man so moralisch sein, wie man will, solange man den Reichen nicht in die Quere kommt. Für den gewöhnlichen Menschen aber liegt genau darin das Problem. Wir können im Einklang mit dem Gesetz gut sein, wir können aber auch mehr tun. Wir können gute Freunde und Nachbarn sein, Kranke besuchen, Geld für wohltätige Zwecke spenden, all das Gute tun, was man tun kann. Will man darüber hinaus aber mehr, beginnt das alte Dilemma: Wie kann man *aktiv* Gutes tun – was früher oder später bedeutet, dass man sich dem Bösen widersetzt? Kaum taucht diese Frage auf, wechseln die meisten Menschen von der Frage, was richtig ist, zu der Frage, was unter den gegebenen Umständen das Beste ist. Jennifer verstand das. Sie verstand auch, dass gute Menschen natürlich zögern, wenn Handeln gefragt ist. Nur konnte sie sich nicht mit der These abfinden, dass es den Besten an Überzeugung mangelt, während die Schlimmsten voll leidenschaftlicher Intensität sind. Sie glaubte, es komme immer eine Zeit, in der die Besten verpflichtet sind zu handeln …«

Sie lächelte. »Ich erzähle das nicht so genau, wie sie es sicher gern gehabt hätte. Zum einen dachte sie nicht in Kategorien wie ›Die Besten‹ oder ›Die Schlimmsten‹. Sie interessierte sich dafür, warum Menschen welche Entscheidungen trafen. Und sie verurteilte auch niemanden, nur weil er nicht ›etwas tat‹. Sie urteilte nicht über Menschen, fand sie nicht unzulänglich, weil sie Angst um ihre Kinder hatten, ihre Arbeit oder auch um ihre eigene Sicherheit. Über sich selbst urteilte sie allerdings sehr wohl. Wir haben uns damals öfter getroffen, weil sie nach Chicago zog, als sie zur Philosophie wechselte, und mich hier gelegentlich besuchen kam. Soweit ich mich erinnere, wollte sie mehr über das Komitee für soziales Denken wissen – Hannah Arendt hatte dazu gehört, war aber ein Jahr vor Jennifers Ankunft ausgetreten. Jennifers Interesse änderte sich dann rasch. Damals war Chicago auch das Zentrum einer Bewegung namens *Students for a Democratic Society*, also *Studenten für eine demokratische Gesellschaft*, kurz SDS – ich nehme an, Sie haben davon gehört?«

Ich nickte, erinnerte mich aber nur recht nebulös an das eine oder andere: Anti-Kriegsbewegung, Bürgerrechtsbewegung, die Sechziger, Woodstock. Das war auch schon ungefähr alles.

Jean spürte meine Unsicherheit. »Der SDS ist ein wichtiger Teil unserer Geschichte. SDS, Black Panther, Young Lords, sie gehören zu unserer Geschichte, und es ist wichtig, sich an sie zu erinnern, daran, wie sie wirklich waren, und nicht, wie die Unterhaltungsindustrie das gern hätte. Vergessen wir diese Menschen, verlieren wir etwas, das uns sehr wichtig sein sollte. Schaut man heutzutage fern, könnte man glauben, jener Generation sei es bloß um Drogen gegangen und darum, nicht nach Vietnam eingezogen zu werden. Black Panther terrorisierten die Straßen – dabei war das Gegenteil der Fall. Als die Polizei Fred Hampton in seinem Bett ermordete, war das für uns ein Schock, und die meisten konnten es nicht glauben. Jennifer und ihre Freunde stellten uns in einer Weise ein Armutszeugnis aus, dass wir aufhorchten. Heute, Jahrzehnte später, sind die Beweise einsehbar, will man die Wahrheit wissen. Das Problem ist, dass die Wahrheit darüber, was heute passiert, uns auch erst in fünf Jahrzehnten zur Verfügung steht, und dann ist es zu spät, noch was zu ändern. Deshalb müssen wir die Geschichte studieren. Hat sich das System auf irgendeine bedeutsame Weise geändert? Nein. Also kann man davon ausgehen, dass es sich auch weiterhin so verhalten wird wie noch vor einem halben Jahrhundert. Wir müssen diese Beweise nutzen, dürfen im Zweifelsfall nicht zugunsten des Systems entscheiden; alles wird hinterfragt.

Vietnam. Als ich jung war, kannte kein Mensch Vietnam. Niemand hätte das Land auf einer Karte gefunden, und niemand hätte sich die Mühe gemacht, es zu suchen, bis die Regierung anfing, Soldaten hinzuschicken. Damals fanden die meisten von uns das gut. Wir glaubten, Amerika sei dazu da, seine Freunde gegen das Gespenst des Kommunismus zu verteidigen – warum auch nicht? Wie könnte irgendwer anderer Meinung sein? Unsere Generation hatte erlebt, wie halb Europa nach 1945 in einer Art Schattenwelt verschwand. Unsere Generation wusste, wie böse Stalin war – was nur bedeuten konnte, dass auch der Kommunismus böse sein musste. Simple Logik. Mein eigener Bruder fand, wir hätten einen großen Fehler gemacht, als wir nach dem Krieg nicht weiter nach Russland vorgedrungen waren. Er und seine Kameraden hatten die Hölle durchlebt, um Hitler daran zu hindern, halb Europa zu übernehmen, nur um dann tatenlos zuzusehen, wie die Russen genau dies taten. Wir wissen heute alle, dass in den Todeslagern der Nazis Millionen Menschen ermordet wurden, aber sogar damals, noch während es geschah, vergaßen wir, wie viele Millionen in die russischen Gulags geschickt wurden. Als Jeremy später seine Tochter und deren Freunde über das System reden hörte, war er verwirrt, nun, zumindest anfangs. Dann wurde er wütend. Auf seine stille Weise, gewiss, alles erstarrt und verinnerlicht, trotzdem fraß diese Wut an ihm. Er hasste es, dass sie diesem Land gegenüber so undankbar waren, das es gewagt hatte, sich auf ein unmögliches Ideal zu gründen, nicht auf ein System. Und er sah nicht, dass Amerika sein eigenes Volk genauso gewissenhaft kontrollierte, wie es andere im Ausland schikanierte. Damit stand er damals nicht allein. Seine Kinder aber sahen es – und sie konnten nicht verstehen, warum er es nicht sah –, wie die Schwarzen leiden mussten. Damals nannten wir sie Neger, heute Afroamerikaner, aber mir gefällt noch immer das Wort Schwarze, was mich, als ich es von Jennifer zum ersten Mal hörte, ein wenig schockierte, denn – nun ja, es gehörte sich einfach nicht, das zu sagen. Schließlich hießen sie Neger. Neger zu sagen war höflich. Nur, warum durfte man uns dann Weiße nennen?

Als Jennifer dem SDS beitrat, habe ich mir um sie keine Sorgen gemacht, aber als Jeremy davon erfuhr, war er – am Boden zerstört. Es brach ihm das Herz, auch wenn er es selbst nie so ausgedrückt hätte. Er wollte nur, dass seine Kinder ein glückliches, erfülltes Leben führten, unberührt von äußeren Einflüssen; dafür hatte Jeremy viel geopfert. Und es ging ihm nicht darum, dass sie seine Opfer anerkannten. Er hat einmal gesagt, kein anständiger Vater würde wollen, dass seine Kinder erfahren, was er für sie aufgegeben hat. Sie sollten einfach nur spüren, dass sie geliebt werden, doch ist es eben diese Art hilfloser Liebe, die zu Aberglauben führt, eine Art Liebe, die Furcht gebiert. Er fürchtete so sehr, sie allzu stark zu lieben, sie spüren zu lassen, dass ihm einzig an ihrer Sicherheit lag, dass er letztlich den Eindruck machte, als liebte er sie gar nicht. Seine Liebe wurde zum Aberglauben, da ihr kein anderer Weg mehr offenstand und es niemanden gab, mit dem er sie hätte teilen können. Gloria liebte ihre Kinder ebenfalls, doch war das eine Liebe, wie sie normale Eltern für ihr Kind hegen, eine Liebe, die Raum genug für ein eigenes Leben lässt. Jeremy aber – er wollte für seine Kinder eine vollkommene Welt. So vollkommen, dass sie darin kein Mitspracherecht hatten, treffen Kinder doch ständig die falschen Entscheidungen. Sie schwanken, gehen Risiken ein und haben keine Ahnung, wie gemein die Welt sein kann. Also war es die Aufgabe meines Bruders, für ihre Sicherheit zu sorgen.

Sicherheit aber hat ihre Grenzen, auch wenn man noch so wachsam ist, kann man nicht alles vorhersehen. Und was man vorhersehen kann, kann man nicht immer verhindern. Vor allem aber lässt sich nicht verhindern, dass Kinder gewisse Dinge tun – meist genau das, von dem man am stärksten hofft, dass sie es nie tun werden. Für Jeremy war es schwer genug, schließlich diente Simon in Vietnam –, aber es wurde noch schwerer, als während eines Nachrichtenbeitrags über Demonstrationen vor dem Nominierungsparteitag der Demokraten 1968 das wütende Gesicht seiner brillanten Tochter über den Fernsehbildschirm flimmerte. Es war – niederschmetternd.« Jean legte ihre Hand an die Kanne, um zu sehen, ob der Tee noch warm war. »Er wollte sie vor der Welt schützen, wie er sie kannte«, fuhr sie fort. »Vor einer Welt, in der dein Vater vor deinen eigenen Augen auf offener Straße erschossen wird. Die Welt der Massaker, der Folter und all dem, was er gesehen hatte, worüber er aber nicht reden konnte. Und ein Teil von ihm wusste, er konnte sie nicht beschützen – das war für ihn das Schlimmste. Zuinnerst wusste er natürlich, dass Opfer unvermeidbar sind, aber er konnte einfach nicht aufhören, es wenigstens zu versuchen.« Sie lehnte sich zurück und seufzte tief. »Tut mir leid«, sagte sie. »Ich fürchte, ich muss eine Pause einlegen. Ich werde müde, und wir könnten noch eine Erfrischung gebrauchen, was meinen Sie?«

* * *

Zum Glück bestand die Erfrischung aus Kaffee und einer Auswahl selbstgebackener Köstlichkeiten, darunter auch zwei Apfeltaschen. Als Jean so abrupt aufhörte, hatte ich angenommen, dass es mit dem Geschichtenerzählen nun für eine Weile vorbei sein würde, aber kaum hatte sie den Kaffee eingeschenkt, begann sie von neuem und war kaum mehr zu bremsen. »Sie haben bestimmt schon Dokumentarfilme über den Parteitag der Demokraten von 1968 gesehen. Das war der, in dessen Verlauf Bürgermeister Daley die Medien daran hinderte, über die offensichtliche Brutalität der Polizei gegenüber den Antikriegsdemonstranten im Lincoln Park zu berichten, und zugleich versuchte, eingeschriebene Parteimitglieder der Demokraten, die McCarthy unterstützten, am Betreten des Saals zu hindern. Der Parteitag, an dem die Jugendlichen am Ende, als die Polizei mit Schlagstöcken und Gummiknüppel gegen sie vorging, laut schrien: *Die ganze Welt schaut zu; die ganze Welt schaut zu,* wieder und immer wieder. Ich habe diesen Parteitag so aufmerksam verfolgt, weil ich wusste, dass Jennifer bei den Protesten mitmachte, nur habe ich mir anfangs keine Sorgen gemacht, da Jennifer mir gesagt hatte, sie nähme bloß an den friedlichen Demonstrationen teil, und naiv wie ich war, hatte ich geglaubt, dann wäre sie in Sicherheit. Natürlich war allgemein bekannt, dass Chicago unter Richard Daley eine der korruptesten, rassistischsten, brutalsten Städte der zivilisierten Welt geworden war, dennoch habe ich nicht damit gerechnet, dass sie die unbewaffneten Pazifisten angreifen würden, die sich im Grant Park um David Dellinger versammelt hatten, zumindest nicht die weißen Demonstranten.

Aber genau das haben sie getan. Nach der ersten Polizeiattacke trennten sich viele Demonstranten von der Versammlung im Park, um sich in kleinen Gruppen auf der Loop neu zu organisieren. Das waren vor allem die eher radikalen Demonstranten, und die Polizei hätte wissen müssen, dass sich jene, die bei Dellinger blieben, der Gewaltfreiheit verschrieben hatten. Zu dem Zeitpunkt hielt Jennifer sich noch für eine Pazifistin, und auch wenn sie versucht war, sich den Radikalen anzuschließen, beschloss sie doch, im Park zu bleiben. Aus der Menge sah sie besorgt zu, wie Dellinger, der einen friedlichen Protestzug zum internationalen Amphitheater abhalten wollte, mit der Polizei zu verhandeln versuchte, doch ließ sich bald nicht mehr übersehen, dass die Beamten nicht bloß den Marsch verhindern wollten, sondern darüber hinaus nicht die geringste Absicht hatten, die Demonstranten friedlich aus dem Park gehen zu lassen. Sie wollten eine Schlacht. Das war alles ziemlich verwirrend, und Jennifer wusste nicht, was sie tun sollte – erst wenige Stunden zuvor hatte die Polizei Rennie Davis, einen der Anführer der Demonstration, aus der Menge gefischt, als er um die Bühne gerade Sicherheitspersonal zur Aufrechterhaltung der Ordnung einzusetzen versuchte, und ihn absichtlich und systematisch bewusstlos geschlagen. Jetzt schien das Ganze sich zu wiederholen.

Jennifer hat mir erzählt, wie ausweglos sich all das anfühlte, da die Polizei offenbar längst beschlossen hatte, Leute niederzuknüppeln, ganz unabhängig davon, wer sie waren und noch ehe irgendjemand überhaupt etwas getan hatte. Die Demonstranten hatten Angst, sagte Jennifer. Seitens der Yippies, aber auch von anderen radikalen Gruppierungen, die ins Parteitagsgebäude wollten, hatte es jede Menge aufrührerische Reden gegeben, und die Polizei fürchtete, den Protest nicht in den Griff zu bekommen. Blöd war nur, dass sie dann am helllichten Tag und vor einer ganzen Reihe laufender Kameras die friedlichste Gruppe angriffen, nämlich die Demonstranten, die bei Dellinger geblieben waren und nun versuchten, den Park durch den Ausgang Michigan Avenue zu verlassen. Während der mehrere Tage andauernden Mitgliederversammlung der Demokraten hatte die Polizei immer wieder Tränengas und

Gummiknüppel eingesetzt, doch war dies meist im Dunkeln geschehen und konnte nicht live gezeigt werden, unter anderem auch, weil Daley den Berichterstattern den Zugang zu elektrischem Strom verweigerte. Also mussten die Medien filmen, was geschah, konnten es aber erst in den Spätnachrichten oder gar am nächsten Tag bringen. An diesem Tag aber, am 28. August 1968, einem Mittwoch, mussten die Reporter sich entscheiden, was fürs Fernsehen interessanter war, bewaffnete Polizisten, die auf den Straßen von Chicago gegen wehrlose Zivilisten vorgingen, oder die Vorgänge innerhalb des Parteitagsgebäudes. Nach einem besonders brutalen Vorfall auf der Kreuzung vor dem Conrad Hilton beschlossen sie, die Berichterstattung auf das Vorgehen der Polizei zu konzentrieren.

Jennifer hat mir erzählt, dass sie eigentlich erst viel später verstand, was wirklich vor sich ging. Sie blieb so gut wie unverletzt, viele ihrer Freunde nicht. Sie hat gesehen, was man ihnen antat. Sie hörte die Geschichten. Sie war entschieden gegen Gewalt, aber diese Entscheidung begann zu bröckeln, als der Parteitag vorbei war. Unterdessen ging der Krieg der Polizei gegen die Black Panther weiter, und als er im Dezember 1969 mit der Ermordung von Fred Hampton eskalierte, hatte Jennifer sich umentschieden. Ihr innerer Seneca empfahl den Kampf. Und deshalb, das war ihr klar, musste sie in den Untergrund.

Das war's. An einem Tag war sie noch da, am nächsten war sie weg. Sie hätte überall, sie hätte sogar tot sein können; wir hätten es nicht erfahren. Erst Monate später sollte sie mir erzählen, was geschehen war, als sie plötzlich eines frühen Morgens auftauchte und mich um Geld bat, darum, ein, zwei Tage bei mir bleiben zu können. Simon war mittlerweile abgereist – davon habe ich ihr allerdings nichts erzählt –, und ihre Eltern waren krank vor Sorge, als ihre Tochter verschwand, doch als ich sie überreden wollte, sie anzurufen, weigerte sie sich und warnte mich, sollte ich je verraten, dass ich sie gesehen hatte, würde sie mir nie wieder trauen. Es tat weh, sie so reden zu hören, und es tat weh, dieses Geheimnis wahren zu müssen, aber ich wusste, sie meinte es ernst, und ich wollte, dass sie wusste, sie hatte wenigstens noch diesen einen Ort, an dem sie Hilfe fand und an dem sie vielleicht, wenn die Dinge sich wieder beruhigt hatten, zu sich und zu ihrem alten Leben zurückfinden konnte. Damals wusste ich nicht, dass es keinen Weg zurück in dieses alte Leben gab. *Hätte* ich es gewusst, wäre ich vielleicht noch am selben Nachmittag zur Polizei gegangen. Es setzte mir zu, dass Jeremy und Gloria nicht wussten, wo ihre Tochter war – doch als Jennifer wieder verschwand, wusste ich es auch nicht mehr. Niemand wusste das. Die Tage vergingen, und das Leben ging weiter wie zuvor: Jeremy fuhr zur Arbeit, Gloria spielte an guten Tagen Golf, an den langen, schwülen Nachmittagen betrank sie sich und wartete immerzu darauf, dass das Telefon klingelte, dass es an der Tür klopfte, dass ein amtliches Schreiben abgegeben wurde. Wenn nichts dergleichen passierte, waren sie froh – bis sie sich zu fragen begannen, was dies zu bedeuten hatte. Keine Neuigkeiten sind keine guten Neuigkeiten, sondern nur Stille. Und dann, eines frühen Morgens, wurde diese Stille durchbrochen; und ich bekam einen flüchtigen Einblick in Jennifers Leben. Ein Leben in steter Bewegung. Ein Leben auf der Flucht. Armut. Dreck. Kein bisschen romantisch, einfach nur hässlich. Paranoia ist hässlich. Misstrauen macht Menschen hässlich. Der Grund, so Jennifer, warum sie ihre Eltern nicht anrief, war erschreckend – sie ging davon aus, dass Jeremy sie anzeigen würde –, doch musste ich das hinnehmen, da Jennifer sonst auch mit mir gebrochen hätte.

Ich wusste nicht, was sie vorhatte, welcher Gruppierung sie angehörte, was sie tat, wem sie mit ihren Aktionen Schaden zugefügt hatte. Ich ging davon aus, dass sie niemanden absichtlich verletzen würde, hatte aber eigentlich keinen Grund zu dieser Annahme. Jennifer hatte sich verändert. Lange saßen wir zusammen und haben geredet; ich wollte, dass sie mir erzählte, was los war, aber sie verriet nichts. Damals nicht und auch später nicht. Die Geschichte, die ich Ihnen erzähle, ist also lückenhaft, voller Annahmen, Möglichkeiten, unbestätigter Begegnungen, sinnloser Fragen und ausweichender Antworten. ›Wann hast du deine Eltern zuletzt gesehen?‹, fragte ich, nachdem sie sich mit einem heißen Getränk und etwas zu essen hingesetzt hatte.

›Kann mich nicht erinnern.‹

›Hast du ihnen geschrieben? Sie angerufen?‹

›Viel zu gefährlich. Außerdem ist mir klar, was Dad tun würde, sobald er wüsste, wo ich bin.‹

›Was meinst du damit?‹ In ihrer Stimme klang etwas an, das mir Angst machte, als hätte sie sich für immer losgelöst, im Geist alle Brücken hinter sich verbrannt. ›Glaubst du nicht, dass sie dir helfen wollen?‹

›Seine Vorstellung von Hilfe bestünde darin, mich anzuzeigen‹, sagte sie. ›Das wissen wir beide. Für mich ist es zu gefährlich, mich ihm auch nur auf hundert Kilometer zu nähern. Es ist schon ein ziemliches Risiko, hier zu sein.‹

Ich merkte plötzlich, wie ich wütend wurde – und misstrauisch. Es war ansteckend. Mir ging der Gedanke durch den

Kopf, dass sie nur gekommen war, weil sie Geld brauchte, und dass sie, hätte sie eine andere Anlaufstelle, eine andere Möglichkeit gekannt, sich mit dem Nötigsten zu versorgen, lieber dorthin gegangen wäre. ›Und warum bist du hier?‹, fragte ich.

›Wieso? Freust du dich nicht, mich zu sehen?‹

›Doch, natürlich, aber ich mach mir auch Sorgen. Ich habe Angst. Wie wir alle.‹

›Verstehe‹, erwiderte sie. ›Aber ich hatte keine Wahl. Es musste einfach mehr geschehen, und die einzige Frage war, wer es tun würde. Friede war nicht in Sicht. Mit den Bürgerrechten klappte es nicht. Wenn überhaupt, wurde alles nur noch schlimmer. Um effektiver vorgehen zu können, haben wir deshalb beschlossen unterzutauchen.‹

›Wir?‹

Sie gab keine Antwort.

›Um wogegen vorzugehen?‹

Sie sah mich scharf an. ›Ich kann und werde über nichts reden, was mit meiner Gruppe zusammenhängt.‹ Das klang wie ein vorbereitetes Statement. ›Verlange das nicht von mir. Wenn du mir vertraust, wenn du glaubst, dass wir für eine gerechte Sache kämpfen, dann hilf mir. Falls nicht, sag es jetzt, und ich werde gehen.‹

›Ich vertraue dir, Jennifer‹, habe ich geantwortet, ›aber mir wäre wohler, ich wüsste etwas mehr.‹

›Ich kann nicht darüber reden.‹

›Bist du mit den Leuten zusammen, über die ich ständig in der Zeitung lese? Den Weathermen? Gehörst du zu denen, die Bomben werfen?‹

›Ich sage dir nur eines, aber dann musst du aufhören, solche Fragen zu stellen. Verstanden?‹

Ich nickte, da ich fürchtete, in Tränen auszubrechen, sobald ich zu reden versuchte – denn obwohl Jennifer bei mir war, obwohl ich wusste, sie vertraute mir immerhin so sehr, dass sie zu mir gekommen war, wusste ich doch auch, dass ich einen Teil von ihr bereits verloren hatte.

›Ich bin kein Mitglied der Gruppe, die du gerade erwähnt hast‹, sagte sie. ›Allerdings verfolge ich ähnliche Ziele, und ich respektiere, was die Gruppe macht. Mehr kann ich dir nicht sagen.‹

Wieder nickte ich. ›Okay. Und was willst du jetzt tun? Hast du genug zu essen?‹

Einen Augenblick lang studierte sie meine Miene und lächelte dann seltsam, so als hätte sie alle Hoffnung aufgegeben, dass irgendwer je verstehen würde, was sie tat. Zumindest kam es mir so vor. Seit damals, seit dem Tag, an dem Jennifer verschwand, habe ich Bücher über diese Zeit gelesen; und in allen steht, dass die Jugend wütend auf ihre Eltern war, auf Gewalt aus, dass die jungen Leute mitmachten, weil sie den Kick suchten. Das stimmte einfach nicht – aber ich glaube, Jennifer ahnte da bereits, wie man die Geschichte eines Tages erzählen würde. ›Ich bin satt‹, sagte sie. ›Danke.‹ Sie stand auf und schwankte ein wenig, wie mir schien. ›Falls du nichts dagegen hast, muss ich jetzt schlafen.‹

Und das war's. Ich brachte sie auf ihr Zimmer, legte ihr Handtücher hin und überließ sie sich selbst. Dabei war mir, als wären wir gerade eine Abmachung eingegangen, ich weiß nicht, so als hätten wir eine Art Vertrag unterzeichnet. Ich wusste, es ging ihr nicht gut, sonst hätte sie mich nie um Hilfe gebeten, aber ich wusste auch, als sie sich in dieses Bett legte und dem Schlaf überließ, dass sie mir mehr vertraute als irgendwem seit langer Zeit. Ich hätte nach dem Hörer greifen und sie anzeigen können – etwas in mir hielt es für die bessere Entscheidung –, aber ich habe es nicht getan. Ich liebte sie, und sie war jetzt eine erwachsene Frau. Ich musste davon ausgehen, dass sie wusste, was sie tat.

Danach rief sie meist aus irgendwelchen Telefonzellen an, nur um mir zu sagen, dass es ihr gut gehe, allerdings verriet sie nie, wo sie war oder was sie vorhatte. Einmal kam sie mit einem Mann zu mir nach Hause. Es war Mitternacht. Ich hatte den Wagen in der Einfahrt gehört und stand auf, um sie reinzulassen. Anfangs redeten wir draußen, was ich dumm fand, wo sie doch so auf Geheimhaltung aus wären. Der Mann kam mir älter vor, der Stimme nach schien er aber ein warmherziger Mensch zu sein; allerdings hat sie nichts über ihn gesagt, hat ihn nur als einen Freund vorgestellt. Er mied das Licht, blieb stets im Schatten und redete nur zwei Mal – mir fiel auf, dass er einen starken Bostoner Akzent hatte –, trotzdem wusste ich, dass dieser Besuch auf ihn zurückging. Jennifer kam für eine Weile ins Haus, aber er blieb draußen im Hof nahe beim Wagen. Jennifer sah mager aus, behauptete jedoch, es gehe ihr gut. Sie erzählte eine Zeitlang, dann sagte sie, sie und ihr Freund bräuchten Geld für Benzin und Lebensmittel. Ich gab ihr das wenige Bargeld, das ich im Haus hatte. Einen Scheck wollte sie nicht, also einigten wir uns darauf, sie würde am nächsten Tag wiederkommen, sobald ich Gelegenheit gehabt hatte, zur Bank zu gehen. Ich lud sie ein, bis dahin zu bleiben, aber sie fand das zu riskant. Sie kämen schon zurecht, sagte sie.

Ich hatte mittlerweile beschlossen, ihr nicht zu widersprechen. Ich würde ihr vertrauen, was sie auch sagte oder tat. Zwar fiel es mir nicht leicht, ihre Geheimnisse zu wahren, doch hielt ich ihr Vertrauen auch für ein Privileg. Jedes Geheimnis ist ein Privileg. Und falls es ein gutes Geheimnis ist – eines, bei dem es um Leben oder Tod geht –, kann man gar nicht anders, als es zu wahren. Selbst wenn man darüber reden wollte, könnte man das nicht, gibt es doch niemanden auf der Welt, der wirklich weiß, wie dieses Geheimnis funktioniert. Und niemand weiß die große Schönheit zu schätzen, die aus der Welt verschwände, verriete man das Geheimnis. Klingt das schrecklich abstrus?«

»Weiß nicht«, erwiderte ich. »Ich hatte nie ein Geheimnis, das ich hätte verraten können.«

Jean nickte. »Man muss es wie ein Geschenk sehen«, sagte sie. »Sonst wird es zu einem Fluch. Obwohl ich Jennifers Geheimnis nie verriet, habe ich sie trotzdem verloren. Vielleicht war das so vorherbestimmt. Ich kann im Grunde nur sagen, ich habe die Wahl, die sie traf, respektiert, auch wenn ich mit ihr nicht einer Meinung war.«

»Und wann haben Sie Jennifer zuletzt gesehen?«

Jean schüttelte den Kopf. »Ach, das ist lange her. Anfang der Siebziger kam sie noch einige Male vorbei, immer in den frühen Morgenstunden, und ich gab ihr, was ich geben konnte. Eigentlich was sie brauchte. Nicht, dass sie um viel gebeten hätte. Ich besaß schließlich genug Geld – und das wusste sie. Sie hätte mehr verlangen können, und ich schäme mich nicht zu sagen, dass ich ihr alles gegeben hätte. Was sie mit dem Geld anfing, konnte ich nicht wissen, aber ich blieb davon überzeugt, dass sie niemanden verletzen wollte. In der Zeitung habe ich über die Bombenattentate gelesen. Das Haus in Greenwich Village. Das Attentat 1972 auf das Pentagon. Die Angriffe auf die Polizeireviere, das State Department, auf Gulf Oil, den ITT-Konzern. Sie alle wurden den Weathermen zugeschrieben. Jennifer hatte zwar behauptet, nicht zu ihnen zu gehören, aber ich habe ihr nicht geglaubt. Außerdem, sooft eine Bombe hochging, schob man Weather Underground die Schuld zu. Dass dabei nie jemand verletzt wurde, hat mich beeindruckt. Die Bombenattentate waren symbolisch gemeinte Vergeltungsschläge gegen die Ungerechtigkeit. Ob mit dem Geld, das ich ihr gab, diese Aktionen finanziert wurden? Vielleicht. Ich stelle mir zwar lieber vor, dass es für Kaffee und Benzin ausgegeben wurde, aber auch die gehörten letztlich zur Aktion, nicht? Alles, was Jennifer tat, diente demselben Ziel.

Das letzte Mal sah ich sie im Juni 1974. Am Ende des Monats explodierte eine Bombe im Büro von Gulf Oil in Pittsburgh, aber natürlich weiß ich nicht, ob sie was damit zu tun hatte. Wenige Monate später bekam ich eine Postkarte aus einer Kleinstadt im Staat Washington. Sie war nicht unterzeichnet, aber ich kannte Jennifers Handschrift. Sie schrieb, sie fange ein neues Leben mit einem Mann aus Clarksville, Illinois, an. Seither habe ich sie nicht mehr gesehen und nichts mehr von ihr gehört.«

»Wer war der Mann?«

Sie lachte. »Ach, das muss ich erklären.« Sie dachte einen Moment nach, versuchte, sich an etwas zu erinnern. »Nein, die Melodie fällt mir nicht mehr ein. Es war ein Song, den Jennifer gern gehört hat. *Last Train to Clarksville* von den Monkees. Vor Ihrer Zeit, fürchte ich.«

Ich schüttelte den Kopf. Ich kannte die Monkees aus dem Fernsehen und erinnerte mich sogar an den Song – *Last Train to Clarksville* –, damals ein großer Hit, aber vom Text wusste ich bloß noch eine einzige Zeile: *I'll meet you at the station.* Oder hieß es: *You can meet me at the station?* Jedenfalls so ähnlich. Ich kannte die Monkees und ein paar Filme, abgesehen davon aber wusste ich fast nichts über diese Zeit. Nixon, Watergate, die Weathermen, für mich waren sie nur Hintergrund für so großartige Filme wie *Medium Cool* und *Zeuge einer Verschwörung* oder für herrlich schlechte Filme wie *Zabriskie Point.* Jean erzählte aus der Erinnerung mit einer geradezu dokumentarischen Präzision, so als wären die Details irgendwo im Hinterstübchen ihres Hirns eingraviert – was Monate des Wartens und Sorgens ja vielleicht tatsächlich bewirkt hatten. All das war geschehen, bevor ich geboren wurde, aber es war die Art Geschichte, wie man sie mir in der Highschool nie beigebracht hatte. Falls ich über jene Ereignisse überhaupt etwas wusste, dann nur das, was ich vom Fernsehen und aus Filmen kannte oder, schlimmer noch, aus irgendwelchen Quizshows oder den Seiten für Vermischtes – und eben daher kam mir die Sache mit dem Attentat auf das Haus in Greenwich auch vage bekannt vor. Ich hätte nicht gewagt, Jean davon zu erzählen, aber ich hatte in einem Zeitungsartikel gelesen, dass das Gebäude neben Dustin Hoffmans in die Luft gesprengt worden war und dass Hoffman eine Reihe von Gemälden vor dem sich ausbreitenden Feuer gerettet hatte, während die beiden überlebenden Bombenleger aus der Ruine flüchteten. Wie sich herausstellte, hatten sie und drei weitere Attentäter vorgehabt, in dem Haus eine Bombe zu bauen, die aber versehentlich in die Luft flog. Natürlich wusste niemand, was sie dort getan hatten; ein Nachbar ließ sie in seiner Wohnung duschen und lieh ihnen Kleider zum Anziehen, aber ob das Hoffman oder jemand anderes gewesen ist, weiß ich nicht. Deutlich erinnere ich mich vor allem daran, dass jemand – und dies war definitiv nicht Dustin Hoffman – trotz einer Warnung zurück ins Gebäude lief, um seine bereits ausgefüllte Steuererklärung zu holen. Unterdessen konnten die beiden jungen Frauen, die die Explosion überlebt hatten, ohne ein Wort der Erklärung ins Dunkel der Nacht verschwinden, und dies trotz einer großen Zahl Polizisten vor Ort.

Nur wegen Dustin Hoffman also wusste ich davon und vielleicht noch einiges mehr, doch war das für mich keine Geschichte. Ist es nie gewesen. Es waren Bagatellen, Belanglosigkeiten. Hätte nicht ein Filmstar damit zu tun gehabt, und wenn auch noch so am Rande, hätte ich nichts von der Bombe gewusst, die am 6. März 1970 in einem Haus in Greenwich Village hochging. So wie ich nichts oder doch fast nichts über jene Ereignisse wusste, von denen Jean mir erzählte. Das Bombenattentat auf das Capitol im März 1971 oder das Attentat aufs Pentagon im Mai 1972, die Anschläge auf den ITT-Konzern, auf Gulf Oil oder auf die Kennecott Corporation. All das waren nur Tatsachen, nur – Belanglosigkeiten.

»Es gab da eine Zeile im Refrain«, fuhr Jean fort. »Jennifer hat sie ständig gesungen: *And I don't know if I'm ever coming home.* Die gefiel ihr, lang bevor die Worte für sie mehr als nur eine Zeile in einem Song bedeutete. Na ja, vielleicht hat sie schon immer mehr damit verbunden, vielleicht hat sie schon immer …« Jean musterte mein Gesicht. »Wir kommunizieren auf alle möglichen Weisen, auch mit uns selbst. Manchmal spukt mir den ganzen Tag ein altes Lied im Kopf herum, keine Ahnung warum, und plötzlich, irgendwann am Nachmittag, fallen mir die dazugehörigen Worte wieder ein. Und es kommt mir vor wie eine Botschaft von – ja, von was? Meinem Unbewussten? Ich bin mir nicht sicher, ob ich daran glaube.

Meinem Hinterkopf vielleicht, aber ... Jedenfalls war das Jennifers Botschaft. Sie sagte mir, dass sie nicht wieder nach Hause kommen würde. Und das hat sie auch nie getan.«

»Seit 1974 haben Sie also nichts mehr von ihr gehört?«

»Nein.«

»Und Sie haben sie nicht gesucht?«

Sie lächelte traurig. »Anfangs ließ ich sie gewähren, schließlich war es ihre Entscheidung. Dann aber, nach langer Zeit, habe ich mich gefragt, wo sie wohl steckte. Was sie so tat. Jahre waren vergangen, die meisten ehemals aktiven Weathermen waren aus ihrem Versteck gekommen, und kaum einer musste ins Gefängnis. Manche Anführer unterrichteten sogar an einer Universität oder juristischen Fakultät. Warum sollte Jennifer sich also weiterhin verstecken, wenn es dafür doch keine Notwendigkeit mehr gab ...« Sie schüttelte den Kopf. »Ich habe nie verstanden, wie all das funktioniert. Dass etwas zu Ende geht und eine neue Ära beginnt, wenn sich im Grunde doch nichts ändert. Jennifer hatte allerdings immer behauptet, dass an ihrer Generation nichts einzigartig war. Sie kämpften nur in einem lang währenden Kampf, der begann, lang bevor sie auf der Bühne erschienen und – nun ja, ich schätze, dieser Kampf dauert immer noch an, irgendwo. Jedenfalls habe ich eine Weile nachgedacht und mir dann gesagt, ein längerer Ausflug würde mir bestimmt guttun. Und diesen Ausflug habe ich dann auch unternommen.«

»Um sie zu suchen?«

»Nicht so ganz«, sagte Jean. »Ich fuhr einfach los und zufällig auch zu dem Ort, an dem sie die Postkarte abgeschickt hatte. Ernsthaft habe ich nicht nach ihr gesucht. Ich wusste, sie würde unter falschem Namen leben, weshalb ich eigentlich auch nichts erwartete. Eines Tages aber, im Frühling, machte ich an der Küste Oregons in einer kleinen Galerie halt, Kunst und Handwerk, zugleich das einzig anständige Café in der Stadt. Ich suchte weder nach Spuren noch nach Hinweisen, nichts dergleichen, ich wollte nur einen Kaffee und einen geschickten Aussichtsplatz, um herauszufinden, wer mir folgte …«

»Moment …«

»Ja, ich weiß«, sagte sie. »Es klingt paranoid, aber ich konnte es in den Knochen spüren. Jemand folgte mir, und ich wollte wissen, wer das war. Also verhielt ich mich unauffällig und machte eine Pause, um eine Tasse Kaffee zu trinken und Kuchen zu essen, als mir etwas auffiel – und das ist seltsam, da ich nach nichts Bestimmtem gesucht hatte, trotzdem erkannte ich gleich, dass mehrere Ausstellungsstücke, mehrere Kunstwerke, die in der Galerie zum Verkauf standen, von ein und derselben Person stammten, und diese Person war Jennifer. Was bedeutete, dass sie in der Nähe leben musste.«

»Woher wollen Sie wissen, dass sie die Künstlerin war?«

»Ich wusste es einfach«, sagte sie. »Sie erinnerten mich an die Sachen, die sie als Teenager gemacht hatte, all die Zeichnungen und …«

»Aber die hätten doch …«

»Nein. Die waren von *ihr.* Wie gesagt, es stand mehreres zum Verkauf, also wählte ich ohne viel Aufhebens ein Werk aus. Und während die Frau, der das Café gehörte, meinen Kauf einwickelte, habe ich sie gefragt, ob der Künstler aus der Gegend stamme. Sie antwortete nicht gleich – ich glaube, sie mochte nicht darüber reden –, aber offenbar fand sie mich vertrauenswürdig, denn sie nannte mir einen Namen, einen falschen Namen natürlich, und sagte, sie wisse nicht, wo die Frau wohne, sie schaue einmal im Monat vorbei, um neue Werke zu bringen und das Geld für Verkauftes abzuholen. Sie nahm an, dass die Künstlerin irgendwo an der Küste lebte, das sei auch alles, was sie wisse, sagte sie, und da ich nicht allzu neugierig wirken wollte, beließ ich es dabei. Als ich aber nach draußen ging, stand ein Mann bei meinem Auto, ein Mann in dunklem Anzug, der ganz offensichtlich nicht aus der Gegend war.« Sie legte eine Kunstpause ein. Diese Geschichte hatte sie noch nie zuvor erzählt, und ich glaube, in einem verborgenen Winkel ihres Geistes fand sie es aufregend, die Details wiederzugeben. Ein Mann in dunklem Anzug. Offensichtlich nicht aus der Gegend. Woher wollte sie das wissen? Vielleicht bildete sie sich das alles nur ein – schließlich hatte sie schon vorher das Gefühl, verfolgt zu werden, also lag es nahe, dass sie Gefahren sah, wo keine waren.

»Und? Was wollte er?«

»Ich habe keine Ahnung. Vielleicht nur ein Zufall. Ich ging zum Wagen, und er drehte sich kurz um und schaute mich mit nichtssagender Miene an, aber ich merkte gleich, dass er wusste, wer ich war. Also machte ich irgendeine höfliche Bemerkung, er aber schüttelte bloß den Kopf und lächelte. Ansonsten verhielt er sich neutral, und wenn er nicht gelächelt hätte, hätte ich ihn sicher gleich wieder vergessen, aber er *hat* gelächelt, und in diesem Lächeln, da lag eine … Überlegenheit. Als wollte er sagen, es sei nur eine Frage der Zeit. Ich bin hier und gehe nicht weg, und wenn doch, nimmt jemand anderes meinen Platz ein, irgendwann wirst du schon einen Fehler machen …« Sie brach ab und sah mich erwartungsvoll an, aber ich wusste nicht, was ich sagen sollte. Ich merkte ihr an, dass sie nicht log, nur war ich mir auch nicht ganz sicher, ob ich ihr glauben konnte. Bestimmt war es nur ein Zufall gewesen. Nichts weiter.

Jean lachte. »Weiß Gott, gut möglich, dass das alles nur in meinem Kopf ablief. Es war nur … die Art, wie er gelächelt hat. So, als sei ihm egal, was passiert, er hatte seinen Spaß.«

»Sie haben die Künstlerin also nicht gefunden? Die Frau, die an der Küste wohnt?«

Sie schüttelte den Kopf.

»Es hätte also auch jemand anderes sein können?«

Wieder schüttelte sie den Kopf. »Nein. Die Künstlerin war Jennifer. Ich war ihr so nah – genau wie dieser Mann. Er hätte sonst wer sein können. FBI. Polizei. Ein Journalist. Ein Phantom. Ich wusste es nicht. Ich wusste nur, ich würde sie einem Risiko aussetzen, wenn ich weiter nach ihr suchte.«

»Was also haben Sie getan?«

»Das Einzige, was ich tun konnte«, erwiderte sie. »Ich fuhr wieder nach Hause.«

Sie wurde müde. Ich konnte es spüren, aber ich spürte auch, dass sie, wenn ich jetzt nicht ging, weiterreden würde, bis sie endlich auch den Teil ihrer Geschichte, den sie noch nicht im Hinterkopf oder in ihrem Unbewussten vorformuliert hatte, erzählen konnte. Denn diese Geschichte war unvollständig, womöglich noch unvollständiger als ihre übrigen Geschichten, und etwas in ihr glaubte, wenn sie nur noch einmal drübergehen könnte, ergäbe sich ein neuer Hinweis, ein neues Verständnis.

»Ich weiß nicht«, sagte sie. »Ich wollte nicht einfach kehrtmachen und zurückfahren. Seither habe ich oft darüber nachgedacht. Es war nur … ich konnte auch kein Risiko eingehen.«

»Nein, das konnten Sie nicht.«

Sie lächelte. »Ja, nur war da noch etwas. Etwas, das ich damals nicht wusste, auch wenn ich später begriff, dass ich es die ganze Zeit gespürt hatte.«

»Was meinen Sie?«

»Ich wollte Jennifer nicht verraten«, sagte sie, »aber zugleich, schon als ich nach Westen fuhr, war mir nicht klar, ob ich willkommen gewesen wäre.«

»Wieso nicht? Natürlich wären Sie …«

»Sie war untergetaucht. Und wenn jemand sich versteckt, ist Gefundenwerden das Letzte, was er möchte. Egal von wem.«

Ihre Augen wurden dunkel. Mit einem Mal sah sie wie jemand aus, der seit Wochen nicht geschlafen hatte. »Es wird spät«, sagte ich. »Vielleicht sollten wir für heute Schluss machen.«

Sie lächelte – und wie schon mehrere Male zuvor fiel mir auf, dass sie stets lächelte, wenn sie unglücklich war. Und zudem fiel mir auf, dass ich dann nie so recht wusste, wem dieses Lächeln galt, das mir in diesem Moment wie eine übertriebene Form von Höflichkeit vorkam. »Ja, vielleicht sollten wir das«, sagte sie.

Nächte in der Leichenhalle

Laurits war auf seinem Zimmer und sah sich *Falstaff – Glocken um Mitternacht* an. »Du kommst mir vor wie ein Mann, der nur noch zwei Stunden zu leben hat«, sagte ich.

Er hielt den Film an und grinste. »Stimmt ja vielleicht.«

»Tja, dann vergiss die fünf Minuten nicht.«

»Hmmm … Hör mal, geht es dir gut?«

»Klar. Warum fragst du?«

»Nur so.«

»Aha.« Ich warf einen Blick auf den Fernseher. In weißen Mönchskutten jagten Falstaff und seine Komplizen die unglückseligen Pilger durch einen Wald, erstarrt jetzt, zeitlos, die hohen schlanken Bäume im Frühlingslaub. »Ich gehe ins Bett«, sagte ich. »In letzter Zeit habe ich nicht genug geschlafen.«

Einen Moment lang sah er mich verwirrt an, und mir wurde mit einem Mal klar, dass ich, seit ich Jean kennengelernt hatte, für ihn zu einem Rätsel geworden war. Das fühlte sich gut an. »Ich muss für ein, zwei Tage fort«, sagte er. »Bin am Freitag zurück. Vielleicht könnten wir ja am Samstag was zusammen machen?«

Ich nickte. »Vielleicht.«

Er lächelte. »Klingst nicht gerade begeistert.«

Ich wusste nicht, was ich dazu sagen sollte. Wir drifteten wohl schon seit einer ganzen Weile auseinander, aber richtig begriffen habe ich das erst später. Ich sah ihn an. Irgendwas hatte sich seit unserer ersten Begegnung verändert. Er wirkte ungeduldiger, nicht mehr so selbstsicher. »Dann bis Samstag. Wir könnten uns zusammen einen Film ansehen.«

»Okay, welchen?«

»Wie wäre es mit *Accattone?* Den haben wir schon – Jahrzehnte nicht mehr gesehen.«

Er grinste, aber ich wusste, mit dem Herzen war er nicht dabei. »Gut«, sagte er. »Dann haben wir ein Date.«

* * *

Es roch nach Herbst, als ich am nächsten Tag zur Audubon Road ging, doch ich hatte gut geschlafen und genoss die frische Luft, das simple Vergnügen des Spazierengehens, fühlte mich leichtfüßig und gelenkig – zumindest gelenkiger als früher. Am Tor zu Jeans Garten stand Christina Vogel wie ein Wachtposten, auf dem Kopf ein breitkrempiger Hut, das Gesicht hinter einem Imkerschleier verborgen.

»Hallo«, sagte ich. »Ist Miss Culver daheim?«

Das Mädchen nickte, dann schüttelte es den Kopf. »Sie müssen mir die Losung nennen, sonst kommen Sie nicht herein.«

Ich nickte. »Das wusste ich«, sagte ich und konnte ihr Gesicht hinter dem dicken schwarzen Schleier nur erahnen. »Miss Culver hat sie mir gesagt; das Problem ist nur, ich habe sie vergessen.«

Mit einiger Mühe zog sie den Schleier hoch und sah darunter zu mir auf. »Ehrlich?«

»Pfadfinderehrenwort.«

»Waren Sie bei den Pfadfindern?«

»Klar.«

»Sagen Sie mir den Eid auf.«

»Okay.« Ich dachte einen Moment nach. Es war lange her, seit Dad mich zu den Pfadfindertreffen in den altem Gemeindesaal an der Teale Road gefahren hatte. »Ich verspreche auf meine Ehre« – wie aus einer anderen Welt, vielleicht sogar wie aus einer anderen Sprache fielen mir die Worte wieder ein – »und nach besten Kräften Gott und meinem Land zu dienen, meinen Mitmenschen jederzeit zu helfen und dem Pfadfindergesetz zu gehorchen.«

Christina nickte ernst. »Passieren.«

* * *

Ich traf Jean in der Küche, wo sie einen Eintopf vorbereitete. Überall um sie herum lagen Häufchen gewürfelten Gemüses und kleingehackte frische Kräuter aus dem Garten – meines Wissens waren diese Kräuter das Einzige, was sie im Garten anbaute. Allerdings könnte sie entlang der Grenzen ihres Waldgrundstücks auch einige Wildblumensamen verstreut haben, und einige Bäume hatte sie vor langer Zeit vielleicht sogar selbst gepflanzt, den Blütenhartriegel etwa, den man vom Küchenfenster aus gerade noch sehen konnte, oder die Felsenbirnen hinterm Rasen, die nicht erkennen ließen, wie weit ihr Grundstück eigentlich ging. Ich hatte draußen auch Dreiblätter und Lilien gesehen, weshalb ich annahm, dass sie die auch gepflanzt hatte.

»Oh, gut«, sagte sie, »Sie sind da.« Jean machte eine unbestimmte Geste mit dem Messer in der Hand. »Wir brauchen frischen Tee. Und im Ofen sind Blaubeerscones.«

Ich erwiderte nichts. Es amüsierte mich, wie glücklich es sie machte, über mich verfügen zu können. Ebenso amüsierte mich, dass ihr frischer Tee und selbstgemachtes Gebäck so viel bedeuteten. All das amüsierte mich und machte mich froh. Warum nur? Warum war ich so froh, wo wir beide doch bloß stundenlang in ihrer Küche hockten und Gebäck knabberten wie zwei alte Frauen, deren Leben längst hinter ihnen lag?

»Fast hätte ich es nicht geschafft«, sagte ich, während ich mir Tee aufgoss, da ich Lapsang Souchong dem Kräutergemisch vorzog, das sie trank.

»Ach, haben Sie das Passwort vergessen?«

»Ich habe es gar nicht gewusst. Niemand hat es mir gesagt.«

Sie lachte. Inzwischen war der Eintopf so weit, und sie stellte das in einem sämigen, gelblichen Fond schwimmende Gemüse samt Kräuter und Kichererbsen auf die Herdplatte, setzte sich dann und goss sich Tee ein. Wie üblich verzichtete sie auf Smalltalk. Bis auf ihr Interesse für meine Eltern hatte sie sich nie nach meinem eigenen Leben erkundigt, hatte weder nach Laurits gefragt noch danach, was ich auf dem College machte. Hier ging es allein um ihre Geschichte, um mehr nicht. Sie nahm sich einen Scone aus der Blechdose und bestrich ihn mit Stachelbeermarmelade. Die Scones waren süß und mürbe, innen noch leicht klietschig. »Ich habe Ihnen von Jennifer erzählt«, sagte sie. »Von den Geheimnissen, die sie mir anvertraute. Ich glaube, ich fühlte mich privilegiert, weil sie mich einweihte, aber ich fühlte mich ebenso auch schuldig, weil ich Jeremy und Gloria nicht sagen konnte, was ich wusste. Dabei habe ich ja gar nicht so viel gewusst. Trotzdem, ich hätte ihnen wenigstens sagen können, dass sie noch lebte. Dass sie nicht tot war oder im Gefängnis oder in irgendeiner Drogenhöhle in Haight-Ashbury. Ich weiß nicht – damals gingen Geschichten um, die ihnen Angst gemacht haben mussten, Geschichten über junge Leute, die von LSD verrückt, von Heroin abhängig wurden. Ich konnte nur hoffen, dass sie wussten, dass Jennifer nicht so war. Sie war zu ernst. Einmal hat sie mir gesagt, sie sei davon überzeugt, die Regierung schleuse die Drogen auf die Straße, um die Schwarzen im Zaum zu halten. Zumindest die harten Drogen. Heroin sei eine FBI-Verschwörung. Was mir immerhin verriet, dass sie nicht als Junkie enden würde wie in einer dieser schrecklichen Storys in den Zeitungen. Sie war eine Politische, sie nahm alles ernst. Im Untergrund musste sie ständig vorsichtig sein – und ich wusste ja, wie vorsichtig sie war, nur konnte ich niemandem sagen, was ich wusste, sonst würde ich sie nie wiedersehen.« Jean lächelte bitter. »Es war also reines Pech, dass ich in Virginia war, als das FBI kam, um Gloria zu sagen, man hätte Jennifers Leiche gefunden.«

»Wie …?«

Sie legte einen Finger auf die Lippen. »Pssst«, sagte sie und warf mir einen fragenden Blick zu und nahm den Faden wieder auf. »Den Anlass weiß ich nicht mehr, aber ich war nach Virginia gefahren, um Gloria zu besuchen, was ich viel zu selten tat, obwohl ich wusste, wie einsam sie sich fühlte und dass selbst meine Gesellschaft für sie besser war, als allein zu sein. Jeremy befand sich damals bereits die meiste Zeit auf Reisen. Ich denke nicht, dass sie ihn vermisst hat, aber das Alleinsein gefiel ihr auch nicht, und frühere Freunde hatte sie nach und nach aus den Augen verloren. Leute wie sie sind abergläubisch. Das müssen sie sein. In ihrer Welt werden nur die Glücklichen toleriert, und nachdem Jennifer verschwunden war, schien Gloria nicht länger dazuzugehören.

Trotzdem muss ich sagen, dass es mich ziemlich betroffen

machte, sie wiederzusehen. Auf der Fahrt zu ihr hatte ich damit gerechnet, eine unwesentlich ältere Version der Frau anzutreffen, der ich nur wenige Monate zuvor zuletzt begegnet war, weshalb es mich ziemlich schockierte, sie derart mitgenommen zu sehen. Wir altern alle, natürlich, und mit ihren beiden Kindern hat sie weiß der Himmel wirklich einiges durchmachen müssen, aber dies hier waren nicht die üblichen Abnutzungserscheinungen. Dies war etwas anderes. Es machte mir Angst.«

»Angst? Wieso?«

»Ach, verstehen Sie mich nicht falsch. Sie hatte noch immer ihr pfirsichblütenhaftes Aussehen, nur wirkte es jetzt zu matt. Zu matt und zu … finster. Irgendwas in ihr hatte sich verdunkelt.«

»Verdunkelt?«

»Ja, so als wäre jemand aus dem Haus gegangen und hätte nahezu alle Lichter ausgemacht. Nicht alle, aber die meisten. Damals wusste ich natürlich schon, dass ihre Ehe bloß noch Fassade war. Nur war es das nicht, was ihr zu schaffen machte. Ich meine, die Ehe lässt eine Frau altern, das hatte ich zuvor schon oft genug erlebt, aber an ihr war irgendwie *alles* dunkler geworden – ihr Gesicht, ihre Augen, ihre Haut … Wissen Sie, es war das Licht in ihrem Gesicht, dieses Leuchten, dieses Gefühl von Erwartung, das sie zuvor so attraktiv gemacht hatte. So, als wäre ihr ein Leben lang versprochen worden, die Zukunft sei wunderbar, sie brauche sie nur anzunehmen … Für sie war alles vorgezeichnet – Ehe, Mutterschaft, Heiligabend, Abendessen beim Kerzenschein, nette, kluge Kinder … Dafür musste sie einzig nur ihr attraktives, pfirsichblütiges Selbst sein. Jetzt aber hatte sie alles Vielversprechende verloren. Ihr war nur die Oberfläche geblieben – den Anschein wahren und so zu tun, als wäre alles bloß ein großes Fest. Und das war es die meiste Zeit auch – ein großes Fest mit viel Gin und vielen Cocktailkirschen. Für jemanden, der sich ungern unter Menschen aufhält, konnten Besuche bei ihr ziemlich zermürbend sein. Außerdem war ich meist nervös, wenn ich nicht zu Hause war, schließlich könnte Jennifer vorbeikommen, und dann würde sie mich nicht antreffen. Was, wenn es dringend wäre? Was, wenn sie in Schwierigkeiten steckte und ich ihr als Einzige helfen konnte? Sie hatte gesagt, dafür, dass ich einer Flüchtigen helfe, könnte ich ins Gefängnis kommen, und ich hatte sie nur angestarrt, bis sie zu lachen begann. ›Was ist?‹, hatte sie gefragt. ›Was habe ich denn gesagt?‹

Aber ich konnte es ihr nicht sagen. Sie verstand nicht, dass ich für immer ins Gefängnis gehen würde, wenn sie dafür zu ihrem alten Leben zurückkehren und noch einmal von vorn beginnen könnte. Wir alle hätten das für sie getan, nur verstand sie das nicht. Nun gut, ich blieb also ungern länger von zu Hause fort und war deshalb froh, dass es mein letzter Abend in Virginia war – und es sah ganz nach einem ruhigen Abend aus, nur Gloria und ich, keine ihrer sogenannten Freunde, die sie gelegentlich noch zu sich locken konnte. Es war ein schöner Abend zu Herbstbeginn, wenn ich mich recht erinnere. Im Garten blühten Astern und Anemonen, die Amberbäume unten am See begannen gerade, sich zu verfärben, und ich konnte noch die letzten Rosen riechen, die ich mit Gloria rund um den Balkon gepflanzt hatte. Als das Telefon klingelte, schenkte ich dem keine Beachtung. Gloria ging, um das Gespräch anzunehmen, ich aber blieb verträumt in meinem Sessel am Panoramafenster sitzen. Ich weiß nicht, ob ich immer so leben könnte, aber für ein paar Tage hin und wieder tat es mir gut. Draußen flog ein Vogel über den See heim zu seinem Schlafplatz. Es war alles fast zu schön, um wahr zu sein. Dann kam Gloria zurück, weiß im Gesicht, ihre Lippen zitterten. ›Was ist?‹, fragte ich. ›Was ist passiert?‹

›Das war das FBI, die Außendienststelle in Richmond. Sie sagen, wir müssen sofort kommen.‹

›Wieso?‹

›Wir müssen los‹, sagte Gloria. ›Sie glauben …‹ Einen Moment lang dachte sie nach. Sie hatte bereits drei Glas getrunken. ›Ich kann nicht mehr fahren.‹

›Kein Problem. Ich kann fahren. Sag mir nur …‹

Ihr Gesicht fiel in sich zusammen, und sie gab einen seltsamen, halb erstickten Ton von sich, einen Laut, wie ihn kleine Tiere manchmal von sich geben, wenn man ihnen absichtlich wehtut – ein Schoßhund oder ein Kätzchen vielleicht. ›Sie haben eine Leiche gefunden und glauben, es könnte Jennifer sein.‹«

* * *

Das war nicht Jennifer. Ich wusste es, ehe wir ins Auto stiegen. Es konnte nicht Jennifer sein, weil sie sich Eastern Virginia nie auch nur auf hundert Meilen genähert hätte. Das hatte sie mir gesagt, also konnte es sich bloß um eine Verwechslung handeln. Aber natürlich durfte ich Gloria das nicht sagen. Später habe ich gehört, dass wir nicht die Einzigen waren, die sie – die Behörden, das FBI – dieser besonderen Form der Folter unterzogen. Irgendein Genie in den höheren Etagen hatte sich diesen Trick wohl ausgedacht, um Druck auf Familienmitglieder auszuüben, von denen man annahm, dass sie Leute schützten, die untergetaucht waren. Sie riefen am späten

Abend an, gewöhnlich wenn man zu Bett ging. Oder wenn man es sich gerade mit dem dritten Tom Collins gemütlich gemacht hatte; und sie behaupteten, eine Leiche gefunden zu haben. Sonst nichts. Sie erklärten nicht, wie sie zu dieser Leiche gekommen waren oder wie der oder die Tote gestorben war. Manchmal machten sie sich nicht einmal die Mühe, eine Leiche aufzutreiben, die ihrem Verdächtigen auch nur ähnlich sah. Stets blieben sie dabei höflich und zuvorkommend, korrekt und unaufdringlich, doch stand nie außer Zweifel, dass es sich um eine Parodie dessen handelte, wie man sich verhalten würde, wenn tatsächlich die Leiche eines geliebten Mitmenschen identifiziert werden musste. Sie wollten nicht bloß Angst verbreiten, sie wollten auch, dass man hinter ihrer Maske die Verachtung merkte. All dies habe ich jedoch erst später erfahren. Damals konnte ich mich bloß an das halten, was Jennifer mir gesagt hatte und woher meine traurige Gewissheit stammte, dass sie in Sicherheit sein musste, hatte sie mir doch unmissverständlich versichert, dass ihr Vater sie verraten würde, wenn sie auch nur in seine Nähe käme.

Und doch begann ich zu trauern, als ich Glorias Lincoln Continental nach Richmond fuhr. Damals habe ich schließlich noch keinen Grund gehabt, dem FBI zu misstrauen. Jennifer hatte mir zwar allerhand Geschichten über Aktionen gegen die Black Panther und andere Aktivistengruppen erzählt, doch tat ich sie als Übertreibungen der Straße ab. Damals gingen wir noch davon aus, dass man wohl kaum gegen weiße Jugendliche vorgehen würde, die es doch gut meinten und die unsere Söhne und Töchter waren, unsere Nichten, Neffen, Schwestern und Brüder. Nur hatten die Dinge sich geändert. Die Sechziger waren vorbei, und es ging nicht mehr bloß um Slogans rufende Langhaarige, jetzt ging es um Bomben in öffentlichen Gebäuden und um abgehärtete Aktivisten, die die Revolution predigten. Die Lage war ernst geworden – zumindest kam es uns so vor, die wir gar nicht mitbekommen hatten, wie ernst sie zuvor schon gewesen war, oder die wir vielleicht nur einen Blick auf schlimme Dinge erhascht, aber beschlossen hatten, drüber hinwegzusehen. Jetzt saß Nixon im Weißen Haus, gewählt, um Recht und Ordnung durchzusetzen. Und während draußen die liebliche Virginia-Nacht vorüberglitt, begann ich zu trauern, ohne recht zu wissen, um wen oder was genau ich trauerte.

Aber ich hatte recht. Die Leiche, die man uns zeigte, war nicht Jennifer, sondern der Leichnam einer Frau um die fünfunddreißig, vielleicht ein wenig jünger, doch war jede Ähnlichkeit zwischen ihr und Jennifer rein hypothetisch. Ich ahnte es, sobald wir ankamen. Kaum öffnete der uns zugeteilte Agent die Tür – ich weiß noch, dass er kleiner als vermutet war, ein zerknautscht aussehender Mann mit sandfarbenem Haar und sehr kalten grünen Augen –, kaum also führte uns dieser unscheinbare, eher gelangweilt dreinblickende Mann in den Raum, in dem man die Leiche aufgebahrt hatte, schmutzig, das Haar von irgendwelchen Chemikalien oder Rückständen verklebt, das Gesicht dunkel und eingefallen, wusste ich, dass man ein grausames Spiel mit uns trieb. Die Frau sah aus, als hätte sie vor ihrem Tod gehungert, so mager war sie und – klein … in gewisser Weise so geschrumpft, wie ich noch nie jemanden außer in Berichten über Hunger- oder Kriegsgebiete gesehen hatte. Hatte man sie aus diesem Grund ausgesucht? Wegen dieser Leiden, die ihr Gesicht noch zeichneten? Ich wusste gleich, dass es nicht Jennifer war, da ich sie erst wenige

Wochen zuvor gesehen hatte – Gloria aber hatte sie seit Jahren nicht gesehen, und obwohl offenkundig schien, dass dies nicht ihr kleines Mädchen sein konnte, war sie sich anfangs unsicher. Das FBI hatte gesagt, es gäbe eine Leiche. Man hatte sie zu Hause angerufen. Sie hatte sich in ihren sündhaft teuren Wagen gesetzt, sich auf das Schlimmste eingestellt, wie sollte es da nicht Jennifer sein können, nach all dem, was sie getan hatten? Aber es war nicht Jennifer. Lange starrte Gloria auf das erbärmliche Skelett, auf diese Parodie eines geliebten Kindes, das, auch wenn es nicht ihr Kind war, doch *irgendjemandes* Tochter sein musste. Irgendwer wartete irgendwo, fürchtete sich vor diesem Augenblick, vor dem Anruf, der aufgeschoben oder aufgegeben worden war, damit das Federal Bureau of Investigation sein widerliches kleines Spiel mit uns treiben konnte. Hatte man gewusst, dass Jeremy sich nicht zu Hause aufhielt? Hatte man ihn überwacht und gewartet, bis er weit weg war, damit man seine verschreckte, halb betrunkene Frau allein herbringen und vor den Leichnam einer Fremden stellen konnte, verängstigt, verzweifelt und mit schlechtem Gewissen, weil sie sich freute, dass vor ihr nicht das Kind lag, das sie verloren hatte? Denn es kam nicht darauf an, nicht im Geringsten, ob die Leiche ihrem Kind ähnlich sah – sie diente trotzdem als Mahnung dafür, dass Jennifer eines Tages, vielleicht schon bald, hier sein könnte, auf diesem Tisch in einem kalten Raum, womöglich nicht identifiziert, womöglich gar nicht identifizierbar. Vielleicht lag sie ja bereits irgendwo eingesperrt, eine Jane Doe in einer Leichenhalle in Ohio oder Wisconsin, und niemand würde je erfahren, wer sie war.

Das Schlimmste allerdings war Glorias Lachen. Lange betrachtete sie die Leiche, dann aber lachte sie plötzlich laut auf und drehte sich zum Agenten um. »Das ist nicht meine Tochter«, sagte sie – und lachte erneut, die Art gequetschtes, überraschtes Lachen, das man nicht zurückhalten kann, wenn jemand sich so abscheulich verhält, dass man es kaum glauben kann. »Das ist nicht meine Tochter«, sagte sie noch einmal – und einen Moment lang glaubte ich, sie würde ihm ins Gesicht schlagen. Vielleicht glaubte er das auch, doch blieb sein Gesichtsausdruck unverändert. Er sah noch immer so gelangweilt drein wie zuvor, noch genauso gleichgültig. Ich fragte mich da, ob er derlei öfter machte, ob er eine Art Spezialist für so etwas war. Und *hätte* Gloria ihn geschlagen, hätte er dann auch nur gelächelt und sie gebeten, ein Freigabeformular zu unterschreiben? Ich trat vor und fasste Gloria am Arm. »Komm«, sagte ich. »Fahren wir nach Hause.«

Gloria sah dem Mann noch lange ins Gesicht, dann wandte sie sich ab. Sie weinte nicht, doch wusste ich, das würde sich ändern. Ich würde sie nach Hause fahren, und wir würden uns noch einen Drink genehmigen. Dann noch einen. Die Wut würde verfliegen, übrigbleiben würde allein ihre Abscheu. Ich musste sie nach Hause bringen, ehe diese Abscheu einsetzte.«

Abrupt hörte Jean auf zu reden und schaute nach links. Christina Vogel war am Küchenfenster, vorm Gesicht noch der schwarze Imkerschleier. Das Fenster stand offen. »Was gibt's, Christina?«, fragte Jean, den Ton sanft, verhalten neugierig.

Christina schien sich nicht sicher, wie ihre Information aufgenommen werden würde. »Ich habe eine Eule gesehen«, sagte sie.

»Wirklich?« Jean lächelte beschwichtigend. »Tja, manchmal wagen sie sich auch bei Tag ans Licht.«

Christina nickte, sagte aber nichts weiter.

»Und wo ist sie jetzt?«, fragte Jean.

Christina schüttelte den Kopf, der schwarze Schleier gab kurz ihre Augen frei. »Wieder weg.«

»Nun, so ist das mit ihnen. Sie verschwinden wieder. Eigentlich können sie bei Tag nicht gut sehen, weißt du.« Sie nahm einen Scone und ging damit ans Fenster. »Hier. Lass es dir schmecken.«

Christina nahm das Gebäck, warf mir einen raschen Blick zu und schaute dann wieder Jean an. »Kann ich noch einen haben? Für die Vögel?«

Zbigniew Cybulski

War es Zufall, dass wir am Abend vor dem Tag, an dem Jean mir von Simons Verschwinden erzählte, im Sidetrack Berühmte-Tode spielten? Ich denke nicht. Wir hatten es in den letzten Wochen oft gespielt, eine Ahnung von Tod lag also in der Luft oder nein, nicht von Tod, eher von der Schönheit, die ihn manchmal umgibt, immer wieder faszinierend, nicht nur für Laurits, sondern auch für so manch anderen Gast in der Bar. Das Spiel war einfach. Ein Mitspieler nannte eine berühmte Person der Geschichte, die anderen mussten die Ursache ihres Todes erraten. Eigentlich hatte das Spiel keinen Namen – für mich hieß es Berühmte-Tode, aber niemand sonst nannte es so – und ausnahmsweise war es nicht von Laurits erfunden worden, obwohl er in unserer Gruppe der beste Spieler war. Da ins Sidetrack Leute mit einer Vielzahl individueller Vorlieben und von ziemlich diverser Herkunft kamen, gab es Kandidaten der unterschiedlichsten Art – französische Könige, Country-Sänger, Sportlegenden, Forscher, Filmstars, Schriftsteller oder Maler. Am meisten aber faszinierten uns die Autounfälle und Selbstmorde, die nie gefundenen Leichen oder solche, die Tage später in den Trümmern entdeckt wurden, die Erfrorenen, die Verhungerten, jene, die nach und nach dem Wahn verfallen waren im Kreise von verstörten oder neidischen Lakaien, im weitläufigen Herrenhaus, das erst der Stille, dann der Dunkelheit anheimfiel wie in einem dieser Filme von Orson Welles, die er zwar nie gedreht hatte, die wir aber dennoch regelmäßig in dem sahen, was Laurits gern unsere Bilderkammer nannte.

Die Bilderkammer – nun, darum ging es bei all unseren Spielen ja schließlich. Das ins Licht zu rücken, was wir in den hintersten Winkeln unseres Geistes entdeckten, es mit *jemandem* zu teilen, es sehen zu lassen, denn das war das Beste an uns, dieses innere Reich der Fantasie und Erfindung. Wenn wir es nicht sichtbar machen konnten, fühlten wir uns einsam. Es war wie zeigen und beschreiben, eine Weise, unsere Visionen zu bekräftigen, so zu tun, als seien sie nichts weiter als eine Art von Trivial Pursuit. Dabei kam es nicht auf die Fakten, sondern vor allem auf die Geschichte an. Laurits liebte dieses Spiel, obwohl er immer protestierte, wenn es vorgeschlagen wurde. Es sei zu einfach, erklärte er dann, viel zu simpel. Es müsste schwerer sein, komplizierter – und dann schlug er allerhand alternative Regeln vor, neue Spielarten mit weiteren Details, einer komplexeren Struktur, die den Geschichten einen tieferen Sinn verlieh. Und nicht nur das, sie lenkten womöglich auch von jenen Stirb-jung-gib-eine-schöne-Leiche-ab-besser-zu-brennen-als-dahinzusiechen-Geschichten ab, die sonst immer gern erzählt wurden.

»Wir alle lieben einen schillernden Tod«, sagte er oft. »Leute, die vor ihrer Zeit durch einen Autounfall oder in einem Feuergefecht sterben oder die, high von irgendwas, in der Hitze eines mexikanischen Sommers einfach verschwinden. Das Problem dabei ist nur, dass Geschichte von den Überlebenden geschrieben wird. Geschichte wird von alten Leuten verfasst. Von Leuten, die nicht wurden, was sie sind, indem sie einen schillernden Tod starben. Sie haben es zu was gebracht, weil sie die Macht hofierten, und kaum haben sie selbst ein wenig

Macht, erzählen sie die Geschichten, die mit der Macht einhergehen. Die offiziellen Versionen. Die Schulbuchversionen. Die Lügen.« Er redete ständig solches Zeug – oder doch etwas Ähnliches –, als fände er es selbstverständlich, dass wir seiner Ansicht waren. Was aber nicht stimmte – und das muss er gewusst haben. Irgendwann in seinem Leben hatte er wohl beschlossen, den Konsens, den es geben sollte, einfach anzunehmen, auch, wenn dies nicht zutraf. So wie die Leute, von denen er redete – die Reichen, die Mächtigen mit Funktionären und Lakaien –, *ihren* Konsens als gegeben voraussetzten. »Erfüllst du dir deinen Wunsch und stirbst mit fünfundzwanzig auf einem einsamen Highway einen schillernden Tod«, sagte er gern, »verzichtest du auf deinen Anteil am Erzählen. Du bist zwar Teil dieser Geschichte, aber jemand anderes wird sie erzählen – und du kannst darauf wetten, dass sie deine Geschichte auf jede nur erdenkliche Weise erzählen, wie es ihnen gerade passt. Das ist der Preis, den du zu zahlen hast.«

Trotz seiner Kritik entschied sich Laurits jedoch meist für jemanden aus der Filmgeschichte und fast immer für einen, der jung gestorben war. Sein bevorzugter Tod war natürlich – teils, weil er so tragisch war, aber auch wegen seiner schieren Absurdität – der von Zbigniew Cybulski. Er hasste es, wenn Leute behaupteten, Cybulski hätte Selbstmord begangen. Sicher, er starb, weil er unter die Räder eines anfahrenden Zugs geraten war, doch war er in seinem Leben oft auf fahrende Züge gesprungen, etwas, von dem Andrzej Wajda geradezu besessen gewesen zu sein scheint, kündigt er Macieks Tod in *Asche und Diamant* doch mit einer Szene an, in der, direkt hinter Cybulskis Kopf, ein Güterzug in mittlerer Entfernung über ein Viadukt fährt, und dies nur Sekunden, bevor Maciek erschossen wird. Laurits behauptete, diese Szene sei von André Kertészs Foto *Meudon 1928* inspiriert, auf dem am Ende einer Straße ein Zug über ein Viadukt fährt, während ein Mann mit breitkrempigem Hut und schwerem Mantel auf uns zuläuft, unterm Arm ein großes, flaches, in alte Zeitungen gewickeltes Paket, das ein Gemälde sein könnte, vermutlich aber ein Spiegel ist. Ich war mir da nicht so sicher, da ich nicht daran glaubte, dass hinter allen Dingen stets eine Absicht steckte, auch wenn Laurits es fertigbrachte, alles mit so ziemlich allem in einen Zusammenhang zu bringen. Dennoch lässt sich die Bedeutung von Zügen in Cybulskis Kunst wie auch in seinem Leben kaum leugnen: So sehen wir ihn zum ersten Mal in Jerzy Kawalerowiczs Film *Pociąg* aus dem Jahr 1959, wie er auf einen fahrenden Zug aufspringt, sich dann aus dem Fenster lehnt und jemandem zuwinkt, der zurückbleibt. Am Tag seines Todes hatte er zuvor gerade einige Zeit mit Marlene Dietrich, seiner Geliebten, in Breslau verbracht. (Sie sollte ihn später »den gütigsten, schönsten Mann der ganzen Welt« nennen. »Er war so schön, dass ich jedes Mal weinen muss, wenn ich ein Foto von ihm sehe.«) Marlene hatte beschlossen, nach Warschau zu fahren, und obwohl Cybulski in Breslau vor der Kamera stehen sollte, beschloss er, sie zu begleiten, und so kauften sie sich Schlafwagenbillets für den Nachtzug in die Hauptstadt. Dann aber entschieden sie sich um und einigten sich darauf, dass er noch einige Tage bleiben sollte, um den Film zu Ende zu bringen, und später nachkommen – jahrelang gab es das Gerücht, dass sie zusammen einen Film machen wollten – impulsiv wie Cybulski war, änderte er aber nochmal seine Meinung und lief dem abfahrenden Zug hinterher. Als er den für ihn so typischen Sprung wagte, rutschte er ab, geriet unter die Räder und war auf der Stelle tot. Dietrich erfuhr erst am nächsten Morgen davon. Eine von Laurits innig geliebte Fantasie – der Streifen, den er am häufigsten in seiner Bilderkammer abspielte – war der Film, den Cybulski und Dietrich zusammen gedreht haben könnten. Im Idealfall hieße der Regisseur dieses Films natürlich Wajda. Und gewiss wäre es ein Meisterwerk geworden, eines jener unmöglichen Projekte, die zu verwirklichen sich die Geschichte weigert, da sie nur angedeutet werden müssen, so wie die von Orson Welles aufgegebene Verfilmung von *Herz der Finsternis* oder Robert Bressons *Genesis.* Allerdings hätte der Film mit Dietrich und Cybulski kaum mit der Szene enden können, die Laurits – hoffentlich nur in einem Anfall von schwarzem Humor – mir einmal grob skizzierte, eine Szene, in der der Nachtzug nach Warschau urplötzlich mit kreischenden Bremsen hält, keine fünfzig Schritt vom Bahnsteig entfernt, auf dem die Heldin des Films, eine legendäre Schauspielerin, Mitte sechzig, sich gerade von ihrem viel jüngeren Liebhaber verabschiedet hat. Als die Schauspielerin nach der Ursache für die Verspätung fragt, zuckt der Bahnbeamte, ein freundlicher Schaffner, nur mit den Schultern, da er nichts von ihrer Beziehung zu dem Toten weiß, der gerade unter den Rädern der Lok hervorgezogen wird. Er bringt ihr eine zusätzliche Decke sowie ein heißes Getränk (vielleicht mit einem Schuss vom besten polnischen Wodka) und sagt: »Schlafen Sie. Wir fahren bald.«

* * *

Dieser Tod war mir noch im Hinterkopf, als ich am nächsten Tag zu Jean Culvers Haus kam. Es war warm, aber nicht heiß, sonnig, die Gärten entlang der Audubon Road wirkten leer und still. Ich horchte auf das Schlagen einer Axt, als ich an den Bäumen vor ihrem Haus vorüberging, doch war es hier so still wie auf der Straße – und im Hof keine Spur von Jean. Die Seitentür, die zur Küche führte, stand offen, die Axt lehnte an der Terrassenmauer, der Flur war still, das ganze Haus ein angehaltener Atemzug in der Sommersonne. Ich rief ihren Namen, als ich über den Flur in die Küche ging, spürte aber nicht nur, dass sie nicht da war, sondern auch, dass sie oder wer immer sonst hier wohnte, nur wenige Minuten vor meiner Ankunft fortgegangen war und alles stehen- und liegengelassen hatte. Ich ging zur Treppe.

»Hallo?«

Meine Stimme klang dünn und fremd im Treppenschacht. Ich hatte die oberen Stockwerke nie betreten, und einen langen Augenblick dachte ich daran hinaufzugehen und nachzusehen, in jedem einzelnen Zimmer, ob sie krank oder verletzt war und deshalb nicht auf meine Rufe antwortete. Vielleicht war sie hingefallen, lag dort oben, bewusstlos, blutete womöglich aus einer Wunde am Kopf, den sie sich, ganz *film noir,* an einer Tischkante aufgeschlagen hatte. In ihrer Gegenwart ließ sich leicht vergessen, wie alt sie war, doch sie *war* sehr alt, und alte Leute haben Unfälle, wie fit sie auch sein mögen. Nicht zuletzt, weil ihre Knochen spröde sind. All das wusste ich, und ich wusste auch, ich hatte jeden Grund, oben nachzusehen – trotzdem brachte ich es nicht über mich, die Treppe hinaufzugehen. Es kam mir zu aufdringlich vor.

Plötzlich spürte ich, dass jemand hinter mir war, und ich drehte mich um. Christina Vogel stand in der Tür, fast nur als Silhouette zu erkennen. Sie starrte mich an, und ich ging ihr über den Flur entgegen, wobei ich hoffte, sie würde sich nicht bedroht fühlen und fortlaufen. Als ich näherkam, wich sie tatsächlich zurück, doch nur wenige Schritte; auf der Terrasse blieb sie stehen. Im Licht sah ich, dass sie ein weißes Chiffonkleid trug, am Hals mit einem ringförmigen, spitzenbesetzten Ausschnitt. Es sah wie ein Kommunionkleid aus.

»Miss Culver musste zum Arzt«, sagte sie, ohne dabei verängstigt zu wirken, doch nahm ich an, dass eine Kleinigkeit reichte, und schon würde sie flüchten, zurück in die Sicherheit unter die Bäume.

Ich nickte. »Dein Kleid gefällt mir.«

Christina stellte sich auf Zehenspitzen und holte tief Luft. »Mein Kommunionkleid.«

»Ich weiß, wirklich sehr schön. Wann ist Miss Culver gegangen?«

»Heute.«

Ich nickte. »Na großartig. Hat sie eine Nachricht für mich hinterlassen?«

Christina erwiderte mein Nicken, sagte aber nichts.

»Okay. Und was hat sie gesagt?«

Das Mädchen lächelte zufrieden. »Sie hat gesagt, dass sie zum Arzt muss.«

* * *

Etwa eine Stunde später kam Jean zurück. Ich hatte nicht etwa beschlossen zu warten, weil ich Christina Vogel bösartige Absichten unterstellte, doch war ich mir unsicher, ob sie nicht vielleicht unabsichtlich Schaden anrichtete. Ich nahm an, dass die Kleine Jean beobachtete, wenn sie Holz hackte, und dass sie vielleicht auch durchs Fenster zusah, wenn Jean buk oder Tee zubereitete. Bestimmt würde sie versuchen,

Jean nachzuahmen, und das könnte schwerwiegende Folgen haben. Allerdings hatte es ausgesehen, als hätte sie nur zögerlich das Haus betreten. Sie war zur Tür gekommen, aber nicht viel weiter.

Als Jean eintraf, sah sie mich erst nicht. Sie ging über den Flur in die Küche, und in jenem Bruchteil einer Sekunde, ehe sie mich entdeckte, wirkte ihre Miene dunkel. Ernst. Aber als sie mich sah, hellten sich ihre Züge auf. »Entschuldigen Sie«, sagte sie. »Ich musste mal kurz fort.«

»Ich weiß. Christina Vogel hat mir die Nachricht überbracht.«

»Ach, und ich dachte, sie würde es vergessen.«

»Stimmt was nicht?«

»Wieso?«

»Weil Sie so plötzlich zum Arzt mussten. Da habe ich mich gefragt …«

»Ach was.« Sie füllte den Kessel. »Alles bestens. Ich brauchte nur ein neues Rezept, weil ich vergessen hatte, mir einen Nachschub meiner kleinen, orangefarbenen Tabletten zu besorgen.« Sie stellte den Kessel auf den Herd. »Warum haben Sie sich keinen Tee gemacht?«

* * *

Ausnahmsweise gab es mal keinen exotischen Tee, sondern Ceylon-Tee, sehr schwarz, mit Milch, dazu einen kleinen Teller Kekse. »Mir gehen die Kekse aus«, sagte sie. »Ich muss bald wieder einen Backtag einlegen.« Sie lächelte. »Also, wo fang ich an?« Sie musterte mich, als wüsste ich die Antwort. »Ich fürchte, von Simon habe ich noch nicht viel erzählt«, sagte sie, »was mir jetzt seltsam vorkommt, da er derjenige war, den alle zuerst bemerkten, als die Kinder heranwuchsen. Anfangs, weil er einfach so gut aussah – falls diese Ehe Gutes hervorbrachte, dann das schöne Gesicht meines Neffen. Als Simon noch jünger war, besaß er auf den ersten Blick Ähnlichkeit mit seinem Vater, doch hatte er was Besonderes, feinere Züge und eine Art – ich bin mir nicht sicher, wie ich das ausdrücken soll –, eine Art Tiefe, in der man sich verlieren konnte. Mit zunehmendem Alter wurde dieses Besondere noch ausgeprägter, und als er fünfzehn war, verliebte sich alle Welt auf den ersten Blick in Simon. Jennifer fehlte das – sie hätte es auch gar nicht gewollt. Simon war für sie nur Familie, doch sah sie sich zunehmend von neuen Freundinnen umringt, die sich an sie hängten, um an ihren Bruder heranzukommen. Diese Freundschaften hielten nie lange. Keines der beiden Kinder hatte feste Freunde; sie waren zu sehr mit anderem beschäftigt: In Jennifers Fall war es die Schule, aber schon in jungen Jahren auch die Politik. Und natürlich ihre Kunst. Diese seltsamen Masken, die sie machte. Simon interessierte sich dagegen überhaupt nicht fürs Akademische. Er liebte Tiere, vor allem Pferde. Ich habe mal gehört, Gloria sei vor ihrer Ehe eine Pferdenärrin gewesen, doch habe ich diese Seite an ihr nie kennengelernt. Simon hielt sich jedenfalls draußen auf, sooft er nur konnte. Als Teenager verschwand er manchmal tagelang. Niemand wusste, wo er war, und wenn man ihn fragte, sagte er bloß, er sei reiten gewesen. Dabei war er selbst auch künstlerisch begabt, allerdings waren seine Sachen zugänglicher als die von Jennifer – er zeichnete, was er gesehen hatte, keine Bilder um ihrer selbst willen. Sein Zimmer war voll mit Skizzenbüchern, mit Zeichnungen von Schlangen, Vögeln, Rehen, aber auch von Bäumen, immer gemalt nach der Natur. Aus irgendeinem Grund jedoch niemals Pferde. Ich habe ihn mal danach gefragt, und er antwortete, er könne keine Menschen zeichnen.

»Aber was ist mit Pferden?«, hakte ich nach.

»Ach, das ist leicht«, erwiderte er. »Was mich angeht, sind Pferde Menschen.« Ich dachte, er würde noch etwas hinzufügen, aber er beließ es dabei. Für ihn waren Pferde Menschen, Punktum. Eigentlich waren sie für ihn sogar mehr als Menschen im üblichen Sinne. Sie waren Familie, er fühlte sich ihnen näher als seinen Eltern. Womit ich nicht behaupten will, dass er kein guter Sohn gewesen wäre. Das war er ganz entschieden, ein pflichtbewusster Sohn sogar. Aber eben darin bestand das Problem – er war pflichtbewusst. Wie gesagt, als kleiner Junge hat er Jeremy geradezu abgöttisch geliebt, doch als er älter wurde und sein Vater immer öfter von zu Hause fernblieb, schuf er sich seine eigene, separate, isolierte Welt, und die meiste Zeit hielt er sich darin auf. Allein. Er mochte Jennifer, sicher, aber sie war jünger und ein Bücherwurm; die beiden hatten so wenig miteinander gemein, dass seine Zuneigung zu ihr fast ein wenig abstrakt wirkte. Verstörender – manchmal sogar erschreckend – fand ich allerdings seine Haltung zu seiner Mutter. Natürlich war er höflich, immer, trotzdem hätte er nicht deutlicher zu verstehen geben können, dass ihn diese Frau kein bisschen interessierte. Falls sie ihm nicht gerade lästig war mit ihren Neurosen oder dem, was er *flatterhaft* nannte, fand er sie schlicht langweilig. Etwa seit dem zwölften Lebensjahr war seine Grundeinstellung zu ihr, sie bei Laune zu halten, vergleichbar mit einem Kind, welches begreift, dass Gott, Religion und diese ganze Himmelssache nur ein Haufen Unsinn sind, das der Familie zuliebe aber weiterhin zur Kirche geht. Letztlich verhielt sich Simon allem gegenüber so, wenigstens wenn es um Menschen ging. Man sah ihn an und hatte das Gefühl, er würde langsam dahinschwinden. In der Schule schaffte er durchschnittliche Noten, hatte keine richtigen Freunde, und obwohl er wie ein Filmstar aussah – als Teenager war er wirklich sehr attraktiv –, gab es, soweit wir wussten, auch keine Freundin. Dann geschah zweierlei. Eins führte zum anderen, denke ich, doch wie immer die Wahrheit auch lautete, am Ende wurde ihm sein Wunsch erfüllt. Er verschwand vollständig aus unserem Leben. Aber diese Geschichte erzähle ich vielleicht ein andermal.« Sie legte eine Hand auf meinen Arm und schenkte mir ein Lächeln, das man großmütterlich hätte nennen können. »Jetzt aber muss ich mich eine Weile ausruhen. Es war ein anstrengender Tag.«

»Moment mal«, warf ich ein. »Das ist unfair. Sie haben gesagt, er würde verschwinden …«

»Vollständig.«

»Was meinen Sie damit?«

»Er war fort, Kate«, sagte sie. »Das meine ich damit. Vielleicht erzähle ich davon ein andermal, aber jetzt muss ich mich wirklich ausruhen.«

Ich nickte. »In Ordnung. Tut mir leid. Aber darf ich Sie noch einmal fragen, ernsthaft jetzt, ob mit Ihnen wirklich alles in Ordnung ist?«

Sie tätschelte sanft meinen Arm. »Ich bin eine alte Frau. Ich gebe mir zwar größte Mühe, das zu ignorieren, aber manchmal muss man einfach auf seinen Körper hören. Und der sagt mir jetzt gerade, dass ich Ruhe brauche.«

»Mehr ist nicht?«

Sie lächelte. »Mehr ist nicht. Kommen Sie morgen wieder,

und ich erzähle Ihnen von dem Mann, der das Geheimnis der Atombombe an die Russen verriet.«

»Und was ist mit Simon?«

»Seine Geschichte kann warten. Oder wollen Sie mir etwa sagen, dass Sie eine der rätselhaftesten Geschichten in der Spionage des zwanzigsten Jahrhunderts nicht hören wollen?«

Ich lächelte und schüttelte den Kopf. »Kann's kaum erwarten«, sagte ich.

Der gute Verräter

Jean war im Garten, als ich am nächsten Tag zu ihr nach Hause kam. Sie hatte gerade mit dem Holzhacken aufgehört – und obwohl nicht zu übersehen war, dass sie weniger als üblich geschafft hatte, wirkte sie unverändert. »Ich wasch mich nur noch kurz und setze Tee auf«, sagte sie. »Oder möchten Sie lieber einen Kaffee?«

»Kaffee wäre wunderbar.«

»Gut. Dann lassen Sie uns ins Sacred Grounds gehen.«

* * *

Im Café war viel los. Unser Tisch am Fenster war besetzt, aber wir fanden einen freien Platz beim Tresen, so dass wir Annette und einer weiteren Frau dabei zusehen konnten, wie sie im Hinterzimmer eifrig Kuchen und Kekse in Frischhaltefolie wickelten und dann auf ein großes Tablett legten. »Kinderparty«, rief Annette. Jean nickte. Eine hochgewachsene junge Frau mit langem blondem Haar kam, um unsere Bestellung aufzunehmen.

Jean konnte es kaum erwarten, mir ihre nächste Geschichte zu erzählen. Sie schien vergessen zu haben, dass wir mit Simon noch nicht fertig waren, aber vielleicht geschah das auch mit Absicht. »Im Sommer 1984 verschied Gloria«, begann sie, sobald wir uns hingesetzt hatten. »Normalerweise benutze ich fürs Sterben nicht dieses Wort, aber in Glorias Fall scheint es mir angemessen, war es doch, als wäre sie schon seit Jahren nicht mehr ganz da gewesen, weshalb es eigentlich niemanden sonderlich überraschte, als sie dann endgültig verschwand. Jedenfalls kam es mir so vor. Jeremy sah das vielleicht anders, auch wenn ich nicht glaube, dass sie in den letzten Jahren viel voneinander gehabt haben. Ihre Kinder waren fort, Gloria blieb die meiste Zeit im Bett, und Jeremy befand sich weiterhin oft auf Reisen, auch wenn ich damals schon nicht mehr genau wusste, was er eigentlich trieb. Ich wusste nur, dass er für die Regierung, für die er inzwischen arbeitete, nicht viel übrighatte, was aber kaum mit Jennifers politischer Einstellung zusammenhing oder mit der Tatsache, dass er seine Tochter verloren hatte, weil sie glaubte – und dies war merkwürdig, weil er selbst das offenbar nicht so sah –, sie stünden auf verschiedenen Seiten in dem, was sie schlichtweg für einen Krieg hielt. Er hat das nie akzeptiert. Er dachte, sie wären – was? Unterschiedlicher Meinung vielleicht. Ich muss sagen, mich erstaunte seine Fähigkeit, sich in dieser Hinsicht etwas vorzumachen – allerdings hatte er seit Jahren nicht mehr mit Jennifer gesprochen, und wofür sie eigentlich kämpfte, hat er nie so ganz verstanden. Wie alle anderen hatte er immer geglaubt, es ginge nur um Vietnam – und jetzt, da der Krieg vorbei war, konnte Jennifer da nicht mit dem Ganzen einfach aufhören und in den Schoß der Familie zurückkehren? Der Krieg war *Geschichte.* Wie mein Bruder, der gewöhnlich weder dumm noch naiv war, die Vorstellung vertreten konnte, etwas, das *offiziell* zu Ende war, sei *wirklich* vorbei, ist mir schleierhaft. Wir wurden in Alabama geboren und wuchsen in Virginia auf. Sollten wir es da nicht besser wissen, dass nichts niemals ganz *vorbei* ist? Erinnern Sie sich noch an dieses Buch, um das man damals so einen Wirbel machte? *Das Ende der Geschichte?* Irgendein Reagan-Anhänger hat es geschrieben, nachdem die Berliner Mauer gefallen war, und darin ging es nur um: Wir haben gewonnen, unser System ist besser, bla bla bla, und alle Welt fand das klasse. Dass die Geschichte vorbei ist, dass wir einfach weiter jedermann ausbeuten können, weil wir ja das beste System haben, und sobald alle anderen dies begreifen, können sie genauso hart arbeiten, sich uns anschließen und ihren Teil vom Kuchen abbekommen, zwar nicht viel, aber mehr, als sie jetzt haben.«

Sie brach plötzlich ab und sah mich verlegen an. »Jetzt höre sich einer mich an«, sagte sie, »ich klinge schon wie sie. Wie Jennifer … Jennifer hat immer gesagt, das eigentliche Problem mit diesen Leuten sei, dass sie glaubten, alle wollten so reich sein wie sie. Sie könnten gar nicht verstehen, dass manche Leute aufrichtig etwas anderes wollten, Frieden zum Beispiel oder Gerechtigkeit. Echte Gleichheit. Überall sauberes Wasser, nicht bloß in der Penthouse Suite. Sie sagte, am liebsten würde sie diese Leute anschreien: Ich will euer Geld nicht. Euer Reichtum ist krankhaft und nur ein Zeichen dafür, dass ihr …« Jean grinste. »Dass ihr kein Herz habt. Aber ich weiche schon wieder vom Thema ab. Wo war ich?«

»Sie haben gerade …«

»Richtig«, sagte sie, »bei meinem Bruder. Der wirklich *glaubte.* Er bewahrte seinen Glauben weit über den Punkt hinaus, bis zu dem ein vernünftiger Mensch glauben würde. Und alles, was ich gesagt habe, ist dabei wichtig, denn mein Bruder war nicht dumm, nur war seine Loyalität so groß, dass es mehr als die übliche Intelligenz verlangte, sie zu brechen. Warum er so loyal war, ist eine andere Frage. Er hatte gesehen, wie unser Vater auf der Straße ermordet wurde, und er hatte erlebt, wie die für diese Tat verantwortlichen Männer unbehelligt blieben. Ich meine damit nicht den Trottel mit der Waffe, sondern die Männer, die ihm die Erlaubnis gegeben hatten, an genau jenem Tag dort draußen zu sein. Die Männer, für die er arbeitete. Als Jeremy sah, wie diese Männer mit einem Lächeln im Gesicht davonkamen, hätte ihm das eine Lehre sein sollen, aber er schlug eine gänzlich andere Richtung ein. Er glaubte, das System sei geschwächt und müsse gestärkt werden. Er ließ nicht einmal den Gedanken zu, dass das System eigentlich genau so funktionierte, wie es funktionieren sollte, nämlich ganz im Interesse derer, die unseren Vater ermorden ließen, aber auch anderer Männer wie sie. Jeremy brauchte diese Loyalität irgendeiner Sache gegenüber. Und wenn es in Jeremys Geschichte um etwas geht, dann um unangebrachte Loyalität.«

»Wem oder was genau blieb er denn loyal?«

»Wissen Sie, wie man die auf Hiroshima und Nagasaki abgeworfenen Bomben genannt hat?«

Ich wusste es, hätte es vielmehr wissen sollen, aber mir fiel es nicht ein.

Jean schüttelte den Kopf und seufzte. »Sie hießen Fat Man und Little Boy.«

»Richtig. Ich erinnere mich wieder.«

»Fat Man und Little Boy.« Sie wiederholte die Worte mit unüberhörbarer Verachtung. »Denen galt seine unangebrachte Loyalität. *Denen.*«

»Das verstehe ich nicht.«

Sie tätschelte meinen Arm und nahm die Geschichte wieder auf. »Ich weiß noch, wie es passiert ist. Nagasaki, meine ich. Alle waren so – glücklich. Als wäre ihnen etwas Wunderbares gelungen. Dann klingelte das Telefon. Es war Jeremy. Er rief an, um mir zum Geburtstag zu gratulieren. In der Aufregung hatte ich den ganz vergessen ... Ich fragte ihn, was er von alldem hielt. Er wollte nicht darüber reden, murmelte nur irgendwas davon, dass die Leute bestimmt nicht in Festtagslaune wären, wenn sie wüssten, was es mit den Bomben wirklich auf sich hatte. Verstehen Sie, obwohl Jeremy Soldat war, glaubte er, wir hätten die Bomben niemals abwerfen dürfen. Er fand, in Bezug zum Rest der Welt brächten sie Amerika in eine unhaltbare Lage. Mit dieser Waffe besaßen wir unermessliche Macht – und er fürchtete, diese Macht würde uns verderben. Andererseits wusste er auch, dass es bloß eine Frage der Zeit war, bis ein anderes Land, vermutlich die Sowjetunion, die Bombe baute. Oder etwas noch Gewaltigeres. Und was würde dann geschehen? Jeremy sah voraus, dass wir damit in eine unwürdige Lage gerieten, dass uns ein Katz-und-Maus-Spiel aufgezwungen wurde, bei dem es keinen Sieger gab. Niemand würde dieses Spiel je gewinnen, zugleich aber würde es all unsere Kraft kosten, und das viele Gute, das wir tun könnten ohne diese schändlichen Verwicklungen, würde nie verwirklicht werden. Nach Jeremys Ansicht hätten wir nach dem Krieg Großes vollbringen können. Eine neue Weltordnung. Globale Kooperation, um Probleme zu lösen, ehe sie ernst wurden, ja ehe sie überhaupt aufkamen. Stattdessen gründeten wir die Vereinten Nationen mit ihrem inneren Kreis privilegierter Veto-Staaten. Jeremy glaubte, unsere Stärke liege in der Zusammenarbeit mit aufstrebenden Staaten, Allianzen schmieden, Freundschaften knüpfen. Er wollte nicht, dass der Rest der Welt zu einem Schachbrett für zwei, drei Supermächte verkam, als aber die Russen und dann die Chinesen die Bombe bauten, gab es kein Zurück mehr. Nun mussten wir handeln, als wären die Nicht-Atommächte unwichtig – was sie in gewisser Weise ja auch geworden waren. Er hasste die Bombe. Er hasste es, dass wir die Bombe hatten, doch gab es da etwas, das er noch stärker hasste.

Offenbar hörte er irgendwann Ende der 1940er Jahre von einem Mann, der in Los Alamos arbeitete. Er wusste nicht, wie der Mann hieß, wusste nichts weiter über ihn, nur, dass er derjenige war, der das letzte Geheimnis der Bombe, das fehlende Stück in einem höchst komplizierten Puzzle, an die Sowjets verraten hatte. Er wollte dem nachgehen und stellte mehrere Male einen entsprechenden Antrag, doch wurde ihm immer wieder beschieden, er würde woanders gebraucht. Also fing er insgeheim an, dem Fall auf eigene Kosten nachzugehen – und Jahrzehnte später fand er diesen Mann tatsächlich, als es aber so weit war, sagte er, kam er zu spät.«

Unsere Bestellung wurde gebracht. Wir hatten nur um Kaffee gebeten, nichts weiter, doch als die hochgewachsene Blondine ihr Tablett auf unserem Tisch abstellte, war darauf auch ein Teller mit zwei Stückchen eines feuchten Biskuitkuchens mit Sahne und Himbeeren, wie ich ihn noch nie zuvor gesehen hatte. »Annette sagt, Sie möchten bitte den Kuchen probieren. Er geht aufs Haus.«

»Danke, Julie.«

Die junge Frau lächelte. »Aber gern, Miss Culver.«

»Und Dank auch an Annette«, sagte Jean.

Julie stellte unsere Tassen und den Kuchen auf den Tisch. »Ich richte es aus. Lassen Sie es sich schmecken.«

Mehrere Minuten vergingen, ehe Jean weitererzählte. Der Kuchen war köstlich, aber irgendwie anders als gewöhnlicher Biskuitkuchen. »Was ist das?«, fragte ich.

Jean lächelte. »Eine Grießtorte«, erwiderte sie. »Wird aus Hartweizengrieß und fein geriebenen Mandeln gemacht.«

»Ach, kein Mehl?«

»Kein Mehl.« Sie nahm einen Bissen auf die Gabel und kostete. »Cleveres Mädchen.«

Ich lächelte, aber dann ging mir auf, dass sie wohl Annette gemeint hatte.

Jean erwiderte mein Lächeln und setzte ihre Geschichte fort. »Jeremy vergeudete Jahre damit, auf seiner Suche nach dem Spion von Los Alamos falschen Fährten zu folgen, und er wusste, einige dieser Fährten waren ausgelegt worden, um ihn oder jemanden wie ihn in die Irre zu führen. Er kannte nur nicht den Grund dafür, und als er ihn endlich erfuhr, war die ganze Sache sowieso unwichtig geworden, bloß noch eine Fußnote der Geschichte, mehr nicht. Wissen Sie, seinen ersten richtigen Durchbruch erzielte er wenige Monate nach dem Fall der Berliner Mauer. Ich weiß nicht, woran er damals offiziell arbeitete, allerdings habe ich eigentlich nie gewusst, wie offiziell das war, woran er jeweils arbeitete. Die Nachforschungen, die ihn schließlich zu Yonas Sax führten, sind jedenfalls nie offiziell gewesen. Trotzdem denke ich, dass er glaubte, sie würden *irgendwas* bewirken, etwas wiedergutmachen. Außer ihm interessierte sich inzwischen allerdings niemand mehr dafür. Und man muss es ihm lassen, seine unangebrachte Loyalität galt keiner Institution, keinem Menschen und keiner Gruppe, sondern einer Idee. Er hatte gelernt, Institutionen nicht zu trauen. Und was Menschen betraf, wusste er längst nicht mehr, wem er noch trauen konnte. Aber der Idee? Die Idee war alles.«

»Was für eine Idee?«

Sie sah mich leicht überrascht an. Vielleicht hatte sie mich vergessen. »Aber das habe ich Ihnen doch erzählt. Seine Idee von Amerika – die *Als ob*-Version«, erklärte sie. »Wie heißt es noch? *Ich schwöre Treue auf die Fahne der Vereinigten Staaten von Amerika und die Republik, für die sie steht, eine Nation unteilbar, mit Freiheit und Gerechtigkeit für jeden.*«

»Sie haben Gott vergessen«, warf ich ein.

Sie schüttelte den Kopf. »Das mit Gott kam später. Irgendwann in den 1950er Jahren, wenn ich mich richtig erinnere. Ich nehme an, *als ob* konnte nach Hiroshima und Nagasaki ein wenig zusätzliche Unterstützung gebrauchen.« Sie lächelte. »Die ganze Geschichte, wie er Yonas Sax fand, kenne ich nicht; ich weiß nicht einmal, wieso er sich so sicher war, dass dieser Sax der Verräter war. Ich weiß nur, dass er im Juli 1989 auf eigene Kosten nach London flog. Wie gesagt, dies war kein offizieller Fall. Was er unternahm, tat er allein für sich. Er wollte dem Mann in die Augen schauen, der das Geheimnis der Atombombe verschenkt hatte – und laut seinen Quellen hatte dieser Mann das Geheimnis tatsächlich *verschenkt*. Kein Geld wechselte den Besitzer. Keine Gefälligkeiten wurden erwiesen. Sax war weder in irgendeiner komplizierten Operation ›umgedreht‹ worden, noch hatte der KGB etwas gegen ihn in der Hand, man hatte ihn auch nicht in irgendeinem Hotel in eine Sexfalle laufen lassen oder mit einem Haufen verbotener Drogen erwischt. Wäre das der Fall gewesen, hätte mein Bruder ihn vielleicht besser verstanden. Ich schätze, zu seiner Zeit hat er selbst so manchen bestochen und auch einige Operationen mit Lockspitzeln durchgeführt oder wie immer man das nennt – ich fürchte, mit der genauen Terminologie auf diesem Gebiet bin ich nicht vertraut. Menschliche Schwäche war ihm jedenfalls nicht unbekannt. Frauen, Spielsucht, Homosexualität. Er verstand auch den Wunsch, wenigstens eine Illusion von Ehre behalten zu wollen, selbst wenn Letztere hoffnungslos verloren war, aber einen Mann wie Yonas Sax verstand er nicht. Einen Mann, der besser als jeder andere wusste, was eine Atombombe anrichtete. Wie konnte ein intelligenter, offenbar durchaus anständiger Mensch solch ein Geheimnis verraten? Sax lebte mittlerweile in England, wo er sich ein neues Leben aufgebaut hatte. Sogar eine neue Karriere – irgendwas in medizinischer Forschung. Laut seiner Akte war er verheiratet und hatte zwei erwachsene Kinder, was nur einer der eigenartigen Zufälle war, die Jeremy auffielen, als er seine Unterlagen durcharbeitete: Wie Sax war er 1925 geboren, sogar im selben Monat. Sie hatten im selben Jahr geheiratet, und ihre Kinder waren im selben Alter. Beide liebten Musik. In einer anderen Welt hätten sie Freunde sein können. Und da war er nun und verließ an einem warmen Sonntagnachmittag sein Hotel, um endlich den Verräter zu stellen, dem er über vierzig Jahre lang auf der Spur gewesen war. Doch als er zum Haus von Yonas Sax kam, einem gemütlichen, keineswegs protzigen Stadthaus gut eine halbe Meile außerhalb des Stadtzentrums, fand gerade ein Fest statt. Die Haustür stand weit offen, und im Garten tummelten sich Gäste, aus dem Haus drang Stimmengewirr, überall rannten Kinder, wuselten den Erwachsenen zwischen den Beinen herum, und auf der Grundstücksmauer hockten einige Teenager. Eine hübsche, hellhaarige Frau in einem ausgefallenen Sari – allerdings keine Inderin, wie Jeremy bemerkte – ging von ihrem am Straßenrand geparkten Wagen mit zwei großen Essschüsseln zum Haus, lächelte und sagte, als sie Jeremy sah, ›Guten Tag‹, woraufhin er nickte und weiterging, bis er an einen breiten Sandweg kam, der sich durch einen üppigen Wald schlängelte, in dessen Schatten er stehenblieb. Als er schließlich weiterspazierte, nagte etwas an ihm, das er nicht recht zu fassen bekam. Vor dem Flussufer teilte sich der Weg: Der eine, das wusste Jeremy, führte zurück in die Stadt, also nahm er den anderen und beschloss, seiner Rolle treu zu bleiben. Er würde eine Stunde lang spazieren gehen und dann den Weg zurücknehmen, den er gekommen war, um noch einen raschen Blick auf Sax' Haus zu werfen, allerdings nur im Vorübergehen. Er hatte sowieso nicht vorgehabt, Sax heute zur Rede zu stellen. Er würde bis zum nächsten Morgen warten, wenn alle bei der Arbeit waren.

Laut seiner Akte war Sax früh in Pension gegangen, aber immer noch im aktiven Einsatz, besuchte Konferenzen, reiste hin und wieder sogar in die Staaten – was seltsam für ihn sein musste. Jeremy fragte sich, wie er all die Veränderungen fand, die seit seinem Fortzug stattgefunden hatten. Offenbar war er ein fanatischer Fan der Giants gewesen – aufgewachsen in Washington Heights, fast im Schatten des Stadions Polo Grounds –, und er interessierte sich auch weiterhin für Sport, vor allem für Basketball, aber auch für Boxen und Leichtathletik. Ob Sax, überlegte Jeremy, während der Olympiade noch für die Vereinigten Staaten fieberte? Er besaß weiterhin einen amerikanischen Pass. Was war das für ein Gefühl, als er einem Mitarbeiter des KGB so wichtige Informationen übergab? Hatte er dabei an Mel Otts spielentscheidenden Homerun im fünften Spiel der '33 World Series gedacht? Damals musste Sax acht Jahre alt gewesen sein. Wie konnte so ein Junge nur zum Verräter werden?

Natürlich ärgerte Jeremy sich über sich selbst. Er wusste, wie idiotisch er sich aufführte, aber ich fürchte, es brach auch alles auf einmal über ihm zusammen. *Wofür* hatte er sich sein Leben lang eingesetzt? Freiheit und Gerechtigkeit – das klingt heute so hohl, und doch gab es eine Zeit, in der es machbar schien, in der es etwas zu sein schien, auf das man trotz aller erwartbaren Rückschläge Schritt für Schritt hinarbeiten konnte. Eine Zeitlang glaubten einige von uns, der gute Wille guter Menschen könnte das System der Perfektion so nahebringen, wie es die Launen der menschlichen Natur nur zuließen – nicht perfekt, natürlich nicht, niemals perfekt; so naiv sind wir nie gewesen –, und es tat weh, dabei zusehen zu müssen, wie unsere Generation sich dann mit so viel weniger abfand. Selbst als klar wurde, dass die Dinge schrecklich schiefgelaufen waren, hielten einige der Prinzipientreuesten, der Überzeugtesten von uns noch lange blindlings an ihrer Hoffnung fest. Und mein Bruder war der Gläubigste aller Gläubigen; es hatte ihn ja auch alles gekostet. Er hatte seine Kinder an Amerika verloren. Er hatte seine Frau verloren. Er hatte zugelassen, von der grausamsten aller Täuschungen verführt zu werden – dieser alten, unangebrachten Loyalität, dem Fundament aller Weltreiche.«

Sie schwieg einen Moment. Mir fiel auf, dass sie während all der Zeit, in der sie die Geschichten anderer Leute erzählte, nie gesagt hatte, was sie selbst fühlte oder dachte. Dass sie nie über *ihre* Politik, *ihre* Moral, *ihre* Vorstellungen von Gut und Böse redete. Hätte ich es fertiggebracht, hätte ich sie danach gefragt, auf der Stelle, aber mir fehlten die Worte, und als mir auch nur der Gedanke kam, sie zu fragen, hatte sie den Faden bereits wieder aufgenommen.

»Am Tag nach der Party kehrte Jeremy zurück in die Straße, in der Sax wohnte, und beobachtete eine Weile das

Geschehen. Aus diversen Häusern entlang der Straße tauchten Leute auf und fuhren oder gingen davon, ein Mann führte zwei glatthaarige Retriever aus und kam direkt an ihm vorbei, zwei sehr blonde Kinder fuhren mit dem Rad in Richtung Fluss. Schließlich verließ eine hochgewachsene, schlanke Frau das Haus, Sax' Gattin, wie er aus den Akten wusste, und stieg in einen grauen Wagen.

Jeremy wartete fünf Minuten, dann überquerte er die Straße, klingelte und schlüpfte dabei in die Rolle eines freiberuflichen Journalisten, dessen lebenslange Faszination für die Atombombe ihn auf verschlungenen Wegen nun an Sax' Tür geführt hatte – und ich bin mir sicher, als die Tür aufging, glaubte er die Geschichte schon selbst. Schließlich war sie gar nicht so weit von der Wahrheit entfernt. Wie gutes Theater enthält auch eine gute Lüge mehr Wahrheit als Täuschung, denn wenn alles erfunden ist, glauben wir es nicht, sei es auch noch so makellos konstruiert. Jeremy wusste das, so wie er wusste, dass Sax vor ihm stehen würde, wenn die Tür aufging. Die Akte hatte ihm verraten, dass dieser Mann mit seiner Frau allein lebte, die Kinder waren erwachsen und fortgezogen. Zwar wäre es durchaus möglich, dass einer der Gäste vom gestrigen Abend im Haus übernachtet hatte, aber das schien ihm eher unwahrscheinlich.

Er behielt recht. Als die Tür aufging, war es Sax, der ihn mit einer Miene begrüßte, die von einem freundlichen Willkommen – offenbar hatte er jemand anderen erwartet – zur vagen Verblüffung eines Mannes wechselte, der es sich in seinem Leben zur Maxime gemacht hatte, niemals Fremde vor der eigenen Tür zu erwarten. ›Hallo‹, sagte er, der Ausdruck neutral und desinteressiert. ›Kann ich Ihnen helfen?‹

Jeremy musterte das Gesicht des Mannes. Trotz grauer Haare und des zurückweichenden Haaransatzes wirkte Sax für sein Alter recht jung. Er hatte helle braune Augen, straffe Lippen und am Kinn ein jungenhaftes Grübchen, das Jeremy irgendwie unpassend fand. ›Yonas Sax?‹

Der Mann nickte und wartete einen Moment darauf, dass Jeremy weiterredete, bis ihm aufging, wer sein Besucher war. Vielmehr, was dieser wusste. Er trat beiseite, gab die Tür frei und sagte: ›Sie kommen wohl besser herein.‹

* * *

Der Plan, den Jeremy sich ausgedacht hatte, war simpel. Auf dem Weg zur Küche, die am anderen Ende des Hauses lag und zu der ein überraschend langer Flur führte, brachte Jeremy seine Legende vor, wobei er allerdings seinen Namen verschwieg, was Sax natürlich auffallen musste. Dennoch hörte er höflich zu und bot Jeremy, sobald der mit seiner Vorrede fertig war, einen English Breakfast Tea an. ›Oder einen Kaffee, falls Ihnen das lieber wäre‹, sagte er, eine Andeutung von gespieltem, vielleicht aber auch echtem Kummer in der Stimme. ›Ich selbst darf keinen mehr trinken‹, sagte er. ›Anweisung meines Arztes.‹

›Tee ist mir recht‹, sagte Jeremy und nutzte die Gelegenheit, sich umzusehen. Die Küche war sauber, ordentlich, fast etwas minimalistisch eingerichtet. An der Rückwand schaute ein breites Panoramafenster über der Spüle auf einen langen, schmalen Garten mit Kletterrosen, Schwertlilien, einer Mauer aus großen Steinblöcken am jenseitigen Ende und einem prachtvollen Baum mit dunkelrot reifenden Äpfeln. Wie ein von Samuel Palmer gemaltes Bild, erklärte Jeremy, was mich überraschte, da er mir gegenüber nie zugegeben hatte, sich für Kunst zu interessieren. Er mochte Musik, ja, aber bis er mir diese Geschichte erzählte, hatte ich nicht gewusst, dass er überall auf der Welt manch eine Stunde in Kunstmuseen zugebracht hatte. Für englische Malerei hegte er eine besondere Vorliebe, für Samuel Palmer, Turner, John Linnell oder William Hodges. Er war ein ziemlich guter Kunsthistoriker.

Sax setzte den Kessel auf. ›Ich nehme an, Sie haben eine Vorstellung von dem, was Sie schreiben wollen‹, sagte er. ›Ich bitte Sie nur, sich anzuhören, was ich zu sagen habe, und mich später nicht falsch zu zitieren. Ich werde Ihnen alles berichten, so gut ich es vermag, werde nichts absichtlich verheimlichen und auch nichts zurückhalten von dem, woran ich mich erinnere, doch ist es lange her, und ich erinnere mich vielleicht nicht mehr genau.‹ Er goss Wasser in die Teekanne und stellte sie auf den Tisch. ›Nehmen Sie Zucker?‹, fragte er mit leicht britischem Akzent, doch hätte Jeremy nicht sagen können, ob das absichtlich geschah oder ob es daran lag, dass Sax bereits seit gut drei Jahrzehnten in England lebte.

Sax begann mit seiner Geschichte erst, als er mit allen Vorbereitungen fertig war und sie einander gegenüber am Tisch saßen. Als er dann zu reden anfing, sagte er, was er zu sagen hatte, in einem kühlen, sachlichen Ton ohne erkennbare Emotion oder einer unterschwelligen Bitte um Verständnis. Jeremy lauschte aufmerksam und hoffte auf einen Anklang von Bedauern oder den nachträglichen Versuch der Rechtfertigung, doch lieferte Sax ihm nur einen nüchternen, simplen Bericht dessen, was er getan hatte und, gleichsam im Abspann, wie er seither in Cambridge lebte und versuchte –

recht erfolgreich, wie es schien –, nicht an jenen Tag zu denken, an dem jemand an seiner Tür auftauchen und ihn zu einem Verhör abführen würde.

›Jahrzehntelang hatte ich Angst vor diesem Klopfen‹, gestand Sax. ›Weniger um meinetwillen als wegen meiner Familie …‹ Er schaute Jeremy an, die Miene wieder angespannt, aufmerksam und so neugierig wie die eines Schachspielers, der versucht, aus seinem Gegenspieler schlau zu werden. ›Anfangs rechnete ich ständig damit, jeden Tag … Nun, eine solche Anspannung lässt sich im Zusammenleben mit einer Frau und Kindern nur schwer aushalten. Ich hatte niemandem erzählt, was ich getan hatte, nicht, weil ich mich schämte oder weil ich Angst gehabt hätte, wie sie darauf reagierten, sondern weil ich ihnen die Bürde dieses Wissens nicht zumuten wollte.‹

›Sie haben wirklich niemandem was gesagt?‹

›Nein.‹

›Aber Ihre Frau muss doch Bescheid gewusst haben‹, warf Jeremy ein.

Sax schüttelte den Kopf. ›Bei ihr fiel es mir am schwersten‹, sagte er. ›Sie kannte einen Großteil der Geschichte, aber nicht alles, und ich wünschte mir, ich hätte mehr vor ihr verheimlichen können. Zumindest am Anfang, im ersten Jahr, in dem wir hier wohnten. Danach änderte sich einiges …‹

›Was?‹

Sax lächelte traurig. ›Wir waren glücklich. Nicht immer, natürlich nicht. Es gab Nächte, in denen ich nicht schlafen konnte, Nächte, in denen ich das Schlimmste befürchtete, doch nach und nach, Tag um Tag, lernten wir, das Beste aus dem zu machen, was wir hatten, solange wir es hatten. Die Jahre vergingen, und alles schien so weit zurückzuliegen, so weit in der Vergangenheit; wir begannen wieder zu atmen. Wir bekamen Kinder, und jetzt, seit letztem Monat, haben wir sogar ein Enkelkind. Das Leben ging weiter. Wir hatten unseren Alltag, Freunde, Erinnerungen, die man uns nicht mehr nehmen konnte. Nur Weniges habe ich vermisst, Baseball zum Beispiel und … das Essen … Kleinigkeiten. Insgesamt war der Preis … überraschend niedrig …‹

›Und Sie haben sich nie gefragt, ob Sie das Richtige getan haben?‹

Sax wirkte überrascht. Als sei dies eine Frage, die er nicht erwartet hatte. Als sei dies eine auf geradezu dumme Weise naive Frage. ›Ich habe die Situation jahrelang analysiert und stehe zu meinem Entschluss. Aber darauf kommt es gar nicht an – entscheidend ist, dass ich nach dem besten mir damals zugänglichen Wissen gehandelt habe. Und ich weiß, Sie verstehen, dass ich mir ein Bedauern nicht leisten kann.‹

Jeremy nickte. Ihn amüsierten, sagte er, die Annahmen ein wenig, die Sax mit seiner Frage verband. Er sah ihm direkt in die Augen. ›Ich bin nicht hier, um nach dem Warum zu fragen‹, sagte er. ›Ich konnte Ihrer Logik damals nicht zustimmen und tue es auch heute nicht, aber ich verstehe, wie sie funktioniert.‹ Er schwieg, als wollte er Raum für eine Entschuldigung geben, zumindest für ein Zeichen dafür, dass Sax verstand, wie beleidigend seine Annahmen gewesen waren. Er zog diesen Moment in die Länge, ehe er weitersprach: ›Mich interessiert vor allem das *Wann.*‹

›Das Wann?‹

›Wann haben Sie sich dafür entschieden? War das nach Hiroshima?‹

›Nein.‹

›Verstehe. Sie dachten, wenn sie danach bloß aufgehört hätten, dann hätten die Japaner …‹

›Nein.‹ Sax sah unglücklich drein, nur verstand Jeremy den Grund dafür nicht. ›Das war's nicht.‹

›Nein?‹

›Nein‹, erwiderte Sax. ›Ich habe mich vor Nagasaki entschieden. Vor Hiroshima. Vor …‹

›Vor?‹

›Etwa um die Zeit der ersten Versuche.‹ Sax wandte sich ab und starrte hinaus in den sonnenbeschienenen Garten. ›Ich entschied mich, als ich begriff, dass wir es geschafft hatten. Weil ich wusste, wir würden sie einsetzen.‹

›Was wir auch getan haben‹, sagte Jeremy, ›um zehntausend, wenn nicht hunderttausende amerikanische Leben zu retten.‹

›Das bezweifle ich‹, sagte Sax. Er klang plötzlich müde. ›Aber ob es stimmt oder nicht, es war auf jeden Fall nicht der Grund, warum wir sie abgeworfen haben.‹ Sein Ton deutete jetzt an, dass Jeremy wirklich hoffnungslos naiv war. ›Wir wussten es damals alle, auch wenn wir es heute nicht zugeben. Wir haben die Bombe gezündet, um den Russen zu zeigen, was wir hatten. Es war der erste große Akt im Drama des Kalten Krieges.‹ Sax studierte Jeremys Gesicht. Mittlerweile war ihm klar, dass er nicht mit einem Journalisten sprach. Er schüttelte den Kopf. ›Sie haben das Wesentliche offenbar immer noch nicht begriffen‹, sagte er. ›Ich habe nur einen Teil des Puzzles verraten – etwas, das ich herausgefunden hatte –, weil mir klar geworden war, dass die Leute, für die ich arbeitete, moralisch gesehen auch nicht besser als jene waren, die wir damals für unsere Feinde hielten.‹

›Nicht besser als Hitler?‹

Sax beugte sich vor und stützte die Ellbogen auf den Tisch, so dass sein Gesicht keinen halben Meter mehr entfernt war. ›Hitler war da längst erledigt. Die Japaner übrigens auch.‹ Er schwieg, wartete auf eine Reaktion, als Jeremy aber nichts einwandte, fuhr er fort. ›Sie sind kein Journalist. Also wer sind Sie, Mr …?‹

Jeremy schüttelte den Kopf. ›Stimmt, ich bin kein Journalist, nur ein gewöhnlicher Bürger.‹

Sax lächelte. ›Waren Sie beim Militär?‹

›War ich.‹

›Und wo?‹

›Wann?‹

›Sagen Sie's mir.‹

›Vor allem in Europa.‹

›Und dann?‹

›Im pazifischen Raum.‹

›Und dann?‹

›Korea.‹

›Können Sie mir erklären‹, fragte Sax, ›warum wir die Bombe nicht auf Pjöngjang abgeworfen haben?‹

›Das war nicht die Art Krieg.‹

›Es war genau die Art Krieg‹, erwiderte Sax. ›So wie in Vietnam. Warum haben wir die Bombe nicht auf Nordvietnam abgeworfen? Es gab Leute, die das wollten.‹

›Sie wissen warum‹, erwiderte Jeremy.

Sax schüttelte den Kopf, lehnte sich zurück und schloss die Augen; die Müdigkeit in seinem Gesicht war jetzt nicht länger zu übersehen. Es folgte eine lange Stille, dann schlug er die Augen wieder auf und blickte Jeremy an, als wäre ihm gerade etwas Gutes an ihm aufgefallen. Etwas Ehrliches. ›Wissen Sie, wie viel eine Nachtigall wiegt?‹

Jeremy gab keine Antwort.

›Einundzwanzig Gramm‹, fuhr Sax fort. ›Also ungefähr eine Dreiviertelunze.‹

›Könnte stimmen.‹

›Was, wie es der Zufall will, exakt dem Gewicht der menschlichen Seele entspricht‹, sagte Sax, ›jedenfalls laut den alten Griechen.‹

›Ich verstehe nicht, was das …‹

Sax ignorierte ihn. ›Natürlich können wir nicht wissen, wie genau sie es mit ihren Messungen genommen haben‹, fuhr er fort, ›doch würde es mich nicht wundern, wenn sie sehr gründlich vorgegangen sind. Was glauben Sie – wären Sie vorsichtiger bei dem Versuch, die menschliche Seele zu finden, als wir es in Los Alamos waren?‹

›Das kann man doch nicht vergleichen. Das ist wirklich …‹

›Und warum nicht? Die alten Griechen glaubten, wenn man den Körper eines Mannes kurz vor seinem Tod wiegt und dann noch einmal, kurz nachdem …‹

›Den Körper eines *Mannes?*‹

›Wie bitte?‹

›Sie sagten *den Körper eines Mannes.* Was ist mit dem einer Frau? Oder eines Kindes?‹

Sax lächelte. Ein trauriges Lächeln, fand Jeremy, das Lächeln von jemandem, der seit Jahren vergeblich zu erklären versuchte, was er herausgefunden hatte. ›Kind, Frau, alles eins. Der Unterschied betrug immer eine Dreiviertelunze.‹ Sax richtete den Blick auf ihn: ›Warum? Hätten Sie diesen Unterschied erwartet?‹

›Das habe ich nicht gemeint.‹

›Sie hätten fragen sollen, was man bei einem Koreaner gemessen hätte. Oder bei einem Vietnamesen. War es nicht General Cumberland, der behauptete, die Vietnamesen würden dem Leben nicht denselben Wert beimessen wie wir? Wie soll das gehen? *Wir schätzen das Leben und die menschliche Würde. Denen aber sind Leben und Würde egal.* Ich glaube, das waren seine Worte, so ungefähr jedenfalls. Also – was glauben Sie? Bei all dem Leben und der Würde muss ich doch wohl annehmen, dass unsere Seelen ein wenig schwerer wären als deren Seelen, oder?‹

Jeremy seufzte. ›Ehrlich gesagt, ich habe für die Seele nicht viel Zeit. Mich beschäftigt mehr, was tatsächlich existiert. Was wirklich geschieht.‹

Sax lachte leise und schüttelte den Kopf. ›Halten Sie dies denn für etwas Faktisches?‹

Darauf folgte ein langes Schweigen. Im Apfelbaum draußen konnte Jeremy Vögel singen hören, von fern ein Wispern, wohl der Verkehr, ein Kind, das irgendwo vom Fluss herüberrief. Er fragte sich, ob er so erschöpft aussah, wie er sich fühlte. Sax musterte ihn mit einem schiefen Lächeln. ›Ich nehme an, Ihre Vorgesetzten wissen, wer ich bin‹, sagte er. ›Sie wissen es schon seit langem. Man lässt mich hier leben, um zu sehen, was passiert. Vielleicht kann ich jemanden aus der Deckung locken, so dass sie das größere Puzzle vervollständigen können. Falls dem so ist, überrascht es mich, dass man Sie an diesem Wissen nicht teilnehmen ließ.‹

Jeremy versuchte erst gar keine Antwort. Was ihn betraf, war das Gespräch vorbei.

Sax nickte. ›Also warum sind Sie gekommen, Mr …?‹

Jeremy schüttelte den Kopf. ›Ich versuche nur, die Wahrheit herauszufinden.‹

›Die Wahrheit?‹ Sax schien leicht amüsiert, machte sich aber nicht über ihn lustig. Eher hatte er Mitleid mit ihm. ›Darf ich Sie fragen, wie Sie damit vorankommen?‹

Als er Jeremy später zur Tür brachte, versuchte er ein letztes Mal herauszufinden, mit wem er redete. ›Wie, sagten Sie noch mal, lautete Ihr Name? Mein Gedächtnis ist auch nicht mehr so gut, wie es mal war.‹

Jeremy hat mir hinterher erzählt, dass er sich in diesem Moment vorstellen konnte, diesen Mann in einer anderen Welt seinen Freund zu nennen. ›Ich weiß, wie sich das anfühlt‹, sagte er.

Sax lächelte. ›Am Ende lässt alles nach, aber dafür gibt es auch Entschädigungen.‹

›Entschädigungen?‹

›Die Natur gibt, die Natur nimmt, nur sehen wir meist nicht, dass die Natur auch einen Sinn für Humor hat. All die Jahre, in denen wir uns genötigt fühlen, unser Leben für – Zeug herzugeben. Für Geld. Erfolg. Renommee. All die Jahre, in denen wir nicht begriffen haben, dass der einzig lohnenswerte Besitz Zeit ist. Darüber verfügen zu können, was einem an Zeit geblieben ist – sie zu besitzen, so dass sie nicht an Ablenkungen verloren geht, mir von anderen genommen oder mit Trivialem aufgefüllt wird – näher bin ich dem Glück nie gekommen. Ich sterbe bald, und zum ersten Mal verstehe ich, dass ich viel zu oft das Einzige fortgab, was wirklich Wert besaß.‹ Sax verstummte und musste über sich selbst lächeln. ›Sie zu treffen, war interessant‹, sagte er, als er ihn zurück zur Innentür mit dem Buntglasfenster und dann hinaus in den

Vordergarten führte. In der Luft lag jener Geruch, den es oft vor einem Unwetter gibt, eine Mischung aus Chlorophyll und Sauerstoff, so hat Jeremy es formuliert. Er erinnerte ihn an die Wälder, in denen er sich 1944 mit Partisanen versteckt hielt.

Sax musterte ihn neugierig. ›Ein halbes Leben lang habe ich darauf gewartet, dass jemand an diese Tür klopft. Und jetzt hat es geklopft, nur war es ganz anders, als ich es mir vorgestellt hatte.‹

Jeremy wusste nicht, was er darauf erwidern sollte. Das heißt, eigentlich hatte er dieses gemütliche, traurige Stadthaus schon hinter sich gelassen. In seinem Kopf war für Sax kein Platz mehr, so erzählte er mir. Er hatte mit alldem abgeschlossen. Als er drei Tage später zurück nach Virginia kam, setzte er sich an den Tisch und schrieb seine Kündigung. Niemanden schien dies zu überraschen. Und einen Monat später flog er nach Vietnam, kaufte sich ein Haus am Strand – etwas Schlichtes, kaum mehr als eine Hütte, soweit ich weiß – und wurde zum ersten Mal in seinem erwachsenen Leben zum Zivilisten. Ich weiß nicht, was er in jener Zeit tat, doch als er wieder nach Hause kam, Jahre später, war er leer und dürr, fast so durchsichtig wie ein Blatt Reispapier. Aber ich glaube, genau das hatte er gewollt. So durchsichtig zu werden, dass das Licht ungehindert durch ihn hindurchfiel.« Sie lächelte traurig. »Kein *als ob* mehr, nur noch das Hier und Jetzt. Komme, was wolle. Ich denke, das hatte er sich verdient.«

Asche und Diamant

Es war ein ganz gewöhnlicher Samstagnachmittag. Am Morgen hatte ich in einem Secondhand-Buchladen unweit vom Sacred Grounds eine gut erhaltene Ausgabe von John Sayles' *Denken in Bildern* gefunden – ich war allein hingegangen, um ein wenig für mich zu sein, guten Kaffee zu trinken und Annette zu beobachten, die wirklich sehr schön war, selbst wenn man nicht auf Frauen stand – und jetzt lag ich, neben mir eine Kanne Eistee, mit meinem Schnäppchen zusammengerollt auf unserem Chesterfield-Sofa, jedenfalls war es so etwas in der Art, Laurits hatte es in einem Trödelladen gekauft und nach Hause geschafft und wollte es wieder herrichten lassen. Er selbst saß steif auf einem Esszimmerstuhl mit gerader Lehne und prüfte seinen Blutdruck mit eigenem Blutdruckmessgerät. Das Zimmer war schon bei unserem Einzug eher spärlich eingerichtet gewesen und wurde noch geräumiger, nachdem wir uns etwas eingewöhnt hatten und manches von dem Kram unserer Vormieter losgeworden waren. Inzwischen gab es hier nur noch Laurits' unrestauriertes Sofa, an der Wand klassische Filmplakate und Stühle, die nur gebraucht wurden, wenn einer von uns an etwas arbeitete, für das man einen Tisch benötigte, sowie samstagnachmittags, wenn Laurits sich dem strengen Regime seiner Gesundheitstests unterzog. Er wiederholte sie nicht nur – seinen Blutdruck maß er mehrfach, stets mit leicht abweichenden Ergebnissen, was ihn schier zur Verzweiflung trieb –, sondern nahm es damit auch sehr genau. Resultate, mit denen er zufrieden war, übertrug er in ein schwarzes Notizbuch und studierte sie dann in regelmäßigen Abständen, suchte nach Trends und Hinweisen, war er doch davon überzeugt, es ließe sich aus diesen zufälligen Messungen ein Muster ablesen, das er nur zu finden brauchte.

Angesichts dessen, wie unbekümmert ihn alle übrigen Aspekte seines Wohlbefindens ließen, hätte es manch einen Gast im Sidetracks bestimmt verwundert, wie besessen sich Laurits für seine Gesundheit interessierte – in dieser Hinsicht kannten sie ihn eben schlecht. Er beschäftigte sich keineswegs damit, weil er verhindern wollte, krank zu werden. Ich glaube wirklich, dass er sich vor nichts fürchtete, schon gar nicht vor dem Sterben. Sollte ihn allerdings eine unbekannte Krankheit dahinraffen, wollte er wenigstens den Nachruhm für seine ausführlichen Notizen beanspruchen können. War die Krankheit irgendein obskures Leiden, das eigentlich bloß mexikanische Maisbauern oder Frauen nach den Wechseljahren im ländlichen Kanada befiel, wären seine Aufzeichnungen für die Wissenschaft der Medizin – vor der Laurits seltsamerweise geradezu Ehrfurcht zeigte – immerhin von einem gewissen Interesse. Falls es sich aber um eine bis dahin vollkommen unbekannte Krankheit handelte, würde er sie für sich beanspruchen, würde sie vielleicht sogar nach sich benennen können, wenn er nur schnell genug war und es schaffte, nicht bloß die erste Fallstudie durchzuführen, sondern zugleich auch ihr einziges Untersuchungsobjekt zu sein. »Nicht jeder kann von sich behaupten, dass eine Krankheit nach ihm benannt wurde«, sagte er gern, wenn er die Zahlen in seinem Notizbuch studierte. Manchmal überkam ihn dann ein Hochgefühl, wenn er ein neues Detail in seinen täglichen Gewohnheiten bemerkte, eine Unregelmäßigkeit, die, falls sie nur wenige Tage vorhielt, vermutlich nichts zu bedeuten hatte, sollte sie aber dauerhaft sein, sich als das erste Symptom eines bedeutsamen Gebrechens erweisen könnte, das der Menschheit im Augenblick noch völlig unbekannt war. Nahezu alles konnte seine Hoffnungen wecken. Ein Heißhunger auf Walnüsse. Ein Schwindelanfall, der laut Laurits nichts damit zu tun hatte, dass er fünf Tage lang im Bett geblieben war, zahllose Flaschen Muskatwein getrunken und sich ausschließlich von Dosenfisch und eingelegten Gurken ernährt hatte. Oder jenes eine Mal, als sich sein Urin blau verfärbt hatte. Stets klärte sich alles wieder, bevor er entschied, diesmal an etwas wirklich Ernsthaftem zu leiden, trotzdem wurde er nie schlau daraus. »Laurits' Syndrom, da haben wir dich«, sagte er dann in echter Vorfreude bei dem Gedanken an sein langsames, schmerzhaftes Dahinsiechen.

Nach dem wohl zwanzigsten Ablesen seiner Blutdruckwerte an diesem Nachmittag wurde er unruhig. Es war ein typischer Samstagnachmittag, was an sich ganz in Ordnung war, nur folgte auf jeden typischen Samstagnachmittag gewöhnlich auch ein typischer Samstagabend. In den letzten drei Wochen – drei Wochen, in denen ich keinen Tropfen Alkohol und nichts Stärkeres als eine Aspirin zu mir genommen hatte: *drei Wochen* – hatte es mich überrascht, dass Laurits nichts dagegen eingewandt hatte, dass ich mich unserer gewohnten Samstagsroutine entzog, dabei war es eigentlich gar nicht überraschend. Hätte ich nur kurz darüber nachgedacht, wäre mir aufgefallen, dass er dieses neue Spiel unterhaltend fand. Erst recht, weil er nicht wusste, warum ich mich so verhielt. Mineralwasser mit einer Scheibe Zitrone. Kräutertee. Ich wurde, wenn schon nicht zu einem Monster, so doch zu einer monströsen Larve, einer Kreatur in den Geburtswehen einer erschreckenden Verwandlung, und ihn interessierte, zu was ich mich am Ende entpuppte.

An diesem Samstagnachmittag aber merkte ich, dass ihn irgendwas beschäftigte. Er war ruhelos, fahrig. Ich denke nicht, dass er Angst hatte oder wegen irgendwas besorgt war, auch wenn er es hätte sein sollen. Nur waren die Dinge eben nicht neutral, irgendwo im Hintergrund geschah etwas, das sich seiner Kontrolle entzog, etwas, wovon ich damals nichts wusste, das er dennoch nicht vor mir verbergen konnte. Als er nun angewidert aufgab und sein Blutdruckmessgerät wieder einpackte, hielt er sich kaum mehr zurück. Er tat zwar so, als sei es ein ganz gewöhnlicher Samstag, aber ich wusste, irgendwas spukte durch seinen Kopf, lag in den tieferen Hirnschichten, ein Kanonenschlag kurz vor der Explosion. Nachdem er das Gerät fortgeräumt hatte – er behandelte es stets mit äußerster Sorgfalt –, ging er in die Küche und schenkte sich einen Drink ein. Keinen Muskat, einen Jack D. Er sah mich an.

»Immer noch trocken?«

Ich nickte.

»Stimmt was nicht? Bist du krank?«

Ich schüttelte den Kopf.

»Du würdest es mir sagen, ja?«, fragte er und wirkte besorgt, allerdings nicht um meine Gesundheit, das wusste ich. »Ich meine, du würdest es mir doch sagen, wenn du krank wärst?«

»Warum? Damit du mich beim Sterben filmen kannst?«

Ich warf ihm meinen besten Mach-nur-Spaß-Blick zu. Er grinste. »Warum nicht? Ich meine, man könnte das nicht direkt angehen, sondern müsste …«

Ich warf ihm einen ganz anderen Blick zu. »Hör auf!«

Was er auch tat. Was er immer tat, wenn ich ihn darum bat. Das Problem war nur, dass ich ihn darum bitten musste. »Warum machst du nicht irgendwas?«

Er sah unglücklich drein. »Weil ich einfach hier rausmuss«, sagte er. »Irgendwohin, nur raus.«

Ich blickte mich um. Anthony Perkins hing über meinem Kopf und starrte auf mich herab von dem in schlichtem Grün und Schwarz gehaltenen, zweisprachigen, belgischen Kinoposter für den Film *Der Prozess,* Laurits' drittliebstem Film. »Was gefällt dir hier nicht?«

»Ich muss einfach raus.« Er stand auf, Glas in der Hand und starrte zum Fenster. Es gab da draußen nichts zu sehen, nur die Rückwand eines Eisenwarenladens, aber seine Miene hellte sich auf. »Ich weiß was«, sagte er. »Lass uns ins Henrys gehen.« Er sah mich an, in den Augen die Andeutung einer Bitte. Er wusste, ich hasste das Henrys. »Da waren wir schon ewig nicht mehr.«

Ich würdigte diesen Vorschlag nicht mal mit einer Antwort und griff wieder nach meinem Buch. Ich wollte nämlich gar nicht ausgehen, und wenn schon, dann auf keinen Fall ins Henrys. Im Sidetracks käme ich vielleicht noch mit einer Soda über die Runden, aber ich nahm nicht an, dass ich einen Abend im Henrys überstand, ohne von *irgendwas* high zu werden; und in diese Lage wollte ich mich keinesfalls bringen. Ich wollte nüchtern bleiben. Mir gefiel es, wie sich mein nüchterner Körper anfühlte, diese Leichtigkeit, der bessere Schlaf, all das, was einem versprochen wird, wenn man Alkohol und Drogen aufgibt, und was man nie glaubt, bis man es selbst erlebt. Außerdem hatte es bei unserem letzten Besuch im Henrys diesen

Vorfall gegeben, ein Missverständnis, wie Laurits es nennen würde – allerdings wusste ich, es wäre dumm von mir, ihn daran zu erinnern.

»Was meinst du?«, hakte er nach, als ich keine Antwort gab. Er wusste, ich würde früher oder später nachgeben.

Ich wusste es auch, versuchte aber, wenigstens den Anschein von Widerstand zu wahren. Nicht so sehr, um mich durchzusetzen, wollte er doch unbedingt, dass ich ihn begleitete, und ich tat immer, was er unbedingt wollte, aber dennoch, mir ging es ums Prinzip. »Ach, komm schon, Laurits«, sagte ich. »Da hängt doch nur ein Haufen alter Biker ab. Alle, die wir kennen, sind im Sidetracks.«

Er schüttelte den Kopf. »Mit denen will ich heute Abend nicht zusammen sein«, erwiderte er, ein wenig ruhiger nun, kam zum Sofa, nahm mir das Buch aus der Hand, warf einen Blick auf das Cover und schlug es zu. »Komm schon. Nur wir beide, du und ich. Eine kleine Feier.«

»Ach?«

»Warum nicht?«

»Im Henrys?«

»Klar doch.« Er grinste, und ich ärgerte mich, weil er wusste, dass er mich überredet hatte.

»Und was feiern wir?«

»Uns.« Er schaute sich um, als suchte er etwas. »Wir müssten doch längst so was wie einen Jahrestag haben. So was ist wichtig, weißt du?«

Ich lachte. Es war sinnlos, noch auf dem Sidetracks zu beharren. Wenn Laurits sich ungern unter Menschen aufhielt, wäre es ein Fehler, seine Meinung ändern zu wollen, das wusste ich. Wie er sich unter Menschen fühlte, war schon immer ein

Problem gewesen, und wie er sich mit ihnen verstand, hing von zu vielen Variablen ab, als dass man Risiken eingehen könnte. Selbst an einem guten Abend konnte er in einem leeren Zimmer einen Streit anfangen, hatte er aber eine seiner Greta-Garbo-Launen, führte er sich unmöglich auf. Im Sidetracks gab es einen inneren Kreis von Fast-Freunden, für die er nichts falsch machen konnte, egal was; und dann gab es da noch einen äußeren Kreis von Bekannten, die kamen oder gingen und sich an Abenden zu uns gesellten, wenn es aussah, als könnte etwas Ungewöhnliches geschehen, die aber weiterzogen, wenn anderswo interessante Drogen oder das Gerücht einer Party lockten. Am schwierigsten war es, wenn jemand neu dazustieß. Leute, die zufällig in unseren Kreis gerieten. Ein neuer Lover etwa oder ein alter Highschool-Freund auf Besuch, der plötzlich auftauchte; man wusste nie, wie Laurits auf sie reagierte. Bei der ersten Begegnung waren viele Leute von ihm fasziniert, gelinde gesagt. Ich will damit nicht behaupten, dass sie ihn mochten, aber er zog ihre Aufmerksamkeit auf sich, fesselte sie. In seiner Nähe herrschte gleichsam eine Aura der Erwartung, vor allem, wenn er gut aufgelegt war. Irgendwas an seiner Art, die Welt zu sehen, an den Details, über die er sich ausließ, den plötzlichen Drehungen und Wendungen in der Logik einer Nacht, den Spielen, die er spielte, aber auch den Spielen, für die er Raum schuf, damit andere sie spielten – all das machte ihn unwiderstehlich, zumindest anfangs. Für manche verkörperte er auch so etwas wie Gefahr. Sie waren erregt und hatten vielleicht sogar ein wenig Angst, weil sie vermuteten, sie würden, wenn sie Laurits auf seinem fröhlichen Weg durch einen langen, toxischen Abend folgten, etwas tun, dass sie aus eigener Willenskraft nie zu tun gewagt hätten. Dann fanden sie sich mutig, doch wusste ich, dass er ihnen hinterher, *post mortem* sozusagen, als Rechtfertigung diente. Wie wir alle. Manchmal verliebten sich Neulinge auch ein wenig in Laurits. Das war nichts Sexuelles, sondern – Liebe, und wenn nicht Liebe, dann Vertrauen. Laurits wirkte wie ein Magnet für Leute, denen es an Vertrauen und Selbstvertrauen fehlte, Leuten wie mich, die sich normalerweise aus dem Spiel ausgeschlossen fühlten. Er schloss sie in dieses Spiel ein – und es war nicht allein sein Spiel, sondern ihrer aller Spiel. Sie waren nicht länger bloß Publikum, sie waren Mitspieler.

Das änderte sich freilich nach einer Weile. Die Neuen begannen zu begreifen, dass er eigentlich nicht an ihnen interessiert war, dass er nur sehen wollte, wie sie ihr Spiel spielten – und er war in Wirklichkeit auch nicht so für sie da, wie sie anfangs angenommen hatten. Er gab sich leicht distanziert, absichtlich distanziert – und sie wurden nicht recht schlau aus ihm, wussten nicht genau, wann er scherzte und wann er es ernst meinte, obwohl doch offensichtlich sein sollte, dass er zwischen beidem nicht zu unterscheiden vermochte. Er konnte großzügig sein, nur bevorzugte er eine gleichsam formale Großzügigkeit, eine Art Ehrensache, etwa wie ein Stammeshäuptling, der bei einem Potlatch seinen kompletten Besitz verschenkt, weshalb Laurits' Großzügigkeit letztlich nur einen weiteren Beweis dafür abgab, dass er in Wahrheit nicht mit ihnen zusammen, sondern einfach nur da war. Und bald begannen die Neulinge zu glauben, weil Laurits nichts brauchte, läge ihm eigentlich auch nichts an ihnen – und das teilte sie in zwei Gruppen, in jene, die sich betrogen fühlten, und jene, die ihn deshalb umso stärker schätzten. Manchen gefiel es, dass sie für ihn nicht mehr waren als der Wind oder ein dahinfliegender Schwarm Wildgänse; andere schockierte die Erkenntnis, dass sie für ihn von Anfang an nichts weiter als bloß Phänomene gewesen waren. Das war eines seiner Lieblingsworte: Phänomene. Für ihn war alles, er selbst eingeschlossen, ein mehr oder minder interessantes Phänomen, und es verstörte ihn, dass andere Menschen die Welt anders verstanden. Wenn sich jemand von Laurits abkehrte, weil er sich von ihm enttäuscht fühlte, fand Laurits das stets ein wenig amüsant und enttäuschend – allerdings nur in ihrem Beisein. Manchmal erschöpfte es ihn auch bloß. Die Show. Das Spiel. Manchmal musste er Abstand halten, allein sein oder mit mir zusammen – was, wie er sagte, für ihn so ziemlich dasselbe war. Kaum etwas machte ihn übrigens so liebenswert wie seine Fähigkeit, derlei offen auszusprechen und darauf zu bauen, dass ich es schon als Kompliment verstehen würde.

* * *

Für zwei Leute, die über keinen fahrbaren Untersatz verfügten, war das Henrys ein denkbar ungünstiger Ort für einen Drink. Die Kundschaft kam überwiegend auf Zweirädern, da das Henrys im Grunde eine Biker-Bar war. Streng genommen gehörten übrigens zwei Henrys zum Henrys, die beiden Besitzer, ein Paar fast identisch aussehender Ex-Angels, von riesenhafter Statur und meist sehr sanftmütig, manchmal aber auch brutal, falls die Gelegenheit es erforderte. Sie waren Mitte vierzig, und man konnte, waren sie entspannt, in ihren Zügen hinter den dichten Bärten noch das Kind erkennen, zwei gutmütige, gutgelaunte kleine Jungs. Zu Big Henry gehörte zudem eine Narbe, die schnurgerade über sein Gesicht lief, fast, als wäre sie mit einem Lineal gezogen worden. Big Henry – der Name so zutreffend wie ironisch gemeint, denn auch wenn Big Henry wirklich ziemlich groß war, war sein Partner, dessen Spitzname natürlich Little Henry oder nur L'il Henry lautete, noch um einiges größer. Mit Erleichterung stellte ich beim Hereinkommen fest, dass Big Henry hinterm Tresen stand. Während unseres letzten Besuchs bei den beiden Henrys hatte Laurits nämlich einen Streit mit zwei von der Straße hereingeschneiten Typen angefangen, dem L'il Henry ein wenig gewaltsamer als sonst ein Ende machen musste.

Diese hereingeschneiten Typen waren im Unrecht gewesen, wie jedermann an diesem Abend bestätigt hätte – und später, nachdem wir gegangen waren, vielleicht auch noch getan hatte, nur konnten wir uns keineswegs sicher sein, dass wir in L'il Henrys Augen – und, was das anging, auch in denen von Big Henry – nicht vielleicht immer noch *persona non grata* waren. Folgendes sprach für uns: Die hereingeschneiten Typen, ein kleiner, nerviger Kerl mit fusseligem Ziegenbart sowie ein großer, hagerer Kerl Mitte dreißig mit dichtem schwarzem, etwas zu adrett gestriegeltem Haar, waren gegen neun Uhr aufgetaucht und hatten in Laurits gleich den College-Typen ausgemacht – wie, das war mir schleierhaft, denn von irgendwelchen Lederklamotten einmal abgesehen war er genau wie alle anderen im Henrys gekleidet. Jedenfalls kamen sie händereibend auf uns zu, bereit, für ein bisschen Spaß. Und natürlich machten sie mich an, um an Laurits heranzukommen.

»Na, Hübsche«, sagte der größere Typ. »Warum kommst du nicht rüber zu mir, zu einem echten Kerl?«

Laurits konnte einfach nicht anders, das weiß ich. Hätte er einen Augenblick gewartet und das Gelaber noch ein bisschen länger ertragen, hätte L'il Henry sich eingemischt und klar Tisch gemacht. Ohne Lärm, ohne Gewalt. Nur durch Angst.

Ich weiß, Laurits wollte den Mund halten, aber er konnte nicht. Er lachte. Warum auch nicht? »Ach nee, Superman«, sagte er. »Bist du von ganz allein auf den Spruch gekommen?«

Der große Typ sah ihn an. Er war noch nicht wütend, war aber willens, wütend zu werden. Der zweite Typ dagegen wirkte ziemlich nervös. Vielleicht war ihm L'il Henry aufgefallen, der mit einem seiner Cousins Billard spielte – alle in dieser Kneipe waren L'il Henrys Cousins. Sogar einige der Hippies, obwohl die aussahen, als wären sie spätestens schon um 1975 abgenibbelt. Ich hielt Cousin für eine Ehrenbezeichnung. Der große Typ legte den Kopf leicht schief. »He, Schwuchtel, habe ich vielleicht mit dir geredet?«, sagte er leise, so leise wie die harten Jungs in den alten Filmen reden. Er wusste offenbar nicht, dass in einer Kneipe wie dem Henrys niemand auf diese Art leise redete, niemand außer L'il Henry, der ganz anders als die harten Jungs in den Filmen war, die ich gesehen hatte.

Laurits grinste und nickte leicht. »Jetzt hör mal zu«, sagte er. »Wir kümmern uns hier allein um unseren eigenen Kram und genehmigen uns an einem Samstagabend in aller Ruhe einen Drink, wie es altehrwürdiger Brauch ist.« Ich war erleichtert. Er entschied sich für die smarte Tour. Überließ es Henry. Aber natürlich lag ich falsch. »Wir wollen keinen Ärger, Mister«, fuhr er dann im Ton einer dieser wimmernden Schwächlinge aus einem alten Western fort. »Warum verziehst du dich also nicht einfach nach Hause, lädst dir einen Porno runter und findest die Liebe, die du offenbar so dringend brauchst?«

Jetzt waren die Typen sauer. »Was hast du zu mir gesagt?« Für den Fall, dass er Hilfe brauchte, sah er sich nach seinem Kumpel um.

Laurits stand auf und sah ihn an. Er sprach langsam und gab sich keine Mühe, seine Verachtung zu verbergen. Ich habe mich schon immer gefragt, warum er sich auf so was einließ. War er so mutig? Oder einfach bloß stur? Mir wäre es lieber gewesen, er wäre keines von beidem. »Muss ich dir das auch noch erklären?«, sagte er. »Na schön. Kauf dir ein Sixpack. Geh nach Hause und finde die Liebe, die du brauchst, im Internet.«

Der dunkelhaarige Typ machte einen Satz auf ihn zu. Laurits trat beiseite, dann rammte er ihn mit seinem Unterarm wie mit einem Vorschlaghammer. Als der erste Typ zu Boden ging, drehte er sich nach dem Kleineren um, aber dafür war es schon zu spät. L'il Henry war schon da – und jetzt wusste ich, warum er gewartet hatte. Er hatte sehen wollen, wie Laurits reagierte, er wollte wissen, ob dieser großschnäuzige College-Kerl nur ein großschnäuziger College-Kerl oder nicht doch vielleicht ein künftiger Cousin war. Denn er mochte Laurits, hatte ihn wirklich gern. Ihm gefiel es, dass Laurits keine Rolle annahm, wenn er zur Tür hereinkam. Dass er immer Laurits blieb, auch wenn es manchmal klüger gewesen wäre, eine Weile jemand anders zu sein. Nur hatte er darauf gehofft, dass er sich beherrschen konnte. Hatte auf Vertrauen gehofft. In ebendiesem Moment fand er jedenfalls, Laurits besäße nicht genügend Vertrauen, obwohl er ihm so großen Spielraum gelassen hatte. Und in ebendiesem Moment fragte L'il Henry sich, ob Laurits nur Laurits traute, womit er sich für einen gefährlichen Weg entschieden hätte.

Jungs und ihre Spielchen. Entweder habe ich sie nie verstanden, oder ich verstand sie nur zu gut.

An jenem Abend wurde Laurits nicht auf der Stelle vor die Tür gesetzt. L'il Henry hatte gewartet, bis die Hereingeschneiten lang genug aus dem Haus waren, dann kam er zu uns an den Tresen. Wir hatten keine Drinks mehr bestellt. Wir warteten auf Henrys Absolution. Laurits wusste, dass er gegen eine der Hausregeln verstoßen hatte – im Henrys gab es ständig Prügeleien, aber nie mit jemandem, der nicht zur Clique gehörte, außerdem wurden sie stets draußen ausgetragen –, Laurits hätte es besser wissen müssen. Gab es Ärger mit Fremden, kümmerte L'il Henry sich gern selbst darum, auf seine Weise, eine sehr minimale Weise, denn dieser so überaus jungenhafte Kerl konnte sich in null Komma nichts in etwas ziemlich Gefährliches verwandeln. Meist brauchte er den Leuten nur auf die Pelle zu rücken und konnte dann zusehen, wie sich das Problem vor seinen Augen in nichts auflöste. Für ihn war das in Ordnung, er brauchte nichts zu beweisen, und dank dieses Vorgehens zog sein Laden auch nicht mehr als das übliche Interesse der Gesetzeshüter auf sich. Oder der *Federales,* wie beide Henrys alle Polizeibeamten nannten. Niemand wusste warum, es war wohl eine Art Insiderwitz.

Als er dann so weit war, kam L'il Henry zu uns und stellte sich neben Laurits, lehnte sich fast an seine Schulter. Er sprach leise. »Ich werde dich nicht gleich rauswerfen«, sagte er. »Aber es ist wohl besser, du verschwindest. Trink noch ein Glas, das geht aufs Haus, aber dann mach die Fliege.« Er musterte Laurits' Gesicht, um zu sehen, ob er zu ihm durchkam. Es war offensichtlich, dass L'il Henry das Geschehene bedauerte. Vielleicht fühlte er sich sogar ein wenig verantwortlich. »Also gönn dir noch einen Schluck, und dann kommst du besser für eine Weile nicht mehr her. Okay?«

Laurits nickte. Jeder andere hätte sich jetzt entschuldigt oder versucht, etwas wieder gutzumachen, aber er nicht. »Geht klar«, sagte er.

L'il Henry nickte. »Gut. Und in Zukunft gehst du Ärger aus dem Weg.«

Jetzt waren wir also hier, sondierten das Terrain. Nur war L'il Henry nicht da – und obwohl es Samstagabend war, war kaum was los. Richtig ruhig. Sogar einige Cousins fehlten – was bedeutete, dass wir erst recht auffielen, als wir hereinspazierten. Big Henry stand am Tresen. Er warf Laurits einen warnenden Blick zu, bloß wusste ich nicht, wie ernst er gemeint war, dann kam Big Henry zu uns rüber.

»Ihr habt Glück«, sagte er, »dass L'il Henry heute Abend nicht da ist. Ich bin mir nicht sicher, ob er froh wäre, euch hier zu sehen.«

Laurits nickte, nicht gerade reumütig, aber nüchtern. »Ich weiß, dass Henry weiß, dass ich es nicht an Respekt fehlen lassen wollte«, sagte er. »Er weiß, wer ich bin.«

Henry verzog das Gesicht. »Genau das ist das Problem«, sagte er. »Entscheidend ist nicht, ob er *dich* kennt. Wichtiger ist, ob du *ihn* kennst.« Er seufzte tief, ließ dann den Blick über uns wandern, als wäre ihm nicht klar, was wir für eine Spezies waren – seine Art, das Thema zu wechseln. »Okay«, sagte er schließlich. »Was darf's sein?«

* * *

Als wir die zweite Runde bestellten – ich trank, was Big Henry beharrlich Sarsaparillextrakt nannte –, hatte sich Laurits' Laune geändert. Ich schätze, er hatte das Gefühl, er sei wieder aufgenommen worden. Schließlich hätte Big Henry ihn nicht bedient, wenn er nicht wüsste, dass L'il Henry bereit war, Laurits zu vergeben. Trotzdem hatte ich den Eindruck, dass ihn noch etwas anderes beschäftigte, etwas, von dem er nicht wollte, dass ich davon erfuhr. Das machte mir zwar zu schaffen, nur war dies kaum der richtige Moment, mit ihm darüber zu reden. Ich wollte den Abend einfach bloß rumbringen und zu einer halbwegs anständigen Zeit in die Wohnung zurückkehren, vorzugsweise nüchtern. Noch ein paar Drinks, dann konnte Laurits zufrieden in dem Wissen nach Hause stiefeln, dass ihm verziehen worden war. Wieder aufgenommen. Ich hatte keine Ahnung, warum ihm das so wichtig war, und mir lag auch nicht genug daran, es herausfinden zu wollen.

Doch Big Henry war mit uns noch nicht fertig. Als ich Limonade bestellte, hatte ihn das überrascht – »O je«, sagte er, »ich glaube, irgendwo sollten wir noch Sarsaparillsaft haben« –, doch als ich zur zweiten Runde das Gleiche bestellte, wurde er neugierig.

»Tja«, sagte er. »Was soll ich denn davon halten?« Er schaute mich an, dann Laurits, und grinste. »Habt ihr zwei Süßen dem alten Henry vielleicht etwas zu sagen?«

Laurits blickte ihn verwirrt an. Ich begriff auch nicht sofort, so absurd war der Gedanke, gleich darauf aber kapierte ich und musste lachen. »O nein. Wir haben ganz bestimmt nichts Derartiges mitzuteilen.«

Niedergeschlagen schüttelte Henry den Kopf. »Seid ihr euch sicher? Ist lange her, dass jemand in diesem Haus gleich zweimal hintereinander Sarsaparillsaft bestellt hat.« Er bedachte mich mit einem freundlichen, aber nicht vorbehaltlos onkelhaften Lächeln, ehe er sich an Laurits wandte, der erst jetzt dahinterkam, wovon die Rede war. »He, Laurits«, sagte er. »Was höre ich da von dir und Axel Crane?« Sein Ton war härter geworden, nicht viel, doch gerade genug.

Laurits schaute überrascht auf. »Wie meinst du das?«

Henry sah ihn nicht an, zapfte sich stattdessen noch ein Bier und ließ den Blick durch den Saal schweifen, so wie er es immer tat, wenn er sich überzeugen wollte, dass sich nicht irgendwo Ärger zusammenbraute. Henry erlaubte in seinem Haus keine Drogen – wie Prügeleien hatten Deals draußen abzulaufen –, und er bestand darauf, wie er einmal in meiner Hörweite gesagt hatte, dass jede Frau, die dämlich genug war, sich ins Henrys zu wagen, mit äußerstem Respekt behandelt wurde, denn gleich den Indianern, die früher in dieser Gegend gelebt hatten, hielt er Verrückte für heilig. »Nun, ein kleines Vögelchen hat mir gezwitschert, dass du Geschäfte mit Axel machst.« Jetzt sah er Laurits direkt in die Augen. »Oder habe ich da was falsch verstanden?«

Laurits zuckte die Achseln. »Ich habe den Typen getroffen. Er hat gesagt, er interessiere sich für Kino.«

Big Henry wieherte vor Lachen. Das tat er oft. Im Henrys wieherten die Leute eher, als dass sie lachten. »Aber sicher doch.«

Laurits wieherte nicht, lachte nicht und sagte nichts. Ich sah ihm an, dass er sich ertappt fühlte wie ein zwischen dem zweiten und dritten Inning erstarrter Base-Runner bei einem falsch eingeschätzten Steal.

Henrys Stimme war jetzt sehr leise. »Hör mal. Du tust, wovon du glaubst, dass du damit durchkommst, aber bilde dir bloß nichts ein, Professor.« Laurits zuckte zusammen. *Professor* hatten ihn die Henrys am Anfang genannt. Nach und nach war der Spitzname fallengelassen worden, was Laurits für ein Zeichen zumindest teilweiser Akzeptanz gehalten hatte. Jetzt hörte er ihn wieder, weshalb er sich fragte, ob er je wirklich ganz verschwunden gewesen war. »Das da draußen ist kein

Schachspiel. Und Axel Crane interessiert sich ganz bestimmt nicht für Kino.«

Einen Moment lang wirkte Laurits wie in sich zusammengesackt. Er hielt den Kopf gesenkt, starrte in sein Glas und wollte Henry nicht ins Gesicht sehen. Als die Predigt vorbei war, griff er nach seinem Drink und trank aus. Dann blickte er Henry an. »Du weißt, was Oscar Wilde über Schach gesagt hat, oder?«

Henry erwiderte kein Wort, aber ich sah ihm an, dass er neugierig war. Nicht, dass ihn die Bohne interessiert hätte, was Oscar Wilde gesagt haben könnte oder nicht. Da Laurits aber beharrlich schwieg, nahm er das leere Glas. »Nochmal das Gleiche?«

* * *

Danach schlug Laurits' Laune erneut um. Dabei war er keineswegs deprimiert, eher schien es, als hätte ihn eine Art falscher Hysterie gepackt, das fieberhafte Verlangen, einen draufzumachen, unter allen Umständen. Ich wollte nach Hause, wusste aber, wir würden erst gehen, wenn dieses Feuer erloschen war. Und ich wusste, ich sollte einfach mitmachen, durchhalten, und meist versuchte ich genau das, musste aber unwillkürlich daran denken, was Big Henry zuvor gesagt hatte: »Entscheidend ist nicht, ob er *dich* kennt. Wichtiger ist, ob du *ihn* kennst.« Seither ging mir eine Zeile aus einem alten Song von Butch Hancock nicht mehr aus dem Sinn: *You're just a wave, babe, you're not the water* – oder so ähnlich. Laurits war das nicht klar – und ich denke, die Henrys hatten sich insgeheim vorgenommen, ihm das beizubringen, ehe es zu spät war, doch bei dem Blick, mit dem Big Henry uns den nächsten Jack D. einschenkte, fragte ich mich besorgt, ob dieses »zu spät« nicht schon unmittelbar bevorstand. Trotzdem hielt ich den Mund, bis es im Henrys wirklich *ziemlich* leer wurde und wir aufbrechen wollten; aber erst, nachdem wir uns verabschiedet oder doch zum Abschied gewunken hatten und in die Nacht hinaustraten, schnitt ich das Thema an, ganz beiläufig, keine große Sache, nur eben so ein Gespräch, während wir dem Sandweg folgten, der vom Henrys zur asphaltierten Straße führte. »Wer ist Axel Crane?«, fragte ich.

»Niemand.« Laurits hatte viel getrunken, aber draußen an der frischen Luft wirkte er so nüchtern wie ich. »Henry hat da was in den falschen Hals gekriegt.«

»*Irgendwas* wird schon dran sein«, erwiderte ich.

»Er ist bloß so ein Typ. Ich hatte angenommen, er wolle Geld in ein Projekt stecken, an dem ich arbeite, aber daraus wurde nichts.«

Ich konnte sein Gesicht im Dunkeln nicht sehen, aber ich wusste, dass er log. Er war ein schlechter Lügner – und dann, ganz plötzlich, fiel es mir wieder ein. »Moment mal«, sagte ich, »jetzt erinnere ich mich.«

»Tust du nicht«, entgegnete Laurits, in seiner Stimme der Ton arg strapazierter Geduld. »Du hast ihn nie kennengelernt.«

»Er war der Typ in dem Truck, stimmt's? Beim Schlachthof. Der Kerl in dem roten Pick-up.«

Laurits seufzte, sagte aber nichts.

»Und wer ist das?«

»Niemand«, wiederholte er in resigniertem Ton. »Nur ein Freund.«

»Ein *Freund?*«

»Ein Bekannter.«

Wir hatten die Straße erreicht. Es war noch dunkel, doch fiel vereinzelt Licht durch die Bäume. Nicht viel, aber gerade genug, um unseren Weg sehen zu können. Manchmal erhellten ein vorbeifahrendes Auto oder die Scheinwerfer eines Motorrads den schwarzen Asphalt, die Straße lang und breit zwischen hoch aufragenden Bäumen. Gewöhnlich gefiel mir dieser Spaziergang. Er markierte das Ende eines Abends, der mir meist nicht sonderlich gefallen hatte, und ich freute mich über die kühle Luft, die Stille, über den Lichtschimmer aus Küchen und Höfen, in denen andere Menschen, Fremde mit ihrem eigenen Leben, ihren eigenen Geschichten, spät noch aufsaßen, Bourbon tranken oder Kaffee, sich unterhielten oder in bläulich glimmenden Zimmern fernsahen, allein oder paarweise, die Kinder oben im Bett, die unbeantworteten Fragen weiter unbeantwortet, und was auch immer sie sich erhofften oder befürchteten noch so weit weg, dass sie wie gewohnt weitermachen konnten.

Dad pflegte zu sagen: *Sei vorsichtig mit dem, was du fürchtest,* doch hatte ich keinerlei Vorahnung in jenem Moment, als der schwarze Pick-up sich von hinten näherte und immer langsamer wurde, wir in seinem Scheinwerferlicht, so dass Laurits sich irgendwann umdrehte, um zu sehen, wer da kam. Ich vermute, er rechnete damit, dass es ein Gast aus der Bar war, vielleicht jemand, der uns ein Stück mitnehmen wollte, doch auch wenn ich mich nicht umdrehte, anfangs jedenfalls nicht, wusste ich, ohne zu wissen warum, dass es niemand aus dem Henrys war. Inzwischen hatte der Pick-up angehalten und stand einfach da, die Scheinwerfer auf uns gerichtet, dahinter jemand, der uns beobachtete. Ich drehte mich um. *Sei vorsichtig mit dem, was du fürchtest,* pflegte er zu sagen – womit er meinte, dass etwas real wird, wenn man sich nur genug davor fürchtet, dabei gibt es da draußen in der großen Welt bereits genügend Ärger, den man sich nicht einmal vorzustellen vermag. Nun stand uns jedenfalls Ärger bevor, dafür brauchte es keine besondere Vorstellungskraft. Man konnte auch nichts mehr falsch oder richtig machen, dafür war es zu spät, aber als Laurits sich umdrehte und auf den Wagen zuging, war ich davon überzeugt, dass er einen Fehler machte. Ehe er auch nur zehn Schritte gegangen war, sprangen zwei Männer – Männer, die ich meines Wissens noch nie gesehen hatte – aus dem Pick-up, einer vom Beifahrersitz, einer von hinten, was bedeutete, dass es mindestens noch einen dritten gab, den Fahrer, dessen Gesicht ich nicht sehen konnte.

Als ich die Männer auf Laurits zurennen sah, dachte ich nicht nach, ich rannte ihnen einfach entgegen, ohne mir etwas dabei zu denken, ohne Plan, allein von Furcht getrieben. Ich hätte in die andere Richtung laufen können – heute denke ich, das hätte ich auch tun sollen, denn dann hätte ich Hilfe holen können, hätte früher Hilfe geholt –, ich hätte auch kurz innehalten können, um nachzudenken, wenigstens einen Moment lang. Lang genug jedenfalls, um mir das Nummernschild zu merken oder das Aussehen der Männer. Sie waren groß, so viel wusste ich später noch, einer hatte einen sorgfältig frisierten Ziegenbart und kurze, vielleicht schwarze oder dunkelbraune Haare; der andere hatte hellere Haut und den Körper eines Mannes, der hingebungsvoll Kraftsport betrieb, aber in einer Stadt wie Scarsville traf das wohl auf jeden zweiten Mann zu. Ich hätte vieles machen können, und doch hatte ich da irgendwas im Hinterkopf, etwas, das es offenbar schon lange gab und das mich antrieb, jemanden zu verletzen, egal wie leicht, bevor das Geschehen seinen Lauf nahm.

Und es nahm seinen Lauf, sehr schnell, so schnell, dass ich nichts machen konnte. Das heißt, vielleicht habe ich was gemacht – vielleicht habe ich den dunkelhaarigen Typen gerade so lang abgelenkt, dass Laurits den ersten Schlag landen konnte, mit der Rechten antäuschen, um dann mit der Linken einen Hammerschlag anzusetzen, nur sah ich ihn da bloß noch aus den Augenwinkeln, denn einen Moment später schlug mich der Dunkelhaarige beiseite, fegte mich von den Füßen, als würde er eine Fliege beiseitewedeln. Ich fühlte nichts, noch nicht, war ein Körper ohne Masse, ohne Gewicht, kam mir vor, als würde ich schweben. Dann schlug ich schwer auf, mehrere Schritte weit weg von den anderen, und alles in meinem Kopf verlangsamte sich, Arme und Knie knallten auf den Boden, ein Scheppern in den Ohren, im ganzen Körper ein Gefühl, als würde ich langsam versinken, bis mir das Blut aus der Nase spritzte. Seltsamerweise half mir das, mich zu konzentrieren. Das Blut war real, eine physische Tatsache, anders als der Nebel in meinem Kopf, das kalte, kreidige Gefühl in Knien und Schultern. Es war Blut, mein Blut, und es war real. Feucht im Gesicht und an den Händen. Warm. Vermutlich hat es länger gedauert, als ich annahm, doch kam es mir damals so vor, als sei ich gleich wieder auf den Beinen gewesen. Jedenfalls ziemlich rasch. Da aber fuhr der Pick-up schon rückwärts die Straße hoch, fort von der Stadt und bereits zu tief in der Dunkelheit, als dass ich das Nummernschild noch hätte entziffern können. Langsam, als verfügten die Männer über alle Zeit der Welt, wendete der Wagen, und auch der Fahrer drehte sich dabei ein wenig und sah mich an – oder schaute er nur auf die Straße? –, allerdings nicht lang genug, als dass mir etwas Besonderes an ihm aufgefallen wäre. Dann gab er Gas, und sie fuhren davon, zurück in die Richtung, aus der sie gekommen waren.

Ich sah nach Laurits. Er lag auf dem Boden, versuchte, sich aufzurichten, Blut an den Händen, im ganzen Gesicht, Blut auf dem Hemd – zu viel Blut, wie ich fand, bis ich begriff. Irgendwann im Laufe des Kampfes hatte der Hellhaarige zugestochen. Er war überrascht worden – sie hatten mit leichter Beute gerechnet, und einer der beiden war in Panik geraten. Oder hatten sie von Anfang an geplant, mit dem Messer zuzustechen? War das ihre eigentliche Absicht gewesen? War es ihnen aufgetragen worden? Von wem? Von diesem Crane? Was hatte Laurits getan, um solch eine Strafe zu verdienen?

»Bleib liegen«, sagte ich und suchte nach der Verletzung, konnte bei all dem Blut aber erst nichts sehen. Ich suchte den Hals ab, die Brust, den Bauch und fand nichts. Dann aber sah ich es, ein Stich von hinten in den Unterleib, Blut quoll zwischen meinen Fingern hervor. »Nicht bewegen«, sagte ich, als er sich wieder aufrichten wollte. Ich schaute mich nach etwas um, womit ich das Blut stillen konnte, aber da war nichts, also zog ich meine Bluse aus, knüllte sie zusammen und drückte sie, so fest ich konnte, auf die Wunde. »Bleib«, sagte ich noch einmal. »Kannst du das halten?« Ich sah auf seine Hände, sah wie sie sich in den Boden krallten. Ich fühlte mich völlig hilflos.

Endlich hob er eine Hand und legte sie auf die Bluse. Kaum wahrnehmbar bewegte er den Kopf, eine Bewegung, die ich für ein Nicken hielt, und ich spürte Hoffnung aufkeimen. Hätte das Messer eine Arterie verletzt, hätte er nicht mehr lange zu leben gehabt. Ich wusste das aus *Tod am Nachmittag,* wusste, dass die durchbohrten Matadore verbluteten, noch ehe man sie aus der Arena tragen konnte, und meine Angst legte sich ein wenig. Man hatte ihn schwer verletzt, aber er würde durchkommen. Er war bei Bewusstsein und kräftig genug, die provisorische Bandage selbst zu halten. Das war gut. Jetzt brauchte ich bloß noch Hilfe zu holen. Zum Henrys nahm ich nie mein Handy mit, und Laurits besaß nicht mal eines. Ich stellte im Kopf einige rasche Überlegungen an und sagte mir, dass wir näher an der Stadt als am Henrys waren, außerdem hätte es mir wohl keiner der Henrys gedankt, hätten wir ihnen dieses Problem ins Haus gebracht – also entschied ich mich für das nächste Licht und hielt darauf zu.

* * *

Als ich zurückkam, saß Laurits aufrecht gegen einen großen Stein gelehnt, nur wenige Schritte von dort entfernt, wo ich ihn zurückgelassen hatte. Es kam mir heller vor, obwohl es noch lang bis zur Dämmerung war. Ich fragte mich, wo der Krankenwagen blieb. Ich hatte bei einem der Häuser angeklopft, aber obwohl Licht brannte, eine Lampe auf dem Küchentisch, eine zweite irgendwo tiefer im Haus, machte niemand auf. Beim zweiten Haus öffnete eine Frau die Tür einen Spaltbreit, prüfte, ob ich allein war, und schob sie dann etwas weiter auf.

»Mein Freund ist verletzt«, sagte ich. »Könnte ich wohl Ihr Telefon benutzen?«

Die Frau musterte mich von oben bis unten. Ich hatte vergessen, dass ich meine Bluse ausgezogen hatte, um Laurits' Wunde zu stillen, und deshalb nur in einem Unterhemd vor ihr stand, das mal weiß gewesen, jetzt aber voller Blut und Dreck war. »Nun«, sagte sie, »ich wüsste nicht, warum ich Sie deshalb ins Haus lassen sollte.« Sie stierte an mir vorbei ins Dunkle. »Was ist mit Ihrem Freund?«

»Ein Unfall mit Fahrerflucht«, antwortete ich, da ich wusste, dass ich ihr was vorlügen musste. Sie würde mir die Tür vor der Nase zuschlagen, wenn sie das Wort *Messerstich* hörte. »Er ist schwer verletzt. Bitte.«

Die Frau runzelte die Stirn. »Wo ist er?«, fragte sie. Im Dämmerlicht konnte ich erkennen, dass sie sich gerade eine Gesichtsmaske aufgelegt hatte, eine dieser Avocado-, Teebaum-, Sharon- oder Dattelölcremes, die man nur kauft, wenn die Haut längst nicht mehr zu retten ist. »Ist er allein da draußen?«

Ich nickte. Wenn sie wusste, dass Laurits allein war, würde sie sicher eher helfen wollen. »Er blutet«, sagte ich.

Wieder sah sie mich von oben bis unten an, dann nickte sie. »Sagen Sie mir einfach, wo Ihr Freund ist«, sagte sie. »Dann wähle ich gleich den Notruf.«

»Aber …«

Sie schüttelte den Kopf. »Ich kann Sie nicht ins Haus lassen, Liebes«, sagte sie und senkte die Stimme zu einem Flüstern. »Mein Bruder Wes ist gerade da, und den wollen Sie bestimmt nicht kennenlernen. So wie Sie aussehen schon gar nicht.« Sie beugte sich so weit vor, dass ihr Kopf aus der Tür ragte, und sagte in verschwörerischem Ton: »Er ist sehr leicht *erregbar.*« Dann trat sie zurück. »Aber keine Sorge, sagen Sie mir einfach, wo Ihr Freund ist, und ich rufe 911 an. Gehen Sie ruhig zu ihm zurück.«

Jetzt begann ich mich zu fragen, ob sie nicht bloß geblufft hatte. Vielleicht gab es ja gar keinen Wes, sicher war ich mir da allerdings nicht. Sie hatte diesen Blick in den Augen, eine Mischung aus Angst und Stolz, wie man sie von einer gewissen Sorte Pitbull-Besitzer kennt, weshalb ich ihre Geschichte lieber nicht auf die Probe stellte. Mittlerweile aber war es eine

Viertelstunde her, seit sie den Anruf machen wollte, und immer noch war niemand da. Nur Laurits, die Bluse an seine Seite gepresst, eine amüsierte Miene im Gesicht, als könne er sich nicht mehr recht daran erinnern, was eigentlich geschehen war. Vielleicht wusste er es ja auch wirklich nicht. Schließlich war er ziemlich betrunken gewesen, als wir aus dem Henrys kamen. Man hatte ihm zwar nichts angemerkt – das tat man nie –, aber er hatte den ganzen Abend lang getrunken. Als ich mich vor ihn hockte, um nachzusehen, ob es aufgehört hatte zu bluten, sah er mich an.

»Hey, na?« In dem Moment sah er gar nicht so aus, als ginge es ihm wirklich schlecht. Er kam mir bloß ein bisschen beschwipst vor, sah aber nicht so aus, als wäre er dem Tode nahe. Nur ein betrunkener Typ, der einen Schlag abbekommen und sich hingesetzt hatte, um sich davon wieder zu erholen.

»Hey«, antwortete ich.

»Du bist schon zurück.«

»Ja, ich bin zurück. Hilfe ist unterwegs.«

Er nickte. »Okay.« Dann folgte eine längere Pause, und ich konnte ihn fast nachdenken hören. »Hey«, sagte er noch einmal.

»Hey.«

»Vielleicht solltest du lieber von hier verschwinden. Nur für den Fall, dass die Typen noch mal zurückkommen.«

Ich schüttelte den Kopf. »Die sind längst über alle Berge.«

Erneutes Nicken. Er schien nur noch über ein sehr begrenztes Repertoire an kommunikativen Gesten zu verfügen: Nicken, leichtes Wedeln mit der freien Hand und simple Wörter wie »hey« und »okay«. Das galt für uns beide. Die Situation war uns zu real, wir verstanden nicht, wie wir hier sein konnten, zusammen, in der Stille des uns umgebenden Waldes, der

Nacht, dazu der Geruch von Blut. »Okay«, sagte er, »ich wollte nur …«

Ich wusste, was er wollte, noch ehe er es sagte. Er wusste nicht, wie er es sagen sollte, aber ich wusste, worum es ihm ging. Er wollte allein sein. All dies *Asche und Diamant,* Zbigniew-Cybulski-Zeug spukte ihm im Kopf herum; Anthony Perkins, der am Ende von *Der Prozess* nur verächtlich lacht. Falls er starb, wollte er lieber allein sein. Und wenn nicht, sahen wir uns später. Für ihn war daran nichts verstörend oder gefühllos. Schließlich war er derjenige, der einen Messerstich abbekommen hatte. »Okay«, sagte ich. »Bleib ruhig sitzen. Ich stelle mich drüben hin und halte Ausschau nach ihnen.«

Er nickte erneut, eine eigenartig mechanische Bewegung. »Danke.« Gerade als ich aufstehen wollte, berührte er meine Hand. »Es wird alles gut«, sagte er, worauf ich nichts erwiderte. Dann sagte er noch etwas, das ich nicht gleich verstand und erst später begriff.

Inzwischen war ich mir nicht länger sicher, wer mit *ihnen* gemeint war, aber ich ließ Laurits sitzen und ging auf die andere Straßenseite, damit ich in Richtung Stadt sehen konnte, und wartete auf den Krankenwagen, den Streifenwagen oder was immer da kommen mochte. Ich wartete lange – vielleicht auch nicht. Vielleicht kam es mir nur lange vor. Als der Krankenwagen endlich eintraf, war Laurits bewusstlos. Ich ging dahin zurück, wo er saß, und sah, dass er zur Seite gekippt war, meine Bluse nutzlos an seiner Seite. Ich wusste nicht, ob er tot war oder im Sterben lag, aber rund um ihn hatte sich das Blut zu einer großen dunklen Pfütze gesammelt, und er lag sehr still, steif, wie tiefgefroren oder in Gips gegossen. Farblos. Daran erinnere ich mich am deutlichsten, an das Fehlen von Farbe.

Aus seiner Haut, seinem Haar, selbst aus den Kleidern schien jegliche Farbe gewichen zu sein. Das Gesicht wirkte grau und so klamm wie nasse Asche nach einem Feuer. Alles um ihn herum war schwarz, von seinem Blut, denke ich, sonst gab es nichts. Nur schwarz und grau. Wie auf einem dieser alten Fotos von Weegee, der die ganze Nacht vor dem Funkgerät hockte und darauf wartete, dass irgendwem etwas passierte, Autounfall oder Mord, diese Unglücklichen, deren Leben am Straßenrand endete oder irgendwo in einer Gasse, die Gesichter leer und ausdruckslos, der Mantel schwer vom eigenen Blut.

Die Sanitäter, oder was immer sie auch waren, kümmerten sich um ihn, sobald sie aus dem Wagen stiegen. Sie kamen zu zweit, ein Mann und eine Frau, und offenbar gab die Frau den Ton an, aber vielleicht übernahm sie auch nur, wenn sie es mit einer Frau zu tun hatten. »Haben Sie uns angerufen?«

Ich schüttelte den Kopf.

Sie wirkte verärgert. »Wer hat uns dann angerufen, Miss?«

»Ich weiß nicht. Mein Freund wurde angegriffen, und ich bin zum nächsten Haus gelaufen …«

»Also kam der Anruf nicht von Ihnen?«

Ich schüttelte den Kopf.

»Sind Sie die Frau des Herrn dort?«

Ich nickte. »Ich bin seine …«

Sie sah mich an, und ihr schien irgendwas aufzufallen. Vielleicht, dass ich einen Schock hatte. Hatte ich einen Schock? Ich wusste es nicht, aber ihr Ton wurde sanfter. »Also schön«, sagte sie. »Warten Sie hier. Wir versorgen erstmal Ihren Freund, okay?«

Ich nickte. Unterdessen hatte sich der Mann um Laurits gekümmert, nur was er da genau tat, wusste ich nicht. Nach

Lebenszeichen suchen, nahm ich an, vielleicht vergewisserte er sich auch, dass die Blutung aufgehört hatte. Die Frau hockte sich neben ihn. Sie wechselten ein paar Worte. Ich konnte nicht hören, was gesagt wurde, erkannte aber an ihrem Ton, dass es schlecht um Laurits stand. Was ich allerdings schon wusste, da ich mit eigenen Augen gesehen hatte, wie grau er war. Wie farblos und leer er wirkte. Sah so der Tod aus? Ich weiß nicht, ob mir in dem Moment oder erst später dieser Gedanke kam, aber er ging mir tagelang nicht mehr aus dem Kopf, ebenso wenig wie die letzten Worte, die er an mich gerichtet hatte – Worte, die erst allmählich zu mir durchdrangen. Was hatte er gesagt? Anfangs nahm ich an, es sei so etwas wie eine Beschwichtigung gewesen, vielleicht hatte er auch versucht, das Ganze mit einem Scherz abzutun. Womöglich aber war es auch eine Art Entschuldigung gewesen – eine Entschuldigung, von der ich später, als ich wusste, warum all dies hier passiert war, ernsthaft hoffte, dass ich sie niemals annehmen würde. Aber wer weiß. Ich war nie stark genug gewesen, Laurits etwas abzuschlagen – er hatte ja auch nie viel verlangt. Vielleicht lag genau darin das Problem.

Doch war es weder eine Beschwichtigung noch ein Scherz und eigentlich auch keine Entschuldigung gewesen, kam einer Entschuldigung aber so nah, wie es ihm nur möglich war. Laurits hätte behauptet, es sei bloß eine Feststellung gewesen, das Konstatieren von Tatsachen.

Es ist nichts Persönliches. Das hatte er gesagt, zumindest etwas in diesem Sinne. Vielleicht wollte er noch mehr sagen, brachte es aber nicht über die Lippen. *Es ist nichts Persönliches.*

Ich sah, wie der Mann und die Frau aufstanden, fast im Gleichtakt, und zurück zum Krankenwagen gingen. Allein an ihren Gesichtern konnte ich ablesen, dass er tot war. »Ach, Laurits«, flüsterte ich, wobei mir egal war, ob sie mich hörten. Schließlich hatte ich einen Schock. Ich durfte sagen, was ich wollte. Trotzdem flüsterte ich, denn die Toten können, wie jemand mal in einer von Dads alten Geschichten gesagt hatte, einen nur hören, wenn man flüstert. »Ich weiß doch, dass es nichts Persönliches war.« Ich ertappte mich dabei, wie ich plötzlich lächelte. Die Sanitäterin sah das, kam zu mir herüber und griff sanft nach meinem Arm, was mich überraschte, da ich angenommen hatte, dass sie mich nicht mochte. Ich hatte angenommen, sie würde uns beide nicht mögen, da wir zugelassen hatten, dass man uns hier draußen im Wald verletzte und dass einer gestorben war, als sie und ihr Partner versucht hatten, uns zu finden, sicher weil Wes' Schwester ungenaue Angaben gemacht und ich nicht darauf bestanden hatte, den Anruf selbst zu erledigen. Aber die Frau hatte nichts gegen uns, sie war einfach nur müde am Ende einer langen Schicht, und sie wollte nach Hause, sich duschen und schlafen, ehe sie morgen wieder zur Arbeit musste. Bestimmt war sie mit einem Polizisten verheiratet oder mit einem Feuerwehrmann, und sie sahen sich so gut wie nie, waren immer auf den Straßen oder auf irgendwelchen abgelegenen Nebenstrecken unterwegs, um das Blut anderer Leute aufzuwischen, einen Brand zu löschen, wobei sie ständig damit zu kämpfen hatten, dass ihnen all das nicht zu nahe ging. Die Frau schaute mich an. »Ich frage Sie nicht, wie Sie sich fühlen«, sagte sie. »Nicht gut, das weiß ich.« Sie musterte mein Gesicht. »Ich wollte nur wissen, ob Sie verstehen, was hier gerade vor sich geht.«

Ich nickte. Womöglich habe ich noch gelächelt, was nicht hilfreich gewesen sein dürfte. Allerdings erlebte diese Frau bei ihrem Job gewiss die seltsamsten Reaktionen. Sie wird manch irres Lächeln beobachtet, Schreie und verrücktes Lachen gehört und erwachsene Männer gesehen haben, in sich zusammengerollt wie Babys auf einer Mülldeponie oder wie Zbigniew Cybulski am Ende von *Asche und Diamant.* Ich nickte erneut und dachte, Laurits hatte Recht, *Asche und Diamant* war bestimmt der beste Film, der je gedreht wurde. Ich schaute zurück auf das, von dem ich wusste, dass es jetzt bloß mehr eine Leiche war. Noch hatte niemand gesagt, dass Laurits tot war, aber es herrschte keinerlei Eile, und das genügte meinem Verstand. Der Mann war hinter mir, sprach in ein Funkgerät. Die Frau wollte, dass ich sie begleitete, aber einen Moment lang blieb ich noch zurück und schaute Laurits an.

»Du hättest mir das nicht zu sagen brauchen«, erklärte ich, so leise ich konnte. Nicht, dass es wichtig gewesen wäre. Dann lächelte ich, aber nur, damit ich nicht weinte. »Ich weiß, dass es nichts Persönliches war. Das ist es doch nie gewesen.«

Just like Tom Thumb's Blues

Was ist cooler als Jazz?

Country.

Das meinst du nicht ernst.

Sub-Country covert alte Punksongs.

Träum weiter.

Barry Manilow.

Die meiste Zeit hielt ich die Augen geschlossen und hörte nur auf die Stimmen. Sie waren wohl nicht so unangenehm wie der Sichtkontakt. Ich kannte diese Leute, seit ich zum ersten Mal ins Sidetracks gekommen war und Laurits kennengelernt hatte, aber keiner von denen stand mir nahe, und von einigen wusste ich nicht einmal die Namen. Sie waren nicht meine Freunde, aber so ist das nun mal, wenn jemand stirbt. Man wird Teil einer Gruppe, die man sich selbst sicher nie ausgesucht hätte, vereint in was auch immer, nur was genau das ist, war eine ganz andere Frage. Nicht Kummer. Nicht Trauer. Irgendwas hatte sich ereignet, und das musste begangen werden, und man begeht eben gemeinsam mit denen, die dann auftauchen. Trotzdem wäre ich lieber nicht hier gewesen, bei diesen Leuten. Ich war mir ziemlich sicher, dass ich keinen von ihnen je wiedersehen würde – freiwillig jedenfalls nicht. Sie hatten zum Mobiliar von Laurits' Leben gehört, und es passte zu ihm, dass er sich mit Gescheiterten und Verrückten umgeben hatte. Da war zum Beispiel Slim, der über einen offenbar unerschöpflichen Vorrat an Rockkonzert-T-Shirts verfügte (heute trug er eines mit Grateful Dead Europe 1972, ziemlich verblichen, doch bestimmt kein Original). Links und rechts von ihm die Roberts-Zwillinge, die beide behaupteten, seine Freundin zu sein und im Gleichtakt Wodka tranken. Die übliche Meute halt, alte Hasen und einige eher neue Gesichter, alle waren sie da, die Laurits gekannt und seine Tiraden und Verbalattacken überdauert hatten. Es war eine klägliche Bande, und mir kam es vor, als hätte keiner dieser Leute ihn wirklich gekannt. Er war erst seit drei Tagen tot, und schon machte jemand seine Barry-Manilow-Nummer nach. Sie wussten nicht, was für ein Fake er war und wie gern Laurits real gewesen wäre. Real im Sinne von ehrlich in einer Welt, in der Ehrlichkeit etwas bedeutet hätte. Allerdings hätte er auch das wieder lachend abgetan. Mein Blick suchte die Kellnerin, und ich bestellte noch einen Jack.

Erst als sie mir den Drink brachte, erkannte ich sie. Sie trug ihr Haar anders und hatte sich stark geschminkt, Gothic-Style; das und die groteske Uniform, die Kellnerinnen im Sidetracks zu tragen hatten – kurzer schwarzer Minirock, dazu eine weiße Fliege und eine mit Rüschen besetzte Schürze –, veränderte sie so sehr, dass ich sie erst wiedererkannte, als sie den Drink vor mich hinstellte und mich anlächelte. »Ruth?«

Sie nickte, froh, mich zu sehen, und zugleich ein wenig verlegen, weil wir uns unter diesen Umständen wiedertrafen. Ich war ihr seit Monaten nicht mehr begegnet, und zum ersten Mal begriff ich, wie gründlich mein Leben von Laurits in Beschlag genommen worden war. Ruth hatte sich aus ihm und seinen Freunden nie viel gemacht. An dem Abend, an dem ich ihn kennenlernte, hatte ich nicht einmal Zeit gefunden, mich von ihr zu verabschieden. »Wie geht es dir? Ich habe gehört, was passiert ist.«

Ich nickte und hoffte, angemessen ernst dreinzusehen, aber ich fand immer noch unwirklich, was vor drei Tagen geschehen war. »Geht so. Na ja, zumindest solange genug Jack Daniels da ist.«

»Davon gibt's noch jede Menge«, sagte sie, lächelte wieder und berührte mich sanft am Arm. In dieser Geste lag eine Andeutung nicht nur von moralischer Unterstützung, sondern auch von Vergebung.

Ich lächelte und war froh, dass sie es war, fühlte mich aber auch einsam. Man weiß, dass es schlecht um einen steht, wenn der einzige Mensch im Saal, den man kennt oder mag, die Kellnerin ist.

Paare. Die waren am schlimmsten. Männer, den besitzergreifenden Arm um ihre Freundin gelegt, doch locker genug, dass es lässig wirkte. So wie: Sie gehört mir, aber hey, ist keine große Sache, ist was wert, aber ersetzbar, keine Frage. Manche Frauen strichen ihren Freunden in langsamen, zärtlichen Bewegungen über den Rücken. Laurits hätte das niemals zugelassen. Solchen Kontakt, die Nähe, das leicht katzenhafte Verhalten. Außerhalb der Wohnung haben wir uns nie auch nur berührt.

Die Polizei hatte mich nach dem Attentat stundenlang verhört, wollte mich Laurits aber nicht sehen lassen. Immer wieder wurde ich gefragt, ob ich die Typen im Pick-up kannte, und als ich »nein« antwortete, schrieben sie das auf, schienen mir aber nicht zu glauben, weshalb sie mehrmals auf die Frage zurückkamen. Hatte ich die Männer gekannt? Hatte ich den Wagen schon einmal gesehen? Hatte ich Laurits mit den Männern zusammen gesehen? Mit einem von ihnen? War Laurits in irgendwelche kriminellen Aktivitäten verwickelt, über die ich Bescheid wusste? Als ob er es mir gesagt hätte, wenn er es gewesen wäre. Als ob ich ihnen was erzählen würde, wenn ich was gewusst hätte. Ständig dieselben Fragen – die Männer im Wagen, Geld, Drogen, kriminelle Aktivitäten – und wieder von vorn, noch einmal und noch einmal. Ich wusste nicht, was ich tun sollte, wusste nur, was ich aus Filmen kannte, bloß war in den Filmen derjenige, der verhört wurde, meist schuldig. Nach einer Weile fragte ich mich, ob ich nicht einen Anwalt brauchte, aber dann fiel mir ein, dass im Fernsehen die Bitte um einen Anwalt stets als Schuldeingeständnis verstanden wurde.

Ich fragte nach Laurits, wohin sie ihn gebracht hatten, aber sie sagten nichts, bestätigten nicht einmal, dass er tot war, obwohl ich das wusste. Sein Wunsch hatte sich erfüllt, er war allein dort draußen gestorben, unter einem weiten Nachthimmel voller Sterne. Ich gebe zu, ich wurde sauer, wenn ich daran dachte, wie er mich weggeschickt hatte, letzten Endes aber verstand ich ihn. So nahe waren wir uns schließlich nie gewesen. Er zog die Welt im Abstrakten den Menschen vor, und das hatte ich immer gewusst. Vermutlich war das auch der Grund, weshalb ich so lange bei ihm geblieben war.

Sie hatten mich schon einige Stunden lang verhört, als sie nach Axel Crane fragten. Ich sagte, ich hätte den Namen nie gehört.

Jetzt, drei Tage später, hielt die Sidetracks-Gang Totenwache für einen »abwesenden Freund«, wie Slim sich ausdrückte, was ihm die Bemerkung von Julie einbrachte, Laurits sei auch schon vor seinem Tod meist abwesend gewesen, und das stimmte irgendwie, obwohl er doch ständig geredet, sich ständig mit irgendwem über irgendwas gestritten hatte. Meist allerdings über Unbedeutendes. Nichts konnte er ernst nehmen. Auch das hatte ich gewusst, aber erst als Julie mit ihrer Bemerkung herausplatzte, nahm ich sie richtig wahr – sie war immer da gewesen, hatte dem eigentlichen Geschehen still vom Rand aus zugesehen, und ihr Blick, wie mir nun auffiel, war immer auf Laurits gerichtet gewesen. Natürlich hätte ich ahnen müssen, dass sie was für ihn übrighatte, aber erst, als einer der anderen beiläufig erwähnte, Laurits und Julie seien vor Jahren mal ein Paar gewesen, fügte sich alles zusammen.

Wir hielten Totenwache, eine *wake* – wenn auch ohne Finnegan, wie Schuyler meinte –, weil es keine Beerdigung gab, zu der wir hätten gehen können. Als die Polizei schließlich hatte, was sie wollte, wurde Laurits' Leichnam freigegeben; und seine Mutter, die am Tag nach seinem Tod von Jersey hergeflogen war, nahm ihn mit. Sie setzte sich mit keinem von uns in Verbindung, gab sich nur mit den Behörden ab. Ich konnte mir allerdings auch nicht vorstellen, dass wir in Laurits' gelegentlichen Anrufen daheim eine Rolle gespielt hätten, ich selbst am allerwenigsten.

Bestes Cover egal welcher Platte?

Niemand antwortete.

Bester Song aller Zeiten?

»Just Like Tom Thumb's Blues«.

Es fing an, mir auf die Nerven zu gehen, dass sie alle Laurits spielten, dass sie versuchten, eine seiner endlosen, ständig abschweifenden und völlig ziellosen Unterhaltungen zu führen, wie er sie stets geführt hatte, nur war niemand hier so gelangweilt, so selbstverachtend im Kreis von anderen, wie Laurits es gewesen war. Sie waren gekommen, um Totenwache zu halten, jetzt aber stahlen sie ihm bloß seine Show, und nicht einmal das bekamen sie richtig hin. Ich fing Ruths Blick auf und machte ihr ein Zeichen für noch einen JD. Schlagartig wurde ich traurig. Nicht wegen Laurits, sondern wegen Ruth und mir. Wegen der Gespräche über Emily Dickinson und Marianne Moore, die wir geführt hatten. Und weil wir Freundinnen hätten werden können.

* * *

Regeln für Betrunkene und Ängstliche. Erstens: Benimm dich immer so, als wüsstest du genau, was du tust. Auch wenn es noch so offensichtlich ist, dass du keine Ahnung hast, mach weiter. Spiel den Anderen was vor, aber auch dir selbst. Wenn du dir glaubst, werden es auch die Anderen tun. Sag dir das. Du machst das hier schon seit Jahren. Reagiere empört, wenn jemand dir was anderes unterstellt.

Die Nacht nahm ihren Lauf. Ich weiß nicht mehr, wann ich das Sidetracks verließ und wohin ich dann ging oder mit wem. Ich weiß noch, dass ich später irgendwo in strömendem Regen ein Schild in einem Fenster sah, ein blutrotes Neonschild, und einen Moment lang habe ich mich gefragt, wie man das wohl malen könnte. Danach ist nichts mehr.

Nada.

Schwärze.

Filmriss.

Jennifers Zimmer

Es ist möglich, dass meine Kernkompetenz damals darin bestand, in fremden Zimmern aufzuwachen und herauszufinden, wie ich dort gestrandet war, mich durch Blackouts und Amnesien zurück zu dem vorzuarbeiten, woran ich mich als Letztes erinnerte oder doch zu erinnern meinte. Meist war dies kaum mehr als ein Bild, ein unscharfer Schnappschuss, und manchmal war selbst das nur ein Phantom meiner Fantasie. Ein Gesicht im Dämmerlicht, eine Stimme, die mir eine blöde Frage stellte, eine mondhelle Gasse, im Vorbeifahren durch ein Fenster gesehen, das Gefühl, das mich jemand hält oder mich auf einen Platz gleiten lässt. Die letzte Bar. Das letzte Glas. Das letzte Mal, als ich die Leute noch wahrnahm, mit denen ich zusammen war. Die beängstigende Nähe fremder Körper, die leise Andeutung von Sex oder Gewalt. Eine lachende Frau, vielleicht ich selbst. Eine weinende Frau. Alles, was ich brauchte, waren ein, zwei Hinweise, die mich in Gedanken zu dem unbekannten Ort führten, an dem ich gerade aufgewacht war – auf einem Sofa im Keller, in einem Kinderzimmer, das nicht mehr benutzt worden war, seit Wayne Gretzky oder Reggie Jackson ihre besten Zeiten erlebt hatten, auf einer fleckigen Matratze auf zerschrammtem Holzboden.

Laurits erzählte mir einmal, wie er in einem Hotelzimmer aufgewacht und davon überzeugt gewesen war, am Abend zuvor einen Mann ernstlich verletzt oder getötet zu haben, und er hatte gelacht, als ich fragte, was dann passiert sei.

»Ich habe keine Ahnung«, erwiderte er. »Das versuche ich dir ja gerade zu erzählen.«

»Aber hast du nicht versucht, es herauszufinden?« Wir waren zu Hause in der Wohnung nach einer langen Nacht, die ausnahmsweise damit endete, dass wir beide, immer noch halb betrunken, in seinem antiken Schlafzimmer aufwachten.

Er lachte. »Warum hätte ich das tun sollen? Blut klebte an meinem Hemd, an den Armen waren Kratzspuren und blaue Flecke.« Er schüttelte den Kopf. »O nein, so neugierig bin ich nun auch wieder nicht.«

»Und? Was hast du getan?«

»Was glaubst du? Ich habe mich geduscht, frische Sachen angezogen und, so schnell ich konnte, ausgecheckt.«

»Aber …«

»Aber was?« Er lachte. »Aber was, wenn mich jemand gesehen hatte? Was, wenn es Zeugen gab? Vielleicht gab es welche, aber ich wollte bestimmt nicht warten, bis ich es herausfand.«

»Was ich meine, ist …«

»Du meinst, warum die Geschichte nicht weitergeht? Warum sie nicht wie ein Film ist? Warum es kein Ende gibt?«

»Fick dich.«

Er lachte. »Ihr Amerikaner«, sagte er. »Für einen guten Plot macht ihr alles. Nicht nur für einen guten, nein, Hauptsache, die Story hat ein Ende. Was ist das nur mit euch? Was hat es mit dieser Sucht nach einem offensichtlichen Ende auf sich?«

Ich stimmte in sein Lachen ein, wollte zugleich aber bei diesem Spiel nicht mitmachen. Mir wäre lieber, er hätte mir gar nichts erzählt, und das wusste er. Er hatte es gewusst, bevor er anfing. *Deswegen* hatte er es mir überhaupt nur erzählt. »Und was soll dieser Unsinn mit ›ihr Amerikaner‹? Komm mir bloß nicht mit diesem estnischen Quatsch. Du bist so amerikanisch wie ich.«

Er wirkte beleidigt, aber vielleicht täuschte er das auch nur vor. Stumm blieben wir einen Moment liegen, warteten. Dann stand er auf und zog sich die Sachen vom Vortag an.

»Und wo ist das passiert?«

»In Ohio.« Er zog sich die Jeans hoch.

»Wo in Ohio?«

»Ich verrate keine weiteren Details.«

»Warum nicht?« Ich lachte. »Glaubst du, ich würde dich verpfeifen.«

»Es ist schon Verrückteres passiert, Kate«, sagte er und streifte sich das T-Shirt über. »Viel Verrückteres.«

»Du bist unglaublich.«

»Danke.« Er setzte sich auf den Bettrand und zwängte seine nackten Füße in die absurden Halbschuhe, die er in einem Trödelladen gefunden hatte.

»Was hast du überhaupt vor?«, fragte ich. »Warum ziehst du dich an?«

Er schnaubte. »Wir brauchen Nachschub. Ich gehe einkaufen.« Er sprang auf und ging zur Tür. Am Morgen danach hatte er immer zu viel Energie. Ich konnte ihn vor mir sehen, wie er das Hotel verließ, unterwegs zur Busstation oder wohin auch immer, und wie er nach und nach die Kleider vom Vorabend loswurde, Stück für Stück, Straße um Straße, ohne Reue, schwindlig vor Ironie – möglicherweise hatte er etwas getan, etwas Reales, möglicherweise hatte er jemanden getötet, und jetzt konnte er sich nicht mehr daran erinnern. Das musste sich in dem Moment so *existentiell* für ihn angefühlt haben wie etwas von Camus, oder er kam sich vor wie der am Ende von *Asche und Diamant* über ein Feld taumelnde Zbigniew Cybulski.

Ich rief ihm nach, aber er war zu schnell. Ich wollte ihm sagen, dass es sechs Uhr früh war, ein Sonntag, weshalb in unserem Stadtteil sämtliche Läden noch geschlossen waren. Was er sowieso wusste. Aber mir war klar, dass er trotzdem weiterlaufen würde, bis er einen Laden fand, der geöffnet hatte, einen winzigen Gemischtwarenladen in einer Seitenstraße irgendwo, vielleicht auch einen russischen Lebensmittelladen, voller Kram mit abgelaufenem Haltbarkeitsdatum, hinterm Tresen ein Mann, der aussah wie Rod Steiger und der ihn beobachtete, eine Hand auf der Kasse, die andere auf seiner alten, noch aus dem Krieg stammenden Dienstpistole.

* * *

Ich war schon in diversen Zuständen aufgewacht, von glückselig bis halbtot, und das an allen erdenklichen Orten, doch dieser hier setzte allen die Krone auf. Ein schönes, altmodisches Schlafzimmer mit hoher Decke, ein Zimmer wie aus einem alten Film – etwa Judy Garlands Zimmer in *Heimweh nach St. Louis* –, und anfangs hatte ich keine Ahnung, wo ich sein könnte, es war einfach *zu* schön. Zu perfekt, zu sauber, zu ruhig. So perfekt, so ruhig, dass es mir geradezu Angst machte. Es war die Sorte Schlafzimmer, die man heute kaum mehr findet, in der Mitte ein Tisch und seitlich ein altmodischer, vermutlich antiker Drehspiegel. Eine ganze Wand wurde von einem Bücherregal eingenommen. Es gab sogar einen Ofen und eine Tür, die, wie ich später herausfand, in ein kleines, angrenzendes

Bad mit Dusche und teuer aussehenden Natursteinfliesen führte. Das eine Detail aber, das ich am auffälligsten fand, war etwas, das ich für eine indianische Maske hielt. Sie hing an der Wand gegenüber dem Bett, so dass, wer auch immer hier schlief, sie jedes Mal sah, wenn er oder sie aufwachte. Die Maske war taubenblau und blutrot, um die Augen noch Spuren von Gold, das Gesicht menschlich, der Mund ein Schnabel, die Augen riesig, umgeben von blendend weißem Pigment wie bei einem Nachtvogel aus einem Meskalin-Traumbild. Sie war schön, verstörte aber auch – diese Maske war der Schlüssel, der mir klarmachte, dass ich mich in Jeans Haus befand. Ich war mir schon sicher, noch ehe ich aufstand und durchs Zimmer ging, um hinaus in den Garten zu sehen. Die Landhausvorhänge waren mit einem hellen Laub-und-Vogel-Motiv bedruckt, wie es vor Jahren mein Vater hätte entwerfen können. Ich linste nach draußen, wollte die Vorhänge nicht aufziehen, da ich fürchtete, gesehen zu werden, auch wenn ich nicht hätte sagen können von wem. Vielleicht war Christina Vogel ja da draußen, unter Bäumen versteckt, und beobachtete das Haus. Ich trat vom Fenster zurück, drehte mich um und betrachtete mich im Drehspiegel. Ich trug ein sauberes weißes Hemd, das ich noch nie gesehen hatte, dazu die babyblauen Boyshorts, die ich wann angezogen hatte? Vor zwei Tagen? Vor dreien? Ich wusste nicht, wie lange ich geschlafen hatte oder wie lange ich davor betrunken gewesen war. Ich sah zur Maske auf: Sie starrte zurück, so wild und kompromisslos wie ein Vorwurf der Geisterwelt wegen all meiner Verfehlungen. Meiner Schande. Das Wort fiel mir von irgendwoher zu – es war kein Wort, das ich normalerweise benutzte – und einen Moment lang schien mir, ich hätte mich in jemand anderen verwandelt. Dann hörte ich ein Geräusch, als wäre jemand auf der Treppe, aber vielleicht war es auch nur eines dieser Geräusche aus dem Knarr-, Ächz- und Seufzer-Repertoire eines alten Hauses, also schlüpfte ich zurück ins große, weiße Bett und tat einige Sekunden lang, als würde ich schlafen, bis ich tatsächlich einschlief und so plötzlich in traumloses Vergessen sank, dass ich glaubte, Stunden seien vergangen, als ich vierzig Minuten später wieder aufwachte.

* * *

Ich habe nie herausgefunden, wie Jean Culver mich in jener Nacht gerettet hat. War sie mir gefolgt oder mir auf einem ihrer spätabendlichen Spaziergänge begegnet, ich im Delirium, voller Blut und Erbrochenem, zu betrunken und high, um sie zu erkennen? Hatte sie mich in dieses Haus gebracht, um mich zu waschen und meine verlorene, irre Seele in dieses schöne Zimmer zu betten – ein Zimmer, wie ich später herausfand, das mehr als nur ein Gästezimmer war, ein Zimmer, bei dem es sich im Grunde um das Allerheiligste handelte, das einzige Zimmer in ihrem Haus, das sie eigentlich nie betrat, da sie es seit Jahren für Jennifer bereithielt, sollte die je zurückkehren und eine Unterkunft brauchen – oder ein Versteck. Wäre sie mir gefolgt, würde mich das nicht überraschen. Es würde mich auch nicht überraschen, wenn sie gut darin wäre, Menschen zu verfolgen, selbst bei freiem Sichtfeld verborgen zu bleiben, eine Spionin wie ihr Bruder, geschickt im Verbergen, nahezu unsichtbar, falls nötig. Ich habe es nie herausgefunden, weil ich nie danach gefragt habe, so wie ich nie danach gefragt habe, warum sie mich gerade in diesem Zimmer unterbrachte, da es doch andere im Haus gab – mehrere sogar –, in denen sie mich meine Schande hätte ausschlafen lassen können. Ich habe sie nicht danach gefragt, weil ich mich vor ihrer Antwort fürchtete, einer Antwort, die sie mir gar nicht ungeschminkt hätte geben müssen, da ich auch aus einer Lüge die Wahrheit herausgehört hätte. Ich wollte nicht fragen, nicht angelogen werden oder jenen Verdacht bestätigt wissen, der mir beim Aufwachen kam, ein Verdacht, der in wenigen Sekunden zu einer ausführlichen Erzählung heranwuchs. In dieser Geschichte wollte Jean, dass ich für immer bei ihr blieb, um in diesem Zimmer nicht als ich selbst zu wohnen, sondern als Ersatz für die Nichte, die sie verloren hatte. In dem Moment wollte ich nicht in mein altes Leben zurück, und ich hatte ganz gewiss auch nicht die Kraft, in die Wohnung zurückzugehen – noch nicht, nein, noch nicht. Allein der Gedanke, dahin zurückzukehren, zu Laurits' Sachen, zu dem Geruch, der ihnen noch anhaftete, der überwältigenden Erinnerung an ihn – *das* war es ja gewesen, was mich hinaus in die kalte, dunkle Nacht getrieben hatte, besinnungslos betrunken, um mich auf immer zu verlieren oder um von meiner Schande gerettet zu werden, was, war mir egal. Ich wusste das – und ich wusste auch, vorläufig konnte ich nirgendwo anders hin. Ebenso wie ich wusste, dass es eine zu große Gnade, einen zu eleganten Geist erforderte, auf immer in diesem Zimmer zu bleiben, zwischen Echos und Geistern, ein Flüchtling vor der hellen Welt, der Mond über meinem Bett, wenn ich nachts aufsaß und mich durch die Bücher auf den Regalen las, eines nach dem anderen, langsam und achtsam, die Worte in dem vergeblichen Versuch auslotend herauszufinden, wer ich war oder was aus mir geworden war.

* * *

Jean wartete lang, bis sie nach mir sah. Stunden vergingen, ehe ich sie wieder auf der Treppe hörte, Stunden, in denen ich immer aufs Neue einschlief, oft unsicher, ob ich wach war oder nicht. Sie klopfte zweimal, sehr leise, und dann, nach einer kleinen Pause, kam sie herein. Mittlerweile musste es fast Abend sein, und ich war hellwach, lag flach auf dem Rücken, die Arme an den Seiten, gedankenleer, seltsam verstummt, mir nur der glatten, sauberen Laken bewusst und eines süßen, dunklen Geruchs wie nach Falschem Jasmin, bloß schwerer. Jean trat ans Fußende des Bettes, so dass ich sie sehen konnte. Ich versuchte, mich aufzurichten, aber es gelang mir nicht.

»Wie geht es Ihnen?«

Ich wollte etwas sagen, konnte es aber nicht. Mein Kopf fühlte sich schwer wie eine Glocke an und zugleich leer.

»Tja«, sagte sie, »das braucht Zeit. Kein Grund zur Eile. Sie können hierbleiben, solange Sie mögen.«

Ich versuchte ein Nicken, und es gelang mir, eine kurze, kaum wahrnehmbare Bewegung mit dem Kopf, von der ich hoffte, sie würde sie richtig deuten.

Jean lächelte grimmig. »Sie wissen, dass Sie da draußen hätten sterben können«, sagte sie. »Sie wissen das, oder?«

Tat ich nicht. Ich hatte keine Erinnerung an das, was geschehen war, nachdem ich das Sidetracks verlassen hatte. Unter Aufbietung aller Kräfte gelang es mir endlich zu sprechen. »Ich kann mich nicht erinnern.«

Sie musterte mein Gesicht, dann nickte sie, im Blick ein Anflug gütiger Resignation. »Besser so«, sagte sie und betrachtete mich noch einen Moment länger, einen Moment, in dem ich fürchtete, sie sei sich unsicher, ob ich die Wahrheit sagte –

in dem sie vielleicht glaubte, ich erinnerte mich an etwas, verberge es aber vor ihr aus lauter Selbstekel oder Scham. Aus Schande. Doch falls ich etwas vor ihr verbarg, dann auch vor mir – und da kam der Gedanke, ich könnte tatsächlich etwas verbergen, eine halbbewusste Erinnerung, die ich nicht ans Licht zu zerren wagte. Irgendwas war geschehen – und Jean hatte es mitbekommen, was immer es auch gewesen sein mochte. Plötzlich packte mich eine schreckliche Vorahnung. *Sie hätten da draußen sterben können.* Was hatte Jean gesehen? Vor welchem Grauen hatte sie mich gerettet?

»Was ist passiert?«, fragte ich, meine Stimme sehr fern und angestrengt. »Was haben Sie gesehen?«

Sie schüttelte den Kopf. »Es ist vorbei, und Sie müssen sich ausruhen. Sind Sie hungrig?«

»Ja«, erwiderte ich zu meiner eigenen Überraschung. Ich hatte bislang nicht daran gedacht, aber jetzt war ich wirklich hungrig – ein gutes Zeichen, denn wenn ich mich früher tagelang betrunken hatte, konnte ich danach selbst den Gedanken an Essen kaum ertragen.

»Ich mache Ihnen eine Suppe, aber Sie bleiben hier und ruhen sich aus.«

* * *

Während der nächsten Tage blieb ich meist im Bett. Jean brachte mir Suppen und dünne Scheiben selbstgebackenes Brot, keinen Kuchen. Ich glaube, es gefiel ihr, jemanden zu haben, um den sie sich kümmern konnte. Sie machte das jedenfalls sehr gut. Sie wusste, ich wollte vor allem allein gelassen werden, und ich nehme nicht an, dass es ihr schwerfiel, mir diesen Wunsch zu erfüllen, aber sie war auch gut darin, Dinge zu erraten. Am dritten Tag brachte sie mir Seife mit, milchweiß, doch mit einem leichten Duft nach Falschem Jasmin, wie ich ihn vorher schon gerochen hatte, dazu einen riesigen Morgenmantel, der selbst für sie zu groß gewesen wäre. Er sah neu aus. »Sie können die Dusche hier benutzen oder das Bad auf dem Flur, zwei Türen weiter. Das bleibt Ihnen überlassen.«

»Danke.«

»Und ich wusste nicht, ob Sie gern Musik hören, jedenfalls habe ich Ihnen einen Walkman mitgebracht, den habe ich mir mal aus einer Laune heraus gekauft, dazu halbwegs anständige Kopfhörer. Eigentlich sind die noch unbenutzt. Ich konnte mich nicht daran gewöhnen, so etwas auf dem Kopf zu tragen.« Sie musterte mich mit seltsamem Blick, neugierig, fast schüchtern, und mir fiel auf, dass sie mich zum ersten Mal richtig ansah, seit sie mich vor dem gerettet hatte, was mich da draußen hätte umbringen können. »Sie haben mal gesagt, dass Sie gern Musik hören.«

Mir gelang ein Lächeln. »Das ist prima, danke. Tut mir leid, dass ich Ihnen solche Mühe mache …«

Sie hob eine Hand und schüttelte den Kopf, brachte mich zum Verstummen. »Lassen Sie uns nicht so reden. Was wir auch sind, zu solchen Leuten gehören wir nicht.«

»Okay.«

Sie nickte. »Okay. Also, was mögen Sie?«

»Was ich …?«

»An Musik.«

»Oh.« Einen Moment lang dachte ich nach, eigentlich hatte ich keine besonderen Vorlieben. Ich hörte alles, ob Scarlatti, Bach, Keith Jarrett oder Pere Ubu. »Ich mag vieles«.

Sie lächelte. »Das ist zwar ein wenig vage, aber egal, ich

bringe Ihnen eine Auswahl, und Sie sagen mir, ob Ihnen was davon gefällt.« Sie legte den Morgenmantel aufs Bett, zögerte dann aber zu gehen und merkte, dass sie zögerte. »Haben Sie je ein Instrument gespielt? In der Schule vielleicht?«

Die Frage mochte unter diesen Umständen seltsam erscheinen, aber ich wusste gleich, worauf sie hinauswollte. Selbst wenn sie nie gut gespielt haben, denken die meisten Menschen doch gern an die Zeit zurück, in der sie als Kind musizierten – und obwohl der Köder so offensichtlich war, biss ich an. »Ich hatte als Kind eine Klarinette. Mein Dad hat sie mir geschenkt.«

»Eine Klarinette?«

»Ja. Er hat darauf gespielt und mir dann beigebracht, was er konnte. Irgendwann habe ich aufgegeben, ich weiß nicht mal mehr, wann das war, aber ehrlich gesagt, habe ich sogar schon daran gedacht, wieder damit anzufangen.«

»Tja«, sagte sie. »Vielleicht sollten Sie das tun.« Sie ging zur Tür. »Gönnen Sie sich eine ausgiebige, entspannende Dusche«, sagte sie. »Lassen Sie sich Zeit.«

* * *

Diesmal dauerte es länger, bis ich mich erholte. Getreu ihrem Wort übte Jean keinerlei Druck auf mich aus. Einmal fragte sie, ob ich irgendwas aus der Wohnung brauche, aber ich antwortete, allein der Gedanke daran sei mir zu viel. Sie hatte sich bereits mit Antoine in Verbindung gesetzt, Laurits' Freund, dem Blue Barn Antiques gehörte und der jetzt gewissermaßen mein Vermieter war. Genau genommen war er das natürlich nicht, da er den Vertrag mit Laurits abgeschlossen hatte. Doch da er wusste, was geschehen war, hatte er Jean gesagt, es gebe kein Problem, die Miete sei für die nächsten drei Monate im Voraus bezahlt und danach könne ich entscheiden, was ich möchte. Wenn ich wollte, dürfte ich in der Wohnung zu denselben, ziemlich günstigen Bedingungen bleiben, die er mit Laurits vereinbart hatte. Um der alten Freundschaft willen. Nur wusste ich nicht, was ich wollte, ich wusste bloß, dass ich nie wieder in dieser Wohnung leben würde, selbst wenn ich sie mir leisten könnte.

Jean hatte sich das bereits gedacht. »Hören Sie, ich könnte doch mit dem Wagen Ihre Sachen abholen. Sie bleiben hier, bis Sie wissen, was Sie machen wollen. Die Uni fängt wann wieder an?«

»Ende September, also Ende dieses Monats.«

»Dann bleiben Ihnen ja noch ein paar Wochen, um zu einer Entscheidung zu finden«, sagte sie. »Sie wissen, dass Sie hier willkommen sind, und ich hoffe, Sie wissen mittlerweile auch, dass ich zutiefst beleidigt wäre, wenn Sie mich Ihnen nicht auf jede nur erdenkliche Weise helfen lassen.«

Erinnere ich mich heute an jene Zeit, frage ich mich, was passiert wäre, wenn Jean mir nicht geholfen hätte. Vielleicht hatte sie Recht, und ich wäre gestorben. Bestimmt hätte ich ein zweites Mal mein Studium abgebrochen. Es ist also nicht übertrieben, wenn ich sage, dass ich ihr mein Leben verdanke. Am verblüffendsten finde ich im Nachhinein aber, wie problemlos alles ablief. Ich stand auf, anfangs nur für einige Stunden am Tag, und begann, ihr im Haus zur Hand zu gehen. Jean redete mit Antoine, und der half ihr, meine wenigen Sachen aus der Wohnung herzubringen. Als das neue Semester anlief, entschied ich mich, mein Studium fortzusetzen, und die Leute an der Uni waren nett, manchmal schmerzhaft nett, so dass ich glaubte, es nicht ertragen zu können, aber mit Jeans Hilfe hielt ich durch, und als die ersten Blätter fielen, führte ich ein ziemlich normales Leben. Meine Dozenten und Kommilitonen ließen mich meinen Weg allein suchen – und es war interessant, wie ich allmählich eine neue Richtung fand und neues Vertrauen in das, was ich tat. Laurits war nicht mehr da, und es war, als wäre eine Lampe angegangen, deren Licht seinen Schatten löschte. Ich begann, an einem Kurzfilm über eine junge Frau zu arbeiten, deren Familie fortgezogen war, ohne ihr Bescheid zu geben. Da sie nicht wusste, wo sie leben sollte, und Vögel so liebte, zog sie in den Wald. Basierend auf einer Geschichte, die ich in einer Zeitschrift gelesen hatte, schmückte ich den Wald mit Puppenköpfen sowie Glas- und Keramikscherben, die sie aus der Erde grub. In der letzten Szene verwandelt sie sich in einen Vogel.

Zwischen den Seminaren erledigte ich Arbeiten im Haus, oder Jean und ich machten, was sie beharrlich einen Ausflug nannte. Mir fiel auf, dass wir diese Ausflüge immer häufiger mit dem Auto unternahmen und dass sie nichts dagegen hatte, mich fahren zu lassen. Mir fiel auch auf, dass sie nicht mehr so viel Holz hackte wie früher. Ich sagte mir, dass die Stapel bereits hoch genug seien, erriet aber die Wahrheit. Jean war krank. Morgens war da eine Dunkelheit in ihrem Gesicht, die verriet, dass sie schlecht geschlafen hatte, und überhaupt hatte sie weniger Energie. Sie redete auch weniger, und oft traf ich sie in der Küche an, wie sie aus dem Fenster in ihren Wald starrte. Dieser Energieverlust, dieses Herunterdimmen geschah so rasch – heute kommt es mir vor, als sei es kaum ein Monat gewesen –, als mich die plötzliche Einsicht, sie vielleicht bald zu verlieren, wie ein Schock traf. Ich hatte eingewilligt, im Haus zu bleiben, bis es mir wieder besser ging; jetzt wollte ich nicht gehen, da sie mich vielleicht brauchte. Als sie eines Abends früh zu Bett gegangen war, saß ich in der Küche, trank Verbenentee mit Honig und bedachte zum ersten Mal, dass sie, falls ich auszöge, wohl nicht mehr lange allein durchhielte. Die Vorstellung war so schrecklich, dass ich unwillkürlich zusammenbrach und weinte wie ein Baby. Ich verzweifelte bei dem Gedanken, dass sie sterben könnte. Diesen Augenblick hatte ich mit Dad nie erlebt – er hatte seine Krankheit bis zum Schluss verheimlicht, was mich jetzt plötzlich wütend auf ihn machte, obwohl ich – wenn auch leise, damit Jean mich nicht hörte – untröstlich im goldenen Lampenlicht ihrer Küche schluchzte.

Laurits' Film

Die Einladung kam Anfang November. Die Kunsthochschule plante einen Abend zur Feier von Laurits' Werk und beabsichtigte, auch seinen letzten, unfertig gebliebenen Film zu zeigen; man würde sich freuen, wenn ich kommen könnte. Von mir wurde nichts weiter erwartet – es sollte keine Abschieds- oder Lobreden geben. Eigentlich sollten überhaupt keine Reden gehalten werden. Man wollte nur alle Filme von Laurits zeigen, vom ersten bis zum letzten. Ich gab Jean den Brief zu lesen. »Was halten Sie davon?«

»Ich weiß nicht. Möchten Sie hingehen?«

»Ich glaube schon.«

»Ich glaube, weil ich möchte? Oder ich glaube, weil ich sollte?«

»Beides.«

»Wenn Sie wirklich hingehen möchten, sollten Sie das tun. Aber Sie sind niemandem gegenüber verpflichtet. Die einzige Verpflichtung, die Sie zurzeit haben, ist eine Ihnen selbst gegenüber.« Sie legte ihre Hand auf meinen Arm. Ihre Augen glänzten. »Wissen Sie, warum ich Ihnen all die Geschichten erzählt habe?«

Ich nickte. »Es war ein Trick«, erwiderte ich. »Sie hofften, mich dadurch vom Alkohol fernhalten zu können.«

»Stimmt, aber das war nicht der einzige Grund.« Sie hob eine Hand und lehnte sich zurück. »Ich habe Ihnen diese

Geschichten erzählt, und Sie haben zugehört. Sie haben nichts hinterfragt, obwohl Sie gar nicht wissen konnten, ob ich Ihnen nicht irgendwelche frei erfundenen Märchen auftischte.«

Einen Moment dachte ich nach – oder gab es zumindest vor. Früher, schon bald nach unserer ersten Begegnung, hatte ich mir einmal diese Frage gestellt, hatte aber immer gewusst, dass Jean mich nicht belog. »Ich wusste, dass Sie sich die Geschichten nicht ausgedacht haben«, erwiderte ich. »Sie waren alle wahr. Und Ihr Trick hat funktioniert – zumindest hätte er es, wäre Laurits nicht …« Ich stockte, aber nicht, weil mich meine Gefühle überwältigten. Ich wusste einfach nicht mehr, was Laurits mir bedeutete. Die Frage war auf Eis gelegt. Ich brauchte mehr Kraft und Ruhe, um sie zu überdenken.

»Es war kein Trick«, sagte sie. »Oder vielleicht doch, teilweise, aber das war eigentlich nur – ich weiß nicht … ein Nebeneffekt. Für mich war entscheidend, dass ich jemandem davon erzählen musste. Siebzig Jahre, so viele Menschen …« Sie schwieg einen Moment, suchte nach dem richtigen Wort. »Ich suchte einen Hüter, einen Verwahrer«, sagte sie. »Ich musste all dies weitergeben, solange noch Zeit war.«

»Und das haben Sie geschafft.«

»Fast.«

»Was soll das heißen? Fast?«

»Ich will damit sagen, dass ich gelogen habe. Aber nur ein einziges Mal.«

»Aha.«

»Sie wussten es?«

Was sollte ich darauf erwidern? Ich hatte vermutet, dass in

dem Bericht über Lees Verschwinden irgendwas fehlte, aber plötzlich wollte ich nicht mehr, dass sie die ganze Geschichte erzählte, nicht allein um ihret-, sondern auch um meinetwillen. Ich hatte nicht hören wollen, was sie das Tragische nannte, weil es so unvermeidlich klang. »Sie erwähnten, dass Sie nur knapp dem Tod entronnen sind«, sagte ich. »Ziemlich zu Anfang. Sie wurden operiert, und Jeremy rief Sie an.«

»Sie haben versprochen, sich keine Notizen zu machen.«

»Ich habe ein gutes Gedächtnis.«

»Sie wussten also Bescheid«, sagte sie ernst, aber ihr Gesicht hellte auf, und sie verströmte frische Energie, dabei war sie es doch, die beschlossen hatte, bei dieser einen Geschichte zu lügen – welche Geschichte das auch immer sein mochte. »Trotzdem haben Sie nichts gesagt.«

»Das war Ihre Entscheidung.«

Sie lächelte, dann stand sie auf und ging in den Flur. Als sie zurückkam, trug sie einen karierten, hüftlangen Mantel und Lederhandschuhe, die ich zuvor noch nicht gesehen hatte. »Also schön«, sagte sie. »Gehen wir. Ich fahre Sie hin.«

»Danke«. Ich wusste jetzt, dass es keinen Zweck hatte, mit ihr über ihre körperliche Verfassung zu reden.

»Und wenn es vorbei ist, werde ich draußen auf Sie warten«, sagte sie. »An so einem schönen Abend wird es mir guttun, für eine Weile aus dem Haus zu kommen.«

* * *

Ich betrat das Kino der Kunsthochschule erst im allerletzten Augenblick. Dass man mich sah, machte mir nichts aus, aber ich wollte nicht, dass die Leute wussten, wo ich saß. Allerdings gab es dann doch noch eine Verzögerung, so dass der erste Film gut zehn Minuten später begann. Beim Warten musste ich daran denken, wie Laurits mir einmal von seinen vielen Reisen erzählt hatte, davon, dass es für ihn eigentlich nicht so sehr darauf ankam, an einem bestimmten Ort zu sein. Was wichtiger war, war der Flug dahin. Was wichtiger war, was seinem Leben Struktur und Inhalt gab, war die lange Geschichte dessen, was er seine bemerkenswerten Flüge nannte: der Landeanflug auf Buenos Aires am frühen Morgen, der Plata schimmernd im klaren Licht; ein Flug quer über Australien, für den die Person beim Check-in darauf bestanden hatte, dass er einen Fensterplatz bekam, sei es doch einer dieser Tage, stundenlang weites Land, die Northern Territories, die sich meilenweit unter einem erstreckten, scheinbar endlos und doch sich ständig ändernd. Der Flug von Newark nach Nova Scotia im tiefen Winter, die schimmernde Erde, als die Maschine sich ihr entgegensenkte; im Dämmerlicht über dänischem Flachland; bei stürmischem Wetter von St. Louis nach Detroit, die verängstigte junge Frau im Nebensitz, die nach seinem Arm griff, als das Flugzeug auf einmal absackte, als würde es in ebendiesem Moment auf die Erde stürzen. Der Rausch eines so plötzlichen Falls, die Aufregung bei schweren Turbulenzen. Beim Anflug auf Tallinn das Gefühl, nach Hause zu kommen, an einem späten Sommerabend, die Sonne ging gerade unter, die Krümmung der Erde in weichen satten Gold- und Zitronentönen nachgezogen, die sich zu malvenfarbenem Tiefblau verdickten, dann das im Dunkeln dort unten zusammengeballte Grün einer Insel, die in mattem Silber hervorgehobene Küste und die Lichter der Stadt, deutlich und zart im Schwarz der plötzlichen Nacht.

Während ich wartete, im Kopf Laurits' Beschreibungen von Orten, an denen ich nie gewesen bin, spürte ich, wie mich die Leute im Saal ansahen, die Mitleidigen, die Neugierigen, Leute, die Laurits den unverhofften Erfolg neideten. Ich musste unwillkürlich daran denken, dass es doch eine Menge über ihre Welt aussagte, wenn selbst Laurits' bescheidene Errungenschaften ihre Missgunst weckten, doch war ich weder verärgert noch abwehrend oder nervös. Ich wollte nur seine Filme ein letztes Mal sehen – und sie dann vergessen.

Insgesamt wurden vier Filme gezeigt. Der erste mit seinen vorbeiziehenden Landschaften und der Wendeltreppe, gefolgt von einem sehr kurzen Werk, für das Laurits eine Vielfalt von Schatten in Bewegung oder im Stillstand aufgenommen hatte: die dunklen, regungslosen Schatten einer Reihe von Bäumen auf saftigem Rasen in spätnachmittäglicher Sonne; die Schatten von Menschen, die in einer großen Stadt über eine Brücke eilen; expressionistische Schatten, zusammengestellt aus klassischen Filmen wie *Nosferatu* oder *Das Kabinett des Dr. Caligari.* Wenn ich einen Film von Laurits zu beschreiben versuche, mir selbst oder jemandem, der noch nie etwas von ihm gesehen hat, klingt es meist minimalistisch, aber so sind die Filme überhaupt nicht. Sie sind hochemotional. Voll unterdrückter Leidenschaft. Der dritte Film ist dafür ein typisches Beispiel. Fünfzehn Minuten lang wird nichts weiter als Regen gezeigt, der auf einen Rasenflecken voller Unkraut fällt, unterbrochen allein von den Händen eines Kindes – das Kind selbst wird nicht gezeigt –, das auf einem Klavier Tonleitern übt. Der Film heißt *Waldszenen.* Das klingt langweilig, ist aber wunderschön. Wenn am Ende dann das Kind eine perfekte a-Moll-Tonleiter spielt, gefolgt von einer Reihe Arpeggios, empfindet man Freude über das plötzliche Gelingen, die Freude darüber, mit einem Mal etwas zu können, von dem man glaubte, es nie zu schaffen.

Zum Schluss dann flackerte der letzte Film über die Leinwand. Nach den ersten Einstellungen fürchtete ich, er wäre schlecht. Dieselben kruden Bilder, die ich schon gesehen hatte, erst der Matador, der mit seinem Cape den Stier anlockt, dann die Frau mit der Brille, die mit ausgestreckten Gliedern auf dem Bett liegt, das Bild verschwommener als in meiner Erinnerung. Ich hatte nicht gewusst, dass danach noch mehr kam, hatte Laurits nichts anderes als diese grundlegende Collage machen sehen und nahm folglich an, das Ergebnis könnte nur peinlich sein, trivial, ein hässliches Relikt, das ihn zuletzt doch noch als den Schwindler entlarvte, der er immer schon gewesen war. Hatte er schließlich nicht selbst zugegeben, ein Schwindler zu sein? Ein selbstbekennender Schwindler also, der es nicht einmal über sich brachte, seine Filme Kunstwerke zu nennen? Ich fürchtete, dieser Film – er hatte ihn *Herber Trost* genannt, eine Formulierung, die, wie ich gleich erkannte, aus Emily Dickinsons Gedicht »I measure every Grief I meet« stammte – würde ein Desaster sein, die Zuschauer würden lachen oder gelangweilt reagieren, oder sie fühlten sich beleidigt und begriffen, dass eben dies Laurits' vorrangige Fähigkeit war, die Fähigkeit zu verletzen, zu entwürdigen. Dann aber, nach knapp dreißig Sekunden, änderte sich alles. Die Kamera wanderte weiterhin zwischen Porno und Stierkampf hin und her, jetzt aber immer schneller, so dass es war, als würde man Subliminales sehen, als unterläge den banalen Bildern eine geheime Botschaft, bis mir nach etwa drei Minuten noch etwas auffiel, eine weitere Reihe von Bildern, den ersten beiden untergemischt. Es dauerte dann immer noch einen langen Moment, ehe ich begriff, was ich da sah.

Der alte Schlachthof. Niemand im Bild, die Kamera strich einfach über ein Tableau von Haken und Ketten bis zur nächsten Einstellung, zu der unheimlichen Maschinerie und zu zwei Abflussrinnen – die eine mit WASSER, die andere mit BLUT beschriftet. Der Blick wirkte sachlich, direkt: eine kahle Wand, ein gefliester, mit Schutt bedeckter Boden, an einem Gestell hängende Schläuche, die ich gesehen, dann eine Art Bolzenschussgerät, das ich nicht gesehen hatte. Das Ganze lief fast lautlos ab, nur Schritte waren zu hören, jemand, der außerhalb des Bildes, aber kaum ein paar Meter entfernt, auf und ab ging, ein Geräusch, dass die Leere und Weite des Raumes noch verstärkte. Selbst als ein Vogel ins Bild flatterte, war kein Laut zu hören. Die Kamera kam schließlich zur Ruhe – das Bild erstarrte sogar – beim Anblick einer halboffenen Tür, durch die ich unter lauter Schatten gerade noch eine Kaskade schwerer Ketten zu erkennen vermochte –, und dann begann eine Stimme aus dem Off zu sprechen. Was mich ebenfalls beunruhigte, eine Stimme aus dem Off fand ich so platt, aber durch ihre Unsicherheit wurde sie gerettet, durch den leicht vernuschelten Ton, fast, als wäre die Sprecherin bekifft oder betrunken.

Was sie natürlich auch war. Denn ich selbst war es, die da sprach, ich an einem weinverdunkelten Abend, an den ich mich heute nicht mehr zu erinnern vermag, ich, die Emilys Gedicht aufsagte, eines von aberhunderten, die ich in meiner traurigen Jugend auswendig gelernt hatte, die ich manchmal in meinem Gedächtnis verankert hatte, ehe ich überhaupt verstand, was sie besagten.

So schafft es mir doch herben Trost
Auf dem Kalvarienberg

Dann folgte eine kurze Pause. Ich konnte mich nicht daran erinnern, erst recht nicht daran, aufgenommen worden zu sein. War das in der Wohnung oder woanders gewesen? Es gab keine Hintergrundgeräusche, nur eine Stimme in einem Zimmer, die hörbar Worte aus welchem Dunst auch immer heraufbeschwor.

Des Kreuzes – Moden zu beachten –
Wie sie die meisten kleiden –
Noch immer reizt mich die Vermutung
Dass Manche – sind wie meine –

Mit diesem letzten Vers änderte sich erneut alles – wenn auch nur für einen Moment, so dass sich das Publikum hinterher nicht sicher sein konnte, was es gesehen hatte: die Kehle eines noch lebenden Tieres, aus der Blut spritzte? Oder war die Szene gestellt? Als die Leinwand dunkel wurde, blieb jedenfalls nur das Gefühl von etwas Tiefgreifendem, Entsetzlichem.

Als die Leinwand dunkel wurde, hatte ich angenommen, der Film sei zu Ende. So aufzuhören hätte zu Laurits gepasst. Der Kontrast zwischen der einsamen, betrunkenen, ein Gedicht rezitierenden Stimme und dem wahren Kreuz, dem wahren Golgatha beiläufigen Abschlachtens. Dann jedoch wurde die Leinwand wieder hell und zeigte eine vorstädtische Straße, die mir vertraut vorkam, eine Straße mit Bäumen, Rasenflächen und Palisadenzäunen. Pleasantville-Häuser mit Vorhängen an den Fenstern, und Flaggen, die über Eingangstüren hingen. Etwa eine Minute lang folgte die Kamera der Straße, fing einen Schwarm Vögel ein – Rotkardinäle wie es sie auch in den Wäldern um Stonybrook gab –, folgte ihm rasch und verharrte dann auf der Gestalt einer unter einem Baum stehenden Frau. Es war ein heller Sommertag in einer freundlichen Gegend mit grünen Rasen, Blumen und Vögeln, aber die Frau weinte, schluchzte hemmungslos, und die Frau war ich. Sehr langsam, sehr zögerlich zoomte die Kamera an das Gesicht heran – an mein Gesicht –, als wollte sie die Frau fragen, warum sie so traurig war, als wollte die Kamera – nicht etwa der Kameramann oder wer auch immer die Kamera führte – ich weiß nicht, wie ich das am besten ausdrücken soll, aber irgendwie machte es der Film deutlich, dass es die Kamera und nicht die Person hinter der Kamera war, die sich um die leidende Frau sorgte. Und dann, als sie sehr nahe herangekommen war, eine für Pasolini typische Nahaufnahme, hielt sie inne und verharrte gerade so lang, dass jeder Zuschauer das Gefühl bekam, indiskret zu sein, und sich abwenden wollte. Erst dann löste sich das Bild auf, nur wurde die Leinwand nicht dunkel, sondern in brillantweißes Licht getaucht, wie das Licht, das man im Fernseher sieht, wenn jemand auf der Trage, unterwegs in die Notaufnahme, stirbt und ins Jenseits übergeht. Das Licht war stumm, still – bis man dann über dem Licht eine Stimme hörte, nicht meine, keine betrunkene, hohe, sondern eine sanfte Stimme, kaum mehr als ein Flüstern, die die letzte Zeile wiederholte. *Dass Manche – sind wie meine -*

Jetzt wurde die Leinwand schwarz, die Lichter gingen an. Und ich wusste, ehe ich es sah, dass die Leute sich nach mir umschauten und sich fragten, welche Rolle mir beim Dreh zugefallen war, nahmen sie doch sicher an, dass ich die Szene unter dem Baum gespielt hatte, gerade so wie ich, als ich das Gedicht aufsagte, wohl gespielt hatte, betrunken oder bekifft zu sein. Als sich meine Augen ans Licht gewöhnten, sah ich, dass viele Leute, zumindest viele in meiner Nähe, verärgert wirkten, so als glaubten sie, hereingelegt und belogen worden zu sein, und dass ich Teil dieser Lüge war. Mehr sah ich anfangs nicht, nur den Ärger – aber dann legte eine Frau in der Reihe unmittelbar vor mir, eine Frau, die ich nicht kannte, eine Hand auf meinen Arm und sagte, es war schön. Sie lächelte, doch war da ein feuchtes Glitzern in ihren Augen, und ich wusste, der Film hatte sie berührt, und als sie meinen Arm losließ, streifte mich eine andere Frau, eine, die ich kannte, auch wenn ich nicht mehr wusste, wo ich sie kennengelernt hatte, streifte flüchtig mein Handgelenk und kniff die Lippen zusammen, als traute sie ihrer Stimme nicht. Sie vermochte nur leicht mit dem Kopf zu schütteln und mich anzusehen – aber ich spürte, sie meinten es beide gut, und im selben Moment wusste ich, ich musste fort von hier, nicht wegen des Ärgers, sondern wegen des Mitgefühls und der – Bewunderung, oder? Aber wofür? Für den Film? Für die Rolle, die ich nach Meinung dieser Frauen darin gespielt hatte?

Ich nickte den Frauen zu, dann drängte ich mich zum Mittelgang durch, Leute standen auf und wichen zurück, um mich vorbeizulassen. Jemand rief, jemand, der meinen Namen kannte, aber mir war die Stimme fremd, und ich drehte mich nicht danach um. Ich schaffte es bis zur Tür und lief hinaus in die kalte, klare Luft, holte tief Atem, ließ den Frost die Erinnerung an die Sommerhitze löschen. Ich wollte stehenbleiben, still verharren und die Winterluft in langen Zügen einatmen, doch kaum war ich aus dem Gebäude, spürte ich hinter mir eine Bewegung und vernahm Stimmen, also hastete ich weiter, lief durch die Insel gelblichen Lichtes vor der Webster Hall, dahin wo Jean, getreu ihrem Wort, genau an der Stelle im Auto wartete, wo sie mich rausgelassen hatte.

Kay Starr

Jean tat gut daran, mir zu verheimlichen, wie krank sie war. Meine Erinnerungen machten mir zu sehr zu schaffen, um es früher zu bemerken, aber jetzt, da der Alltag von Uni und Zuhause einsetzte, von Lesen und Projektarbeit, Mahlzeiten und samstagnachmittäglichen Teepartys in der Küche, fiel mir auf, dass es ihr schlechter ging. Ich verfolgte es zurück bis zu dem Tag, an dem Christina Vogel auf mich gewartet hatte; schließlich brauchte es keine besonderen logischen Fähigkeiten, um dahinterzukommen, dass es damals angefangen haben musste. Oder nein – es hatte auch vorher schon Tage gegeben, an denen sie müde gewesen war und Schatten um die Augen hatte. Ich hatte eine ernsthafte Krankheit noch nie aus nächster Nähe miterlebt, doch war mir nun klar, dass es schlimm um sie stand. Jean hielt sich tapfer, aber als mir auffiel, dass sie seit mehreren Tagen kein Holz mehr gehackt hatte, begann ich, mir Sorgen zu machen. Sie danach zu fragen, hätte keinen Zweck gehabt, das wusste ich. Ich wusste auch, falls ihr bekannt war, wo Jennifer sich aufhielt – und ich war mir sicher, dass sie es wusste –, würde sie es mir nicht sagen. Mich verstörte die Vorstellung, dass sie sterben könnte, ohne ihre Nichte wiederzusehen. Damals nahm ich an, Jennifer sei alles, was ihr an Familie geblieben war; und auch sie hatte gewiss doch das Recht, sich von der Frau zu verabschieden, die es ihr zuliebe riskiert hatte, ins Gefängnis zu kommen.

Der Gedanke mit dem Brief kam mir durch Zufall. Ich war früh aufgewacht, saß im Bett und las ein Buch. Zeit, die für mich wie ein Geschenk war: um mich herum das stille Haus, kein Druck, woanders sein zu müssen, ein neues Buch aus den Regalen in Jennifers Zimmer, ein Buch, das nichts mit meinem Studium zu tun hatte. Mir war zuvor schon die vage Ahnung gekommen, dass all meine Probleme hinsichtlich Alkohol und Drogen mit Zeit zusammenhingen. Jetzt war ich mir sicher. Wer sich von etwas erholen möchte, gönne sich Zeit; alles verlangsamen ist die beste Therapie. Denn wer high werden will, der versucht, die Zeit anzuhalten. Still zu sein. Zu sein.

Über all das dachte ich nach, als ich aufsah und mein Blick auf die Maske an der Wand gegenüber vom Bett fiel – und erst jetzt wurde mir bewusst, wie fehl am Platz sie in diesem Zimmer wirkte. Warum also hing sie dort? Hatte Jean nicht gesagt, Jennifer habe es geliebt, Masken zu bauen, als sie noch jünger gewesen sei? Und hatte sie nicht auch gesagt, sie habe eines ihrer Kunstwerke gekauft, damals, auf der Fahrt, bei der sie glaubte, verfolgt zu werden? Vielleicht war diese Maske ja tatsächlich von der erwachsenen Jennifer angefertigt worden. Natürlich könnte sie die auch Jahre vor ihrem Abtauchen gemacht haben, aber das schien mir unwahrscheinlich. Dafür sah die Maske zu neu aus, außerdem schien sie mir viel zu anspruchsvoll für ein junges Mädchen zu sein, auch wenn das noch so brillant gewesen war, wie die vernarrte Tante es behauptete. Im Nachhinein klingt das alles logisch, wie eine Abfolge schrittweiser Schlussfolgerungen, aber so war es zu Beginn keineswegs. Irgendwas fiel mir nur plötzlich auf, also zog ich einen Stuhl zur Maske und hob sie behutsam vom Nagel, an dem sie hing. In meinen Händen roch sie nach Lack und Staub, erst recht, als ich sie umdrehte und ins dunkle Innere hinter das gebrannte Gesicht blickte, in die Seele, den Geist oder die Psyche, wäre es denn ein lebendiges Geschöpf gewesen. Und da sah ich den Aufkleber – ein winziges, silbernes Etikett mit schwarzen Druckbuchstaben, der Name des Geschäfts – Wishram Arts – und eine Adresse in Oregon. Ich gönnte mir einen Augenblick des Zweifels – es gab nicht den geringsten Beweis, dass Wishram Arts etwas mit Jennifer zu tun hatte –, aber der Zweifel hielt nicht lange vor. Ich *wusste* es einfach, so wie Jean, als sie die Maske sah, gewusst hatte, dass sie endlich einen Weg zurück zu Jennifer gefunden hatte – nur um wenige Minuten später zu erleben, wie ihr dieser Weg verstellt wurde. Ich war zutiefst davon überzeugt, mit meiner Vermutung richtigzuliegen. Mir war klar, dass Jean dem, was ich als Nächstes tun würde, nie zugestimmt hätte, aber mir blieb keine andere Wahl. Ich wusste, ich würde hinterher nicht damit leben können, wenn ich es nicht wenigstens versucht hatte.

Ich hielt den Brief so knapp und präzise wie ein Telegramm – JEAN KRANK, BITTE KOMMEN, SIE WISSEN WOHIN – und schickte ihn noch am selben Nachmittag an Wishram Arts, z. Hd. John Banister. Die Vermutung war weit hergeholt, ein Schuss ins Blaue, und ich wusste nicht, was geschehen würde. Entweder fand der Brief seinen Weg zu Jennifer, und sie würde kommen, oder sie kam nicht. Falls sie sich für Letzteres entschied, brauchte Jean nichts davon zu wissen. Wenn Jean zum Ende hin Hilfe benötigte, würde ich für sie da sein und mich um sie kümmern. Es schien mir in diesem Moment nur gerecht, dass sie, die mich gerettet hatte, nun eine Gefährtin haben würde, eine Hilfe bei dem, was auch immer uns erwartete.

* * *

Die Zeit verstrich langsam, und ich dachte gar nicht daran, mich zu fragen, ob ich glücklich war, während der Winter allmählich näherrückte und Jean und ich unser einfaches Leben in ihrem Haus führten. Hätte mir jemand ein Jahr zuvor dieses Leben beschrieben, ich hätte es mir langweilig und einsam vorgestellt; heute könnte ich zwar behaupten, ich freute mich einfach darüber, so nüchtern und fit wie seit Jahren nicht mehr gewesen zu sein, doch war ich in Wahrheit auch glücklich. Wunschlos zufrieden. Jean gab ihr Bestes, ihre Krankheit zu verheimlichen, und an den meisten Tagen gelang es mir, nicht allzu oft daran zu denken. Wir hielten das Haus warm und den Kühlschrank gut gefüllt – ich hatte nicht gewusst, was für ein Vergnügen Einkaufen sein kann, allerdings war ich es auch nicht gewohnt, kleine Bioläden oder Ökogeschäfte aufzusuchen, so wie ich es auch nicht kannte, frisches Gemüse vom Bauernmarkt nach Hause zu tragen. Da Jean Vegetarierin war, wurde ich folglich auch eine, und es machte mir nichts aus, auf Fleisch zu verzichten, gab es doch so viele leckere Alternativen. Manchmal aßen wir Fisch. Im Laufe der Zeit kochte ich immer häufiger und lernte manch neues Gericht aus Jeans altem, handgeschriebenem Rezeptbuch. Es war ein gutes Leben. Ich wollte nicht, dass es aufhörte. Niemals.

Anfang Dezember kam ich eines Tages etwas früher von der Uni nach Hause. Ich hatte den Weg entlang der Audubon Road etwa zur Hälfte zurückgelegt, als die ersten Schneeflocken vom grauen Himmel herabschaukelten, unsicher wie etwas, das werden will, es aber noch nicht ganz ist. Dieses Gefühl von im Werden begriffenem Schnee blieb, bis ich zu Hause ankam, denn erst, als ich das Gartentor hinter mir schloss, streifte eine dicke, pudrige Flocke meine Hand – und gleich darauf begann es richtig zu schneien. Große Flocken verdunkelten den Himmel, und ich beeilte mich, ins Haus zu kommen. Jean saß in der Küche und hörte Radio. Sie lächelte, als sie mich sah. »Sie sind früh dran. Und Sie haben Schnee mitgebracht.«

»Ja, habe ich.«

Sie nahm sich ein Messer vom Ständer und begann, Karotten zu schnippeln. »Der erste Tag mit echtem Schnee ist immer etwas Besonderes«, sagte sie. »Es ist eine besondere Zeit im Jahr, die Zeit zwischen dem ersten Fallobst und dem ersten Schnee. Der letzte Apfel unterm Baum, der erste Schnee des Jahres. So etwas gehört entsprechend gewürdigt.«

»Und wie?«

»Sie werden schon sehen«, sagte Jean. »Gehen Sie und tun Sie, was immer Sie zu tun haben; ich mache uns einen Tee. Und dann bereiten wir ein Festessen für die morgige Feier vor.«

Ich zog Mantel und Stiefel aus, und als ich zurück in die Küche kam, bedeckte der erste Schnee des Jahres bereits die Fensterbänke und dann Schicht um Schicht auch die Fensterscheiben, verhängte sie mit seinem Schleier, so dass in der Küche die isolierte, in sich geschlossene Atmosphäre einer Theaterbühne aufkam und die Lampen so warm und golden leuchteten wie die Lampen auf den Illustrationen der Zeitschrift *Woman's Home Companion* oder auf den Titelseiten der

Weihnachtsausgaben des *New Yorker* in den 1940ern, die Dad über Jahre gesammelt hatte, manche eingerahmt an den Wänden seines Arbeitszimmers, der Rest in Schubladen, sorgsam mitten zwischen anderen Zeitungsartikeln aufbewahrt. Jean machte sich daran, die Zutaten für unser Gericht zusammenzusuchen. Als sie schließlich alles beieinanderhatte, ging sie zur Ecke neben der Speisekammertür und stellte das Radio an. »Wir brauchen ein bisschen Musik«, erklärte sie.

Sie warf mir einen seltsam verschwörerischen Blick zu, fast, als wäre Musik beim Kochen ein unnötiger Luxus – was sie vielleicht auch gewesen war, damals, in dem Haus, in dem sie aufwuchs und jene Fertigkeiten lernte, die sie, obwohl sie dort gewiss lästige Pflichten gewesen waren, in etwas Persönliches und Perfektes verwandelt hatte. Flackernd erwachte das Radio zum Leben, ein uraltes Ding, vorn noch mit einer Glasscheibe, auf der die Namen längst aufgegebener Sender standen und durch die staubgoldenes Licht drang, aber es funktionierte, und nach einem Moment war eine von einem üppigen Streicherarrangement begleitete Frauenstimme zu hören, eine Stimme, die nicht nur zu einer anderen Zeit, sondern auch zu einem anderen Raum zu gehören schien. Zu einer anderen Welt.

»Ach«, sagte sie, »die liebe ich!« Sie verharrte reglos, den Kopf zur Seite geneigt und lauschte. »Kay Starr. Was für eine wunderbare Stimme.«

Ich hörte zu. Diese Frau aus einer anderen Welt sang über die Einsamkeit, von nächtlichen Spaziergängen, allein, auf denen man Passanten anstarrte, wohl wissend, dass sich das nicht gehörte. Aber man konnte auch nicht damit aufhören, denn vielleicht, nur vielleicht, hielt sich da draußen ja ihr Geliebter irgendwo in der Menge auf. Ich kann mich an den genauen Wortlaut nicht mehr erinnern, aber was sie sang, passte irgendwie zu dem, was Jean für mich war oder wer sie meiner Meinung nach gewesen war, als der Song zum ersten Mal gespielt wurde, so dass ich das Gefühl hatte, Jean selbst singen zu hören. Mir tat die Frau leid, die sie gewesen war, so einsam nach Lees Verschwinden – aber ich war auch stolz auf sie, und ich spürte, wie stolz sie auf sich selbst war.

Die Musik klang vage vertraut, obwohl ich nie zuvor von Kay Starr gehört hatte, und während ich rätselte, woher ich das Lied kannte, lauschte Jean, hatte die Küche oder mich zwar nicht vergessen, war aber doch auf halbem Weg zu einer Welt, in die sie einst gehört hatte. Oder nicht? Bis heute habe ich keine Ahnung, was all das für sie bedeutet haben mochte – dazugehören, Liebe, Glück oder auch nur die süße, verklärte Traurigkeit dieses Popklassikers.

I… in the moonlight
Along the crowded avenue

Nein, das war es nicht. Und auch wenn ich weiß, wie banal, wie formelhaft die in Abermillionen solcher Lieder ausgedrückten Gefühle sind, wünschte ich heute doch, ich könnte mich ausnahmsweise an die Worte erinnern.

Jean war noch halbverloren in ihrem Traum, als das nächste Lied gespielt wurde und »Maybe You'll Be There« direkt in einen weiteren Klassiker der fünfziger Jahre überging und dasselbe üppige Streicherarrangement den Einsatz für die Stimme vorgab – offenbar wieder Kay Starr –, nur kannte ich dieses Lied, auch wenn ich im ersten Moment nicht wusste woher. Dann fiel es mir wieder ein. Der Song war auf einer Platte in der ziemlich bunt gemischten Sammlung meines Vaters gewesen, mitten zwischen Bebop, Cool Jazz, mittelalterlicher Musik und indischen Ragas, eine Scheibe mit Golden Oldies aus einer Zeit, in der mein Vater noch ein kleiner Junge gewesen war. Jetzt klang das Lied allerdings anders, langsamer, fast gesetzt, die Stimme tiefer, melancholischer. Ohne nachzudenken, ging ich zu Jean, mir selbst nicht sicher, was ich eigentlich wollte, bis ich meine Stimme hörte, von der Musik gedämpft, doch klar und, wie ich wusste, frei von allem, was meine Freundin vielleicht Unschicklichkeit genannt hätte.

»Miss Culver, darf ich bitten?«

Sie lächelte, aber ich glaube, sie wollte mich schon fortscheuchen, als ihr etwas auffiel, in meinem Gesicht, vielleicht im Ton meiner Stimme, vielleicht aber war es auch der Moment selbst, der ihre Meinung änderte. Sie erhob sich, ihre Miene plötzlich ernst. »Sie wissen, wie man *dazu* tanzt?«

Ich nickte. »Hat mir mein Vater beigebracht«, erwiderte ich, was nur zur Hälfte der Wahrheit entsprach. Er hatte mir das Tanzen beigebracht, ein bisschen, war selbst aber nie besonders gut darin gewesen; und ich hatte seine bizarren Lektionen in den Gepflogenheiten einer anderen Zeit, der wir beide nicht angehörten, fast wieder vergessen. Ich weiß nicht, warum er wollte, dass ich Tanzen lernte – vielleicht hatte er ein Bild von mir vor Augen, wie mich diese obskure Unkenntnis beim Abschlussball der Schule in Verlegenheit bringen könnte –, jedenfalls hatte er seine Aufgabe ernst genommen, eine Zeitlang.

Es fing an, nachdem meine Mutter verschwunden war. Dad legte meist eine alte Platte auf, ein Lied aus den 1940er, 1950er Jahren, vor seiner Zeit also, eines, das er am Radio im Haus seiner Eltern gehört haben mochte, oder ein Lied, das seine Mutter vielleicht bei der Arbeit in der Küche gesungen hatte. »Blue Moon«, »Stormy Weather« oder »The Man I Love« – Letztgenanntes hörten wir gerade in Jean Culvers Küche, ein Lied, an dessen Text ich mich nicht erinnerte. Er suchte diese Lieder nicht zufällig aus, er hatte Lieblingslieder, und auch wenn sie seinem sonstigen Geschmack nicht entsprachen, war ihm doch deutlich anzumerken, wie gern er sie hörte. Vielleicht, weil sie durchaus ein bisschen jazzig klangen, vielleicht, weil er Erinnerungen damit verband, womöglich an irgendeine fiktive Romanze, die er sich als Kind aus Andeutungen, Bildern und Gesprächsbruchstücken zusammengereimt hatte. Alte Filme. Fantasie. War das wichtig? Wichtig war nur, jemanden zu lieben, zu einer bestimmten Zeit, an einem bestimmten Ort. Mein Vater legte eine dieser alten Platten auf, und dann nahm er mich an die Hand, brachte uns sorgsam in die Ausgangsstellung und führte mich durchs Zimmer, hinaus auf den Flur, mit ernster Miene, während sein Körper uns wie von weither durch die Schritte lenkte, wie aus der Distanz, so dass es ausgesehen haben musste, als würden wir ferngesteuert. Ich versuchte, mit ihm mitzuhalten, den Kopf erhoben – das hat er mir immer gesagt, als wir anfingen: *Halt den Kopf hoch, bewege dich, als würdest du von einer Schnur aufrecht gehalten, die sich von der Decke herab bis zu deinem Körper spannt* –, aber irgendwann musste ich immer nach unten gucken. Selbst wenn ich eine Weile widerstand, verlor ich früher oder später doch das Vertrauen und schaute auf meine Füße wie der heilige Petrus, der auf dem Wasser zu gehen versuchte; einige Augenblicke lang lief es gut, aber dann geriet plötzlich alles durcheinander, Panik kam auf, wir stolperten und kamen ungeschickt zum Stehen. Manchmal versuchte er, der Katastrophe zuvorzukommen – *Kopf hoch, Kopf hoch* –, aber das brachte uns beide bloß zum Lachen, und wir mussten trotzdem aufhören und wieder von vorn beginnen. Ich habe nie erfahren, warum er meinte, mir das Tanzen beibringen zu müssen. Vielleicht fand er, es wäre gut, etwas zusammen zu tun, damit ich nicht an meine Mutter dachte. Etwas Besonderes, das dazu passte, dass wir zwei, nicht drei waren, dabei wäre es mir eigentlich lieber gewesen, er hätte mich zum Angeln mitgenommen oder zum Wandern im Wald. Mir wäre es sogar lieber gewesen, wir hätten einfach nur zusammengesessen und Charles Lloyd oder Miles Davis gehört. Hätten getan, was *er* mochte. Etwas, was er mit mir teilen wollte.

Wir hatten erst einige Schritte gemacht, als Jean stehenblieb, meine Hand noch in ihrer. Sie schenkte mir ein für sie so typisches, ironisches Lächeln. »Vielleicht ist es besser, wenn Sie mich führen lassen.«

Verwirrt schaute ich sie an, da ich angenommen hatte, sie führte bereits.

Irgendwas in meinem Gesichtsausdruck brachte sie zum Lachen; einen Moment später hob sie den Kopf und straffte den Rücken. »Keine Sorge, ich hatte jede Menge Übung.«

Ich bin mir nicht sicher – in der Küche war es jetzt warm, die Fenster beschlagen –, aber ich glaube, ich lief rot an, doch konnte ich kaum leugnen, dass ihr Vorschlag vernünftig klang. »Einverstanden«, sagte ich.

Wir machten weiter – und obwohl ich keine Veränderung feststellen konnte, wurden wir gleich besser. »Sie müssen den Rücken gerade halten«, sagte Jean. »Kopf hoch, nicht nach unten sehen. Mehr ist eigentlich nicht wichtig.«

Ich nickte. »Ich weiß.«

Sie lachte leise. »Ihr *Kopf* weiß das, aber Ihr Körper fragt sich immer noch, was er da eigentlich tut.« Sie legte den Kopf in den Nacken und betrachtete mich spöttisch, aber ich merkte ihr an, dass sie hinter dieser ironischen Fassade glücklich war. Dann ging das Lied zu Ende, und wir verharrten leicht auf Abstand. Der DJ sagte etwas, aber ich hörte nicht zu. Dann begann ein neuer Song, einer, den ich nicht kannte, und keiner von der Sorte, nach dem wir tanzen wollten. In diesem Moment fühlte es sich an, als sei etwas zerbrochen, wenn auch sehr behutsam. Jean musterte mich mit ihren blassgrauen Augen und lächelte. »Herzlichen Dank, Miss Lambert. Und jetzt lassen Sie uns ein paar Apfeltaschen backen.«

* * *

Während der nächsten Stunde machten wir uns also daran, Apfeltaschen zu backen und die Küche mit Wärme und dem süßen Geruch nach heißem Öl und Zimt zu füllen. Das Radio lief nur noch im Hintergrund, dann und wann aber hob Jean den Kopf, um zuzuhören und sich an etwas zu erinnern, das lang vor meiner Geburt geschehen war. Wie sich herausstellte, waren diese Apfeltaschen auf den ersten Blick recht einfach zu machen, doch galt es Feinheiten bei den Mengen und der Festigkeit zu beachten – auf zwölf Unzen Apfel, erklärte Jean etwa, kommt ein bisschen mehr als ein halber, aber auf keinen Fall ein ganzer Teelöffel Zimt; die Äpfel sollten vorher gekocht werden, bis sie zart sind, ehe sie zum Ausbacken in den Teig gewickelt werden, nur verstand ein jeder etwas anderes unter zart. Die wichtigsten Überlegungen drehten sich allerdings um die Größe der Teigdreiecke und darum, wie lang sie im heißen

Fett bleiben sollten. Trotzdem glaubte ich, den Bogen rauszuhaben, als wir den ersten Schwung fertig hatten, und Jean muss das ebenso gesehen haben, denn von da an überließ sie mich mir selbst. Bei all der Sorgfalt und Aufmerksamkeit, mit der ich mich der Kunst des Backens von Apfeltaschen widmete, war mir entgangen, dass sich eine Wolke über ihr Gesicht gelegt hatte, ein grauer Schleier, der, als sie sich im Licht der Küchenlampe zu mir umwandte, wie Staub rund um Mund und Augen aussah.

»Es tut mir leid, Kate«, sagte sie, »aber ich muss mich eine Weile hinlegen.«

»Alles in Ordnung?«

»Es ist nichts weiter. Ich … Na ja, mir geht es in letzter Zeit mal so, mal so. Ich bin eine alte Frau, wissen Sie.« Sie riskierte ein beruhigendes Lächeln, das sie in diesem Licht nur noch gebrechlicher aussehen ließ. »Morgen früh bin ich wieder tipptopp. Wir machen uns einen schönen Tag.«

»Und was ist mit den Apfeltaschen?«

»Ach, machen Sie einfach weiter, wenn Sie mögen.« Sie musterte mein Gesicht, als würde sie nach etwas suchen – und ich hatte den Eindruck, dass sie es fand – etwas Neues, eine subtile Qualität, die früher gefehlt hatte. Sie tätschelte meinen Arm. »Sie wissen, was zu tun ist. Außerdem sollte jede Apfeltasche ihren eigenen Charakter haben, individuell sein.« Erneut griff sie nach meinem Arm, als wollte sie sich überzeugen, dass ich real war oder dass es mich wirklich gab, dann ging sie langsam zur Tür. Sie verbarg etwas, das ließ sich kaum übersehen. Etwas hatte sich plötzlich an sie herangeschlichen, und jetzt wollte sie mit allen Mitteln verhindern, dass ich mir Sorgen machte. In der Tür drehte sie sich um, lächelte erneut. Sie verbarg etwas, aber sie tat nicht tapfer: Was sie verbarg, war für sie bedeutungslos; und sie wollte nicht, dass ich es zu wichtig nahm. »Wir sehen uns morgen«, sagte sie. »Unser erster richtiger Schneetag.«

Ich nickte. »Schlafen Sie gut.«

Sie erwiderte mein Nicken, und dann, als sie ging, sagte sie noch etwas, das ich nicht recht verstand; erst wenige Augenblicke nachdem sie die Tür zugezogen hatte, ging es mir auf: »Morgen feiern wir.« Das hatte sie gesagt. »Morgen feiern wir.« Minutenlang verharrte ich regungslos, als hätte mich nichtsahnend etwas überrascht, etwas Erstaunliches, dann machte ich mich wieder an die Arbeit, schälte Äpfel und ließ sie im Topf köcheln, als hätte ich mein Leben lang nichts anderes getan.

* * *

Ich wollte alle Lichter ausmachen und ins Bett gehen, als mir auffiel, dass draußen jemand im Garten stand. Ich ging zur Tür, öffnete sie wenige Zentimeter, mehr nicht, und blickte hinaus. Es hatte aufgehört zu schneien, und der Garten wirkte so still wie das Bild einer Weihnachtspostkarte. Anfangs nahm ich an, der Eindringling wäre vielleicht Christina, und mir kam der beunruhigende Gedanke, sie könnte mit ihrem Kommunionkleid im Schnee stehen. Dann aber entdeckte ich eine große, dunkle Gestalt auf der Freifläche zwischen Haus und Wald – ein Mann um die fünfzig in einem langen Wintermantel und mit einem schwarzen Fedora, der zu dem erleuchteten Fenster von Jeans Zimmer hinaufsah, in dem sie bei brennendem Licht eingeschlafen sein musste. Das passierte ihr manchmal. Sie sagte mal, sie hätte immer gut eine Stunde lang gelesen, bevor sie einschlief, aber jetzt käme sie oft kaum über drei, vier

Absätze hinaus. Allerdings schlief sie nie sehr lang. Das wusste ich. Ich konnte sie in den frühen Morgenstunden rumoren hören, wenn sie in die Küche ging, um sich einen Baldriantee zu machen, oder wenn sie in ihrem Zimmer auf und ab lief, um wer weiß was zu tun.

Ich öffnete die Tür ein wenig weiter, und der Mann trat vor. »Kann ich Ihnen vielleicht helfen?«, fragte ich, da ich spürte, dass dieser Mann keine Gefahr für mich oder für Jean war – als ich ihn sah, musste ich zuerst an einen hartnäckigen FBI-Mann von früher denken, der immer noch über Jean an Jennifer heranzukommen versuchte –, aber dieser Mann war ganz offensichtlich kein Regierungsbeamter. Er war gut gekleidet, elegant sogar, und es war da ein Licht in seinem Gesicht, ein Leuchten in den Augen, das jemand ganz anderen suggerierte.

Auf meine höfliche Frage antwortete er mit einem ironischen Lächeln. »Das hoffe ich«, sagte er. »Ich heiße Simon Culver. Ich bin hier, um meine Tante zu besuchen.«

»Wie bitte?«

Er kam noch näher und nahm den Hut ab. Er war sehr attraktiv, Adlernase, dunkelblaue Augen und um die Mundwinkel diese stete Andeutung leichter Belustigung. Quer über eine Augenbraue verlief eine schmale Narbe. »Ich heiße Simon Culver …«

»Das kann nicht sein. Sie hat mir gesagt …«

»Dass ich tot bin«, sagte er. »Tja, daraus kann man ihr keinen Vorwurf machen. Ich habe sie darum gebeten, allen zu sagen, dass ich tot bin.«

»Dass Sie tot sind, hat sie nicht gesagt. Jedenfalls nicht mit diesen Worten. Sie sagte, Sie seien – vollständig verschwunden.«

Er nickte. »Und das war ich auch.« Er setzte seinen Hut wieder auf. »Es ist kalt hier draußen, und wie es aussieht, fängt es auch gleich wieder an zu schneien. Macht es Ihnen was aus, wenn ich hereinkomme?«

Ich trat beiseite. »Bitte«, sagte ich und fügte dann unwillkürlich Worte hinzu, die Jean gesagt haben könnte, wäre sie hier gewesen. »Willkommen zu Hause. Ich mache uns einen Tee.«

Regen auf fremdem Dach

Ich verschlief am nächsten Morgen. Als ich schließlich gegen neun Uhr nach unten kam, frühstückten Jean und Simon ganz entspannt und so, als sei dies völlig normal. Es roch nach Kaffee und Toast, und durch die Fenster schimmerte Schnee in fahlem Blau. Jean erhob sich langsam – ich fragte mich, ob Simon ihr anmerkte, wie schwach sie geworden war –, aber ich bat sie, sich wieder zu setzen, und schenkte mir einen Kaffee ein.

»Sie haben unseren Geist also schon getroffen«, sagte ich.

Jean tat, als zucke sie zusammen. »Tut mir leid. Ich musste es ihm versprechen.«

»Entschuldigung angenommen. Noch jemand Toast?«

»Ja, bitte«, sagte Simon. Er sah müde aus. Da ich Jean nicht stören wollte, hatte ich ihn im Gästezimmer im hinteren Haus untergebracht, aber er sah nicht aus, als ob er viel geschlafen hätte. Vielleicht hatten ihn die Käuzchen wachgehalten.

»Haben Sie überhaupt geschlafen?«

Er schüttelte den Kopf. »Nicht allzu gut. Ich bin weiche Betten nicht gewohnt. Und die Käuzchen waren so laut.«

Ich lachte.

»Was ist?«, fragte er. »Habe ich was Komisches gesagt?« Er blickte Jean an, und zum ersten Mal entdeckte ich eine gewisse Familienähnlichkeit.

Jean schüttelte den Kopf. »Mit der Zeit gewöhnt man sich an sie.«

Wenn ich heute an die dann folgenden Wochen zurückdenke, kommt es mir eigenartig vor, wie rasch ich mich an Simon gewöhnte. Ich schätze, das war normal, da Jean schwächer wurde und immer mehr Zeit im Bett verbringen musste, dennoch schienen wir uns verblüffend schnell aneinander zu gewöhnen, und in dieser Zeit begann Simon auch, einige der Lücken in Jeans Erzählungen zu füllen. Was mich ziemlich erstaunte, da er, anders als Jean, kein Geschichtenerzähler war. Ganz im Gegenteil. Sicher, er redete über das, was er gesehen hatte, wie er auch über Bücher, Kunst und Pferde redete, aber er erzählte keine Geschichten. Selbst seine Vietnam-Geschichte, als er damit herausrückte, war im Grunde keine Geschichte. Ehrlich gesagt, war sie eher ein Bericht, eine knappe Schilderung seiner Beobachtungen. Vermutlich hatte Simon Culver zu viele oberflächliche und irreführende Geschichten über Dinge gehört, die er mit eigenen Augen gesehen hatte. Zu viele Filme und schlechte Bücher über die Hölle und das Kameradschaftsgefühl im Krieg, zu viele beschönigende Darstellungen dessen, was es heißt, »on the road« zu sein, zu viele Storys mit tragischen, aber kathartischen Enden, die angeblich immer auf wahren Ereignissen beruhten, auch wenn nie ganz klar war, um wessen wahre Geschichte es sich da handelte. Und doch haben wir jeden Tag ziemlich viel miteinander geredet. Er war gekommen, um Jean zu besuchen, aber da sie krank war, verbrachten wir viel Zeit miteinander, und es verblüffte mich, wie leicht mir das fiel. Ich glaube, in jenen Wochen habe ich mich ein bisschen in ihn verliebt, dabei war er alt genug, mein Vater sein zu können. Das allein aber war nicht der Grund, weshalb ich mich in seiner Gesellschaft wohl fühlte. Es lag vielmehr an etwas anderem, das wiederum damit zusammenhing, was er tat, wenn er nicht mit mir zusammen war oder an Jeans Bett saß. Damit, was er frühmorgens tat oder draußen allein im Wald. Die Gedanken, die er hatte oder vielleicht auch nicht hatte. Die Stille, die von ihm ausging. Einmal sah ich ihn draußen im Dämmerlicht mit Christina Vogel reden – und mir war unklar, was ich da sah; das Mädchen wirkte so anders, wie verwandelt. So – natürlich. Ich hatte keinen Grund zu glauben, dass er sie zuvor schon einmal getroffen hatte, aber in seiner Nähe benahm sie sich, als wäre sie mit einem vertrauten Gefährten zusammen. Oder mit einem halb animalischen Geschöpf wie sie selbst. Einem Pferd vielleicht. Oder einem Hirsch. Vielleicht aber hatte sie sich auch, genau wie ich, nur ein bisschen in ihn verliebt.

Und doch, obwohl ich so neugierig war und gern gewusst hätte, was in ihm vorging, habe ich Simon nie gebeten, mir etwas zu erzählen. Ich weiß nicht einmal, wie wir auf seine Geschichte gekommen sind, damals, an diesem grauen Nachmittag, als Jean oben schlief, verloren in einem Traum vom jetzigen oder in Vorahnungen über das nächste Leben. Vielleicht lag es daran, dass ich ihm erzählt hatte, was mir von Jean anvertraut worden war, zumindest einen Teil davon, vielleicht aber hatte er auch bloß ein schlechtes Gewissen, weil er an jenem ersten Abend wie ein Geist aufgetaucht war.

»Ich wollte Sie nicht erschrecken«, sagte er.

»Das haben Sie auch nicht. Ich habe Sie einfach nur für einen Betrüger gehalten.«

Er lachte. »Ich bat Jean, allen Leuten zu erzählen, dass ich tot sei, weil ich verschwinden wollte. Ich *musste* verschwinden. Ich war ein Deserteur und hatte also gute Gründe, nicht länger am Leben zu sein.«

»Aber hat es für Vietnam-Deserteure nicht eine Amnestie gegeben?«, fragte ich.

»Na ja, Jimmy Carter erließ eine Amnestie für alle Wehrdienstverweigerer, nicht aber für reguläre Deserteure. Und die Regierung hält immer noch nicht besonders viel von Soldaten, die sich unerlaubt von der Truppe entfernen.«

»Aber das ist doch schon so lange her«, wandte ich ein.

»So lange nun auch wieder nicht«, erwiderte er. »Außerdem gab es noch einen weiteren Grund, warum ich nicht zurückwollte, nur bin ich mir nicht sicher, ob Sie *die* Geschichte hören wollen.«

»Ich habe all die anderen gehört.«

»Hat sie Ihnen von dem Massaker in Frankreich erzählt, dessen Zeuge mein Vater wurde?«

»Ja – aber Moment mal! Wieso wurde er ein *Zeuge?*«

Er dachte kurz nach. »Sie hat Ihnen die offizielle Version erzählt, die, in denen er und die Kämpfer der Résistance, denen er sich angeschlossen hatte, unmittelbar danach kamen, stimmt's?«

»Ja.«

»Nun, das ist die offizielle Version, die, mit der das Militär letztlich dann einverstanden war. Dreimal musste er seinen Bericht umschreiben. Man wollte nichts davon wissen, dass er und fünf Mitglieder der französischen Résistance bei einem Massaker oder doch dem letzten Stadium eines Massakers unmittelbar zugegen gewesen waren.«

»Unmittelbar?«

»Er hat es gesehen. Er hat gesehen, wie Menschen getötet wurden. Sie haben es alle gesehen, aber was hätten sie machen sollen? Die anderen waren in der Überzahl, acht zu eins, wahrscheinlich mehr. Nicht, dass er sich je verziehen hätte. Ich glaube, er wäre allein auf sie losgegangen, hätten die anderen ihn nicht zurückgehalten. Davon wollte man in der Armee nichts hören. Es wäre zu schlecht für die Moral gewesen, und die Franzosen wären sicher auch stinksauer geworden, hätten sie herausgefunden, dass da eine Geschichte über fünf Résistance-Kämpfer im Umlauf war, die tatenlos mitangesehen hatten, wie französische Zivilisten abgeschlachtet wurden.«

»Woher wissen Sie das?«

»Er hat es mir erzählt. Er wollte verhindern, dass ich nach Vietnam ging, und er dachte … Er hat alles getan, um mich daran zu hindern, und dafür habe ich ihn gehasst. Ich hätte ihm dankbar sein sollen.« Er holte eine Packung Zigaretten aus der Tasche. »Keine Angst, ich rauche nicht. Manchmal muss ich nur eine in der Hand halten.«

»Sie können rauchen, wenn Sie mögen. Wir können nach draußen gehen.«

»Ist schon gut. Offiziell habe ich damit aufgehört und bin nicht mehr abhängig. Höchstens noch psychologisch.«

»Sie müssen es mir nicht erzählen, wenn Sie nicht wollen«, sagte ich.

Er nickte. »Ich weiß.« Er tat, als nähme er einen Zug von der Zigarette, dann begann er seine Geschichte.

»Manchmal bin ich in irgendeinem dunklen Winkel meines Hirns davon überzeugt, dass die Oberen für Mỹ Lai dankbar waren. Nicht dafür, dass es passiert ist, aber dafür, wie es herauskam. Ich weiß, später wurde über ähnliche Vorfälle berichtet, aber Mỹ Lai war damals geradezu perfekt, ein Beispiel für zeitweiligen Gruppenwahn unter einem unfähigen Vorgesetzten, der klassische Fall eines unseligen, aber gänzlich einzigartigen Falles, wie derlei im Krieg nun einmal geschieht. Die Ausnahme, verstehen Sie, die die Regel bestätigt. Eine harte Einschätzung, fürchte ich, doch brachte Mỹ Lai auch etwas Positives, nämlich die Erfindung des Ausnahmefalles, dieser außergewöhnlichen Aneinanderreihung von Ereignissen, der skrupellose Leutnant, die Story von den faulen Äpfeln. So etwas sollte nicht geschehen und geschah auch meist nicht, dann aber doch. Und weil wir im Krieg waren, geschah es viel öfter, als irgendwer zugeben würde.

»*Mordlust*«, sagte er dann auf Deutsch. »Wissen Sie, was *Mordlust* ist? Ein spezifischer Ausdruck, ein Fachbegriff. Man könnte ihn mit *bloodlust* übersetzen, aber das klingt so gewöhnlich – manchmal braucht man ein Wort aus einer anderen Sprache, um der Sache die nötige Schwere zu verleihen.

Mỹ Lai war keine Ausnahme. Wir wissen heute mehr, aber wir wissen längst nicht alles, und das werden wir auch nie. Und selbst wenn, also wenn jeder Vorfall verzeichnet und im Einzelnen aufgeführt würde und wenn man die Namen der Beteiligten und sämtliche Gräueltaten kennen würde – selbst wenn wir all das wüssten, würde es nichts ändern. Diese Vorfälle wären erklärbar. Es würde mildernde Umstände geben. Zeitweilige Umnachtung unter extremem Druck – und ich weiß, wie extrem dieser Druck sein kann. Ich kenne den Terror – der aber ist kompliziert. Dazu gehört nicht bloß Angst. Er ist partizipativ. Ich habe Freunde unter den menschenunwürdigsten und schmerzhaftesten Umständen sterben sehen. Schlimmer, ich habe sie sterben hören, ohne etwas tun, ohne ihnen helfen zu können. Das macht zornig, das lässt einen kochen vor Wut, und wenn man diese Wut mit Terror mischt, hat man das ideale Rezept für *Mordlust*. In der Raserei eines

Augenblicks kann alles geschehen. Unter gewissen unerträglichen Umständen kann alles verständlich scheinen, wenn auch nicht entschuldbar. Es ist sogar verständlich, dass dieser Hang zur *Mordlust,* den wir alle bis zu einem gewissen Grad kennen, in der Grundausbildung Tag für Tag gefördert und verstärkt wird. Jeden Tag. All diese aufheizenden Gesänge über Sex und Töten, dass Töten eine Lust sei, die Waffe dein bester Freund, das ist … Na ja, Sie wissen, wie das läuft. Auch das ist gewissermaßen verständlich, denn wenn man in einem Kriegsgebiet abgesetzt wird und nicht zum Töten bereit ist, stirbt man. Man hat mir beigebracht zu glauben – zu *wissen* –, sollte ich einen Moment lang unentschlossen sein, nur den Bruchteil einer Sekunde lang zögern, würde ich oder, schlimmer noch, meine Kameraden schreiend sterben. Folgendes aber wird einem von den Nachrichtensendern und Dokumentarfilmen nicht verraten. Sie würden nie zugeben, dass, nähme man irgendeinen dieser faulen Äpfel, die in Vietnam oder sonst einem Krieg unter außergewöhnlichen Umständen so schreckliche, feige Taten begehen, und kratzte an der Oberfläche, man in neunundneunzig von hundert Fällen einen Soldaten fände, der alles dransetzt, um einen Kameraden nicht im Stich zu lassen. Genau das ist das Problem. Nicht die faulen Äpfel sind schuld. Sie sind bloß Werkzeuge. Schuld ist das System. Der Krieg selbst.

Diese Erkenntnis drang langsam zu mir durch. Deshalb bin ich gegangen. Ich wurde nicht eingezogen, ich meldete mich freiwillig. Ich *glaubte* – und ich bin desertiert, weil ich *glaubte.* Ich bin gegangen und wusste, was ich tat, wusste, welche Schande das für meinen Vater bedeutete; ich bin nicht wegen des Massakers gegangen, dessen Zeuge ich wurde und an dem ich teilnahm, bin nicht gegangen, weil ich in einem ungerechten Krieg kämpfte – damals kannte ich mich mit der Politik kaum aus, sie kümmerte mich nicht. Nein. Ich bin gegangen, weil unsere Seite unehrenhaft kämpfte. Es war ein ungerechter Krieg, da bin ich mir heute sicher, wichtiger aber fand ich, dass unehrenhaft gekämpft wurde. Auf unserer Seite. Der entscheidende Grund, der Grund, warum ich besiegt fortging, war der, dass mein Respekt für den Feind größer als der für unsere Seite war. Ich hatte meine Kameraden gern, ich hätte alles getan, um sie vor dem Grauen zu bewahren, das ihnen drohte – und nicht nur vor dem Grauen, auch vor der Langeweile, der Schande. Das Entsetzen hätte ich noch ertragen können, aber die Schande hielt ich nicht mehr aus. Und ich schämte mich. Wir verfügten über die am besten ausgerüstete, die mächtigste Armee der Erde und führten diesen Krieg wie ein buchhalterisches Unternehmen. Opferzahlen. Statistiken. Dieser Krieg wie auch so ziemlich jeder nachfolgende Krieg, in den wir verwickelt waren, wurde von Buchhaltern geführt. Von Versicherungsfachleuten. Von Projektmanagern in Kampfanzügen.«

Er verstummte plötzlich und blickte mir ins Gesicht. Ich sah ihm an, dass er eine Weile vergessen hatte, mit wem er redete. Er schüttelte den Kopf. »Tut mir leid. Ich wollte Ihnen keinen Vortrag halten.«

»Nein, das muss es nicht. Ich weiß wirklich nicht viel darüber«, erwiderte ich und lächelte. »Als ich Jean kennenlernte, fand sie es schockierend, wie wenig ich wusste.«

Wieder schüttelte er den Kopf. »Nein, schockiert war sie bestimmt nicht. Das ist eher so ihre Art. Ich glaube, an Tante Jean ist eine Lehrerin verloren gegangen.«

Ich lachte. »Kann sein.«

»Sie weiß, wie das System funktioniert«, sagte er. »Meine Schwester hat es ihr gründlich beigebracht, und in Jennifer steckt nicht nur eine, sondern gleich ein ganzes Geschwader von Lehrerinnen.«

Als ihm wieder einfiel, warum er hier saß, runzelte er die Stirn. Warum *er* hier saß, nicht seine Schwester – und plötzlich fiel mir eine Bemerkung von Jean ein. Sie hatte einmal erzählt, als Kinder hätten Bruder und Schwester nie viel Zeit miteinander verbracht, überhaupt hätten sie nicht viel Gemeinsamkeiten gehabt, trotzdem habe sich Simon immer für seine Schwester eingesetzt, sie gegen alle Kritik verteidigt, als sei sie eine Art Heilige gewesen – was dennoch nicht der Grund dafür war, warum er sie so schätzte. Eher im Gegenteil. So wie Jean es sah, bewunderte Simon seine Schwester für deren Intelligenz, hielt diese zugleich aber nicht für erstrebenswert, sondern für eine Last, die Jennifer zu tragen hatte. Eine Last – und ein Handicap. Sie hinderte sie daran, das Leben in vollen Zügen zu genießen, fast wie jene schweren Krücken, die manche Kinder zu tragen hatten, damals, als es noch Kinderlähmung gab.

»Sie müssen wissen, dass Jennifer nichts dafür kann. Sie hat sich in die Idee der Unsichtbarkeit verliebt – oder nein, sie hat sich in jene Person verliebt, die sie geworden ist, in dieses Ich, das sie erfand, um während all der Zeit allein leben zu können. Nicht nur die verständliche Angst vor einer Festnahme hindert sie daran, irgendwohin zu gehen, auch wenn ich manchmal glaube, sie redet sich ein, irgendwas getan zu haben, das sie für den Rest ihres Lebens hinter Gitter bringen könnte, sollte das FBI ihr je auf die Schliche kommen. Was verrückt ist, reine Paranoia. Und vielleicht nur ein Vorwand, um dort bleiben zu können, wo sie ist. Ich weiß es nicht. Frage ich sie danach, sagt sie, wieder aufzutauchen komme nicht infrage. Tauche sie wieder auf, würde sie damit gestehen, dass etwas vorbei ist, und soweit es sie angeht, ist es nicht vorbei. Es ist nur nicht länger sichtbar, aber es hat nicht aufgehört. Sie zitiert Che – *Schweigen ist Beweisführung mit anderen Mitteln.* Sie zitiert Abbie Hoffman, der sagte, es würde eine Zeit kommen, in der wir alle neue Namen und neue Gesichter hätten, genau erinnere ich mich nicht mehr … Ich habe nie dazugehört. Habe mich ihnen nie angeschlossen. Nicht, dass ich völlig anderer Meinung gewesen wäre, mir gefiel nur nicht … Ich war mit ihren Methoden nicht einverstanden. Und sowieso … ich konnte einfach nicht.«

»Was konnten Sie nicht?«

»Mich ihnen anschließen«, sagte er. Schon die Vorstellung schien ihn zu beunruhigen, als wäre sie neu für ihn. »Ich konnte mich ihnen nicht anschließen.«

»Und was passierte mit Jennifer?«, fragte ich. »Nachdem sie gegangen war?«

»Sie ist nicht gegangen. Sie wurde im Stich gelassen. Und so bekam sie ihr neues Leben, ein letztes Geschenk des Untergrunds der sechziger Jahre.« Er lachte. »Irgendwann trieb sie sich in irgendeiner Stadt des Mittleren Westens herum und wartete auf jenen Anruf, durch den sie erfahren sollte, wohin es als Nächstes ging. Sie dürfen nicht vergessen, dass die Leute damals außerhalb ihrer Gruppe nichts mehr besaßen. Geld, sämtliche Mittel, falsche Papiere – was immer sie auch brauchten, um weiterhin im Verborgenen leben zu können, kam auf die eine oder andere Weise von der Bewegung. Nachdem Jennifer drei Wochen gewartet hatte, wurde ihr klar, dass sie allein war – sie lebte damals in einem Motel, ging jeden Tag um drei Uhr zur Telefonzelle vor der Tankstelle und wartete auf den Anruf, der nie kam –, und sie wusste nicht, wo sie hinsollte, hatte fast kein Geld mehr, keine Freunde und keine Identität, der sie trauen konnte. Und sie wagte es nicht, nach Hause zu gehen. Ich denke, Jean hat ihr in diesen Tagen ein bisschen Geld geschickt, doch selbst das fand Jennifer zu riskant. Also hat sie sich einen Job gesucht. Und nach und nach ist sie jemand anderes geworden, auch wenn dies natürlich nicht das Ende bedeutete. Wenn überhaupt, dann war es ein neuer Anfang. Seither ist sie ein neuer Mensch. Jemand mit einer anderen Geschichte als der, die alle sonst mit ihr verbinden. Eine Geschichte, deren Verlust sie nicht riskieren darf. Und ich kann Ihnen sagen, als Ihr Brief kam, war sie ziemlich sauer …«

»Das tut mir leid«, sagte ich und meinte es auch so. »Ich dachte nur …«

»Oh, das muss Ihnen nicht leidtun. Sie versteht durchaus. Doch selbst wenn man versteht, kann man sauer sein.« Er lächelte bekümmert. »Sie wollte ja auch kommen. Ein Teil von ihr wollte es, aber sie konnte nicht. Und sie wusste, Jean würde sie verstehen.«

»Wie konnte sie das wissen?«

»Weil Jean sie einmal aufgespürt hat«, sagte sie. »Jennifer fand das erst später heraus – und sie konnte sich denken, was passiert ist, warum Jean kehrtmachte und zurückfuhr.«

»Aber wie kommt es, dass Sie nun an ihrer Stelle hier sind?«

Er schüttelte den Kopf. »Eigentlich ein Zufall. Ich war gerade da, jedenfalls in der Nähe.« Er betrachtete mein Gesicht. Ich muss für ihn jung ausgesehen haben, so unfertig für die Welt, wie er sie kannte. »Wo ich lebe, ist die Verlustrate ungewöhnlich hoch. Man verliert Menschen auf die eine oder andere Weise, und ich hatte gerade jemanden verloren. Jennifer nahm mich auf, als ich nicht wusste, wohin ich sollte. Ihr war klar, dass es nicht auf Dauer sein würde, und ihr war ebenso klar, dass ich nichts Dummes anstellen würde. Außerdem vertraut sie mir, da ich auf meine Weise ja auch unsichtbar bin. Es ist einfach, in Amerika unterzutauchen, was ich ganz in Ordnung finde.« Von oben kam ein Geräusch, ein leises Murmeln, und er lauschte einen Moment. Als es dann still blieb, nahm er seinen Bericht wieder auf. »Jennifer lebt schon so lange im Untergrund, dass sie alles tun, alles verlieren, alles hergeben würde, um nicht geschnappt zu werden. Nicht, weil sie so große Angst vor dem Gefängnis hätte – nun, das vielleicht auch, aber ihr wäre der Gedanke unerträglich, dass *sie* letzten Endes noch einen Sieg erringen könnten.«

»Sie?«

Er lächelte ironisch. »Das FBI, die Cops, das System. In all den Jahren haben sie keinen geschnappt, haben so kläglich versagt, und für Jennifer ist es eine Frage des Stolzes. Sie haben betrogen und gelogen und trotzdem versagt.« Plötzlich verstummte er und blieb still sitzen. Das ließ ihn jünger wirken. Er hätte auch draußen irgendwo im Wald sitzen können, an einem Lagerfeuer, allein während jener ersten Wochen, in denen er von Ort zu Ort gezogen war, fort vom Krieg, von seinem Vater und von allen, zu denen er nie wieder zurückkonnte.

»Und Sie?«

»Was soll mit mir sein?«

»Sie haben sich denen nicht angeschlossen, aber Sie sind auch gegangen, haben sich geweigert, weiter …«

»Mir blieb keine andere Wahl«, sagte er. »Wie Dad wollte ich nur meinem Land dienen, dann nach Hause kommen und einer ordentlichen Arbeit nachgehen. Irgendwas mit Pferden vielleicht. Aber man zieht nicht in den Krieg und kommt dann wieder nach Hause – jedenfalls nicht einfach so.« Er überlegte lange, wandte den Blick ab und starrte hinaus in den Garten, dann schüttelte er den Kopf. »Ich will den Namen des Ortes nicht sagen«, fuhr er fort. »Ich weiß nicht warum. Da bin ich wohl abergläubisch. Außerdem wurde der Name sogar im offiziellen Bericht falsch geschrieben, in jenem Bericht, der die Zahl der toten Feinde angibt. Die Opferzahl. Wir hatten an dem Tag keine Verluste, vermutlich weil die Leute, die wir angegriffen hatten, allesamt unbewaffnete Zivilisten waren. Aber darum geht es eigentlich nicht. Zwei Tage vorher war ein Junge aus Fairfax durch eine Sprengfalle umgekommen. Das hatte mich schwer getroffen. Uns alle. Am Tag zuvor seien Warnungen abgeworfen worden, war uns gesagt worden, weshalb wir, als wir in dieses Dorf eindrangen, glaubten, sicher annehmen zu können, dass alle Nicht-Kombattanten bereits abgezogen waren. Wird einem gesagt, über einem Dorf seien Flugblätter abgeworfen worden, ist klar, was man zu tun hat. Man tötet alle, die noch da sind. Wenn nicht, wird man selbst getötet.

Dieser Junge aus Fairfax, Virginia. Ein paar Tage vor seinem Tod haben wir uns eine Weile unterhalten. Es war wie eine Szene aus einem alten Film; er hat mir sogar ein Foto gezeigt, aber nicht das typische Bild von seinem Mädchen. Das Foto zeigte vielmehr seine Schwester, eine junge Frau, die hübsch hätte sein können, wäre da nicht diese Hasenscharte gewesen. Er sagte, er hätte sich unter anderem ihretwegen freiwillig gemeldet, weil er wollte, dass sie stolz auf ihn ist, verstehen Sie? Das ist alles schrecklich schmalzig, Zeug, wie man es schon so oft gesehen hat. Dann aber zerfetzt eine Sprengfalle den Jungen, und das kann man aberhundert Male sehen und gewöhnt sich doch nie dran. Man kann es allerdings auch nicht auf der Leinwand zeigen. Es wäre zu unrealistisch.

Wir waren ziemlich aufgeputscht, als wir ins Dorf einrückten. Irgendwas hätte eigentlich schon sehr früh klick machen müssen, weil unser Feuer nicht erwidert wurde, aber da tat sich nichts. Die Leute in dem Dorf waren Frauen, Kinder, ein paar alte Männer. Babys. Wir haben Babys erschossen. Ein Typ schoss auf einen alten Mann, veranstaltete mit ihm ein Übungsschießen. Aus drei Metern Entfernung zielte er auf den Kopf und schoss daneben. Seine Kameraden lachten ihn aus. Er ging nochmal anderthalb Meter näher heran, schoss erneut und verfehlte wieder. Ich weiß noch, in dem Moment überkam es mich. Es war wie in einem Traum, und ich glaube nicht, dass irgendwer von uns begriff, was hier geschah. Alle lachten jetzt, also trat der Unglücksschütze auf den alten Mann zu – der war entsetzt und wie erstarrt, verstand gar nichts – und schoss ihm aus kürzester Entfernung in den Kopf. Ich wandte mich ab. Weiter vorn hörte ich jemanden schreien. Es war die Stimme einer Frau, deshalb wusste ich, es musste eine von denen sein. Sie rief dasselbe Wort immer und immer wieder, vielleicht einen Namen, den Namen eines Kindes, ihres Mannes, ihres Vaters; ich weiß es nicht. Es klang jedenfalls wie ein Name, nicht wie eines der wenigen vietnamesischen Wörter, die ich während meiner Zeit dort aufgeschnappt hatte; und ich dachte, wäre sie eine von uns, würde sie dasselbe tun, würde, genau wie diese Fremde, den Namen eines geliebten

Menschen rufen. Es hätte ein Junge sein können, der nach seiner Mutter oder seiner Freundin rief; es hätte ein älterer Mann sein können, der nach seiner Frau rief oder nach dem Kind, letztlich kam es nicht darauf an. Ich wusste nicht mehr, was ich wollte, tat nur mehr, wozu man mich ausgebildet hatte. Ich folgte der Stimme und fand eine Frau. Sie dürfte um die dreißig gewesen sein, vielleicht fünfunddreißig, und war sehr mager, das Gesicht voller Lehmspritzer – ich merkte ihr an, dass sie schreckliche Schmerzen litt. Als sie mich sah, wurde sie leiser, hörte aber nicht auf, sagte immer noch dieses eine Wort. Ich wusste nicht, was ich tun sollte. Mir war klar, dass sie sterben würde, aber das würden auch alle übrigen Dorfbewohner. Die Frage war nur wie. Irgendwo rechts von mir hörte ich noch mehr Schreie – man hatte eine junge Frau entdeckt, und es sah aus, als …« Er warf mir einen kurzen, verzweifelten Blick zu. »Ich weiß nicht, warum sie mir so viel mehr zu schaffen machen«, sagte er, »diese Vergewaltigungen, meine ich. Ich habe sie gehasst.« Er dachte kurz nach. »Dann waren da noch mehr Schüsse. Das Geschrei hörte auf, dann wieder schrie jemand weiter links. Ich warf einen letzten Blick auf die Frau vor mir, und sie verstand, was ich tun wollte, zeigte aber keine Angst. Sie sagte nur wieder dieses Wort, und ich drückte ab, zweimal, dabei hätte der erste Schuss gereicht. Als ich ging, versuchte ich mir einzureden, es wäre ein Gnadenschuss gewesen, aber der Gedanke hielt keine Minute an, danach war ich nur noch wie betäubt. Sechsundvierzig Menschen haben wir an dem Tag umgebracht. Nur für die Statistik: Sie wurden alle als feindliche Kombattanten eingestuft.

Nach der Frau taumelte ich wie benebelt durchs Dorf. Eigentlich nicht benebelt, nein, eher weit offen, neutral, alles um mich herum reine Gegenwart, gleichsam abstrakt. Als meine Einheit anrückte, bereiteten die Leute etwas zu essen zu, versuchten, aus Wenigem etwas zu machen, aus dem, was gerade zur Hand war – Obst, Reis, Blatt- und Wurzelgemüse. Ich denke, es war ein armes Dorf, und es waren einfache Lebensmittel; daraus was Leckeres zu kochen, dafür braucht es Erfahrung und Sorgfalt. Nicht bloß irgendwas, das den Bauch füllt, sondern eine richtige Mahlzeit. Etwas, das schmeckt, das Freude bereitet, zu dem man sich versammelt und – aber vielleicht lag ja schon darin die Freude. Sich zu versammeln. Das Beste aus dem zu machen, was sie zusammen hatten. Familien. Freunde. Mit einem Mal schämte ich mich, weil ich so wenig über diese Leute wusste. Ich kannte bloß einige Wörter ihrer Sprache, ein paar Brocken nur, ansonsten wusste ich nichts, nur, wie man sie tötete. Daran musste ich denken, als ich mir dieses Bild der Zerstörung ansah, das schlichte Essen, die simplen Zutaten, und daran dachte, dass ich nicht einmal die Namen für die einfachsten Dinge kannte. Das Wort für Reis zum Beispiel. Irgendwer hatte drei Ferkel erschossen, die aus dem Stall geflohen waren; Körbe mit Lebensmittel lagen verstreut herum, umgestoßen und in den Dreck getreten. Warum taten wir so was? Immer haben wir ihnen die Lebensmittel verdorben, haben das Vieh erschossen. Ich wusste nicht warum und wusste auch nicht mit Gewissheit, ob es stimmte, aber mir war, als hätten wir das da draußen ständig gemacht. Ich sah, wie gute Lebensmittel in den Dreck gekippt und wie darauf herumgetrampelt wurde. Wie man Kochtöpfe zerschlug. Im Nachhinein scheint mir das oft vorgekommen zu sein – und als ich durchs Dorf ging, glaubte ich zu verstehen, was es zu bedeuten hatte. Warum es geschah. Nicht absichtlich, es passierte einfach, doch schien es eine Möglichkeit zu sein, das Geschehene auszulöschen, eine Möglichkeit, sich einzubilden, dass dieser Ort nie existiert hatte, so dass es auch nichts gab, weshalb man später ein schlechtes Gewissen haben müsste. Wir haben nicht gefragt, warum gerade dieses Dorf, warum diese Leute, weil sie eigentlich nicht existierten. Wie hätten sie auch so substantiell und real sein können wie wir selbst, wenn ihre Welt sich doch so beiläufig auslöschen ließ?

Was passiert war, hatte keine Folgen. Hätte es welche gehabt, wäre ich genauso schuldig gewesen wie jeder andere. Dennoch wusste ich, dass ich nicht wieder zurückkonnte. Ich war ausgelaugt und litt an einem Syndrom, an einer posttraumatischen Belastungsstörung oder wie immer das heutzutage heißt. Ich war einfach erschöpft. Fix und fertig. Völlig erledigt. Vielleicht ist das ja schon das Syndrom, wenn man an einen Punkt gelangt, an dem die Erschöpfung so total ist, dass sie sich wie der Beginn eines neuen Zustandes anfühlt, etwa wie eine Reinigung von dem, was sich über wer weiß wie viele Jahre angesammelt hat, eine Reinigung, die die letzten Spuren von Angst, Stolz oder Verlangen beseitigt, all die gewöhnlichen Gefühle, eine Reinigung, die nichts als einen leeren Rahmen zurücklässt, ein winddurchwehtes Fadenspiel irgendwo auf einem Pfad in Khánh Hòa, auf einer einsamen Straße in Kansas oder wo immer man gerade ist, wenn die Veränderung beginnt. Und vielleicht entscheidet ja auch der Ort darüber, was geschieht. Ist man Saul auf der Straße nach Damaskus, sieht man womöglich Gott, ist man woanders, entdeckt man in sich vielleicht ein verborgenes Talent, von dem man zuvor nichts ahnte. Wieder woanders findet man möglicherweise auch ein verborgenes Laster. Was ich fand, darüber gibt es nicht viel zu erzählen – nein, keinen Gott, so viel steht fest, und auch keine verborgenen Talente oder Laster, nur eine Art leeren Raum, den ich, als er sich um mich eröffnete, unwillkürlich betreten musste. Ich lief nicht vor dem Krieg davon; ich lief vor allem davon, dem ich je vertraut hatte. Der Welt meines Vaters. Einer Welt harter Arbeit, einer Welt der Ehre und des Glaubens. Der Welt meines Landes, ob im Recht oder Unrecht. All diese alten Klischees, die damals keine Klischees waren. Wenigstens nicht für mich. Ich bin stets überzeugt gewesen. Bis ich nach Vietnam ging, war ich überzeugt, mein Vater habe Recht, mein Land habe Recht, auch wenn sie beide immer mal wieder etwas taten, was ich fragwürdig fand. Ich liebte meinen Vater, mein Land und vertraute darauf, dass sie in größeren Zusammenhängen handelten, die ich nicht verstand.

Also setzte ich mich ab. Es war nicht einfach, aus Vietnam zu desertieren, aber ich habe es geschafft. Mit falschen Papieren beschaffte ich mir Heimaturlaub und verschwand. Ich brauchte drei Monate, um zurück in die Staaten zu gelangen, trotzdem habe ich nicht ein einziges Mal daran gezweifelt, das Richtige zu tun. Mich beschäftigte höchstens die Frage: Warum zurück? Ich wollte nicht zurück nach Hause, nach Virginia. In diesem Punkt war ich mir sicher. Außerdem hätte ich sowieso nicht zurückgekonnt. Dann hätte ich gleich in den Knast gehen können.

Nein – was ich tun wollte, war, was ich tun musste. Ich wollte in Bewegung bleiben. In *Bewegung.* Ich wollte an einem Sonntagmorgen in einer fremden Stadt aufwachen, am Fenster stehen, auf schneebedeckte Straßen schauen und unbekannte Leute zur Kirche gehen sehen. Ich wollte das Rätsel eines schwarzen Autos, das an einer Landstraßenkreuzung hält. Ich wollte nicht weglaufen, wollte nicht flüchten. Zumindest habe ich es nicht so gesehen. Für mich war es eher, als wollte ich aus einem Zustand raus, um an einen anderen Ort zu gelangen. Das Problem war nur, dass ich diesen Ort nicht finden konnte. Eigentlich fand ich nämlich nichts weiter als Straßen. Laub, noch mehr Laub, ein aufschimmerndes Licht im Westen, und plötzlich ist alles anders. Verwandelt. Womit ich nicht behaupten will, dass die Straße romantisch sei. Sie steht nicht für Jack Kerouac, für Woody Guthrie, eher dafür, auf Bahnhöfen zu übernachten, weil man den letzten Zug verpasst hat, und der nächste fährt erst früh um sechs Uhr zehn am folgenden Morgen. Die Straße, das ist der Besoffene hinten im Bus, der nach Bier und Tabak stinkt. Das ist der Junge mit Rollmütze und der alten, vom Vater abgelegten Jagdjacke auf dem Weg zur Arbeit. Die Sonntagsschar, die aus der Kirche kommt, all die peinlich dicken Frauen, die glauben, irgendwer könnte sie von ihrem Hunger kurieren. Der Junge mit der verkrüppelten Hand, der ins Grau des Herbstabends schaut, obwohl da draußen nichts ist, nur weil er den Anblick der übrigen Passagiere nicht ertragen kann, das eigene Bild des immer noch nicht Geheilten in ihren Augen. Denn er verlöre seinen Glauben an Jesus, wenn er es sähe; und was anderes als der Glaube ist ihm nicht geblieben. Seit einer Weile aber ist die Straße die Hübsche im Bahnhofscafé, die Art, wie sie Kaffee einschenkt, wie sie mich anlächelt, genauso nämlich wie einen Neunjährigen, dabei bin ich keine zwanzig, keine fünfunddreißig mehr. In ihren Augen aber bin ich keine Gefahr. Dass ich mal so alt werde, dass ich nicht mehr gefährlich bin, hätte ich nie vermutet. Das habe ich nie vorgehabt.

Eine andere Sache mit der Straße ist, dass sie nirgendwohin führt. Ich brauchte eine Weile, um das zu begreifen, dabei war es – wie weit ich auch immer fuhr – stets von Anfang an das Anderswo, das ich wirklich liebte. Das Anderswo mit dem zwischen Kiefern davonwehenden Heimatgeruch, mit den letzten, von Tau und Sternenlicht benetzten Weiden, die sich kilometerweit hinziehen. Ein großer Mond über einem leeren Parkplatz. Eisige Sterne über den Dächern und den Ausläufern der Prärie. Schneewehen, die den Weg kreuzen, ein paar Pferde, die abseitsstehen in einem Dunkel, das sich unendlich auszudehnen scheint. Das Anderswo. Manchmal findet man es, dann ist es wieder fort. Es lässt sich sogar hier in solchen Vororten finden. Die Abwesenheit von etwas, eine Stille am Rand des Gartens, wo irgendwas nur darauf wartet, dass du wieder ins Haus gehst. Drinnen bist du sicher, draußen in der Nacht aber auf seinem Terrain, und da können einem weder Karte noch Anleitung helfen. Erhascht man einen Blick aufs Anderswo, ist es verzeihlich zu glauben, Glück und Zeit seien ein und dasselbe.«

* * *

Mit Jean ging es dann rasch bergab. Ich schätze, ich sollte dankbar dafür sein, dass sie nicht lange leiden musste – der Arzt hatte uns erzählt, manchmal dauere es Monate, manchmal nur wenige Wochen. Für diese Gnade hätten wir also dankbar sein können. Nur blieb kaum Zeit, darüber nachzudenken. Ich saß inzwischen an einer wichtigen Studienarbeit, wovon Jean wusste, so dass keine Chance bestand, um Aufschub zu bitten. Ich hätte behaupten können, meine Großmutter läge im Sterben, tat es aber nicht, sondern ging weiter zur Uni und half im Haus, wenn ich heimkam. Simon erledigte den Rest. Er putzte, kochte und sorgte dafür, dass Jean hatte, was sie brauchte. An den Nachmittagen las er ihr gern vor. Meist Gedichte. Simon mochte sein Leben lang ein ziemlicher Herumtreiber gewesen sein, erwies sich jetzt aber als hervorragender Krankenpfleger. Er sorgte dafür, dass Jean im Bett blieb, obwohl sie ständig aufstehen wollte, verstrickte sie in lange, manchmal gänzlich unzusammenhängende Gespräche über nichts weiter und sorgte dafür, dass sie die vom Arzt verschriebenen Medikamente einnahm. Sooft ich konnte, blieb ich zu Hause und wechselte mich mit ihm im Krankenzimmer ab, damit Simon auch mal aus dem Haus gehen, den Alltag hinter sich lassen und sein Anderswo suchen konnte. Eine Geschichte wartete noch darauf, erzählt zu werden, und ich wartete darauf, dass Jean sie zur Sprache brachte, nur redete sie kaum mehr und lag bloß still da, während ich ihr vorlas oder von meiner Arbeit erzählte. Irgendwann aber meldete sie sich zu Wort, und an ihrem Ton erkannte ich, dass sie für eine letzte Geschichte bereit war. Die Geschichte davon, was wirklich mit Lee geschehen war.

Sie redete langsam und legte alle paar Worte eine Pause ein, so dass es wirkte, als müsste sie beim Sprechen noch etwas herausfinden, es sorgsam planen, bedächtig, ohne sonderliche Eile, doch sehr darum besorgt, es auch richtig zu erzählen. Vielleicht aber, dachte ich, vielleicht fürchtete sie auch nur, sich auf unerwartete Weise zu irren.

»Ich weiß noch«, sagte sie, »wie ich, als ich klein war, jenen Moment erlebte, wie ihn alle Kinder erleben, den Augenblick, in dem man begreift, dass jeder Mensch sterben muss …« Sie lächelte, und mir fiel auf, wie stark sich ihre Zähne verfärbt hatten – nicht gelblich, sondern zu einem rauchigen, fast goldenen Grau, beinahe wie altes Pergament oder wie Elfenbein oder Walknochen in einem Stadtmuseum, aus dem Schiffe oder Frauengesichter herausgeschnitzt waren. Ihr entging nicht, dass es mir auffiel, aber das kümmerte sie nicht. Nichts kümmerte sie mehr. Sie war eine alte Frau, die, auch wenn sie einmal sehr verletzt worden war, ein gutes Leben gelebt hatte, und ich glaube, sie war – glücklich. Und wenn nicht unmittelbar glücklich, dann doch mit sich zufrieden. Still. Selbstgenügsam. »Alle sterben«, hatte sie gesagt, und auch der Gedanke schien sie zufrieden zu stimmen, so als wäre er ein Geschenk oder ein Segen, den man ihr versprochen oder den sie sich vor langer Zeit selbst versprochen hatte. »Mutter, Vater, Bruder … Geliebte. Uns allen steht dieser Augenblick bevor«, sagte sie. »Daran ist nichts ungewöhnlich … damals jedoch, in jenem Alter, fand ich es seltsam, dass ich diesen unvermeidlichen, kindischen Kummer um meine Mutter nicht empfand, auch nicht um meinen Vater oder gar um …« Ihre Stimme verlor sich, und sie schaute aus dem Fenster. »Nein«, sagte sie und sah sich plötzlich nach mir um, als hätte sie die Frage gehört, die in mir keimte. »Lee war diejenige, um die ich getrauert habe, sie war die Einzige. Wohl weil sie immer so lebendig gewirkt hatte. Verstehen Sie? Dass sie sterben musste, fand ich beinahe unerträglich, denn den Tod der anderen, den meiner Mutter und auf gewisse Weise auch den meines Vaters, empfand ich nicht als solch einen Verlust, aber *Lees Tod* …

Schau ich heute zurück, ist mir alles so klar. Es war wie bei einer dieser Prüfungsaufgaben, die von der Schule ausgegeben werden. Du kennst die Antwort, hast sie im Kopf, aber du bringst sie nicht über die Lippen, da alle, die hier je was zu sagen hatten, behaupten, deine Antwort könne nicht stimmen. Also denkst du erneut nach, und die Uhr tickt, und ehe du es dich versiehst, ist die Zeit für den Test vorbei. Und du hast nichts aufgeschrieben. Dabei wäre die Antwort richtig gewesen.«

»Die da lautet?«

»Glück. Man muss das Glück erhaschen, wo man es zu fassen bekommt. Es war schwer, hinterher, sich mit der Tatsache abzufinden, dass eigentlich nur eines zwischen uns gestanden hatte, nämlich unsere unterschiedlichen Vorstellungen von Glück. Es war schwer, weil mir war, als wäre sie noch da, als gäbe es sie noch in dieser Welt, auch wenn ich wusste …«

»Was war passiert?«

»Sie … ich …« Sie schaute mich verwirrt an. »Da war dieser Unfall«, sagte sie. »Ein Autounfall.«

»Ein Unfall?«

»Ja, es war ein Unfall.«

»Wer war darin verwickelt? Und wer ist gefahren?«

»Ich«, sagte sie. »Wir versuchten zu fliehen. Sehen Sie, ich hatte sie wiedergefunden, und dieser Mann … John Cameron. Er hatte sie verletzt. Schlimm. Deshalb versuchten wir zu fliehen, und dann …«

Sie wurde unruhig, und ich merkte, ich hatte es zu weit kommen lassen. Ich legte ihr eine Hand auf den Arm. »Alles ist gut, alles in Ordnung. Ruhen Sie sich jetzt aus.«

Sie hatte versucht, sich aufzusetzen, hatte den ganzen Körper angespannt, um sich hochzuwuchten, fiel nun aber zurück und lag vollkommen still da. Einige Sekunden lang glaubte ich, sie würde sterben. Dann huschte die bloße Andeutung eines Lächelns über ihr Gesicht. Sie blickte in meine Richtung, sah mich aber nicht; sie schaute auf etwas aus lang vergangener Zeit, doch was das sein mochte, wusste ich nicht.

* * *

Am nächsten Morgen betrat ich früh ihr Zimmer und sah, dass ihr Bett leer war. Ich rief Simon, und wir zogen uns Mäntel und Schuhe an und hasteten hinaus in die Kälte. Es war noch dunkel, zwischen den Bäumen ein allererster grauer Schimmer. Zum Glück hatte es in der Nacht geschneit, so dass wir rasch Jeans Spur fanden und ihr über die Audubon Road bis dahin folgen konnten, wo wir sie dann auch fanden, eingehüllt in ihren alten Mantel und wohl auch mehrere Schals. Sie war bis hierher gelaufen und hatte offenbar gerade erst innegehalten, doch ob aus Müdigkeit oder weil ihr beim Laufen ein neuer Gedanke gekommen war, das ließ sich unmöglich sagen. Sie sah sehr blass aus, die Haut hell wie Wachs, wenn auch wie das Wachs einer noch brennenden Kerze, irgendwo tief in ihr drinnen eine fahle, fast rosenfarbene Glut, kaum sichtbar.

»Es hätte anders kommen können«, sagte sie, als wir beidseits neben sie traten. Simon machte noch einen Schritt vor und nahm ihren Arm. Ich glaube, hätte er das nicht getan, wäre sie in den Schnee gefallen, und im Moment kam es vor allem darauf an, dies zu verhindern. So behutsam wie nur möglich fasste ich sie unter den anderen Arm. Jean schwankte leicht, blieb aber auf den Beinen. Sie schaute Simon ins Gesicht. »Es hätte anders kommen können«, wiederholte sie. »Das weißt du doch, nicht?«

Simon nickte. »Ich weiß.«

Jean drehte sich leicht zu mir und sah mich an. Ihr standen Tränen in den Augen. Das mochte an der Kälte liegen und hatte vermutlich nichts weiter zu bedeuten. Bestimmt nicht. Dennoch war mir, als wäre sie ans Ende ihrer Reise angelangt, die sie eine Stunde zuvor begonnen hatte, als sie aus dem Haus und in den Schnee hinausgelaufen war. Wohin sie gelangt war, ließ sich nicht sagen, doch ich war mir sicher, dass wir in ihrer Vorstellung an der Ecke Ashland und Vine standen. Vielleicht konnte sie mir diesen Gedanken am Gesicht ablesen, denn sie lächelte, nur flüchtig, ein aufmunterndes, tapferes Lächeln, nicht für sie selbst, sondern für mich. Damit ich wusste, dass sie verstand. Dann stützte sie sich ein wenig stärker auf Simon, und er änderte seine Haltung, um ihr Gewicht zu tragen, so wie ein Vater sein vom Laufen müdes Kind trägt, dessen Gewicht nicht bloß auf sich nimmt, sondern *in* sich aufnimmt. Jean hielt die Augen geschlossen, nicht allein aus Müdigkeit und gewiss nicht, weil sie sich mit irgendetwas abfand – mit dem Tod schon gar nicht –, sondern weil sie gesehen hatte, was sie sehen musste. Was von ihrer Geschichte blieb, musste im Dunkeln und in Stille geschehen, irgendwo in ihrem Hinterkopf.

»Gehen wir zurück ins Haus«, sagte Simon, redete aber eigentlich nicht zu Jean, sondern mit mir. Es war eine Aufforderung, ihm zu helfen, sie nach Hause zu bringen, zugleich aber war es ein Anerkennen, dass ich da war, mit ihnen beiden, Teil der Verwandtschaft, ein Ehrenmitglied der Familie. Jeans Arm fühlte sich dünn und zerbrechlich an, als wir sie gemeinsam zurück über die Audubon Road führten, doch war sie schon nicht mehr recht bei uns. Sie war fort, vielleicht auch neben sich, irgendwo an jenem Ort in ihrer Erinnerung, an dem all die Menschen, die sie im Laufe ihres Lebens verloren hatte, noch zu sehen waren wie Schatten an der Wand, fahle Schemen dessen, was nun kaum mehr als Phantome waren, unkenntlich, sofern man nicht bereits wusste, was man sah.

Es dauerte, bis wir wieder im Haus waren. Kaum hatten wir sie ins Bett gebracht, rief ich den Arzt an. Er kam sofort, doch gab es nichts mehr für ihn zu tun. An jenem Abend, um Punkt acht Uhr, flüsterte sie etwas, das ich nicht verstand, obwohl ich nur einen Meter von ihr entfernt saß. Einen Moment später gab sie einen langen, flachen Atemzug von sich, so als hätte sie etwas noch nie zuvor Vernommenes gehört, etwas, mit dem sie zutiefst einverstanden war.

* * *

Am Morgen der Beerdigung ging ich nach draußen, um mich umzuschauen. Ich meinte, früh am Morgen etwas gehört zu haben, musste an Christina denken und fragte mich, ob sie da draußen in der Kälte stand. Ich schätze, ich hatte Halluzinationen, glaubte, sie würde im Kommunionkleid durch den verschneiten Wald wandern, sah sie dann aber doch nicht, und im Schnee waren keine weiteren Fußspuren, nur meine eigenen. Ich fragte mich, wieso Christina wusste, dass Jean tot war. Sie hatte mit der alten Frau immer auf eine gewisse Weise in Verbindung gestanden, fast, als bestünde eine ungeschriebene Verwandtschaft zwischen den beiden.

Als ich zurückgehen wollte, hielt ein grüner Lieferwagen vorm Tor, und ein Mann stieg aus.

»Sind Sie Kate Lambert?«

»Ja.«

Der Mann lächelte. »Eine Lieferung für Sie«, sagte er und nahm ein Paket vom Beifahrersitz. »Vorsichtig. Es ist zerbrechlich – und schwerer, als es aussieht.«

* * *

So gut es uns möglich war, gestalteten wir die Beerdigung, wie sie Jean gefallen haben würde. Schlicht, kein Aufhebens, eine Handvoll Freunde, nichts Religiöses. Annette kam mit einigen ihrer Angestellten und begleitet von ein paar Kunden des Sacred Ground. Dann waren da noch Leute, die ich nicht kannte. Simon hatte beschlossen, das Ganze so bescheiden wie möglich zu halten. Keine Grabrede. Ich las ein Gedicht – natürlich von Emily Dickinson –, und Simon trug einige Zeilen aus Ted Berrigans Gedicht »Ein gutes Land« vor:

Mein Land ein gutes Land,
Seine Highways führen an manch guten Ort, an dem
Viele gute Menschen leben, eine Heimat,
deren Lied aus der Kehle
eines Kolibris erklingt & es endet,
wohin die Sonne über blauen Himmel zieht.
Dort lebe ich mit dir.

Anschließend wussten die Leute nicht recht, wem sie die Hand schütteln, wem ihr Beileid aussprechen sollten, und da wir keinen Leichenschmaus geplant hatten, brachen sie zu zweit oder zu dritt auf, bis Simon und ich schließlich allein nach Hause zurückgingen. Annette kam und gab mir einen Kuss auf die Wange. Sie weinte. »Sie sind ihr eine gute Freundin gewesen«, sagte sie. »Dass Sie bei ihr waren, hat sie sehr glücklich gemacht.«

Ich nickte. »Jean hat Sie geliebt«, erwiderte ich.

Annette errötete leicht. »Ich bin froh, dass wir uns kennengelernt haben«, sagte sie, wandte sich ab und ging, so dass ich nicht wusste, wen von uns beiden sie gemeint hatte.

Dann waren Simon und ich allein. Er nahm meinen Arm, und langsam gingen wir zurück zum Friedhofstor, vor dem der Wagen stand. »Jennifer wird nie aus ihrem Fuchsbau kommen«, sagte er. »Das ist nicht ihre Schuld. Sie hat einfach nur Angst vor dem, was die Welt ihr antun könnte.«

»Ich weiß.«

»Und ich eigne mich nicht für ein Leben in der Audubon Road«, sagte er. »Ich muss …«

»Anderswo sein.«

Er lachte. »Wo immer das auch sein mag.«

»Vielleicht hier.«

»Ich weiß nicht, aber eigentlich wollte ich sagen, dass ich das Haus nicht will und Jennifer erst recht nicht. Sie sind hier glücklich, denke ich, und ich wüsste nicht, warum …«

Ich spürte, wie mich plötzlich Panik überkam. Ich wollte nicht, dass Simon ging, noch nicht. Ich wollte noch ein wenig mit ihm reden, wollte ihn etwas fragen, auch wenn ich nicht wusste, noch nicht, was das war. »Vielleicht wird es Zeit, das Anderswo zu vergessen«, sagte ich. »Und vielleicht ist es an der Zeit, an ein Zuhause zu denken.«

»Ich habe daran gedacht«, erwiderte er. »Seit dreißig Jahren denke ich daran, nur bin ich dafür noch nicht bereit.« Er verstummte und schaute in mein Gesicht. Wieder verblüffte mich, wie gut er aussah. »Aber ich weiß, dass es ein Zuhause gibt. Und wenn ich so weit bin – nun, wer weiß? Aber warum kümmern Sie sich bis dahin nicht um diesen alten Kasten? Vorläufig zumindest.«

Lange blieben wir noch wortlos stehen, dann legten wir das letzte Stück zum Wagen schweigend zurück. Unser Fahrer, ein untersetzter junger Mann mit Stoppelhaaren, hatte in einem Buch gelesen, das er aber beiseitelegte, als wir kamen. Wieder begann es zu schneien. Simon öffnete mir die Tür, und ich stieg ein. Auf dem Beifahrersitz lag eine brandneue Taschenbuchausgabe der *Ausgewählten Gedichte* von Emily Dickinson.

Ein gutes Land

Heute hat es wieder geschneit, anfangs dicht und heftig, dann langsamer; große, blaue Flocken, die durch die Pappeln wehen. Schnee fühlt sich hier draußen wie etwas Persönliches an – auch wenn er entlang der Audubon Road genauso fällt oder mitten in der Stadt, auf die Kirchen, Kneipen und die hellen Fenster des Sacred Ground – fast, als wäre er hier anders, voller, großzügiger, als gehörte er zu einem älteren Land. Seit einem Monat lebe ich nun in Jeans Haus, und in all der Zeit hat es immer mal wieder geschneit, was ich als Geschenk empfinde oder wie eine Bestätigung – vielleicht ist es ja auch nur eine Art Aberglaube, der mich so denken lässt, doch sage ich mir Tag für Tag, dass ich nicht weiß, wie lange ich noch hier wohnen werde. Simon könnte jederzeit zurückkommen und das Haus für sich beanspruchen; er könnte es auch verkaufen, gar nicht mal, weil er wollte, sondern vielleicht aus einer Notwendigkeit heraus. Andererseits könnte es auch sein, dass ich mich einfach bloß gern daran erinnere, dass meine Zeit hier nicht vorherbestimmt ist, dass ich mein Wohnen in diesem Haus einem Gnadenakt verdanke und keinem Gesetz, keiner Logik. So wie es auch sein könnte, dass ich mich an Tagen wie diesem gern frage, bis wann ich dieses eigenartige Mietverhältnis noch genießen darf. Solang es vorhält, will ich keinen Augenblick als gegeben hinnehmen. Ich erinnere mich, dass Emily Dickinson einmal sagte, das bloße Gefühl, am Leben zu sein, sei Freude genug – und jeden Morgen, wenn ich in meinem neuen, ruhigen Körper beim ersten Tageslicht wach werde, genieße ich den Augenblick, bevor ich nach unten gehe, um mir die erste Tasse Kaffee des Tages zu machen. Während der Kaffee durchläuft, stehe ich am Fenster und blicke hinaus in den Hof. Heute liegt hoher Schnee, doch weiß ich, er wird sich nicht lang halten: Bald wird die Felsenbirne blühen, die Jean an die Seitenmauer gepflanzt hat, das erste Zeichen echten Frühlings; grüne Knospen werden sich an den Bäumen in ihrem verborgenen Wald öffnen – sie hatte die ganze Zeit gewusst, dass Christina dort hauste, immer mal wieder, doch um sie nicht zu verschrecken, hatte sie vorgegeben, sie nicht zu bemerken. Das Mädchen war wie eines jener Tiere, die manchmal aus dem Wald kommen, wie ein Reh oder ein Vogel. In dem Pyjama, den Jean mir gab, stand ich am Fenster, immer noch überrascht von diesem Geschenk eines neuen Körpers, einem neuen Prototyp meiner selbst, von dem Jean gleich gewusst hatte, dass es ihn gab, gereinigt, schlank, venenzart; mein Spiegelbild auf der Fensterscheibe so sehr Teil dieses Gartens wie die Felsenbirne und die Pappeln, so dazugehörig zu diesem Flecken Erde wie das Reh und die Rotkardinäle.

An dem Tag, an dem Simon abreiste, holte ich noch einige der von Jean und mir eingelagerten Äpfel, um frische Apfeltaschen zu backen. Es war ein klarer, weißer Morgen, der Schnee jetzt mit Spuren übersät, die Baumschatten scharf und dunkel vor der Holzschuppenwand. Ich verharrte einen Moment, um die Kälte einzuatmen und den Kopf freizubekommen. Und obwohl den Schnee hier am Waldrand und auch im gesamten Garten Wild- und Vogelspuren zeichneten, spürte ich eine Leere, spürte um mich eine Stille, von dort, wo ich stand, bis hinüber zu den Häusern an der Audubon Road. Und ich wusste, dass ich vollkommen allein war. Es war ein gutes Gefühl, ein Gefühl des Gesegnetseins, irgendwie ein Gefühl, dass ich nebst allem anderen auch eine neue Fertigkeit gelernt hatte, eine neue Kunstform. Das jedenfalls hatte Jean gesagt. An sich könne alles Kunst sein; es hinge einzig davon ab, wie gut es gefertigt sei, und ich lernte meine Kunst einfach durch mein Hiersein. Was sie ausmachte, hätte ich nicht sagen können, doch gehörte mehr dazu, als nur die Spuren im Schnee wahrzunehmen, ihre Muster zu erkennen, mehr auch, als dass ich jemanden in meiner Nähe wahrnehmen konnte, ohne nachsehen zu müssen. Hätte ich es zu beschreiben vermocht, hätte ich gesagt, es sei die Kunst zu wissen, was ich in der Landschaft war. Welchen Platz ich auf dem Feld des Seins um mich herum einnahm, falls sich dies denn so formulieren lässt. Nicht, wer ich, sondern *was* ich war: ein Körper, ein System des Ein- und Ausatmens, ein Geschöpf, das fähig schien, Laute und Bewegungen zu machen, die es machen muss; nichts weiter. Als ich das erste Mal nach draußen trat, hatte ich erwartet, auf dem weißen Fleck vor den Bäumen Christina Vogel zu sehen, Schattenlinien auf dem blassen Gesicht. Eigentlich hatte ich mir ihre Anwesenheit sogar fast gewünscht, doch wusste ich gleich, dass sie fort war, für immer. Ich sagte mir, es käme nicht darauf an, da Christinas einzige Verbindung zu diesem Haus oder zu diesem Grundstück Jean Culver gewesen war. Trotzdem fehlte sie mir ein wenig, Jean zuliebe; und ich konnte nur hoffen, dass sie sich an einem guten Ort befand.

Anfangs war es seltsam, in Jean Culvers Haus über alles verfügen zu können, überall hingehen und vor Dingen verweilen zu können, die sie im Laufe ihres Lebens angesammelt hatte, die vielen Dosen, Gläser und Kisten, die sie in ihre Vorratskammer geräumt hatte; Gläser mit Blättern, die Gewürzkräuter oder selbstgemachter Tee sein mochten, jahrzehntealt; Sachen, die fortzuwerfen sie nicht über sich gebracht hatte; Reste von blauem Pulver oder klebrigem, grünlichem Harz am Grunde einer uralten Kaffeedose; ein Glas mit verkrustetem Öl und Spinnenstaub auf einem Regal im Keller. Wer wusste, wozu all dies gut sein mochte? Ihr Nutzen war seit langem in Vergessenheit geraten, genau wie der Nutzen jener alten Werkzeuge, die ich in der Küche in einer randvoll damit zugestopften Lade fand, Werkzeug, um Löcher in wer weiß was zu stanzen, Werkzeug, um Leder oder flüssiges Glas zu bearbeiten – ich hatte keine Ahnung, doch was ich auch fand, ich wollte wissen, was es war, wie man es benutzte. Ich wollte so ganz und gar in diesem Haus leben, wie ich nur konnte, da ich nicht wusste, wie lange ich bleiben würde, und mir war wichtig, dass ich meine Zeit hier nicht müßig verbrachte.

Mein eigentliches Projekt aber war die Klarinette. Das am Vormittag von Jeans Beerdigung eingetroffene Paket hatte mir Rätsel aufgegeben, dabei hätte ich zumindest ahnen können, dass es von ihr war. Nicht zuletzt, weil niemand sonst wusste, dass ich in ihrem Haus wohnte. Ich habe das Paket erst später geöffnet, als wir wieder zu Hause waren und Simon in der Küche Kaffee aufsetzte – und da habe ich dann geweint, so richtig, zum ersten Mal, stand dort im Flur, wo ich in meiner Eile, rechtzeitig zur Trauerfeier zu kommen, Jeans Paket liegengelassen hatte. Ich brach nicht zusammen, stand nur reglos da, und Tränen rollten mir übers Gesicht, während ich auf eine Buffet Crampon R13 Bp aus Grenadill-Holz starrte, ein Instrument, von dem ich damals, vor zehn Jahren, als ich noch mit meinem Vater spielte, nicht einmal zu träumen gewagt hätte.

Vielleicht hatte er etwas gehört – Papiergeraschel oder ein unwillkürlicher Laut, der mir beim Öffnen des Pakets entfahren war –, jedenfalls trat Simon in diesem Moment auf den Flur und sah mich an. »Alles gut?«, fragte er.

Ich nickte. »Ja, bestens. Es ist nur … Jean hat mir ein Geschenk gemacht, es kam erst heute Morgen mit der Post.«

Und dann brach es aus mir heraus. Mit einem Schlag überwältigte mich die Last meines Kummers. Trauer um Jean. Trauer um Lee, deren Geschichte ich nun nie mehr zu Ende hören würde. Trauer um Laurits. Trauer um meinen Dad, der mir nicht hatte sagen wollen, dass er sterben würde, damit ich mein erstes Semester genießen konnte. Es strömte nur so aus mir heraus, alles, was ich so sorgsam verstaut, mit Alkohol, Drogen und Selbstbetrug gebändigt hatte. All die dummen Spiele mit Laurits, der schon lange vor jenem Abend Ärger mit Axel Crane gehabt haben musste. Er brauche Geld, hatte er gesagt. Ich hatte nicht mal gemerkt, was vor sich ging.

Simon legte einen Arm um meine Schultern. »Ist schon gut. Lassen Sie es nur heraus.«

Ich nickte, schluchzte aber jetzt.

»Ein schönes Instrument«.

»Viel zu gut für mich. Das ist eine Klarinette für Profis …«

»Pssst.« Er zog mich an sich, so dass wir nebeneinander standen und das Instrument bewunderten. »Sie hat es aus einem bestimmten Grund ausgewählt«, sagte er. »Sie wollte Ihnen etwas geben, ein Geschenk, zugleich aber auch eine Verantwortung, etwas, für das Sie sorgen sollen.« Er küsste meine Schläfe, so wie Dad es früher getan hatte, dann gab er mich behutsam wieder frei. »Kaffee gibt's in der Küche. Und ich habe sogar ein paar Kekse gefunden. Später koche ich dann für Sie. Etwas *Besonderes.* Hat Jean Ihnen eigentlich je gesagt, was für ein fantastischer Koch ich bin?«

* * *

Das war kein Scherz. Ich hatte zwar angenommen, dass er kochen konnte, doch war er ein *wirklich* guter Koch – und weil dieser Abend unser letzter gemeinsamer Abend sein würde, machte er ihn zu einer besonderen Gelegenheit. Kein Alkohol, natürlich nicht. Jean dürfte ihn entsprechend gewarnt haben. Auch kein Fleisch.

»Ach – sind Sie auch Vegetarier?«, fragte ich, als er eine große dampfende Schüssel mit Bohneneintopf sowie einen knackigen Wintersalat auf den Tisch stellte.

Er grinste. »Ich esse Wild, auch Fisch, aber ich esse kein Plastikhühnchen in Plastikfolie …«

Mir fiel wieder ein, was Jean über die industrielle Agrarwirtschaft gesagt hatte. »Sie waren das also«, sagte ich.

Er reichte mir eine Schale mit frisch gebackenem Brot von dunkelbrauner Farbe, feucht und noch warm vom Ofen. »Was war ich?«, fragte er.

Ich lachte. »Egal. Mir ist nur gerade etwas eingefallen, das sie gesagt hat …« Dann erinnerte ich mich wieder daran, dass Jean Culver tot war, und einen Moment lang konnte ich nicht weiterreden.

Simon schwieg. Er sah zu, wie ich darum kämpfte, meine Trauer in den Griff zu bekommen, dann begann er zu essen, spießte ein Kürbisstückchen auf die Gabel und kaute nachdenklich. Ich ahnte bereits, dass er einer jener Menschen war, die stundenlang still sein konnten, die nur aßen, lasen oder aus dem Fenster starrten. Wie Jean lebte er nach einer anderen Uhr, doch ruhte er stärker in sich, als sie es getan hatte, und der Unterschied, vermutete ich plötzlich, während ich ihm beim Essen zusah und darauf wartete, dass meine Gefühle sich wieder beruhigten – der Unterschied lag darin, dass er keine Geschichten in sich hatte. Ich wusste nicht, wieso ich das wusste, aber ich war mir sicher. Nichts, was ihm je widerfahren war, hatte sich für ihn in eine Geschichte verwandelt. Momente waren Momente, Tage waren Tage. Nichts band sie zusammen. Alles war gleich wesentlich. Öfter als ich mir eingestehen mag, habe ich mich gefragt, wie es wohl wäre, so zu leben.

Er schaute mich an. »Und? Hat Jean Ihnen je vom Unfall erzählt?«

Seine Worte überraschten mich, da sie wie aus heiterem Himmel kamen, und ich wusste nicht, was ich sagen sollte. »Nun, ich glaube, sie hat es versucht.«

»Also hat sie Ihnen nicht davon erzählt.«

Ich schüttelte den Kopf. »Nicht – alles.«

Er nickte. »Sie wollte es, aber ich schätze, sie ertrug es nicht, all das noch einmal zu durchleben. Sie hat einfach zu lange gewartet.«

»Es gab einen Unfall, so viel hat sie mir erzählt.«

»Stimmt, es gab einen Unfall«, sagte Simon. »Aber warten Sie. Jean hat mir etwas gegeben, von dem ich glaube, dass sie es in Ihren Händen wissen wollte.« Er stand auf. »Entschuldigen Sie mich einen Augenblick, bin gleich zurück. Nehmen Sie sich noch ein bisschen vom Eintopf.«

Ich war verwirrt. Ich hatte angenommen, dass er über Jeans

Geschichten Bescheid wusste. Ich hatte angenommen, dass ihm erzählt worden war, wie wir uns kennenlernten und worum sie sich seither bemüht hatte: Geschichten im Tausch für nüchterne Tage, fast als wäre sie eine moderne Scheherazade. Vielleicht hatte sie ihm erklärt, was sie mir nie explizit dargelegt hatte – dass sie die Geschichten erzählte, damit ich einen Vorwand besaß, mit dem Trinken aufzuhören, das ja, aber auch, weil ich für sie ein Gefäß war, ein Behältnis zur Aufbewahrung. Eine Zuhörerin, die half, einen Sinn in all dem zu erkennen, was ihr in ihrem Leben, aber auch jenen Menschen widerfahren war, die sie liebte. Warum sie gerade mich ausgesucht hatte, war etwas, das ich natürlich immer noch nicht verstand. Vielleicht hatte sie nur keine andere Wahl gehabt. Vielleicht war ich die Einzige gewesen, die sie finden konnte.

Simon kam zurück, in der Hand etwas, das nach einem Zeitungsausschnitt aussah, das Papier alt, vergilbt: ein kurzer Artikel mit einem verblichenen Foto – so viel konnte ich erkennen. Er gab ihn mir. »Lesen Sie.«

Ich griff danach. Es war keine große Sache, ein Bericht aus einer Lokalzeitung, eine jener flüchtigen Meldungen, die mehr andeuteten als erklärten, so dass der Leser sich am Ende fragte, was wohl wirklich geschehen war. Außer einer minimalen Zusammenfassung – ortsansässiger Geschäftsmann und Frau bei ungewöhnlichem Verkehrsunfall getötet, eine zweite Frau schwer verletzt – gab es zwei Bilder. Das erste zeigte einen Mann – John Cameron, nahm ich an –, der den Betrachter aus dem Bild heraus mit ungebrochenem Selbstbewusstsein ansah. Darunter mit der schlichten Bildunterschrift ZUSTAND KRITISCH ein Oberkörperbild von Jean als junger Frau, das Haar länger als gewohnt, die Augen hell, ein wissender Blick.

»Lee hat sie mitten in der Nacht angerufen«, erzählte Simon. »Sie brauchte Hilfe. Offenbar war ihr Mann doch nicht der zwar unvollkommene, im Grunde aber anständige Kerl, den sie zu heiraten gemeint hatte. Natürlich ist Jean gleich gefahren – und als sie ankam, war Lee in ziemlich schlechter Verfassung. Cameron hatte sie brutal und systematisch zusammengeschlagen – worüber natürlich kein Wort berichtet wurde, da Cameron einflussreiche Freunde besaß. Und weil Lee beim Unfall zu schwer verletzt worden war, hätte man sowieso nichts beweisen können … Wie auch immer, als Lee anrief, war Cameron auf dem Weg zu einem Geschäftstreffen in St. Louis, nur machte er auf halber Strecke kehrt. Niemand weiß warum. Vielleicht hatte er so eine Ahnung – vielleicht hatte er auch nur seine Aktentasche vergessen –, als er zum Haus zurückkam, fuhren Lee und Jean jedenfalls gerade los. Jean wollte Lee in ein Krankenhaus bringen, Lee aber bat sie, das nicht zu tun.« Er hielt mir die offene Hand hin, und ich gab ihm den Zeitungsausschnitt zurück. »Als er begriff, was geschah, drehte Cameron durch. Er versuchte die beiden Frauen abzufangen, und dann, als es aussah, als würden sie ihm entkommen, hat er einfach Jeans Auto gerammt; beide Wagen kamen von der Straße ab. Cameron und Lee waren sofort tot. Jean hat monatelang im Krankenhaus gelegen. Ihre Verletzungen waren so schlimm, dass sie das Gehen neu lernen musste. Was wirklich passiert war, hat sie der Polizei nie erzählt. Sie sagte bloß, sie könne sich an vieles nicht erinnern, das Ganze sei nur ein verrückter, schrecklicher Verkehrsunfall … Was es, in gewisser Weise, ja auch war. Aber sehen Sie, eigentlich wollte ich Ihnen das hier zeigen.« Er gab mir den Ausschnitt zurück. »Schauen Sie sich das Foto an. Wem sieht sie auf diesem Bild ähnlich?«

Ich studierte das Bild. Jean presste die Lippen zusammen – für Porträtfotos hatte sie offensichtlich nicht viel übrig –, aber ihre Augen leuchteten. Da war etwas in der Art, wie sie in die Kamera schaute, zu dem, der diese Aufnahme gemacht hatte, wer auch immer das gewesen war, das ich zwar nicht wiedererkannte, das sich für mich aber doch irgendwie vertraut *anfühlte.* Ich gab Simon den Artikel zurück. »Keine Ahnung, wem denn?«

Er schüttelte den Kopf. »Sie kommen nicht drauf?«

»Nein.«

Simon lachte. »Ich schätze, das sollte mich nicht wundern. Man erkennt sich selten selbst …« Er hielt den Ausschnitt hoch, damit ich ihn mir noch einmal genau anschauen konnte. »Sie sieht aus wie Sie«, sagte er. »Oder sagen wir lieber, Sie sehen aus wie sie damals aussah. Deshalb …« Er verstummte. »Aber wir sollten essen«, sagte er, als wäre er zu dem Schluss gekommen, bereits zu viel gesagt zu haben. »Der Eintopf wird sonst kalt.«

»Das ist er schon. *Deshalb* … was?«

Er schaute mich an. »Das hat sie bei Ihrer ersten Begegnung in Ihnen gesehen«, sagte er. »Anfangs wusste sie es selbst nicht, aber später ist es ihr dann aufgefallen.«

»Was?«

»Dass Sie die Einzige waren, die sie retten konnte.«

»Das ist doch verrückt. Wenn überhaupt, dann hat sie mich gerettet.«

Er schüttelte den Kopf. »Vielleicht haben sie sich beide gegenseitig gerettet. Jean schenkte Ihnen einen Ort, an dem Sie sich wie zu Hause fühlen. Und Sie gaben ihr eine zweite Chance.«

»Eine Chance wofür?«, fragte ich und wünschte mir, Jean wäre hier, um ihm zu sagen, dass er sich irrte, dass er etwas vermutete, was nicht stimmte.

»Ich weiß nicht. Um zu vergeben? Zu bereuen? Kommt es darauf an, wie wir es nennen?«

»Ich verstehe das nicht«, sagte ich. »Was hätte Sie bereuen sollen?«

Er antwortete nicht. Er schaute nur auf das Bild seiner Tante, das langsam zu bloßer Druckerschwärze vergilbte, so wie der Zeitungsausschnitt selbst seit beinahe fünfzig Jahren vergilbte. Nach einem Moment blickte er auf. »Jean wollte Lee retten, hat stattdessen aber ohne eigenes Verschulden Lees Tod herbeigeführt. Das konnte sie sich nie verzeihen.« Er musterte mein Gesicht, suchte nach etwas, das ich immer noch nicht sehen konnte, fand in mir eine Ähnlichkeit, die nicht da war. Vielleicht aber hatte Jean diese Ähnlichkeit auch gesehen, ob bewusst oder unbewusst. Vielleicht hatte sie mich deshalb gerettet und bekam so ihre zweite Chance, sich selbst zu retten. »Womöglich ergibt dies keinen Sinn, nicht auf die übliche Weise«, sagte er. »Womöglich ergibt Reue nie einen Sinn und widersetzt sich gewöhnlicher Logik, aber irgendwas bereuen wir alle. Darin sind wir besonders gut, Leute wie wir. Darüber hinaus kommt es nicht weiter darauf an, wie wir es nennen.« Er lächelte. »Setzen Sie sich. Ich wärme den Eintopf noch mal auf, und wir fangen von vorn an.«

* * *

Am nächsten Morgen war er fort. Keine Notiz, kein ausgedehnter Abschied. Der letzte Abend war unser Lebewohl gewesen. Was für mich völlig in Ordnung war. Es muss nicht alles ausgesprochen werden; manche Dinge bleiben besser ungesagt.

Seit seiner Abreise habe ich jeden Tag auf der Klarinette gespielt, und auch wenn ich nur bescheidene Fortschritte mache – es ist lange her, seit ich zuletzt geübt habe, und ich habe so viel von dem verlernt, was ich einmal konnte –, werde ich doch nie wieder damit aufhören. Um Punkt zwei Uhr am Nachmittag nehme ich mir das Instrument und übe eine Stunde lang. Nicht mehr, nicht weniger. Wie das Haus muss auch dieses Geschenk geehrt werden. Es hätte irgendwer bis ans Ende der Audubon Road gehen können, damals, am späten Vormittag eines heißen Sommertages, Vogelgezwitscher in den Gartenstreifen zwischen den Häusern, kaum jemand daheim und die Straße ruhig, kein Verkehr, keine Rasenmäher, keine spielenden Kinder und kein Radiogeplärr aus einem offenen Küchenfenster. Es hätte irgendwer in jenem letzten Sommer vor dem Jahrtausendwechsel in Jeans Netz aus Geschichten und Erinnerungen stolpern können. Der Zufall wollte, dass ich es war. Es hätte irgendwer bis zu dem Haus gehen können, das auf keiner Karte verzeichnet ist, und ich frage mich, hätte dieser Jemand es getan, wie lange hätte er gebraucht, um herauszufinden, dass die Geschichte auf einer bestimmten Ebene nicht die Summe dessen ist, worauf es hier ankommt. Dass kein einzelner, auch kein vielschichtiger Erzählstrang die ganze Realität ausmacht. Entscheidend ist das Gewebe von Zeit und Raum; all die Ereignisse, die je geschahen, führten zu einem Treffen, das sich nicht dem Zufall verdankte; morgendliche Hitze, Vogelruf und das Gespräch zweier Frauen, die sich diese Geschichten laut erzählen mussten, die sie zu lange *sub voce* für sich behalten hatten – gewöhnliche Geschichten, zweifellos, Geschichten von verlorener Liebe und Kummer und mehr noch, Geschichten von ungetanen, ungesagten Dingen, dennoch aber Geschichten, die deshalb nicht minder Teil des Gewebes sind.

Später, als die Apfeltaschen fertig waren, trat ich nach draußen und ging bis ans andere Ende der Audubon Road. Ich trug Jeans alten Mantel und einen Schal, den ich im Flur gefunden hatte. Er war mir zuvor nie aufgefallen, aber er roch noch nach Jean, eine Mischung aus Harz, Seife und irgendeinem Kraut oder Gewürz – Zimt vielleicht –, bei dem ich sofort an sie denken musste. Die Sonne schien, und es war so warm wie seit Wochen nicht mehr. Ich ging langsam, genoss das Weiß, von dem ich wusste, dass es nicht mehr lang liegenbleiben würde. Und dann, als ich eine Weile gegangen war, vielleicht fünfzehn Minuten, war es, als bliebe die Zeit stehen, so wie die Zeit auf einem Filmset stehenbleibt, wenn die Kamera ausgeschaltet wird. Keine Vögel waren zu hören, keine Menschen, selbst der Wind hatte sich gelegt – und dennoch war da dieses Gefühl, weniger von angehaltener Zeit als von Ewigkeit, eine Ahnung von etwas, das jenem Pfingsten glich, wie ich es mir als Schulkind vorgestellt hatte, dieser Eindruck, jeden Moment könnte in der Luft eine kalte, blaue Flamme aufflackern, um mich mit ungesuchtem Wissen zu füllen. Ich blieb stehen und drehte mich um. Ich weiß nicht, was ich erwartet hatte, doch war da nichts, nur meine Fußspur, eine blaue Reihe von Abdrücken, die dorthin zurückführte, woher ich gekommen war. Keine Ahnung, warum mir das so magisch vorkam, aber das tat es. *Ich* war diejenige, die diese Spuren hinterlassen hatte. *Ich* war präsent, hier, an diesem Wintertag. Sicher ein kindlicher Gedanke, aber in jenem Moment wurde mir klar, dass ich diese

Präsenz schon lange nicht mehr gespürt hatte, und der einzige Grund, warum ich sie nun wiederempfand, war der, dass eine alte Frau, aus keiner anderen mir erdenklichen Veranlassung heraus als ihrer angeborenen Güte, beschlossen hatte, mir ein Geschenk zu machen. Plötzlich gefiel mir der Gedanke, dass ich ihr mein Leben schuldete.

* * *

Ich wurde wach, blieb still liegen und lauschte. Ich hatte im Schlaf ein Geräusch gehört, einen Laut, der Musik so ähnlich, dass ich davon aufwachte. Doch als ich wach war, wusste ich nicht, worauf ich lauschen sollte. Anfangs hörte ich nur die schmelzenden Eiszapfen, ein Tröpfeln von der Traufe herab, bis mir schließlich aufging, was ich im Traum gehört hatte. Es war eben dies, nichts weiter. Der Klang von tauendem Eis. Eine Art Musik. Ein Ende und ein Anfang. Hier und anderswo.

Danksagung

Ich möchte dem Eccles Centre for American Studies in der British Library, an dem ich 2013 Writer in Residence sein durfte, meinen tief empfundenen Dank aussprechen. Die Großzügigkeit, mit der mich das Eccles Centre finanziell unterstützte, auch die freundliche Hilfe und der fachliche Rat des für Recherche zuständigen Personals haben die allmähliche Entwicklung dieses Romans enorm gefördert. Mein besonderer Dank gilt Professor Philip Davies für sein übergroßes Entgegenkommen, seine Geduld und seinen Zuspruch in manchmal schwerer Zeit.

Ich möchte mich zudem für die enorme Großzügigkeit des Deutschen Akademischen Austauschdienstes (DAAD) bedanken sowie für seine Unterstützung während meines Stipendiums in Berlin und auch danach. Ohne die Unterstützung des DAAD hätte dieses Buch niemals fertiggestellt werden können.

In einem frühen Stadium der Arbeit an diesem Buch schrieb ich mehrere Leute an und bat um Rat in historischen Angelegenheiten. Einer der Adressaten meiner Briefe war der radikale amerikanische Organisator, Autor und Häftling David Gilbert, dessen Freundlichkeit, Geduld und Vorbild mich ernstlich infrage stellen ließen, wovon dieses Buch letztlich handeln sollte. Ihm gilt mein aufrichtiger Dank, aber auch meine tief empfundene Bewunderung.

Großen Dank zudem an Carne und Karmen Ross, die den Kampf tagtäglich fortführen, und auch an Patrick Dee und dessen Studenten an der NYU, die mir alle die seltene Ehre erwiesen, aufmerksam zuzuhören, als dieses Buch noch kaum mehr als eine bloße Ahnung war.

Zuletzt noch eine Anmerkung zu Yonas Sax, jenem Mann, der das Geheimnis der Atombombe an die Sowjets verriet. Seine Figur basiert zumindest ansatzweise auf Theodore (Ted) Hall, der mir über viele Jahre ein lieber Freund gewesen ist. Ich vermag gar nicht zu sagen, wie sehr ich seine überragende Integrität, seine Freundlichkeit und seinen scharfen Verstand vermisse.

Lesen Sie weiter >>

Im Frühjahr 1958 zog meine Familie aus einem rattenverseuchten Mietshaus in der King Street in eines der letzten Fertighäuser in Cowdenbeath, das genau auf der Grenze zwischen dem vermüllten Wald an der Stenhouse Street auf der einen und dem kargen Ackerland auf der anderen Seite stand. In mancher Hinsicht war das für uns ein Aufstieg; die Fertighäuser hatte man während des Krieges zwar nur als vorläufige Unterkünfte gebaut, doch waren die klamme Kälte, die kittfarbigen Kondenswasserpfützen an Wintermorgen und die stickige Hitze an Augustnachmittagen für mein kindliches Gemüt kaum von Belang angesichts des Luxus, auf unserem eigenen Gartengrundstück zu leben, überdies in einem frei stehenden Gebäude nur wenige Meter von einem Hain hoher Buchen entfernt, in dem die ganze Nacht Waldkäuze jagten, deren wechselseitige Rufe so nahe klangen, als flögen sie direkt durch das winzige Schlafzimmer, das ich mit meiner Schwester teilte. Gleich hinter dem Hain lag Kirks Hühnerfarm, auf der die Tiere frei in weitläufigen Gehegen gehalten wurden; Mr. Kirk, der in einem Steinhaus wohnte, das mir wie ein altes Herrenhaus vorkam, eilte den ganzen Tag hin und her, brachte Futter, sammelte Eier ein und mistete die Ställe aus. Später, als ich alt genug war, durfte ich ihn begleiten und war stolz darauf, mit einem erwachsenen Mann Schritt zu halten, der seine Arbeit machte, Brutkästen prüfte und schwere Eimer voller Korn von hier nach da schleppte, all das mit einer Miene verhaltener Belustigung. Auf der anderen Seite von unserem Haus, jener zum offenen Land, wie ich gern dazu sagte, erstreckten sich in der einen Richtung Felder bis zum Waldstreifen, in der anderen das graue, egelverseuchte Wasser des Loch Fitty. So oft wie nur möglich stromerte ich draußen herum und bildete mir ein, ein Landkind zu sein, einer der Jungen aus meinen Bilderbüchern oder einer der Kumpane aus den Rupert-Jahrbüchern, von denen mir Tante Sall jedes Jahr eines zu Weihnachten schenkte.

Ich war erst drei Jahre alt, als wir in den Blackburn Drive zogen, aber es dauerte nicht lang, bis ich verstand, dass wir uns tatsächlich auf dem Weg »nach oben« befanden. Ich war sieben, als wir sogar einen Fernseher bekamen, und von da an durften Margaret und ich sonntags länger aufbleiben, obwohl wir am nächsten Tag zur Schule mussten, durften ein Eis von Katys Eiswagen lutschen und uns *Sunday Night at the London Palladium* ansehen. Mir ist schleierhaft, warum ich das jemals toll gefunden habe; für einen Siebenjährigen war die Show nicht besonders interessant, denn auch wenn gelegentlich Popstars auftraten, zeigte man doch meist bloß irgendwelchen Klamauk und dazu Tanzeinlagen. Bald wurde *Sunday Night* daher von *Juke Box Jury* verdrängt, einer Sendung, in der die neuesten Songs liefen und die aufgedonnerten Jurymitglieder mit ihren Beehive-Frisuren so schlank und gut aussahen wie meine Cousine Madeleine, nur nicht so schön.

Wenn Madeleine in unser Haus kam, meist an einem Samstagnachmittag, saß ich stundenlang am Küchentisch, während sie mit meiner Mutter schwatzte, und schaute fasziniert auf ihre langen, schlanken Finger und den kirschroten oder himmelblauen Lack auf ihren Nägeln. Jedes Mal sah sie anders aus – neue Nägel, neue Frisur, neues Kleid –, und doch blieb sie immer Madeleine. Schon als wir uns zum ersten Mal trafen, bei der Hochzeit einer anderen Cousine, hatte ich mich in sie verliebt – und bin es seither auf die eine oder andere Weise geblieben. Sie war zehn Jahre älter als ich und mit einem Matrosen der Handelsmarine namens Jackie verlobt, und sie war es auch, die mich begreifen ließ, dass die Love Songs, die ich bei *Juke Box Jury* hörte, tatsächlich etwas *bedeuteten*. Bis dahin hatte ich geglaubt, nur Worte zu hören, irgendwelches sinnloses, übertriebenes Gestammel, das wirklich niemand ernst nehmen konnte. Jetzt wusste ich es besser, denn *jetzt* war ich verliebt, und die Liebe fühlte sich seltsam an, so als erführe man die ersten Sätze einer Geschichte, deren Ende man niemals lesen würde, da dieses Ende jemand anderem gehörte.

Ich will jedoch gar nicht so tun, als wäre diese Schwärmerei je ein echtes Problem gewesen. Selbst mein neunjähriges Ich wusste, dass ich nur verknallt war; außerdem gab es damals so vieles auf jene leichte, jungenhafte Art zu lieben, von der ich glaube, dass die meisten Männer sich wünschen, sie würde ewig währen. Mit neun liebte ich fast alles und dies nahezu bedingungslos. Das stille Drama des ersten Schnees im Jahr. Dampfendes Tauwasser in den Gossen und Gräben. Der Bogen eines gut geworfenen Balls über den Sommerhimmel. Der abwesende Blick in Judy Garlands Augen, wenn die langweilige Handlung pausierte und sie den Mund öffnete, um zu singen. Die Kyries und die schwarzen Gewänder am Karfreitag. Der Hostienklecks auf meiner Zunge und die Hänseleien der Highschool-Mädchen, wenn ich über die Stenhouse Street und durch den Wald bei Kirks Hof nach Hause ging. Vor allem aber liebte ich die älteren Schwestern meiner Schulfreunde. Noch schlanke Mädchen, die dabei waren, sich in mehr oder minder schöne Frauen zu verwandeln, bislang unversehrt vom Ehestand, herrliche, freie Geschöpfe mit Geld in ihren Portemonnaies und einem süßen Lippenstiftlächeln für den gefühlsduseligen Jungen, der hin und wieder ihre Wege kreuzte. All das machte mich glücklich, und es kümmerte mich nicht, dass dieses Glück nur flüchtig war. Einige Minuten, eine Stunde, ein Septembernachmittag im Park – solche Augenblicke kamen, und dann waren sie vorüber, also blieben sie mysteriös und unbefleckt: eher ein Geschenk als eine Last.

Dann, an einem verregneten Samstagnachmittag, kurz nachdem Madeleine und Jackie geheiratet hatten, nahm meine Mutter mich mit, um die beiden in ihrer neuen Wohnung zu besuchen, und Madeleine spielte uns eine gerade gekaufte Platte vor. Es war »I Put a Spell on You« von Nina Simone, und in jenen zweieinhalb Minuten wurde mir klar, dass dies das Schönste war, was ich je gehört hatte. Alle verstummten, um zuzuhören, und als es vorbei war, saßen wir am Tisch, als hätte es uns die Sprache verschlagen, bis Jackie schließlich aufstand und sie noch einmal abspielte. Ich hatte den Song nie zuvor gehört, weshalb ich annahm, es sei die Originalversion, und dieser magische, wenn auch ein wenig traurige Nachmittag blieb mir jahrelang im Kopf, zusammen mit den Schnappschüssen von meiner Mutter und Madeleine im Pittencrieff Park, dazu der Klang von Janice Nicolls' Stimme, die auf *Thank Your Lucky Stars* sagt: »Ich vergebe fünf Punkte«; Stränge im Webtuch meines Ichs, die dort reglos ruhten, aber wie die Kreaturen aus einem Horrorfilm der fünfziger Jahre nur einstweilen in der Schwarzen Lagune schliefen, jederzeit bereit, bei der leisesten Veränderung im Wetter oder in den Gezeiten wieder aufzuwachen.

Während des nächsten Jahrzehnts muss ich den Song viele Male in vielen verschiedenen Versionen gehört haben, in jenen Jahren also, in denen mein Vater mit großem Tamtam unsere Flucht aus Cowdenbeath plante, erst nach Australien, dann nach Kanada und schließlich zu meiner herben Enttäuschung nach Corby, indem er dort eine Stelle bei den Stahlwerken annahm. Corby war, dank des New Towns Act von 1946, zur Neuen Stadt erklärt worden, jenem Gesetz, das man erlassen hatte, um »Reißbrettorte« zu schaffen, die dann von den Großen und Mächtigen für das gemeine Volk regiert wurden. Der Umzug in den Süden trennte meine Mutter von ihrer gesamten Familie und setzte den Besuchen meiner Cousine Madeleine ein Ende, doch beschwerte sich niemand, denn laut meinem Vater würden wir uns wieder einmal verbessern, bekämen ein richtiges Haus, kein Fertighaus, eine bessere Arbeit, bessere Schulen, überhaupt von allem das Bessere. Es musste besser sein, war das Ganze doch von Profis geplant worden, die wussten, was sie taten. Ich schätze, zumindest in dieser Hinsicht hatte er recht.

Corby war in jeder Hinsicht eine Enttäuschung, für meine Mutter aber fast eine Tragödie. Unser »besseres« Haus hatte drei Schlafzimmer, nur war die Küche kleiner als im alten Fertighaus, und wegen der klobigen Einbauschränke blieb kein Platz für einen Tisch. Trotzdem hielt meine Mutter sich wacker. Sie zog los, kaufte ein neues Transistorradio und stellte es aufs Fensterbrett, zu ihrer Unterhaltung, wie sie sagte, beim Backen und Kochen oder wenn sie draußen im Garten Goldlack pflanzte. Mein Vater hatte zudem einen neuen Fernseher gekauft, ein hässliches, sperriges Teil, das auf einem eigenen Tischchen in einer Ecke des mit Flockdruck tapezierten Wohnzimmers stand, von uns übrigen aber ignoriert wurde, weshalb auch das neue Haus bald wieder in die altbekannten Fraktionen zerfiel – Pferderennen und Fußballresultate in der Glotze einerseits, *Sing Something Special* und die neuen BBC-Sender andererseits. Folglich dürfte ich mit den Jahren mehrere Coverversionen von »I Put a Spell on You« gehört haben, nur achtete ich kaum darauf, bis sich ein Mädchen namens Annie an einem Samstagnachmittag im Charolais Café über die Rückenlehne ihres Sessels beugte und es mir ins Ohr sang, weißen Rum und Nescafé im Atem, das geschminkte Lächeln nur Zentimeter von meinem Gesicht entfernt, ihre Version weniger Nina Simone, eher ein Mix aus Credence Clearwater Revival und Arthur Brown, dazu vielleicht noch ein heiserer Hauch Janis Joplin. Wie auch immer, es war eine ziemlich scharfe Nummer.

Mich verblüffte, was passierte. Ich kannte Annie nicht besonders gut, obwohl sie mir oft aufgefallen war, wenn sie hereinkam, da sie immer lachte, sich immer bemüht und leicht hysterisch über alles und jeden lustig machte: eine naive, etwas furchtsame junge Frau von neunzehn Jahren, die sich blindlings an die irgendwie gewonnene Überzeugung klammerte, dass man sich wegen nichts Sorgen machen müsse, solange man nichts allzu ernst nahm.

Sie war mir also aufgefallen, und wir hatten uns einige Male gegrüßt, aber eigentlich hatte sie mich nie interessiert, und ich fand sie auch nicht *attraktiv*, was damals stets die Trennlinie war zwischen den Frauen, mit denen man sich abgab, und jenen, die im Hintergrund verschwanden. Allerdings kannte ich eine aus der Gang, mit der sie abhing, eine magere Blondine mit verwaschenen blauen Augen namens Charlotte, und an jenem Tag war mir bewusst, dass Charlotte irgendwo in meiner Nähe war und wie alle anderen im Café diesem Auftritt von Annie zusah, die weitersang, während ich wie erstarrt dasaß, hypnotisiert von ihrer Nähe und davon, dass all dies so öffentlich geschah. Ich war mit Charlotte ausgegangen, mehrere Male sogar, doch nach einem betrunkenen Abend im Coronation Park war die Sache im Sande verlaufen, und als Charlotte anfing, samstagnachmittags im Charolais aufzutauchen, registrierte ich erleichtert, dass sie sich offenbar entschieden hatte, so zu tun, als wären wir uns nie begegnet. Jetzt allerdings beobachtete sie mich mit grimmigem, seltsam rachsüchtigem Blick und wartete ab, was wohl als Nächstes geschehen würde.

Das Charolais war ein Billigrestaurant in Corbys am Reißbrett geplantem Einkaufszentrum, wo die Leute aus den Pubs der Umgebung die Nachmittage mit einem Kaffee oder einem Becher Eiscreme überbrückten. Hierher war es von nahezu überall nicht weit, und das Café lag fast Tür an Tür mit meinem eigentlichen Stammlokal am Samstag, einer dunklen, mit Holzimitat getäfelten Bar, das Corinthian, wo sich alles besorgen ließ, von Benzedrin bis zu einem spottbilligen Brautkleid. Lange Zeit hockte ich da jeden Samstagnachmittag, bis der Barkeeper mich und die letzten Trödler um Viertel vor drei rauswarf, und wechselte dann nach nebenan ins Charolais. Meist hielt ich mich dort stundenlang an einer Tasse Kaffee fest, weil ich fast meine gesamte Barschaft für ein letztes

Bier ausgegeben hatte, aber das machte nichts. Ich kam nicht hierher, um zu essen; ich kam wegen der Gesellschaft.

Vielmehr kam ich, um in Gesellschaft zu warten, bis Karen auftauchte. Meist kam sie am frühen Nachmittag nach einem Einkaufsbummel mit ihrer Freundin Kay. Weil sie verheiratet war, setzte sie sich nicht zu mir; allerdings hatten wir ein höchst komplexes System von Zeichen und Andeutungen entwickelt, wodurch es uns möglich war, quer durch den Raum miteinander zu kommunizieren, ein in neun von zehn Fällen so effektives System, dass wir, wenn wir den richtigen Moment abpassten, nach draußen schlüpfen und uns woanders treffen konnten, fern aller neugierigen Blicke. An jenem Tag kam Karen gerade rechtzeitig, um Annies spontane Serenade mitzuerleben, und als Annie dann plötzlich abbrach, sich wieder in ihren Sessel sinken ließ und ihren Freundinnen zulachte, war sie die Erste, die ich unter dem halben Dutzend amüsierter Zuschauer wahrnahm. Sie war offensichtlich gerade erst zur Tür hereingekommen und hatte mich mit einem Blick bedacht, der jedem unbeteiligten Beobachter nichts weiter als amüsierte Verwirrung verraten hätte. Und doch war da noch etwas in ihren Augen, weshalb ich einen Moment lang glaubte, sie sei verletzt, nicht weil sie mir eine Romanze mit Annie unterstellte, sondern weil ich mich als Single und als Mann auf jeden dämlichen Spaß einlassen konnte, während sie daneben stehen und so tun musste, als machte es ihr nichts aus, nicht bloß um meinet-, sondern auch um ihretwillen. Patrick, ihr Mann, war bei den Muskelpaketen des Rangers Club ziemlich beliebt, und sie wusste genau, was passieren würde, sollte unsere Affäre je auffliegen – vor allem, was *mir* passieren würde. Doch was auch immer ich für eine Regung in ihrem Gesicht wahrgenommen hatte, sie verflog gleich wieder, während Karen kurz nickte, nicht in meine Richtung, sondern zu den Frauen am Nachbartisch, um sich dann zu Kay zu setzen, die in einigem Abstand freie Plätze gefunden hatte. Kay wusste Bescheid, natürlich, aber sie hatte geschworen, das Geheimnis zu wahren – eine

Heimlichtuerei, die sie verabscheute, teils weil sie mich für einen Idioten hielt, teils wegen Jimmy, ihres Mannes, der Patricks bester Freund war; und falls unsere Affäre je publik werden sollte, würde Kay allerhand zu erklären haben. Hin und wieder brachte sie deutlich zum Ausdruck, wie sehr sie mich verabscheute, eine echte Bedrohung für unser schäbiges kleines Geheimnis, denn jedermann weiß, wie schmal die Grenze ist, die zwischen Liebe und Hass verläuft, weshalb ein zufälliger Beobachter das eine mit dem anderen verwechseln könnte – mit womöglich katastrophalen Folgen.

Meine Mutter hatte anfangs nicht viel für den Fernseher übrig; sie zog es vor, in der Küche zu bleiben und Radio zu hören. Oft sang sie laut mit, wenn Schlager aus ihrer Zeit gespielt wurden – »Mares Eat Oats« etwa oder »What did Delaware, Boys?« –, kam aber ein Liebeslied, hörte sie auf, Kartoffeln zu schälen oder Mehl zu sieben, stellte sich ans Fenster und hörte zu. Ich erinnere mich, dass Andy Williams' Version von »Can't Help Falling in Love« zu ihren Lieblingssongs gehörte – gleichsam das Gegenstück zu »I Put a Spell on You«. Willentlich und hilflos jenem womöglich bösen Bann zu verfallen, haftete meiner kindlichen Denkart eine beunruhigende Unschuld an, eine Unschuld, die ich seit jeher aus diversen Gründen betörend fand. Wieder und wieder – hilflos, unweigerlich – drängte ich dorthin, wo selbst Engel Vorsicht walten lassen (»Where Angels Fear to Tread« – noch ein Hit von Andy Williams), um mich gleich darauf schlechten Gewissens, weil ich erneut diesen Fehler begangen hatte, zu fragen, wie ich mich wieder herausdrängen konnte. Nie kam ich dahinter, wie man sich auf angemessene Weise verabschiedet, und ich habe, vielleicht wie meine Mutter, gewartet – denn das Warten kann einem eine grimmige Befriedigung verschaffen, die sich wie Buße anfühlt, auch wenn es keine ist.

Natürlich ist sie unehrlich, diese Art Buße. Wir können auch nicht zulassen, dass unsere sprichwörtlich bessere Hälfte auf Abwege gerät, hilflos in einen zufälligen Fremden vernarrt oder von ihm abgelenkt (auch wenn, da bin ich mir sicher, diese Affären im Falle meiner Mutter pure Fantasie waren, imaginäre Augenblicke mit einem ihrer Idole aus dem Vormittagsprogramm, mit Nachrichtensprechern oder womöglich auch dem einen oder anderen katholischen Priester). Das Einzige, was wir zu unserer Verteidigung vorbringen können, ist, dass wir wissen, wie sehr der andere fürchtet, nicht von *uns*, sondern ganz allgemein von *irgendwem* verlassen zu werden. Es ist ein Schluss, der nach Asche schmeckt, sobald er gezogen wird, aber er lässt sich nicht umgehen, verpasst er unserem reuigen Herzen doch perverserweise einen zusätzlichen kleinen Hieb: Was könnte schließlich besser sein als ein banales und im Grund sinnloses Opfer? Zu bleiben, nicht weil der oder die andere mich braucht, sondern weil er oder sie *irgendwen* braucht und ich besser als niemand bin. Es dauerte nicht lange, bis ich herausfand, dass Karen auch eine altgediente Büßerin war, die gelangweilte Ehefrau, die ihren Mann niemals verlassen würde, auch wenn sie vermutlich darum betete, dass irgendeine hypothetische andere Frau sie retten möge. So wie ich in den kommenden Jahren immer wieder Anlass fand, mir den perfekten anderen Mann vorzustellen, einen charmanten, fiesen, doch seltsam liebenswerten Kerl, der mit Abercrombie & Fitch-Schal und italienischen Schuhen durch meine Tagträume schlenderte, selbstbewusst, besorgt, letztlich aber so oberflächlich wie irgendein CIA-Agent (gespielt von Cliff Robertson) in einem alten Spionagefilm. Ich habe keine Ahnung, was für eine Frau sich Karen als ihre Retterin erträumte, doch nehme ich an, sie stellte sich *irgendwen* vor, und sie wusste, wenn diese Fremde nicht bald käme, würde sie niemals mehr entkommen.

Etwa eine Stunde nach Annies Serenade wartete ich auf einer Lichtung hinterm Gemeindezentrum auf meine heimliche Geliebte. Die Lichtung war einer unserer speziellen Orte, den wir öfter nutzten: Hier waren wir allein, und sollte irgendwer unterwegs sein in diesem Netz der Wege, das sich zwischen Stadtmitte und dem neuen Bootsteich erstreckte, hörten wir ihn durch das dichte Unterholz näher kommen. Wie gewöhnlich hatten wir das Charolais getrennt verlassen und waren auf unterschiedlichen Routen durch die Stadt gelaufen, vorbei am Schwimmbad und der Lieferzone hinterm Zentrum. Ich war wie stets der Erste, und Karen kam nach, sobald sie wusste, dass die Luft rein war. Kay würde derweil an den Schaufenstern entlangschlendern und Stoff für ein Alibi liefern, falls später eines gebraucht wurde. Dass wir uns entschieden hatten, vorsichtige Ehebrecher zu sein, vorsichtiger als die meisten anderen in der Stadt, war für uns eine Frage des Prinzips, vielleicht auch des Stolzes, und ich zweifle keineswegs daran, dass wir uns beide für schuldig, im Ausleben unserer Affäre aber auch für ziemlich gewieft hielten. In Wahrheit waren wir jedoch nur blauäugig.

Es war ein warmer Tag. An warmen Tagen sah Karen am besten aus; Kälte mochte sie nicht, Regen hasste sie, und dünne Sommerkleider betonten eine Figur, die ich heute im nostalgischen Rückblick mit leichtem Bedauern nur *geschmeidig* nennen kann. Eine schlanke, eher mädchenhafte Frau Mitte zwanzig mit hellbraunem Haar und einem stets belustigten, forschenden Blick; am besten gefiel mir jedoch ihre Stimme, sanft und melodisch und ohne einen Hauch von Affektiertheit, die mich zu einem Bündel hilfloser Gier reduzieren konnte, sooft sie entschied, »dreckig« mit mir zu reden (was sie hin und wieder tat, auch wenn sie die Wirkung auf mich ein wenig zu offensichtlich genoss). Heute trieb sie allerdings ein anderes Spiel, das uns vertraute Ich-bin-so-eifersüchtig-Spiel, bei dem ich nie genau wusste, wie ich mich verhalten sollte.

»Du solltest dich vor Annie James lieber in Acht nehmen«,

sagte sie, sobald sie unter den Bäumen auftauchte und mir gegenüberstand. »Sie ist in festen Händen.«

Ich erwiderte nichts, sah sie nur an und wartete darauf, sie berühren zu können, aber Karen war überraschend ernst geworden. »Sie ist so ein Dummkopf, diese Frau«, sagte sie.

»Wieso?«

»Sie geht jetzt mit Kenny Wilson. Was schon schlimm genug ist. Nur hat Kenny Agnes noch nichts gesagt, und wenn die das herausfindet, wird's eklig.«

Ich zermarterte mir das Hirn und versuchte, mich an diesen Kenny Wilson zu erinnern, es gelang mir aber nicht, und ich wusste damals auch nicht, dass es sich bei der Agnes, von der die Rede war, um Agnes McCrorie handelte, eine Frau mit trügerisch nettem Gesicht um die dreißig, die sich bereits einen gewissen Ruf erworben hatte. Ich kannte beide nicht, und sie waren mir damals auch egal – ich wollte nur diesen einen Moment, jetzt, mit Karen, in der Frühjahrssonne. »Annie James interessiert mich nicht. Ich will nur dich«, sagte ich, trat einen Schritt näher und legte die Arme um sie – und sie ließ zu, dass ich sie an mich zog, ihr Körper warm und lebendig an meinem, zugleich vertraut und auf eine Weise fremd, von der ich hoffte, es könne ewig so bleiben. Ich berührte ihr Gesicht, und sie legte den Kopf schief, um sich küssen zu lassen, musterte mich dabei aber mit einem kurzen, verzagten Lächeln und murmelte irgendwas, das ich anfangs nicht verstand. Erst später, als wir wieder aufbrechen wollten, uns zu sehr unserer selbst bewusst wie auch der Möglichkeit, jemand könnte unvermutet in unser Versteck stolpern, erst da reimte ich mir zusammen, was ich nur halb gehört hatte, und danach gingen mir ihre Worte noch stundenlang durch den Kopf.

»Aber ich bin auch in festen Händen«, hatte sie gesagt. Irgendwas in diesem Sinne jedenfalls – und wie alle Sünder erlaubte sie sich einen Augenblick des Mitgefühls für jemanden, der, obwohl von ihr grundverschieden, auf gleiche Weise liebestoll und, vorbehaltlich eines so enormen wie unwahrscheinlichen Glücksfalls, ebenso verloren war.

Blicke ich heute zurück, sehe ich, dass wir beide, Karen und ich, blauäugig wie wir waren – und fasziniert von den Risiken, die wir eingingen –, sowohl aus Langeweile als auch aus romantischer oder körperlicher Zuneigung handelten. Ich war ein Kneipenhocker, der sich von einem schlechten Deal zum nächsten hangelte, sie eine überdurchschnittlich intelligente Fabrikarbeiterin mit einem ganz und gar enttäuschenden Ehemann, die wusste, dass sie für Corby zu gut war, zugleich aber ahnte, dass sie für irgendwo anders womöglich nicht gut genug sein würde. Natürlich hätten wir es damals nie zugegeben, doch wussten wir beide, dass es, da uns Langeweile und Enttäuschung zusammengebracht hatten, nur eine Frage der Zeit war, bis wir uns auch gegenseitig langweilten und enttäuschten, was zweifelsfrei erklärt, warum ich mich im Lauf der nächsten Wochen immer wieder dabei ertappte, wie ich auf jenen Augenblick wartete, in dem Annie James das Charolais betrat, und dass ich von Zeit zu Zeit trotz Charlottes miesepetrigem Gesicht an Annies Tisch schlenderte, um Small Talk zu machen und *nett* zu sein. Mir war klar, dass es keinen besonderen Grund dafür gab, warum sie mich als Adressaten ihrer Voodoo-Serenade erwählt hatte. Sie wollte Theater spielen, und ich hatte an jenem Samstagnachmittag zufällig am richtigen Platz gesessen. Ich wusste, in der Geschichte, die Annie sich über die Welt erzählte, kam ich nicht vor – und ich glaube heute auch nicht, dass ich das je wollte –, doch fühlte ich mich unwillkürlich zu ihr hingezogen, weil ich annahm, dass es mit ihrer Wahl eben dieses Songs etwas Geheimnisvolles auf sich hatte. Zudem deutete etwas in der Art, wie sie gesungen hatte, über ihre ursprüngliche, im Wesentlichen ironische Attitüde hinaus. Ihre Freundinnen hatten sie mit Spekulationen darüber aufgezogen, was Agnes McCrorie wohl anstellen würde, sollte sie herausfinden, dass Kenny sie mit einer Teenagerin betrog, und Annies an einen zufällig Anwesenden gerichteter Song war ihre spöttische Antwort darauf gewesen, aber es hatte damit noch mehr auf sich gehabt. Sie sang nur wenige Zeilen, und die erste klang aus ihrem Mund höhnisch und hart, bei der zweiten war irgendwas in ihrer Stimme jedoch weicher geworden, sodass sich *I ain't lying* melodischer anhörte: sehnsüchtig, getragen, fast schmerzhaft schön. Ich nehme an, dass sie irgendwo, vielleicht in der Schule, gelernt hatte, wie wirksam die getragene Note war, und sie hatte diesen Song offenkundig schon öfter gesungen, eher für sich selbst als für jemand anderen, bestimmt, um sich keine Kritik anhören zu müssen, zugleich aber auch, um eine gewisse Hoffnung am Leben zu erhalten, die Hoffnung nämlich, dass – wie alle Songs es zu wissen meinen und trotz aller Beweise des Gegenteils – *die Liebe wahr ist*. Was ich heute weiß, hätte ich damals nicht in Worte fassen können, doch begreife ich jetzt, dass es *das* war, worauf ich reagierte, *diese* Hoffnung. Wir alle wollten bloß die Chance, etwas Neues zu tun, etwas, woran unsere Eltern noch nicht gescheitert waren. Ein zufälliges bisschen Glück. Einen sauberen Schnitt. Die Gewissheit, dass all die wohlhabenden Söhne, die Mächtigen und Honoratioren, die unsere Stadt für uns entworfen hatten, nicht zu dem geworden waren, was sie heute sind, weil irgendein naturgegebenes, sie mit vielen Wohltaten segnendes Gesetz dies vorschrieb und uns im Gegenzug zu Unwürdigen erklärte, deren Leben zu Recht unter einem schlechten Stern stand.

Von dem Mord hörte ich später im Frühling an einem hellen Sonntagmorgen. Es war gegen zehn Uhr und ich auf dem Weg zum Einkaufen. Ich hatte im Haus meiner Schwester in der Station Road übernachtet; Karen hatte sich fortschleichen und mich dort treffen wollen, aber irgendwas lief schief, weshalb sie nicht kam und ich mich jetzt mit einem alten Sonntagmorgenritual aufzumuntern versuchte, indem ich Orangensaft, frische Brötchen sowie einen Stapel Zeitungen holte, um die Zeit bis zum

Mittag totzuschlagen, wenn die Pubs wieder öffneten. Als wir uns trafen, ging es Frank Cronin wohl ähnlich – ein hagerer, etwas zu kumpelhafter Bekannter aus gemeinsamer Schulzeit mit schütterem schwarzem Haarschopf und einer von Tesafilm zusammengehaltenen Kassenbrille, der zu jenem Menschenschlag gehörte, für den die täglichen Sperrstunden, auch wenn er dies noch so sehr mit geschäftigen Aktivitäten und extravaganten Take-aways zu verdrängen suchte, längst zu einem existenziellen Problem geworden waren. Sobald er mich vor dem Sparmarkt sah, eilte er auf mich zu, froh über jede Ablenkung.

»Hallo, Dicko«, sagte er, einen alten Spitznamen benutzend, der mich heute noch zusammenzucken lässt. »Wie geht's denn so?«

»Bestens«, sagte ich, und er nickte mit Nachdruck, um mir anzudeuten, dass er meine Lüge durchschaute. »Irgendwas los?«

»Nicht viel«, sagte er, um dann wie im Nachklapp noch hinzuzufügen: »Irgendeine Kleine wurde unten auf der Danesholme vor ihrem Haus erstochen.« Er sah mich an. »Kennst sie vielleicht. Annie James. Eine von Charlotte Walshs Freundinnen.«

»Annie James? Wann war das?«

»Freitagabend«, erwiderte er. »Also kennst du sie?«

»Was genau ist passiert?«

Frank sammelte sich, froh, mir ein kleines Drama anvertrauen zu können. »War total verrückt«, sagte er. »Irgendein Typ hat sie nach Hause gebracht, und dann ist aus dem Nichts seine Ex mit einem Messer auf sie los. Einfach so. Hat sechsmal zugestochen und blieb dann stehen, um diesen Typen anzuschreien.« Er schüttelte den Kopf. »Direkt vor ihrem Haus. Vor Zeugen und so.«

»Und – was dann?«, fragte ich. »Geht's ihr gut?«

Einen Moment lang starrte er mich an, als hielte er das für eine Fangfrage, dann schüttelte er den Kopf. »Scheiße, nein«, sagte er. »Sie ist verblutet. Gleich da auf dem Bürgersteig. Starb, bevor der Krankenwagen kam.«

Ich starrte zurück und konnte nicht so richtig glauben, was er mir sagte. Das Ganze war doch zu offenkundig. Alle hatten gewusst, dass was passieren musste, und jetzt war es passiert. Schweigend standen wir da, eine Minute oder länger, wendeten den Gedanken in unseren Köpfen, dann sah ich ihn an. »Was hat sie gesagt?«, fragte ich.

»Wie?«

»Was hat sie gesagt? Die Freundin.«

Frank machte in diesem Moment ein besorgtes Gesicht, als glaubte er, mir vielleicht zu viel anvertraut zu haben. Als ob mir doch an der Frau gelegen wäre, was aber nicht stimmte, natürlich nicht. Sie war bloß eine Frau aus dem Charolais. »Sie hat den Freund angeschrien«, sagte er. »Nach allem, was ich weiß, hat sie irgendwas gesagt wie: ›Jetzt willste sie wohl nicht mehr küssen, wie?‹ So oder so ähnlich.« Er dachte einen Moment nach, plötzlich selbst betroffen von der Geschichte, die er erzählte. »Scheiße auch«, sagte er, traurig gestimmt und von diesem Detail zugleich leicht beeindruckt. »›Jetzt willste sie wohl nicht mehr küssen, wie?‹«, wiederholte er und schüttelte den Kopf. »Ich meine, echt Scheiße, oder?«

Am Abend sah ich Karen im Open Hearth, das unweit vom Haus meiner Schwester lag. Wir kamen getrennt, natürlich, sie mit Kay und ich mit einem Freund, von dem ich wusste, dass ich ihm vertrauen konnte. Eine Weile saßen wir an entgegengesetzten Enden der Lounge, bis wir uns sicher genug wähnten, nach draußen verschwinden zu können – ich zuerst, dann sie, immer in der Reihenfolge –, um auf dem Parkplatz zu reden und zu schmusen. Manchmal konnten wir zu meiner Schwester, meist aber planten wir unser nächstes Stelldichein im Wald oder in ihrem Haus für die Zeit, wenn Patrick Spät- oder Nachtschicht hatte. Auch dafür gab es ein System: An bestimmten Tagen ging ich zu ihr und hielt Ausschau nach dem vereinbarten Signal – Licht, das in einem der oberen Zimmer an- und ausging, die offen gelassene Hintertür, irgendein sichtbar ins Fenster gestellter Gegenstand; es wechselte ständig. Fand ich, was ich suchte, ging ich ins Haus, und sie wartete bei geschlossenen Vorhängen im Wohnzimmer auf mich. Das verlangte allerhand Planung. An diesem Abend aber traf ich sie im Schatten am Rand des Parkplatzes; sie trat auf mich zu und sagte: »Nimm mich in den Arm.« Ich wusste, sie hatte das in einem alten Film gesehen, verstand aber auch, dass ihr irgendetwas Angst machte. Ich legte meine Arme um ihre Schultern, und so blieben wir mehrere Minuten lang schweigend stehen, dachten nicht mal daran, uns zu vergewissern, dass wir nicht beobachtet wurden. Schließlich wand sie sich aus meinen Armen und blickte auf, als wollte sie mir etwas erzählen. Ich wartete. Ich nahm an, dass es mit dem Mord zu tun hatte, mit ihrer Furcht vor einem ähnlichen Schicksal, aber nach einem Moment, in dem sie versuchte, die richtigen Worte zu finden, gab sie auf und wandte sich ab.

»Was ist?«, fragte ich.

»Nichts.«

»Du hast gehört, was passiert ist …«

Sie wirbelte herum. Das Licht einer nahen Straßenlaterne fiel auf ihr Gesicht. »Natürlich habe ich das«, sagte sie. »Aber das hat doch mit uns nichts zu tun …«

»Behaupte ich ja auch gar nicht«, sagte ich. »Ich dachte nur …« Mehr sagte ich nicht, weil ich nicht wusste, was ich dachte. Vielleicht hatte ich aber auch eingesehen, dass das, was ich dachte, banal und ihrer unwürdig war.

Dann lächelte Karen; ein weises, allumfassendes Lächeln, das vermutlich halb real, halb dem Lichteffekt zuzuschreiben war. »Sie war zu unvorsichtig«, sagte sie. »Das waren sie beide. Unvorsichtig – und dumm.